CW00457798

Av Kent Klint Engman

Snuten på dårön

Bokomslag och illustrationer av Kent Klint Engman
Förlag: BoD-Books on Demand, Stockholm, Sverige
Tryck: BoD-Books on Demand, Norderstedt, Tyskland
ISBN: 978-91-7969-203-2

Författarens förord.

Denna bok är en fiktiv historia, liksom ön där det hela utspelar sig på. Ingen av karaktärerna i boken finns på riktigt, och om någon påminner till namn eller beskrivning om en levande person är det en ren tillfällighet. Några kända, offentliga personer och platser nämns för att förankra berättelsen mer i verkligheten.
Dialogerna i boken har jag valt att skriva på dialekt, i den mån det går att skriva så som orden låter när de uttalas, vilket också har underlättat för mig under ljudboksinspelningen.

Dialekter har alltid intresserat mig och jag tycker att det är viktigt att våra lokala gamla uttryck bevaras. Det är oftast äldre personer som pratar bred dialekt... vad händer när deras tid är förbi? Det vore tråkigt om uttrycken glöms bort, därför har jag valt att några av karaktärerna bland annat pratar Hälsingemål. Vissa talar lite bredare än andra för det finns mängder med avarter på dialekten beroende på var i Hälsingland man befinner sig.
Jag bor i Nordanstig sedan ett antal år tillbaka, i närheten av där boken utspelar sig, men mina rötter är från Njutånger, en socken cirka 4-5 mil söder om Nordanstig. Mina föräldrar pratade med bred dialekt jämfört med många av mina klasskamraters föräldrar insåg jag som liten. Morsan pratar fortfarande med utpräglad dialekt. Om den är lika bred nu som när jag var liten kan kan jag inte säga... förmodligen har även hennes uttryck förmildrats och formats efter tidens tand.
Min mamma Karins sätt att prata har varit mig till stor hjälp i skrivandet, vilket förmodligen har präglat mina uttal och mitt sätt att formulera mig.
Tack för det Mamma.
Jag har planer för att göra berättelsen om Knujt Maxner och de andra karaktärerna på ön Gallbjäre till en bokserie i tre delar. Om det blir fler eller färre böcker återstår att se.

Kent Klint Engman 2021.

Kapitel 1.
Några dagar sedan.
En sur doft.

Tula Salmersson satt i sin insjunkna fåtölj och klappade Spruttan, den spräckliga katten hon haft i närmare 15år. Katten var gammal, Tula var gammal, men det som var äldst var nog fåtöljen. Den såg ut att vara närmare hundra år och några av fjädrarna stack ut genom det slitna plyschtyget som en gång i tiden varit rött, men som nu bara hade en blek rosa ton. En kudde och en filt fick spiralfjädrarnas hårda mönster att knappt kännas. Hon tittade på "Hem till byn", en repris som hon sett förut, men minnet var inte lika pålitligt längre, så att se samma avsnitt en gång till kunde ju inte skada.
Tula skvätte till när Spruttan raskt hoppade ur hennes knä.
- Män va har dä tage åt dä kattskrälle? Har du bleve alldeles kåsig?
Det var sällan katten agerade på det sättet, det var bara när det kom nån som Spruttan brukade skynda sig iväg för att gömma sig.
- Inte ä dä nån som kommer nu den här tin ä, sa Tula smått irriterat.
En kall vind kom smygandes efter golvet och hon frös till om sina åderbrocksfyllda vader. Irritationen över kattens språng byttes ut mot en smygande oroskänsla. Klockan var snart nio på kvällen och ingen hade då sagt att de skulle komma och hälsa på. Faktum var att det aldrig var nån som hälsade på, det var bara hemtjänsten som kom för att titta till henne några dagar i veckan.
- Hallå! Ä rä nån där?
Hon fick inget svar, allt var tyst.. eller? Hade hon inte hört en svag knäppning? Det lät som det gör när man drar igen ytterdörren, det sista knäppet på slutet för att den ska hållas stängd då låskolven klickar i hålet. Draget kring fötterna började nu avta. Hon funderade om hon inbillat sig alltsammans, för nu var det ju inte längre kallt på golvet.
Ja höller på å bli tokig å inbillningssjuk på gamle dar, tänkte Tula, men så kom hon ihåg Spruttan.

- Både katta å ja kan väl inte inbilla oss samtidigt ä? mumlade hon tyst och sänkte volymen på tv:n och reste sin krumma kropp från den omoderna fåtöljen.

Må hända att hon inte längre märkte av något drag efter golvet, men hon lade märke till en unken och sur lukt. Det luktade ungefär som gammal fisk.

Va i farao ä dä fla på gång nu då?

En inre oro ökade sakta ju närmare farstun hon kom. För att komma till farstun måste hon först ta sig genom köket. När hon med hasande toffelprydda fötter tagit sig över nästan hela köksgolvet stannade hon tvärt. Ett annat klickljud hördes och i samma stund blev det mörkt i farstun. Nån måste ha släckt lyset. Lampan i hallen hade hemtjänstpersonalen bytt för en vecka sen, så den borde det ju inte vara fel på.

Dä ä nån som har smuge sä in, tänkte hon och hennes snart 80-åriga hjärta ökade ansträngt takten.

Fisklukten tycktes mer påtaglig nu och Tula visste inte vad hon skulle göra. Hon funderade på att ropa en gång till men vågade inte, hon var rädd att någon skulle svara henne. Hon ville på nåt sätt försöka övertyga sig själv om att allt bara var inbillning. Hon kunde ju ha hört fel och lamporna nu för tiden var väl bara billigt skit som gjorts i Kina...

Hennes funderingar avbröts av att Spruttan fräste till. Ljudet kom från under kökssoffan och efterföljdes av ett dovt morrande. Tula ryggade ett steg bakåt och försökte få en skymt av sin kära katt, men den var väl gömd. Tula blev för bråkdelen av en sekund avundsjuk på sin fyrfotade vän... hon skulle också vilja ligga gömd under soffan. I ögonvrån hann hon skymta en hastig rörelse från dörröppningen mot hallen, sen slocknade lampan i taket och det blev mörkt även i köket. Tulas hjärta ökade med en rasande fart. Det hon skymtat innan lampan släcktes var en hand från den mörka hallen som sträcktes in och knäppte av strömbrytaren. Hon hade vridit huvudet mot rörelsen och hennes syn var väl kanske inte den bästa men... hon hade tyckt att det var en märklig hand. Den såg onormal ut. Färgen var gråblå och hon var nästan säker på att den haft klor, vilket inte gjorde hennes rädsla mindre. En panisk skräck spreds genom hennes kropp på ett ögonblick. Hon kände att det här var slutet. Hon såg inget i mörkret men visste att

någon eller något var på väg mot henne med snabba steg. Spruttan kunde verifiera att Tulas känsla var rätt, för kattens fräsande och morrande ökade i samma takt som den sura doften blev tydligare. Hon tyckte sig även höra släpande andetag från en grov strupe.
Tänk att dä skulle va så här man skulle dö. Att man skulle bli mördad av nån jävel som lukter fisk.
Det var den sista tanken som gick genom Tula Salmerssons huvud... men hon hann inte bli mördad. Hennes gamla hjärta slutade att slå av den oväntade ansträngningen, och hon var död innan hon slog i det nötta trägolvet. Hon slapp vara medveten om vad som sedan hände med hennes gamla kropp... vilket förmodligen bara var bra.

<u>Karaktärer i boken.</u>

Claes-Eskil
Blom
Ove Gårdsvik
Eidolf Maschkman
Tudor Boriskov

Leila
Sandling
Sten-Sten
Ljungson
Gudrun
Almarfjord
Viola
Mannerlund

Storkroks-Benjamin Grisskinns-Eifva.

Plåt-
Sussi
Lemke Knutsson
Susanna Plåttson

Vendel
Kallgård
Lotta
Brysk

Tommy
"Ballen"
Baldgren
Sebastian
"Galten"
Galtström
Reine
Höög
Reine i svacka
Rune Stålblom
Sur Stålblom

Sören Kålderot

Paula Älvstig

Lillian Dålmersson

Marianne Maschkman

Pizzeria
Skratt Mås
Amir Mastafi
Ruben Af
Jaarstierna
Oskar Eriksson

Kapitel 2.

Torsdag 15:e Oktober.

Besök i vakten.

Knackningarna på glasluckan fick Ove Gårdsvik att slita blicken från tv:n. Inte för att han var särskilt intresserad av dyngbaggens outtröttliga rullande av en enorm skitboll, ändå satt han där med lätt gapande mun och stirrade som om det var det mest intressanta han sett.
Knackningarna hade fått Ove att rycka till, inte på grund av ljudet utan snarare av ovanligheten av att någon kom och knackade på vaktluckan. Det var inte riktigt tid för besök nu. Besök till sjukhuset skedde i regel i samband med att färjan anlände till ön, då tog det inte lång stund innan besökare tog sig upp för berget till vaktstugan. Eftersom färjan inte skulle komma än på någon timme var det ovanligt att någon kom och ville passera. Han lade märke till att det höll på att bli oväder. Nyss hade det varit ljust på himlen, men nu hade det mörknat kraftigt och det såg hemskt grått ut in mot land.
Va ja så fokuserad på den där lortbaggen på tv:n att ja inte ens märkt ett så omfattande väderomslag?
Det var Dyng-Gustav som knackat på rutan.
Va passande! När man ser på ett program om dyngbaggen så kommer Dyng-Gustav, tänkte Ove.
Han kollade in mot det andra rummet i vaktstugan för att se om han skymtade Markel, men så kom han på att han skickat iväg honom till tvättsorteringen i uniformsförrådet, och Katarina skulle ju inte komma och avlösa honom förrän till kvällen. Typiskt... då fick han ta hand om Dyng-Gustav själv.

- Va ger mig den äran att få besök av dig i dag då Gustav... ä dä nåt ja kan hjälpa till mä? sa Ove med en lätt inställsam ton i rösten, då han skjutit glasluckan åt sidan.

Dyng-Gustav som kunde dyka upp lite här och där både dag som natt, tittade med trött blick över de lågt sittande glasögonen. Några strimmor av snor hängde i den frostinpyrda mustaschen och snuset hade gjort bruna fåror ner efter mungiporna. Som vanligt hade Gustav händerna bakom ryggen och överkroppen kröktes i stor framvikt. Det fick honom att ha en puckelryggig och krum

hållning. Han bar en gammal keps bak och fram och hade slitna, säckiga kläder på sig.
Det stegrande ovädret utanför skickade in en kall vind genom luckan. I vanliga fall kunde det vara skönt när en frisk fläkt kom in, men inte nu när det var denna äldre herre som stod utanför. Det luktade surt på ett vis som inte gick att beskriva... om man inte känt doften av Dyng-Gustav själv förstås. Han utsöndrade en egen speciell arom. Om det var en blandning av de skitiga, otvättade kläderna han alltid bar eller om det var hans dåliga hygien som frambringade doften, visste han inte. Förmodligen var det en kombination av båda. Faktum var att ibland kunde man veta att Gustav var på intågande långt innan man fick syn på honom. Hans doft avslöjade att han befann sig nånstans i närheten. Nu när luckan i vakten varit stängd så hade Ove oturligt nog inte fått den föraningen.
Gustav som alltid tog god tid på sig innan han yttrade sig formade ohörbara ord med den snushärjade munnen. Ove hann få ur sig en till suck innan Gustav kom till orda.

- Eee jaaaee... Ja vell låna skithuse!

Som alltid började han med några utdragna mumlanden innan han fick sagt det han ville.

- Nä, ja tror inte dä. Toaletten ä inte till för allmänheten. Du får nog hålla dig å gå hem om du ska... göra dä du nu ska göra, svarade Ove så snällt han kunde.

Bara tanken på att Dyng-Gustav skulle in på deras toalett och dynga ner fick honom att må illa. Gubben luktade ju så vidrigt och tanken på hur illa det skulle lukta när han krystat ur sig ville Ove inte ens tänka på.

- Eee joooeeh, ja läre på skithuse nu ja!

Ove kunde ana ett uns av panik i Gustavs ansikte och en lätt skakning for genom gubbens kropp och ansiktet blev rödare. När Gustav tog bort händerna från ryggen och höll dem om magen förstod Ove allvaret. Det såg så fel ut, ungefär som om man skulle se en polis i rosa uniform... Gustav hade alltid händerna bakom ryggen och Ove trodde sig aldrig ha sett honom med händerna någon annanstans. Nu när han höll dem om magen så ringde Oves varningsklockor.
Dä här ä en nödsituation!

Dyng-Gustav var en harmlös gammal man som strosade runt dagarna i ända. Han hade aldrig gjort något ont... Inte vad Ove visste iallafall. Det var bara den där lukten som var så stötande, ja sen var han väl lite speciell också som så många andra. Han var ett "original" som det kallades nu för tiden. Förr i tiden kallades det för byfåne. Sådana fanns det gott om här på Gallbjäre. En inre bild av att Gustav satte sig ner och gjorde sina behov precis utanför vaktstugan spelades upp på Oves näthinnor... det var ingen vacker syn. Han tänkte att om det skulle behöva städas efter Gustav, om han nu absolut måsta låna toaletten, så fick han beordra Markel att göra det.

- Ja, ja! Du kan ju inte göra på dig, men kom ihåg att dä här blir en engångsföreteelse. Du får så lov att göra dina behov nån annanstans hädanefter.

Ove hann se ett harmoniskt litet leende i ansiktet på den illaluktande och väldigt skitnödiga gubben när han stängde luckan och gick för att öppna.

Den obekväma doften från Gustav hade spritt sig i lokalerna när Ove lett gubben till toaletten. Nu gruvade han sig för hur det skulle lukta då gubben var klar.

Det dröjde ganska länge, och i stället för att gå ut från byggnaden kom Gustav in till Ove där han satt på sin kontorsstol. Ove skulle precis säga åt honom att bege sig ut därifrån, för där fick inga obehöriga vara, men Gustav hann före.

- Ööh eeeh, jooo! Ja hitta än här på brottsplatsen.
- Brottsplatsen?
- Ja än hä fick ja mä mä från skithuse!

Han höll upp något i sin hand.

Ove ryggade tillbaka så hastigt att kontorsstolen höll på att tippa. Det Gustav höll mellan sina fingrar var ett avslitet människofinger. Det verkade som det varit skiljt från kroppen i flera dygn, för det var gråaktigt och hade mörka likfläckar.

- Va fan! Hittade du dä där på vårat skithus? utbrast Ove med stirrande blick.
- Eeeh, njaeh... på skithuse ute på Gråvika. Dä va däfför ja va så nödi, ja jetta ju gå änna dänne ifrån te hittans. Dä va en döan pöjkkröpp som stack åpp ur skithushöle. Fingre låg utaför, så ja stöppat i fecka å tog mä mä't.

Ove försökte ta in det Dyng-Gustav sagt. Han visste ju att byfånen kunde komma med en del häpnadsväckande historier, och många trodde det mesta bara var ljug. Men Ove hade själv inte varit med om att Gustav ljugit om något och nu hade han ett människofinger med sig så Ove fick så lov att tro på Gustavs ord.

- Va fan ä dä som stinker? Har du skite på dig Ove eller ä dä nån som dött här?

Markel kom instormandes in i vaktstugans manöverrum men tystnade tvärt då han fick se Dyng-Gustav stå intill Ove. Det blev tyst i några sekunder och alla tre närvarande tittade på varandra. Ove reste sig och bröt tystnaden genom att svara på det Markel sagt.

- Nä, här ä dä ingen som dött, men ute vid Gråviken tydligen! Skit i klädförrådet, du få ta över vakten å sitta vid lucka. Ja läre följa med Gustav till Gråviken ja.
- Eeeh ööh, ska'n skita i kläförråde? frågade Dyng-Gustav oförstående.
- Nä dä ä färdi skitet här inne hos oss nu på ett tag. Markel, ge hit en bevispåse!

Markel som inte fattat vad som var på gång frågade.

- Va ska du mä den till?

Ove trädde på sig en latexhandske på ena handen och tog sedan fingret av Gustav och visade det för Markel.

- Ja ska ha han å stoppa fingre i, svarade han, och Markel blev genast allvarlig.

Kapitel 3.
Oväntat oväder.

- Dä va då väl fan vilket overkligt väder, sa Knujt tyst för sig själv och kisade med ögonen för att kunna se bättre framför sig i snöstormen.
Det gick inte fort, på sin höjd 40kilometer i timmen, men det gick inte att köra fortare om han skulle hålla sig på vägen. Trots fyrhjulsdriften på hans Nissan X-trail 09:a var det svårt att ta sig fram. Snön vräkte ner och det var så gott som oplogat på vägbanan. Att vägen slingrade sig som en orm gjorde inte situationen bättre. Hade han varit van att köra denna rutt hade det kanske varit lättare, men det var länge sedan han åkt denna kurviga väg.
Ett par strålkastare dök upp bakom honom och de närmade sig fort.

- Dä va mig en jävel å ha bråttom, mumlade Knujt trumpet och slog hastigt några blickar i backspegeln.
- Ska den fan köra om?

Det gjorde bilen. Knujt fick sakta in ytterligare och försöka hålla sig så långt åt sidan han kunde. Det var inte lätt då det knappt gick att se vägkanten i det vita helvete som i hög fart fyllde vägbanan.

- Att ja inte blir förvånad... en taxi! Dä kunde man ju ge sig fan på. Om dä inte ä en Audi eller BMW som ska hetsa sig förbi i alla väder så ä dä så klart en taxi. Begriper folk inte att dä inte går å köra som en idiot när dä är sånt här före?

Knujt blev uppretad, men bestämde sig för att lugna ner sig. Han kom att tänka på att i uppretat tillstånd var det lätt att tappa uppmärksamheten över omgivningen. Det hade han gjort för någon månad sedan då han blivit omkörd på gamla E4:an mitt i Iggesund.
En annan idiot till bilist hade kört om honom strax före tåghållplatsen men inte uppmärksammat att en refug med en vägskylt stod mitt i vägen. Detta resulterade i att bilisten, som körde en beige Volvo xc60 fick svänga in tvärt framför honom. Knujt tvingades köra upp på trottoaren och han retade upp sig och svor och skrek i ilska åt sin medtrafikant. Att han fortsatte att köra med två hjul på trottoaren reflekterade han inte över. I sitt vredesmod hade han i sista sekund uppmärksammat en storögd

unge som med skräckfylld blick stått och stirrat på Knujts framrusande bil.
Knujt handlade snabbt. Om han försökt bromsa hade han kört på pojken, så han rattade sig ut på vägbanan igen och kunde se att pojken stod kvar på trottoaren och stirrade lika storögt efter honom.
I det något chockartade tillstånd han befunnit sig i fortsatte han att svära. Denna gång något om att "hade ingen vuxen talat om för pojkjäveln att man flyttar sig om det kommer en bil"...
Efter det så hade Knujt tänkt köra ikapp den beigea survolvon som prejat honom för att... ja... det visste han inte riktigt, men åtminstone preja tillbaka. Bilen hade redan hunnit svänga in vid nästa korsning. Där hade Knujt fått vänta på två kvinnor med barnvagn när de korsade vägen, hur söligt som helst.

Volvon hade haft ett cykelställ bak på bilen och borde vara lätt att hitta. Knujt hatade cyklister för övrigt. De var ena självbelåtna jävlar som trodde de kunde göra hur de ville i trafiken. Hade de hjälm på sig var de ännu dummare, då trodde de att de var odödliga. Säkert hade den där tattaren som körde Volvon cykelhjälm på sig inne i bilen. Att det var en som nyttjade cykel som körde stod ju klart, och det märktes ju på hur vederbörande kört. Men Knujt hade inte sett Volvon igen.
Under tiden som hans irritation minskat så hade han insett att han nästan kört på en pojke bara för att han blivit förbannad. Det gick inte att skylla på andra idioter, det var han som borde haft koll på omgivningen, det var han som fortsatt att köra på trottoaren. Det hade hänt många gånger att han brusat upp och tappat kontrollen. Faktum var att hela hans liv såg annorlunda ut mot för hur det borde göra och allt på grund av att han blivit förbannad och inte kunde tygla sina känslor.

Efter han funderat på det minnet lugnade han ner sig. Hans tankebanor gick till att allt kräver ut sin rätt. Om nån kör som en idiot så kommer vederbörande så småningom att råka illa ut på grund av detta. Det hjälpte ju inte att han satt i sin bil och svor. Däremot brukade han kunna lugna sitt sinne en aning genom att bara tänka,

Jaa du taxi-tattare, borde inte du tjäna mer pengar om du tog längre tid på dig? Om du stressar på så du kör i diket tänker då inte ja stanna för att se hur du mår.
I en inre syn såg han taxibilen ligga på taket i ett snötäckt dike. Föraren som han gissade var en medelålders man skrek efter hjälp och Knujt kunde se sig själv fara förbi i sina 40kilometer i timmen och tuta och vinka glatt.
Han kände sig mycket lugnare och smålog lite för sig själv.

Det var i mitten av oktober och snöfall var ovanligt så här års. Att himlen öppnat sig under tiden av en handvändning gjorde ovädret ännu mer anmärkningsvärt. När Knujt hade startat färden från Iggesund för snart en timme sedan hade himlen varit klar och fin. Så fort han närmade sig Nordanstigs Kommun hade det mörknat. När han passerade Harmånger vräkte snön ner. Han kunde knappt skymta det upplysta Värdshuset vid E4:an och stormbyar rev och slet i bilen. Nån plogbil var det väl inte att tänka på än på någon timme. Ingen hade kunnat förutspå detta oväder och det tog väl sin tid att göra iordning snöfordonen för att hålla vägarna fria.

Han var på väg till Gallbjäre, en ö vid kusten en bit utanför Mellanfjärden i Nordanstig. Han hade aldrig varit på ön, men den lilla fiskehamnen i Mellanfjärden hade han besökt, dels hade han ätit på Restaurang Sjömärket några gånger, och dels hade han sett en eller två teaterpjäser som brukade anordnas där på somrarna. Det var en charmig liten teater och den brukade vara populär med stora kända skådisar. Om ön hade han mindre koll. Faktum var att han inte visste särskilt mycket alls om ön. Han visste nog bara det de flesta visste... att det var en ö där det fanns ett mentalsjukhus... eller ett sjukhus för dårar.
Redan i skolan brukade Knujt och hans kompisar säga till varandra om någon betedde sig konstigt: ”Du är ju inte klok! Passa dig så du inte blir inspärrad bland dårarna på Gallbjärsberget!” Enligt vad han hört så fanns det ett berg på ön och uppe på berget låg mentalsjukhuset, inhägnat med spetsiga galler och taggtråd. Hela ön var som ett eget litet samhälle sades det. Ibland stod det i tidningen om någon ökänd mördare eller våldsverkare som skickats dit. Mycket mer än så visste han inte, och nu var han på väg dit på grund av att nån inlagd patient promt ville prata med

honom. Vad det rörde sig om visste han inte. Det hela kändes mycket märkligt.

Kapitel 4.
Skithuset.

Ovädret hade nu sträckt sig ut på ön och Ove hade inget minne av att ett sånt snöfall någonsin inträffat i oktober. Han hade dåliga aningar om vad som komma skulle. Hans mor som sedan länge var borta brukade kunna sia om olyckor och svåra tider.
"Nu ä dä nå elände på gång, dä säger ja rä" brukade hon säga. Han hade alltid respekt för hennes föraningar och brukade få en lite orolig känsla inom sig. Det hade han nu också. Vädret i sig var ju inte så hoppingivande, och att han var på väg mot Gråviken för att kolla på ett lik vars finger låg i en plastpåse bredvid honom gjorde inte situationen bättre. Dyng-Gustav satt bak i polisbilen som tur var. Baksätet var avskilt med hård plast av säkerhetsskäl och lukten höll sig kvar där bak. Vad var det Gustav hade sagt?... Att det va en död pojkkropp i skithuset ute på Gråviken... och fingret hade han hittat utanför. Ove hade inte frågat så mycket kring vad den illaluktande herren hade sett. Han fick göra en egen bedömning nu när han kom fram.
Han stannade bilen och lät strålkastarna riktas mot det gamla utedasset. På somrarna var Gråviken ett tillhåll för ungdomar att bada och festa på, så här års var det sällan folk som vistades där. Snön vräkte ner och det hade redan kommit flera centimeter. Det skulle bli ett problem att göra en brottsplatsundersökning, om det nu var ett brott som hade begåtts. Hade det inte varit för fingret i plastpåsen hade Ove inte trott speciellt mycket på Dyng-Gustavs utsago. Nu var han så illa tvungen. Han hoppades på att det var nån som hade tagit en överdos eller på något annat okomplicerat sätt mist livet. Om det skulle visa sig att det var ett brott som begåtts så skulle det bli ett jävla skitjobb att utreda.
Ove klev ur bilen och kisade för att se bättre. Det borde inte vara så mörkt för det var inte kväll än, men ovädret hade ändrat på det. Kontrasten av mörker och strålkastarnas reflexer i den piskande snön gjorde det svårt att se något. Han hörde hur Gustav stängde bakdörren på polisbilen.

- Nej Gustav, du får så lov att sitta kvar i bilen. Går du här å klampar omkring kan du förstöra spår i utredningen.

- Eeh, jo, ja men ja ha ju redan klampa ömkring hännä ja. Dä va ju däfför ja köm ti däg. Ja lära ju låna skithuse!
- Ja, men dä blir inte bättre av att du klampar om kring en gång till. Gå å sätt dig i bilen igen.

Ove kunde höra ett muttrande, men strax därpå slogs dörren igen. Han inspekterade vart han satte fötterna när han gick närmare utedasset. Inte för att han såg vad han klev på förutom nysnö, men det var ju så man skulle göra. När han väl kom fram öppnade han toadörren som stod lite på glänt. Han häpnade av åsynen som mötte honom och ryggade ett steg tillbaka. Det var då ingen överdos eller en naturlig död. Ur hålet på utedasset stod en pojkkropp, rakt upp. Det var bara överkroppen som syntes för benen var nere i dynghålet. Kroppen såg stel ut och hade en gråaktig ton över sig. Det hela var en makaber syn, men det som var det mest makabra var att järnröret på en cykelsadel satt instucken i skallen på grabben som såg ut att vara i mellersta tonåren.

- Herre jävlar! Varför ska detta hända nu? Ja har ju bara nån dag kvar tills pension.

Ove struntade i att det var en ung grabb som var död. Allt han tänkte på var hur mycket jobb som låg framför honom. Han skulle ju snart gå i pension och han skulle få en efterträdare. Den nya borde komma vilken dag som helst. Ove skulle skola in honom om ön, och allt som omfattade arbetet i detta lilla samhälle i lugn och ro. Nu sket det lugnet sig.

- Fan också! Varför ska dä här hända nu? Dä kunde väl hända om en vecka i stället.

Med en irriterad blick sneglade han mot snutbilen. Där satt Gustav och luktade illa.

- Va fan skulle du va här å snoka för jävla lortgubbe? Hade inte du hittat liket hade säkert ingen gjort dä förrän till våren. Se nu vad du ställt till mä. Nu får ja stressa mä en massa jobb dom sista jobbdagarna ja har kvar, mumlade Ove surt för sig själv.

Kapitel 5.
Färjan.

När Knujt kommit fram till den så kallade Färjeterminalen i Mellanfjärden mötte han taxin som precis for iväg.

- Jaha, så du lyckades hålla dig från diket ändå... hoppas du kör av vägen när du far härifrån då, muttrade han och försökte se vart han skulle köra ombord på färjan.

När han väl löst biljett och fått ombord bilen satte han sig med de andra passagerarna och väntade på att färjan skulle åka. Det var den minsta färja han nånsin åkt med, men det var klart... han skulle ju inte till Finland eller Danmark. Han skulle åka till en liten ö där det fanns en massa idioter inspärrade. Hade han vetat att det skulle bli ett sånt här oväder hade han åkt en annan dag. Dieselmotorerna brummade igång och en röst ur högtalarna talade om att turen kunde bli lite försenad på grund av snöstormen. Turen tillbaka senare på kvällen skulle bli inställd och hotellet Skrikmåsen hade förberett sig på att ta emot extra gäster över natten.

Jaha, ska ja bli tvungen å övernatta också? Dä va ju typiskt. Ja borde bli rabatterad, för dä blir ju som en tvångsinkvartering. Fast å andra sidan så slipper ja ju köra hem i det här vädret.

Det var inte speciellt många ombord på den gamla färjan, högst ett tiotal. En glasögonförsedd präst med rött, pageklippt och snedkammat hår stod för sig själv i en svart uppknäppt ytterrock, vilket gjorde att prästkragen syntes tydligt. Han hade ett sådant där frireligiöst och lite heligt uttryck i ansiktet, men nästa gång Knujt tittade dit kunde han svära på att prästen pratade för sig själv, och han såg arg och irriterad ut.

Han kanske ha samtal mä gud, å nu ha dom blivit osams? Du får nog välja dina ord med omsorg om du ska vinna den konversationen... lycka till, tänkte Knujt och log.

På en av plastbritsarna satt två ungdomar och hånglade. Både killen och tjejen hade trasiga jeans och svarta knuttejackor i skinn. De var piercade och såg bedrövliga ut i Knujts ögon.

Va ska dä va bra å ha en massa järnskrot i ansiktet för? Så som ni kladdar ihop er mä käften skulle man kunna tro dom va magnetiska dom där ringarna å krimskramset.

En tunnhårig man med mustasch i Knujts ålder, det vill säga 50-plus, satt för sig själv en bra bit bort från honom. Mannen hade en allt annat än en munter uppsyn. En pojke i tio-tolv års åldern gick fram till mannen. Knujt kunde se att pojken sa något, men mannen verkade inte vilja ha nån konversation med grabben. Pojken visade upp en lång orange flagga i signalfärg som han gick omkring med. Det måste vara en sån flagga som brukar sitta på barncyklar tänkte Knujt.
Mannen sa något till pojken och viftade med handen som för att schasa bort honom. Av ansiktsuttrycket på mannen att döma så var det inget snällt han sagt. Pojken gapade förvånat och hade stora uppspärrade ögon och gick sedan därifrån. Knujt kunde se att pojken nästan såg skrämd ut och han vände sig om flera gånger och tittade mot mannen med mustasch.
En del kan då inte bete sig bland andra människor. Undra va surgubben sa till pojkstackarn?
Medan han funderade betraktade han den sura mannen. Han hade två resväskor med sig, en grå och en grön, samt en portfölj. Knujt drog slutsatsen att denne man inte tagit egen bil till färjan, för i så fall borde han lämnat bagaget kvar i bilen.
Ja ger mig fan på att dä va du som åkte i taxin. Du ser ut som en sån där taxiförarhetsare. Dä va säkert du som stressa chauffören till å köra så där fort, men här sitter du nu, å inte kommer du fram nå fortare än oss andra.
Mannen plockade upp portföljen och betraktade några dokument. Knujt fick känslan av att denne herre var bekant... eller åtminstone var han lik nån som han kände igen. Han lade ingen större vikt på att försöka komma på det, för gubben kunde lika gärna vara lik en skådespelare eller nån som jobbade på Ica.
Efter en stund plockade mustaschgubben fram en ask med cigariller och tänkte tända en.
Ä han helt dum den dä karln? Dä va ju flera år sen dä va tillåtet å röka inomhus. Han begriper väl att han inte kan röka här inne, tänkte Knujt och började reta upp sig.
En äldre dam i närheten harklade sig högt och pekade mot en rökning förbjuden skylt. Mannen hånlog mot henne och gjorde en bjäbbande rörelse med munnen, sen tog han sina väskor och gick mot dörren som ledde ut mot däck. Efter att han öppnat och mötts

av piskande snöfall ställde han ifrån sig väskorna precis innanför dörren innan han gick ut.
Inte ens dåligt väder hjälper mot dåliga vaner, tänkte Knujt och såg ett svagt blinkande ljus utifrån fönstret, strax därpå lyste glöden från cigarillen som ett litet eldklot i mörkret.
- Vet du rå?! Ja tror ja har varit en kaktus ja, förut i ett tidigare liv!

Knujt kom av sig i betraktandet av cigarillglöden. Den lille pojken stod närmare än en meter intill honom och talade med en gäll, nästan mekanisk röst. Han hade ett något korkat uttryck i ansiktet och en gapande mun med alldeles för många tänder. En dreggelsträng hängde och segade sig ner från underläppen. Det stod nog inte helt rätt till i skallen på den ungen anade han, och han funderade lite på vad det var pojken sagt innan han svarade.
- Jasså en kaktus säger du. Varför tror du dä?
- Jo för när ja lekte i veboa förut en gång då hitta ja små piggar som stack ut ur fingrarna på mä. Å dä ha kaktusar å... så då måste ja ha vare en kaktus, annars kan det väl inte växa ut piggar ur mä ä.

Dä kanske inte va så konstigt att den där mustaschgubben schasat iväg pojken. Undra va ungen sagt till honom då? Att han va den första människan som landstigit på månen, eller att han va linjedomare för ett landslag med längdhoppande bävrar, tänkte Knujt.
- Du tror inte dä va trästickor då som du fått i fingrarna... om du lekte i veboa menar ja?
- Nä för ja hade en sticka i knät också, å man leker väl inte med knäna heller?
- Öh, nä dä ä sant... Varför ha du den där cykelflaggan mä dig om ja få fråga?
- Därför att mamma ha sagt att där dä finns bilar måste ja ha den här så att ja syns... så att dom inte kör på mä.
- Ja dä va ju bra, men här inne bland passagerarna på färjan kommer dä väl knappast nåra bilar.
- Dä vet man aldrig. Dä finns så många idioter som har bil som kör där dom inte ska köra.

Knujt hade svårt att hålla sig för skratt. Det var ju en rolig liten rackare det där.
- Ja dä ha du då rätt i. Man kan aldrig va nog försiktig.

Pojken stod kvar och flinade så de många, men skeva tänderna syntes ännu mer.

- Vet du vad ja ska bli när ja blir stor då?
- Nä dä vet ja inte.
- Ja ska bli Hulkens byxer... för dom kan aldrig gå sönder!

Knujt skrattade till och nickade som svar.

- Hej då. Nu ska ja kolla efter spöken, dom ä svår å se för dom ä osynlig... man ser dom bara när dom syns! sa pojken och sprang iväg bland de få passagerarna och tittade bakom varje tom plastsits han sprang förbi.

Med ett roat leende stegade Knujt iväg mot ett fönster som vette ut mot däck. Han ville se om han såg några lampor eller något som kunde säga om han snart var framme på ön Gallbjäre. Allt han såg var mörker och sin egen spegelbild. Han lutade sig närmare och satte händerna mot rutan för att kunna se bättre. Han såg forfarande bara mörker, men så skymtade han något som fick honom att rygga tillbaka.

Va fan va dä där?!

Det Knujt tyckte sig ha sett var en stor älg som bara var nån meter från fönstret. Han lutade sig fram en gång till för att se efter, men allt var nu bara svart igen.

Märkligt! Ha ja börjat få vanföreställningar? Dä måste ha varit ovädret... eller fönsterreflektioner som spelade mig ett spratt.

Han stod kvar ett tag och stirrade ut i mörkret, men inga ljus från ön eller några älgar uppenbarade sig.

Kapitel 6.
En del av himlen.

Efter att han gått närmare liket i utedasset så kunde Ove konstatera att det skulle bli en utredning. Det var inte nog med att en cykelsadel satt instucken i skallen på den döda pojken, vid närmare betraktning såg det ut som någon eller något ätit av pojkkroppen. Ove kunde se bitmärken lite här och där. Hela magen var som ett stort söndertuggat hål och ena armen hade slitits av vid axeln. Han stod kvar där han stod och försökte se om den försvunna kroppsdelen låg i närheten. Han ville inte klampa omkring och förstöra några bevis. Han insåg snart att det var lönlöst. Låg det en arm i närheten så hade den snöat över.
Om Dyng-Gustav hitta fingre så borde väl armen ligga här någonstans också. Dä här kan ja inte göra själv i dä här vädret. Ja får ringa efter hjälp. Att sånt här elände skulle hända nu. Dä fattas väl bara att himlen ramler ner över mä.
Han kom att tänka på något som ett annat by-original sagt till honom för någon dag sedan. ”En del av himlen är förknippad med dig” Han hade funderat på vad Grisskinns Eifva kunde ha menat med det. Somliga sa att hon var en sierska, likt hans mor. Eifva pratade alltid en massa strunt tyckte Ove, osammanhängande fraser som folk i efterhand, med lite fantasi kunde tolka som om hon hade förutspått något som senare inträffade. Enligt honom var det jävligt långsökta tolkningar. Folk tror det dom vill tro.

Ove tog fram sin mobiltelefon och letade bland sina snabbnummer. Bara två signaler gick fram innan det svarade i andra änden.

- Eidolf!
- Jo, Hej Eidolf, dä ä Ove Gårdsvik. Dä ä så att dä har inträffat en incident och ja tror att ja måste involvera dig i dä här. Ja har en brottsplats som måste undersökas. Alla eventuella bevis snöar över. Ja skulle behöva assistans snarast som du kanske förstår. Dä här ä nånting utöver det vanliga.

Det blev tyst i några sekunder i luren innan den något överlägsna rösten hördes.

- Jasså det säger ni Ove. Om det nu är en sådan märkvärdig incident... tycker ni inte att det skulle vara passande med en förklaring om vad som skett? Jag menar att om jag ska styra upp det här, så borde jag kanske veta vad det är för något jag ska styra upp! Hur stort manskap jag bör undsätta och så vidare... håller ni inte med om det?

Det spelade inte nån roll hur Ove formulerade sig när han pratade med Eidolf Maschkman. Karln fick alltid Ove att framstå som att han uttryckte sig som en idiot. Det fanns alltid en översittarattityd som lyste igenom Eidolfs välartikulerade tillrättavisningar. Ove var glad att snart få slippa lyssna på den där märkvärdiga människan, han fick väl stå ut några dagar till tills hans efterträdare skulle komma.

- Jo, dä har ni rätt i Herr Maschkman. Självklart ska ja tala om för er vad dä ä som har inträffat, ja står just nu och tittar på ett makabert pojklik. Ja kan inte bekräfta med säkerhet, men ja tror dä ä den där försvunna pojken Almarfjord... Lars Almarfjord va dä väl han hette?

Ove Gårdsvik stannade upp i sin redogörelse. Nu fick han den där olustig känsla i magen igen som han brukade få när hans mor förutspådde något elände. Det kändes starkare än vanligt. Strålkastarna från polisbilen lyste rakt fram med sitt nästan vita sken. Något hände med ljuset. Hela omgivningen fick en mer rödaktig ton, och inte bara rakt framåt, även träden runt omkring... åt alla håll tonade ett ljus fram mer och mer, som från skenet av en fackla.

- Nå! Vad är det som har hänt med pojken?... eller tycker ni att jag ska gissa mig till det Ove?.. Ove!?

Eidolf fick inget svar, men han kunde höra ett brusande ljud sakta öka i styrka i telefonen. Han skulle precis fråga vad det var som försiggick då han hörde Ove stammande säga:

- E.. e.. en del av himlen ä..ä förknippad med mig!

Gustav som inte riktigt visste vart man tände lyset inne i polisbilen satt och fumlade i mörkret med sin snusdosa. När han trodde han hade en lagom stor prilla mellan sina skakiga fingrar blev det plötsligt ljusare. Prillan var precis lagom, det satt väl inpräntat i ryggmärgen att få den som han ville efter över 60års snusande... men vart kom den rödgula belysningen ifrån. Gustav tittade ut mot Ove som stod ett 10-tal meter framför bilen. Han kunde se hur skenet ökade i styrka och Ove vände blicken upp mot skyn. Ett märkligt fräsande ljud gjorde sig också till känna.

- Eh, öööh! Ä rä nå heliköptrar som ä ute å flaxar runt i töckerän häringa skitvär?

Knappt hade han mumlat de orden då det rödaktiga skenet blev mycket starkare i en rasande fart. Sen small det. Dyng-Gustav kunde känna sig lyckligt lottad av att Ove placerat honom i baksätet, för vindrutan krossades och hela bilen krängde bakåt minst en meter. Plexiglaset som skärmade av mot baksätet höll för den massiva tryckvågen. Gustav kunde se ett stort eldhav där skithuset med den döda pojken och Ove nyss stått.

- Eeh, Jävlar, nu tappa ja snusen å!

Kapitel 7.
Ankomst till ön.

Det blev inga fler älgobservationer. Han hade stått vid fönstret hela den resterande resan. Vädret gjorde att ingen belysning från land gick att se förrän färjan var nästan framme, men någonting märkligt tyckte han att han sett på färden. Ett svagt rödaktig sken på himlen. Det var svårt att avgöra om det hade varit någon form av lanterna från båten som lyst ut i det snöfyllda mörkret, eller om ljuset kommit från något annat. Skenet hade inte synts till länge förrän det plötsligt försvann.

När Knujt kommit i land frågade han en gubbe som jobbade på färjan hur han skulle ta sig till Gallbjärsbergets mentalvårdsinrättning. Det var inte svårt, det var bara att hålla sig på den stora vägen, den ledde raka spåret till sjukhuset.

Vägen var långt ifrån rak... den var slingrig och det fanns en massa avfarter till andra vägar. Det låg hus och små stugor i det något kulliga samhället. Det var svårt att se så långt på grund av snöfallet, men han kunde se att husen inte låg i jämna rader, de var utspridda här och där och skiljde sig i färg och utförande. Gallbjäre var nog en fin och idyllisk liten ö när det var sommar och solsken, men i detta oväder var ingenting vackert.

Ju längre han följde vägen, ju högre upp på berget hamnade han. När han skymtade en stor husfasad med massor av fönster gissade han sig till att han borde vara framme. Byggnaden låg långt innanför höga galler som var upplyst med starka strålkastare. Efter att ha parkerat bilen skyndade han mot en mindre byggnad bredvid en stor gallergrind. Det verkade vara någon form av vaktstuga. En skylt på väggen lyste med texten: Gallbjärsbergets Mentalvårdsinrättning, Sjukhus, Polis, Vakt och Entré.

Ja, dä kan ju va bra för dårhuset å ha polisen så nära till hands. Om nån idiot löper amok är dä ju praktiskt att ha nån som kan bonka ner knäppgökarna med batong på samma ställe, hann Knujt tänka innan han kom fram till vaktstugan. Där skymtade han en smal och gänglig krullhårig man som irrade omkring innanför vaktluckan.

Knujt tryckte på ringklockan, mannen innanför stannade upp och öppnade sedan skjutluckan. Den krullhåriga var i 25års åldern och såg aningen jäktad ut.

- Va vill du då? Ja ha inte ti egentligen! Hoppas att dä gå fort för dä blev lite styrigt här nu... overkligt styrigt... helt överstyr helt enkelt.

Vilket trevligt välkomnande... normalt hyfs delas då inte ut nu för tin till folk under 40, tänkte Knujt, men sa...

- Nej ja ska försöka att inte ta så lång tid på mig. Mitt namn ä Knujt Maxner å ja ha komme hit för att dä va nån som ring...

När han sagt sitt namn lade han märke till att ynglingen spärrade upp ögonen och fick ett något mindre stressat uttryck i ansiktet, därefter avbröt han Knujt.

- Dä va som fan! Knut, vilken timing att du kom nu! Saved by the bell, eller saved by the Knut kanske man kan säga ha, ha! Ja då kom du lagomt till å börja jobba på studs... jobb studs! Shit va bra!

Knujt hängde inte riktigt med. Kände han den där ynglingen, eller visste han att Knujt skulle komma? Det där med att börja jobba på studs... det måste va nåt missförstånd. Killen hade reagerat på hans namn och kallat honom för Knut, som om han inväntade nån som hette Knut. Att folk kunde missuppfatta hans namn var mycket vanligt, inte så konstigt för så vitt han visste var han den enda som hette Knujt med jt på slutet. Vid alla presentationer så trodde alltid folk att han presenterat sig som Knut.

Ynglingen hade nog läst av Knujts oförstående min, för han lutade sig fram en aning och frågade:

- För du sa väl att du hette Knut Waxler?

Det blåste kraftigt ute där Knujt stod och det var inte det lättaste att höra. Hade krullhåret sagt Maxner... eller var det Waxler krullet hade sagt?

- Ja, jo. Dä ä ja, svarade Knujt och försökte att inte låta osäker.
- Yes box allright, kanoners! Vänta lite, ja komme ut till dig, vi läre åka mä däsamma.

Knujt hann inte säga nåt till svar innan vaktluckan drogs igen. Han kunde se att grabben där inne klädde på sig sina ytterkläder i all hast innan han försvann utom synhåll. Några sekunder senare klickade det till i ett portlås i en dörr några meter bort och den krullhåriga kom ut, nu med en toppluva med texten ”Pizzeria Skrattmås” på skallen.

- Ja, ja fattar att du inte förväntat dä å börja på en gång, men dä ä lite brådis nu förstår du. Maschkman ringde å vi får inte tag i Ove. Vi får ta din kärra som redan ä varmkörd. Vi läre ta oss till Gråvika. Dä va dit Ove å Gustav for.

Knujt fick inte fram ett ord. Han tänkte analysera det som sagts för att göra en bedömning av situationen han hamnat i, men killen skyndade mot Knujts bil och stannade vid förarsidan.

- Kasta hit nycklarna, dä gå fortare om ja kör, för du hitter väl inte här på ön?
- Öh, va!? Nä, dä gör ja inte.
- Seså, va inte fessig nu! Ro hit mä nycklarna, ja ä en jävel på å köra ska du se. Ja ha kört Need for speed å v-rally i flere år.

Knujt hängde inte med, så med ett något korkat uttryck i ansiktet kastade han sina bilnycklar till toppluvskillen och skyndade till passagerarsidan.

Det var en något märklig stämning i bilen, i alla fall från Knujts håll som lite snopet satt som passagerare i sin egen bil. Han visste inte vad han skulle säga, det fanns liksom ingen bra öppningsfras. Efter någon minut avbröt föraren den konstiga tystnaden.

- Fan, stupid mig! Ja glömde å presentera mä. Markel Högbrink heter ja, kul å träffas.
- Jaha, öh detsamma... å du vet ju redan va ja heter.

Hur nu dä kan komma sig? tänkte han undrande.

- Du ha inte mycket till Värmländsk dialekt. Kommer du från dom här krokarna ursprungligen?

Knujts hjärna hajade till och han förstod att nu måste han av nån anledning tänka ut ett svar, men först fick han så lov att göra en bedömning av vad som troligen försiggick.

Markel inväntade någon annan som hette Knut Maxner eller Waxler... som troligen kom från Värmland... som skulle börja jobba här. Med vadå? Markel inväntade ett svar.

- Öh! Ja, jo, ja var mycke i Hudiksvall som ung å ja ha lätt för å ställa om dialekten.

Fan ja måste vända på den här situationen. Ja kan ju inte låta den där valpen fråga ut mig... ja ha ju inga svar å ge, han verkar ju veta mer om det hela. Ja måste se till å luska ur han lite information så ja inte svarar fel.

- Du verkar va väl informerad om vem ja ä. Ja ä rädd att när folk får saker å ting serverat i förväg av nån annan så kan dä ge en felaktig bild. Dä ha ja varit mä om förut, å ja vill inte att dä ska bli så i dä här fallet! Va ä dä du fått höra om mig egentligen?
- Helt rätt! De ä lätt att dä blir missuppfattningar, eller som jag bruka säga... missuppfittningar, haha! Missuppfattningar, missuppfittningar... haha!
- Öh, jaha du. Kul!
- Nä, alltså ja vet bara att du skulle ta över efter Ove nu när han ska gå i pension... å att du heter Knut Waxler å komme från Ingesund utanför Arvika i Värmland.

Okej! Han hade sagt Waxler å inte Maxner. Från Ingesund... till å mä dä ä likt. Ja ä från Iggesund å den han tror ja ä, kommer från Ingesund. Dä här ä ju nästan lite spännande. Undra va dä ä ja... eller den andre ska jobba mä då tro?

- Va ha du hört om mina jobbuppgifter, va ä dä dom sagt att ja ska göra?
- Njaeh, inget speciellt. Dä ä väl bara ordinary snutarbete liksom. Du ska ju chefa istället för Ove. Om du frågar mig så ska dä bli ganska skönt å bli av mä den gamla surkuken. Dä skada ju inte å förnya gammalt gods så att säga... gammalt gods... surkuks gods, hehe!

Knujt glömde bort att andas i några sekunder. Kunde det vara sant det han hört? Snutarbete? Hade han blivit förväxlad med den nya polischefen. Att det ens fanns en polischef i en sån här liten håla var ju svårt att tro, men och andra sidan visste han ju ingenting om ön... men Polischef!

Knujt hade alltid velat bli polis. Han hade till och med nästan gått ut polishögskolan. Bara nästan. På slutprovet hade många saker hänt som förhindrade Knujts yrkesdröm att gå i uppfyllelse. Hans humör hade även då haft stor inverkan så att inget blev som han hade tänkt. Nu trodde denna yngling att han var den nya polischefen.

Hur stora ä dom oddsen? Ja blir förväxlad mä en person som inte bara har nästan samma namn som mig, han kommer från ett ställe som heter nästan lika också. Ä vi på väg till en brottsplats nu kanske?

Han kände sig upprymd i sina tankar, samtidigt som han var nervös, hjärtat hamrade hårdare i hans bröst. Kroppen kände av att han höll på att nästla sig in i en lögn... eller lögn och lögn. Det hela var ju ett missförstånd, en förväxling... det var väl inte så farligt. Samtidigt var han uppjagad av nyfikenhet. Han kanske var på väg till sin första brottsplats. Han skulle leda en polisutredning. Det kanske var något fyllo som spöat sin fru som de var på väg till. Knujt retade upp sig en aning, det där med kvinnomisshandlare och de som gav sig på dem som var mindre och svagare hade han alltid haft svårt för. Nu kanske han kunde göra någonting åt saken på plats, inte bara läsa om eländet i en tidning och reta upp sig och önska att han varit där och styrt upp. Han kunde få visa hur man ska göra med sånt pack. Ivern rev i honom och han hade samma känsla i kroppen som ett barn på väg till tivoli med ett obegränsat åkband för karuseller runt handleden. Han förstod att spela polischef inte var en så smart grej, men han kunde inte motstå frestelsen att få känna hur det kändes. Om än bara för en timme eller två.
Det där med att han skulle prata med någon på sjukhuset fick vänta... han hade ju kanske ett brott att klara upp.

Kapitel 8.
Brottsplatsen.

Vägen mot Gråviken var snötäckt, slingrig och smal. Knujt funderade om Markel hade varit taxichaufför i ett tidigare liv för han gasade på och sladdade lite lätt i varenda kurva. Knujt var glad att det inte var han som körde för han kände inte till vägen och det var ett inferno av snö som öste ner. Efter en stund saktade Markel ner och lutade sig fram mot ratten med ett något häpet uttryck i ansiktet.

- Shit! Va ä dä där nu då? Brinner dä eller?

Knujt la märke till att ett gulaktigt flackande sken lyste upp omgivningen mer och mer.

Kan dä va en brand? Ä dä en skogsbrand som ska bli min första brottsplats... fan va tråkigt. Ja ä ju förväxlad som polis... inte brandkårsgubbe.

Det stod träd på båda sidor av den krokiga vägen och de syntes vagt som svarta siluetter mot ett brandgult eldsken. Ju närmare de kom ju mer förstod han att det brann på flera ställen i en glänta. Knujt kunde även se det röda skenet från baklyktorna på en bil som stod parkerad på den eldhärjade platsen. Han anade sig till att det var en polisbil. Markel saktade in ytterligare.

- Ja då är vi framme ”at the Gråvik”... hoppas att dä inte finns nå fingerlöst lik... bara en bortsprungen tik. Haha! Lik, bortsprungen tik! Haha...

Knujt vände sig mot Markel lite undrande med ett skevt leende på läpparna.

Fingerlöst lik och bortsprungen tik? Va fan, han sitter och rimmer å försöker va rolig i ett läge som dä här? Inte alla tomtar kan ha nått toppen i den granen.

Knujt hade god lust att flina lite mer, men behärskade sig. Han måste ju bete sig auktoritärt om han nu skulle låtsas vara polischef. Han lät bli att skratta åt Markels rim, han kollade på scenariot framför dem istället och svarade så myndigt, humorlöst och allvarligt han kunde.

- Vi kanske ska stanna å gå sista biten för å kunna göra oss en bättre bedömning av va dä ä som ha hänt.

Fast än han inte såg på Markel så kunde han höra på rösten att leende försvann och att han försökte bete sig så allvarligt han kunde.
- Öh... ja, du ha rätt. Sorry Chiefen!
Det dök upp en ny sorts behaglig känsla i Knujts kropp när han blev kallad Chiefen. Han var inte van vid sånt... att någon lydde honom och ansåg att han var en som bestämde, men han skulle inte ha något problem att leva med den känslan.
Chiefen... Polischef... jo man tackar, dä tycker ja redan om att vara, dä känns redan bättre än å vara bruksare.
Knujt hade varit anställd på Iggesunds bruk ända sen han blev kickad från polishögskolan. På bruket hade han aldrig klättrat i några grader, där var han lägst i rang och ingen hade sett upp till honom. Nu var han helt plötsligt betydelsefull, en person som andra lyssnade på. Även om han visste att det var en lögn så var den behagfulla känslan i honom mycket sann.

Knujt var glad att han tagit en fodrad jacka, trots att det inte varit dåligt väder när han for från Iggesund för knappt 2 timmar sedan. Han knäppte dragkedjan och fällde upp kragen när de båda klev ur bilen. Han hade hittat en gammal mössa med Iggesund Paperboards logga på i handskfacket, den tog han också på sig men vände trycket inåt. Om han nu kom från Ingesund vore det kanske dumt att skylta med Iggesund.

De båda klev sakta framåt för att bevittna vad som hänt. Förödelsen de mötte fick dem att inte säga ett ord. Det som hade inträffat var någonting långt utöver det vanliga. Knujt visste inte längre om han gillade det faktum att han skulle låtsas vara polischef och reda ut det här. Det som de stirrade på var ju en mindre krater. Jord, sten och grus låg uppfläkt på sidorna av ett hål i backen som var lite över en meter i diameter. Det brann lite här och där, men snön gjorde det svårt för de ivriga lågorna att ta fäste.
- Dä ser ut som om en bomb ha exploderat, sa Knujt, lika mycket till sig själv som till Markel.
- Ja, eller en missil... eller en komet av nå slag. Fan nu få ja två duvor å slå ihop sig i samma påse. Dä va ju nå rödaktigt eldsken som lyste upp för ett tag sen. Dä försvann tvärt å så kom en vibration så ruterna skallra, å nåra billarm starta.

Missil, eller komet!? Va fan ha ja nästlat mig in i för nåt egentligen? Å duvor i samma påse... hitter lustigkurren på egna talesätt eller ä dä nåt som dom säger här på ön? Knujt tänkte en stund för att försöka få nån ordning på allting.

- Du Markel... Du sa nåt om att din chef, eller din förra chef Ove å nån som hette Gustav hade åkt hit. Varför gjorde dom dä... va skulle dom hit och göra?
- Ja, shit... sorry. Ja glömde å briefa dig detaljerna. Gustav hade hittat ett avslitet människofinger å han sa att dä va en pojkkropp i utedasset.
- Oj fan! Ett människofinger å en pojkkropp i ett dass, svarade Knujt med bestörtning och såg sig omkring om han skulle se nåt gammalt skithus.
- Här finns inget dass. Vi kanske borde gå dit... var nu dasset ä å kolla.
- Öh, vi ä där... eller ja menar dasset ä här... eller dä brukade vara... där!

Markel höjde handen och pekade mot mitten av kratern. Efter att Knujt ansträngt sina ögon för att se genom snö, eld och rök så kunde han urskilja några träspillror som låg utspridda runt det rykande hålet. Stundvis skingrades röken och det gick lättare att se. I kratern låg något som påminde om en stor knölig sten. Den var spräckt och ojämn i formen. Han kom att tänka på att även han sett det rödgula skenet som lyst upp himlen under en kort stund när han var på färjan. Av stenen att döma så borde det vara det andra alternativet av vad Markel gissat... en komet. Eller var den rätta termiska benämningen meteorit... eller meteor? Knujt började gå närmare och Markel följde tätt efter. Det där med brottsplatsundersökning var väl inte så noga i denna krigszon ansåg Knujt.

- Vem ä den där Gustav förresten? Ä han också polis?
- Ha, ha! Nej för fan. Nej han ä bara en gammal bybo, ett riktigt original.
- Jaha, men var ä dom? Bilen står ju där, men dom två ser man ju inte till.

En vindpust drog förbi Knujt och han kände en unken doft som påminde om mänskligt exkrement. Först blev han förvånad, men så kom han på att det hade ju stått ett dass där. Skiten måste vara utspridd ända upp till trädtopparna.

- Eeh! Öh jo ja ä hänne ja... men han ä dänne!

En okänd röst fick Knujt att sno runt och se en äldre man med en något krokig hållning stå tätt bakom honom.

- Oj! Å vem fan ä du?
- Ja ä Gustav. Du undra var noscht vi va... ja ä hänne... å han ä dänne... Ove... du står på Ove... eller på en del åv än.

Knujt var van vid den lite bredare Hälsingedialekt som Gustav talade. Det fanns gott om gamla kufar som hade släpat fötterna efter sig på Bruket som pratade så där brett, så han hade inte svårt att förstå vad Gustav sa... men det tog ändå ett litet tag innan han fick det hela att sjunka in. Genast hoppade Knujt åt sidan och stirrade storögd på marken där han stått. En bränd, sargad arm låg där och osade bränt kött.

Dä va som fan! Nu står ja på likdelar också! Nu får ja ta dä lugnt, inte få panik nu.

- Ojjjj! Det va ju... anmärkningsvärt!

Anmärkningsvärt! Va dä dä bästa ja kunde komma på å säga som lät beläst och förtroendeingivande?

Han hade tänkt att han måste ju agera professionellt och kunde ju inte direkt säga ”Åh! Gud va äckligt”... men anmärkningsvärt!...
Ingen av de två andra närvarande lade någon vikt vid hans ordval. De betraktade honom som om han nu skulle styra upp det här och att han snart skulle tala om vad som skulle göras. Knujt svalde och försökte så snabbt han kunde komma på hur det går till på en polisutredning. Det var bara det att han nu var 54 år och det var nog närmare trettio år sen han gick på polishögskolan. Det han lärt sig där kändes som bortglömt just nu. Men helt ovetandes om polisrutiner var han ändå inte... eller borde inte vara. Under alla sysslolösa år på bruket hade han haft god tid på sig att göra annat än det jobb han fick betalt för att göra. Hans arbete hade varit att se till att nödutgångar inte blockerades, att utrymningsvägarna skulle vara fria, och att se till att nöd-ut skyltarna och märkningarna efter golv och väggar skulle hållas rena. Detta gjordes en gång i veckan på några timmar, resterande tid brukade han spendera i sin ”koja”, ett litet krypin han hade införskaffat sig i en vrå på kartongavdelningen. I sin koja hade han eget kylskåp, micro, bord,

stolar, tv, radio och en liten soffa... allt en man kan behöva. Där satt han och läste sina deckare eller tidskrifter om Svenska brott. Både uppklarade svåra fall där det hade krävts en massiv polisinsats för att lösa fallet, men även tidningar om olösta fall i Svensk historia. Knujt hade massor med tid och många av dessa olösta fall försökte han knäcka. Han skickade ibland sina tips till det berörda länets polisdistrikt men fick sällan några svar eller tack. Nu stod han här, bland sprängda kroppsdelar och kom inte på något kriminaltekniskt alls att göra. *Typiskt!*
Han samlade sig och insåg att han måste säga något.
- Va dä Gustav ni hette?
- Öheh, ja!
- Va heter ni mer än Gustav?
- Dyng!
- Va?
- Ja heter Dyng-Gustav... dä ä dä döm kaller mä.
- Ja men va heter du på riktigt?
- Dyng-Gustav... Öh... Pålmerdal.
Det verkade som om gubben fick tänka efter en stund innan han kom på vad han hette i efternamn.
- Du hade alltså hittat ett finger... å en pojke i... i ett utedass?
- Ja.
- Såg du va som hände här?
- Ja.
Knut väntade på fortsättningen men det kom ingen.
- Va var dä som hände då? Berätta dä för mig å Markel ä du snäll.
- Öh! Jaha. Jo han sa åt mä å sätta mä i bilen, sen gick än fram te skithuse å glodde på pöjken som va dö. Då ringde han nån e lita stunn, sen köm dä en komet som for genöm han å rakt in i skithuse... Fan i farfars kalsönger va dä small. Dä va tur ja satt i bilen... fast den krängde så pass att ja tappa snusen... å ja har ju inte så mysche kvar! Dä ha ju bleve så jävulskt dyscht mä snus nu för tin.

Varken Markel eller Knujt sa något, båda tittade upp mot skyn som om de ville försäkra sig om att det inte var fler kometer på ingång.
Dä här ä ju overkligt! Va fan gör ja nu då? Vilken idiot ja ä! Ja tvivlar på att "Hur man utreder kraschande rymdstenar" finns mä i nån polismanual. Borde ja kontakta NASA eller? Hur fan ska ja kunna

undersöka en dö pojkkropp som ä utspridd ända upp till trädtopparna, å som nu ä mixad mä en annan kropp. Sen ä dom dessutom välgrillade å rikligt kryddade mä folkskit.

- Eh, öh jo! Ja tror dä va nån som hade ätte på pöjken.

Knujt vände sig mot Dyng-Gustav.

- Hade nån ätit på pojken! Varför tror du dä?
- Jo för dä va bitmäschken pån. Dä va väl nå djur isse ja. Ja tyschte ja såg nå som lomma iväg när ja köm föschta gången... då nä ja va skitnödi.

Knujt såg frågande på Gustav, sen vände han sig mot Markel som insåg att han hade förklarat dåligt.

- Jo, Chiefen... dä va därför som han kom till oss i vakten, han ville låna muggen!
- Han hade ju hittat ett finger å ett pojklik!?
- Ja men dä sa han inte förrän han var klar på toa.

Knujt tänkte säga något men insåg att det inte skulle vara till någon nytta. Gustav va ju ett original... en byfåne! I hans värld så var det väl viktigare att skita än att tala om att han funnit en död kropp. Han suckade och vände sig åter till Gustav.

- Verkade pojken ha vare dö länge?
- Eh, öh! Länge nog för å va gråblå i syna. Å dä där djure hade hunne tage månge tugger åv än. Hela magan va åppätten.

Djuret? Va kan dä va för djur? Finns dä varg, järv eller björn här ute på ön, eller ä dä nå vildhundar som vare framme?

- Hann du se hur djuret såg ut?
- Njaeh! Han va snabb, å ja sir lite glist.

Gustav hade också en nästan blå nyans i ansiktet och Knujt kunde se att han skakade tänder och huttrade.

- Du ser frusen ut! Gå å sätt dä i baksätet på min bil så länge å värm dig medans ja å Markel kollar runt här.
- Du... ja vet inte om dä ä en sån bra idé, sa Markel i en låg ton.
- Vadå då? Han håller ju på å frysa ihjäl. Vi kan fråga ut han senare. Gå ä sätt dig i bilen du Gustav.
- Tack så mysche! svarade Gustav med ett skakigt leende och traskade iväg mot bilen.
- Klart han ska få värma sig medan vi undersöker.
- Okej, You're the boss!

Knujt hukade sig ner för att granska den sargade armen vid hans fötter. Den var sotig och tycktes ha slitits av från axeln. Det var första gången som Knujt sett något liknande. Han hade aldrig sett ett lik förut, mycket mindre brända och trasiga kroppsdelar. Han tyckte att han reagerade på ett bra sätt. Det naturliga hade nog varit att han blivit illa till mods och mått illa eller kräkts, men han hade aldrig varit kräsmagad.

Ja måste nog bete mig rätt så proffsigt... som om sprängda människor hör till min vardag. Inte illa pinkat av en gammal bruksare.

- Nu håller dä på sluta å snöa, dä va på tiden. Här ligger dä en kroppsdel till... ja tror den tillhör pojken.

Knujt vände sig mot Markel som hade gått några meter närmare gropen. Det låg något delvis täckt av snö framför honom. Knujts något malliga känsla av att inte ha kräkts kändes inte längre så unik. Markel tittade på likdelen utan att ge minsta sken av att visa någon avsmak.

- Varför tror du att dä ä en del från pojken, å vem ä den där pojken egentligen?
- Sorry, Chief! Glömde å förklara dä. Dä var en grabb i 15års åldern som försvann för en dryg vecka sen. Lars Almarfjord. Varför ja tror dä ä han ä för att köttstycket här har en grön munkjacka på sig... eller ja... en bit av en grön munkjacka. Ove hade en svart jacka på sig när han å Gustav for iväg.

Knujt reste sig och skulle just gå mot sin nya kollega då ett nytt ljus rörde sig och kastade långa dansande skuggor bland träden. Kort därpå hördes motorljud från en bil som närmade sig. De kunde se strålkastarna, men det var fler än en bil, det var tre större fordon som kom tätt efter varandra.

- Jaha, nu komme Maschkman å hans zombie-squad.

Knujt blev omedvetet spänd i både kropp och själ.

Maschkman... vem fan ä dä nu då? Markel nämnde dä namnet förut... nåt om att Maschkman hade ringt angående att han inte fick tag i Ove. Ä dä nåt högre polisbefäl eller? Ja kanske borde veta vem dä ä. Han kanske vet vem den där Knut från Värmland ä...å att ja inte alls ä nån polis, eller? Hur ska ja klara mä ur dä här nu då? Ja ä en idiot som låtsas va snut på gamla dar.

Bilarna parkerade bredvid varandra vid sidan av Knujts Nissan och Oves polisbil. Nervositeten inför de kommande minuterna ökade i

takt med antalet människor som klev ut ur bilarna. Han funderade över vad Markel nyss sagt.
Maschkman å hans zombie-squad! Va fan mena han mä zombie-squad?
De mörka konturerna av folket från bilarna blev med ens lite kusligare i Knujts ögon. Han sträckte på sig och försökte sopa bort spåren av osäkerhet från sin kroppshållning. Vem än den där Maschkman var så ville Knujt ge ett bra första intryck, han ville förmedla att den nya chefen, det vill säga han själv, var en man med pondus. Det skulle nog gå vägen... om inte Maschkman visste hur den nye polischefen såg ut ville säga!

Kapitel 9.
Maschkman.

Nästan alla ankommande var klädda i grått, med grå ansiktsmasker som såg ut som rånarluvor och något som liknade uniform, typ S.W.A.T uniformer utan vapen och allt jox. Han kände sig som han var inlåst på en bank som han precis rånat och polisen nu anlände med piketen. De tre som gick först mot Knujt och Markel hade inte huvor. Den till vänster bar en stickad mössa långt nertryckt och en vindjacka. Han verkade ha en läkarrock under jackan som hängde utanför och fladdrade. Mannen i mitten, som tycktes vara den som var högst i rang, bar ytterrock och förmodligen kostym under. Han hade svarta skinnhandskar och lågskor. Han rörde sig smidigt med en ståtlig hållning när han klev i de ojämna fotspår som redan fanns på platsen. När han kommit närmare framträdde ansiktet bättre och det var en herre som borde vara mellan 55-60år gissade Knujt. Ansiktsdragen var åtsittande och skarpa med fåtalet rynkor som gav nunan en karismatisk prägel. Han verkade vara i god kondition för sin ålder. Senig, smal och högrest. Det blänkte till lite i mannens glasögon och Knujt kunde skymta ett par smala, stålblå ögon som betraktade honom.

De stannade ett par meter från Knujt och Markel. Knujt vände sig mot den tredje personen till höger, en grov och kraftig man som hade en allt utom töntig utstrålning och som ställde sig bredbent med båda händerna bakom ryggen.

Va ä dä där för en? Han beter sig som en militär, ställer sig i manöverställning, funderade Knujt och fastnade med blicken på det något kantiga ansiktet.

Det var som om det huggits ur sten. Det var ärrat och det vänstra ögat verkade ha någon form av defekt. Det hängde litegrann, ungefär som han inte riktigt hade koll på ansiktsmusklerna runt det ögat. Knujt fick genast dåliga vibbar av den personen.

- Hej Eidolf. Du, asså vi ha en jävla tur... eller ja menar otur, men tur ändå... oturs tur! Ove ha fått en komet på sig, å det va ju otur... likaså pojken i utedasset, också otur... men dä som ä tur ä att Knut Waxler ha komme... dä va väl tur va? skyndade Markel ur sig.

Knujt fick ett litet tryck över bröstet och hjärtat verkade sluta att slå för en sekund. Det var nu som han skulle få se om det skulle bära eller brista. Hade den där Knut träffat Maschkman, då skulle Maschkman förstå att Knujt var en bluff. Hade han inte det så kanske han skulle klara sig.
Klara mig? Ja tyckte ju nyss att ja va en idiot som tog på mig rollen som låtsaspolis... nu står ja här å hoppas att den här snubben fortfarande ska tro det. Ä ja dum eller? Varför säger ja inte på en gång att allt ä ett missförstånd?
Han hann inte grubbla mer på det då herr Maschkman fick ett leende att tänja ut skinnet i sitt ansikte ännu mera.
- Men se Knut Waxler! Så passande att ni kunde komma tidigare, det var ju tur.

Det sista sa han med en lite mera irriterad ton och vände sig mot Markel. Därefter fortsatte han.
- Nå Knut! Vad är det som hänt här då?

Knujt pustade ut och de inre spänningarna släppte när han förstod att Maschkman inte kände igen honom. Därefter började Knujts käft att gå på autopilot. Han redogjorde i korta drag det lilla han visste, vilket inte var särskilt mycket. Han avslutade med några ord som om han var mycket hängiven sitt arbete.
- Ja de här va ju inte riktigt som ja tänkt mig. Ja hade ju planerat å komma lite tidigare för å lära känna omgivningen å trakten lite innan ja skulle börja arbeta. Ja förstår ju om ni vill att ja ska träda i tjänst mä omedelbar verkan. Även om ja kanske skulle behöva lite tid å göra mig mera hemmastadd på ön. Ja ha inte ens tagit ut mina väskor ur bilen... men dä kan vänta.

Knujt blev irriterad på sig själv. Sånt här var han inte van vid. Han brukade inte ljuga. Han var nästan sanningen personifierad. Det var nog det faktum att han kunde bli påkommen med att utge sig för att vara en han inte var som gjorde att han fortsatte att spela med. Samtidigt hade han ett litet hopp om att denne Eidolf kanske skulle släppa iväg honom till sin packning. Gjorde han det skulle han vinna lite mera tid för att försöka få bättre grepp om situationen... eller få mer tid att hålla identitetsbytet vid liv.
Va håller ja på mä? Nu nästlar ja ju in mig ännu mer.
Eidolfs ögon stirrade rakt in i Knujts som om han försökte läsa hans tankar, eller se om han såg något utryck som inte han

önskade. Knujts puls ökade och han fick kämpa emot för att inte vika ner blicken. Han försökte se så lugn och plikttrogen ut han kunde. Efter vad som tycktes ta en evighet gav det frukt.

- Det är tråkigt att detta ohyggliga inträffade precis nu. Vad jag förstod det som så stod ni ju inte varandra så nära... Ove och du, och det kanske var tur nu... med tanke på omständigheterna. Vi kan ju inte kräva att du ska börja arbeta innan du knappt har klivit i land. Jag tycker att genom att se dig stå här nu så visar det en ytterst bra arbetsmoral. Sådant växer inte på träd i dessa tider och sådant ska man få belöning för anser jag.

Han vände sig mot Markel.

- Markel! Ta med dig din nye chef till vaktstugan och gå igenom hans arbetsrutiner och visa honom runt lite.
- Yes Sir! svarade Markel hurtigt.

Eidolf vände sig till Knujt igen.

- Det var ju tänkt att du skulle få Oves rum uppe på vakten, men det hinner vi inte få urstädat ikväll. Jag ska se till att de ordnar ett rum åt dig i natt på Skrikmåsen. Du träder i tjänst i morgon bitti. Vi städar upp här så länge och så går vi igenom vad vi hittat i morgon.
- Tackar dä va snällt av er, var det enda Knujt fick ur sig.

Medan han och Markel gick mot bilen funderade han på det Eidolf sagt.

Enligt va han hade förstått så stod vi varann inte så nära Ove å ja! Okej, då måste ja åtminstone ha träffat karln, eller åtminstone haft kontakt mä han via telefon eller mail... dä får ja ha i åtanke så ja inte försäger mig under kommande konversationer.

Kapitel 10.
Presentation i vaktstugan.

I efterhand förstod Knujt varför det inte var en sån bra idé att Gustav fick värma sig i hans bil. Färden från Gråviken tillbaka till vaktstugan hade varit allt utom behaglig. Knujt fick nästan kväljningar av den unkna doft som medpassageraren i baksätet utsöndrade. Han gjorde en mental minnesanteckning i skallen att han måste köpa sig en näve doftgranar så fort han fick chansen... kanske rökelse också.

För att inte bara sitta tyst och inhalera Gustavs aromer beslutade sig Knujt att fråga ut gubben lite mera om vad han sett. Han fick höra att ett järnrör från en cykelsadel hade suttit instucken i skallen på pojken. Det var väl ungefär det väsentligaste han fick berättat för sig. Gustav talade ju brett och det var lite svårt att uppfatta alla ord när Markel gasade på i snön och bilen krängde hit och dit.

Gubben ville bli avsläppt mitt på ett oplogat torg, ett litet centrum eller vad man nu kunde kalla det. Både Markel och Knujt blev glada av att bli av med den odörspridande herren.

Väl inne i vaktstugan blev de mött av en kvinna i 30 års åldern. Hon hade en lite barsk uppsyn och verkade inte vara på bra humör. Hon var cirka 165centimeter lång med en bastant kropp, inte tjock, men kraftig och grov. Hon bar en tight tröja som gjorde att man kunde se hur bh:n skar in i huden på överkroppen och höll den fylliga barmen väl på plats. Hennes jeans var lika tighta och stramade hårt åt de grova benen.

- Kan nån tala om varför jag blev tvungen å komma tidigare. Maschkman ringde hit mig. Ja blir så trött när ni gubbar bara talar om va man ska göra, men inte varför. Som om man vore nån jävla slav... Å vem är du då?

Hon hade troligen trott att det var Markel och Ove som kom in genom dörren, men hon stannade upp då hon fick syn på Knujt.

- Jo, du Katta, dä här ä nya Chiefen... Knut Waxler. Han kom lite tidigare än beräknat, å det var ju tur... för Ove ä dö! Han fick en komet i skallen, så nu vet du dä, om du nu ä så nyfiken.

När Knujt hörde det korthuggna svaret anade han att det var en ganska hård jargong mellan de två arbetskollegorna. Knujt skulle just presentera sig då en mycket allvarlig insikt kom över honom. *Om de tror att ja ä den där polisen som dom nu inväntat... va händer när den riktiga polisen kommer? Han skulle ju va här snart. Snart? När ä snart, om en dag eller två, eller om en vecka? Va ska ja säga då... dä blir ju lite svårt å säga att allt bara va på skoj... dä råkade bli ett missförstånd... som varade i flera dar...*

- Ä de här ett av dina dåliga skämt Markel? Skulle Ove ha fått en komet i skallen, då ä ja din morfar!

Hon kom av sig lite då hon märkte Knujts något bleka uppsyn. Hon visste inte vilken inre kris som for omkring i skallen på honom, men hon kunde se att allt inte stod rätt till.

- Mä tanke på hur du ser ut så skulle man ju kunna tro att det ä nån som dött... ä det verkligen så?

Knujt som nu slogs med sitt samvete borde ha sagt hur allt låg till, att han blivit förväxlad och att han inte var den som de trodde, men till sin förvåning så gjorde han inte det.

- Ja måste tyvärr säga att dä ä sant, hur otroligt dä än kan tyckas. Din forne chef Ove ä dö... å ja, han ha fått en komet, eller meteorit på sig.

Blicken som Knujt gav henne var lika sorgsen som en cockerspaniels som blivit snuvad på en tallrik köttbullar.

- Ja hade ju velat att vi träffats under andra omständigheter, men jo, ja ä din nye chef. Knut Max... Waxler... angenämt.

Varför står ja här och ljuger? Har ja haft så lite spänning i mitt liv att ja ska börja ljuga mig in i hetluften?

När han sträckte fram handen mot den nu något chockade Katta tänkte han att det var nog så. Han hade haft på tok för lite spänning i sitt liv. Han skulle ju egentligen ha varit polis... vem vet, han kanske till och med skulle ha varit polischef om allt gått som det borde. I stället hade han segat omkring på bruket nästan sysslolös och slösat bort större delen av sitt liv.

- Katarina Tinderlund, svarade hon och hennes ton hade tappat all den barskhet hon haft för en liten stund sen.
- Kalla mig gärna Katta!

Hon hade ett par rejäla nypor. Om Knujt blundat skulle han kunnat tro att han skakat hand med en råbarkad timmerhuggare från Överkalix.

- En komet! Då va dä den som lyste upp himlen för ett tag sen, å så kom dä nåra kraftiga vibrationer.

Knujt och Markel nickade sorgset och Katta stirrade tomt och storögd mot dem, men så ljusnade hennes ansikte upp en aning, ungefär som om hon kom på något.

- Det va som fan! Tänka sig... en del av himlen ä förknippad mä dig sa hon ju.

Markel och Knujt höjde frågande ögonbrynen när ingen fortsatt förklaring kom.

- Vem sa vad? undrade Knujt försiktigt.
- Grisskinns-Eifva!
- Grisskinns-Eva?
- Nej Eifva, dä uttalas nästan lika, men stavas olika. Hon stod utanför här för nån dag sen och klappa lillgrisen sin. Efter att hon stått i närmare en timme körde Ove iväg na. Om nån skulle komma för å besöka nån på mentalsjukhuset så såg det inte så bra ut om det stod dårar utanför grindarna och drällde. Folk kanske skulle tro att dä var nån som rymt tyckte Ove. Eifva bara blängde surt på han, sen gjorde hon en gest med handen... hon höjde fingret upp mot himlen och så sänkte hon det tills det pekade mot Ove. Därefter sa hon att ”en del av himlen ä förknippad med dig”. Ja å sen gick hon.
- Varför ha du inte berätta dä för mig? Du vet att ja gillar sånt där creepy shit, invände Markel.
- Äh, man kan väl inte komma ihåg allt som sägs av alla heller.

Knujt hade fortfarande sina ögonbryn höjda.

Grisskinns-Eifva... stod å klappade lillgrisen? Har folk här på ön små grisar som dom går omkring å klappar? Hör det till vanligheten här eller?

Markel kunde inte undgå Knujts undrande uttryck och förtydligade.

- Alltså, Grisskinns-Eifva ä en tant från byn som brukar säga en massa kryptiska saker som inte verkar logiska, men i efterhand så brukar hon få rätt. Folk säger att hon siar om saker som kommer å hända. Sånt där phsycic shit!

- Ja, som ”en del av himlen är förknippad mä dig” som hon sa till Ove. Det fatta man ju inte va hon mena mä det då, men nu... Kschhhh... Bang!

Katta la till en liten ljudeffekt på slutet som om hon härmade en kraschande komet.

- Jaha, intressant, svarade Knujt och nickade imponerat.

Katta fick åter den lite barska utstrålningen.

- Då får man hoppas att du inte ä lika sur å tråkig som Ove då Knut. Ska ja va ärlig så ä det ganska skönt å bli av mä han. Han ha vare en jävla gnällgubbe på sista tin som bara ville gå i pension, men det hann han ju aldrig. Tji fick han!

Hon avslutade med ett svagt skadeglatt leende.

Knujt svarade inte något på det, men funderade vilken muntergök den där Ove måste ha varit som frammanade dessa ”sorgsna” känslor hos sina medarbetare.

Ja får nog försöka å va en bättre chef än den där Ove. Dä vore ju trevligt om dä åtminstone kom en tår i ögat på dom här två om ja skulle råka få en rymdsten på mä, tänkte han och undrade lite varför han tänkte så.

Den riktiga Knut skulle ju komma vilken dag som helst. Som om han skulle vara kvar som en låtsaspolis så pass länge att de skulle gråta om han råkade dö. Markel fick hans tankar att skingra sig.

- Du Chiefen! Ska vi gå igenom lite av rutinerna här så kan ja guida dig till Skrikmåsen sen?
- Öh, va! Jo det vore bra. Vi kan ju kanske bara ta dä väsentligaste, vi kan ju gå igenom allting lite bättre i morgon. Dä ha vare en lång resa från Värmland å ja skulle gärna vila lite så ja ä pigg i morgon, ljög Knujt.

Markel och Katta gick som hastigast igenom rutinerna kring det nya polisjobb som Knujt lyckats sno åt sig. Arbetsuppgifterna innefattade främst att sitta i vakten och släppa in och ut besökande till sjukhuset. Ibland hände det att någon patient rymde eller ställde till med problem, då var det hans uppgift att reda upp situationen. Om något annat kriminellt eller suspekt hände nånstans på ön så skulle han ingripa... eller skicka sitt manskap, det vill säga Markel eller Katta till platsen. Under tiden hans medarbetare, eller underhuggare förklarade deras rutiner fick

Knujt uppfattningen om att det inte var riktigt enligt Svensk polisstandard. De verkade ha lite egna regler och tillvägagångssätt. Det var ju länge sen Knujt gått på polishögskolan men han var övertygad om att det inte var så här det skulle vara. Som till exempel verkade Gallbjärsbergets Sjukhus stå som en central punkt i allting. Det var den så kallade "Vakten" som var själva polisstationen, men som mer överensstämde med just en vaktstation till ett sjukhus. Eftersom Knujt inte visste vilken grad han skulle låtsas vara i sin nya chefsposition ställde han en fråga.

- Vem ä dä ja svarar till, vilka ä mina överordnade? Ä dä nån på Hudiksvalls Polisstation som ja ska rapportera till om ja skulle behöva?

Både Markel och Katta hade stannat upp och sett förvånade ut. Markel svarade med ett lite undrande uttryck,

- Hudiksvall? Nä dä ä ju Maschkman du rapporterar till, i värsta fall Ruben, men rapportera till han borde du nog aldrig behöva. Blanda inte in nåra andra poliser. Ja trodde Ove hade förklarat dä för dig. Vi på ön reder ut våra egna problem, så ha dä alltid varit.
- Ja, jo dä ä klart, men ja tänkte mä tanke på meteoriten... dä hör ju inte till vanligheterna. Kanske den ha synts på nån radar, å det kanske komme rymdgubbar hit... eller ja... folk från nån rymdstation... rymdinstitution eller ufo-fanatiker eller nå sånt?

Knujt insåg att hans påhittade chefsroll nog inte lät så himla kompetent och auktoritär längre.

Kommer rymdgubbar eller ufo-fanatiker! Dä lät ju inte så vidare kunnigt. Ja får skärpa mig mä mina uttalanden.

- Om nån inlandsorganisation skulle komma hit så löser Maschkman dä, oroa dig inte, han kan hålla utomstående borta.

Knujt nickade till Kattas svar men hade velat fråga mer om den där Maschkman, som tillexempel om hans "Zombie squad" men han avstod. Risken att han frågade något som han egentligen borde veta var för stor.

Kapitel 11.
Skrikmåsen.

Efter den hastiga arbetsrutins genomgången åkte Markel före Knujt för att visa vägen till Hotell Skrikmåsen. Det visade sig att inte bara vaktstugan var ett ställe med många kategorier innanför väggarna. Skrikmåsen var både Lanthandel, Café, Resturang och Hotell.

Knujt bar med sig sin minimala packning och var glad att inte Markel stannat för att hjälpa honom bära. Det hade varit anmärkningsvärt att komma från Värmland till ett nytt jobb med endast en liten ryggsäck med termos och mobilladdare som enda packning. Lanthandeln var stängd och Restaurangen likaså, men det lyste inne i Hotellentrén.

Utanför entrén fanns det några översnöade vissna blommor i stora krukor. En skulptur av en trädgårdstomte stod vänd utåt med ryggen mot entréfönstren, en ganska påkostad en som skiljde sig i utförandet mot för hur de brukade se ut. Knujt gick in och stannade innanför dörrarna. Det var väl vad han hade väntat sig... både inredningen och byggnaden var ganska nedgånget. Hotellet var byggt på en gammal timmerstomme och väggar, golv och tak var i trä. Knujt funderade om det i grunden hade varit en ladugård som piffats till, men det lantliga och omoderna var trots allt charmigt och spred ett gemytligt intryck. Det fanns ett flertal uppstoppade måsar på väggarna, samt gamla jordbruksverktyg. En grep, en rostig tvåhandssåg, något som kunde vara en murken dyngspade och andra föremål som han inte riktigt förstod vad det var. Han lade märke till att den lilla trädgårdstomten utanför inte alls stod med ryggen mot fönstret, den stod nu vänd inåt mot entrén, vänd mot Knujt.
Va fan! Så där stod han väl inte nyss? Eller va dä en annan tomte vid ett annat fönster? tänkte han. Precis då var det nån som sa nåt.
- Dä ä då tell å inte ha nån brådska sir ja!
En något skrovlig mansröst fick Knujt att vända sig mot den lilla Hotellreceptionen. Bakom den stod en äldre man i skjorta och väst och ansiktet var hårt och fårat. Han såg ut att vara över 60 härjade år, visserligen propert klädd, men han såg minst sagt luggsliten ut. Knujt stegade sig närmare disken.

- Hej! Jo ja ha fått ett rum bokat åt mig. Dä borde vara en Eidolf Maschkman som ringt å bokat dä.

Mannen blängde surt, och på närmare håll kunde Knujt se att ansiktet var mycket ärrat. Ögonbrynen såg ut att ha blivit spräckt på flera ställen, näsan var lite sned och tillplattad, förmodligen bruten flera gånger. Han hade blomkålsöron och ena ögat skelade litegrann. Mannen lutade sig med händerna på disken i en något dominant pose. Knogarna var knöliga och även händerna hade flertalet ärr.

Den där gubben skulle passa bättre som dörrvakt till nån årsförening för härjade krigsveteraner än å stå i en hotellreception. Han måste varit boxare eller slagskämpe i sin ungdom.

- Ä rä nå fel på däg som inte kan boka rum själv... om du läre låta nån annan ringa å görat åt dä? Kan du inte mä en mobiltelefon kanske?
- Öh,va?

Knujt blev aningen chockad av det överrumplande tilltalet.

Va ä dä där för en sur å otrevlig gubbe egentligen? Hur kan en sån få stå å ta emot gäster? Han kanske inte ha vare slagskämpe, han kanske bara ha vare dryg å fått mycket stryk. Ja ska nog få av han den där attityden lite kvickt, tänkte Knujt irriterat.

- Jo dä ä så att ja ä den nya polischefen... Ha inte herr Maschkman nämt dä?

De där borde väl få han å visa lite mer respekt...

- Jasså ä rä du rä! Ja då föschtår ja om du inte kan mä en telefon... snutjävlar ä ju bare sånna som sutte hemma å suge mamma på tissarna, å fått för mysche stryk när dom va liten. Sen blir dom polis för dom ska känna att dom ä nåran. Dom vill att folk ska va rädd för dom så dom får känna sä överlägsen. Nä, småkukade morsgrisar ä va ni ä allihop, sånna som däg har ja inte mysche för ä!

Knujt blev förstummad och fick inte fram ett ord. Hans teori om att få denna man att ändra attityd när han avslöjade sin titel hade gått så långt ifrån målet den kunde. Samtidigt lyste det en inre glöd i de något skeva ögonen på gubben, en explosionsartad glöd. Med tanke på hans ärrade anlete trodde Knujt att om man sa ett mindre bra valt ord till denna man så skulle inte högerkroken vara långt borta.

- Ja hörde talas om att dä va nån som skulle ta över Oves jobb... nån från Värmland... usch, fy fan! Värmlänningar ä ene trögtänkta jävlar dä. Dä ä väl ni som går i folkdräkt å målar trähästar hela dagarna... speler trumpet från möran till kväll å sticker folk i ryggen med kniv, tugger grissvål å spotter långt... usch, äckligt obegåvat folkslag!
- Nja, ja tror du syftar på Dalarna. Du vekar inte vara så begåvad själv om du inte vet att Dalahästen kommer från Dalarna, var det enda svar som Knujt lyckades få ur sig.
- Dä låter då inte som om du kommer från Värmland ä. Fast dä ä klart, dä skulle ja oxå försöka å dölja om ja va du. Ni låter ju som nå nyfrälsta flickscouter mä stångkorv inklämd under kjolen. Dä ä då ett menlöst jalmande läte ni har, påminner om nå jävla getter som har sniffat lim!

I vanliga fall borde Knujt ha retat upp sig till bristningsgränsen, men han visste inte hur han skulle reagera mot detta överraskande men oförskämda påhopp. Men något måste han ju säga, han kunde ju inte ta hur mycket skit som helst.

- Hur fan kan en som du få stå i en reception på ett hotell? Du va då en av de otrevligaste människor ja träffat.
- Därför att dä ä MITT hotell å ja står vascht ja vill... va inte uppkäftig din jävla polisfjolla för då kastar ja ut dä så du får göra snöänglar för å hålla dä varm i natt!

Med det svaret gav Knujt upp sitt försök att munhuggas med Hotellägaren. Om det var för att Knujt inte sa något eller om gubben plötsligt blivit på bättre humör var svårt att avgöra, men gubben flinade och såg aningen gladare ut. Han fick fram ett tandlöst leende.

- Ja sir att du har packning mä rä! Ja kan ta den! Om polischefen följer mä mäg då så kan ja visa vägen till rumme.

Knujt höjde ögonbrynen i förvåning av det plötsligt ändrade uppförandet, men följde tyst efter gubben. Han kunde skymta en gammal dam i nattsärk som stod en bit bort i foajén när de gick iväg längs en korridor.
Skönt att veta att man inte ä helt själv på dä här stället, tänkte Knujt. På väg mot rummet funderade han på om han skulle ligga vaken ett tag för att tänka ut nån form av hämnd till Hotellägaren. Han

beslutade sig för att det fick vänta... tids nog skulle nog surkuken få så han teg.

Kapitel 12.
Första natten.

Han tog sig en dusch och la sig till sängs. Att slå på tv:n var inte att tänka på, Knujt hade så mycket i huvudet som behövde bearbetas. Vad var det han höll på med egentligen? Han stirrade i taket och följde en fluga med blicken medan han funderade över sin situation. Han hade antagit rollen som polischef. Det var ju ofantligt dumt gjort och han visste ju att det aldrig kunde sluta bra. Varför hade han egentligen gjort det? Faktum var att han var arbetslös sen snart 8 månader tillbaka. Tanken hade varit att starta eget efter att han blev varslad från Iggesundsbruk på grund av nedskärningar. Han hade fått en årslön i avgångsvederlag och det hade han tänkt använt som ett startkapital för sin nya firma... en firma som det aldrig blev något av. Han var ju i grund och botten gjord av polismaterial tyckte han. Han hade ju nästan gått klart Polishögskolan och visste att han ville bli brottsutredare. Det kanske inte var det lättaste att starta om polisstudierna vid 54års ålder och han tvivlade på att ens bli antagen till högskolan. Nä, han hade haft för avsikt att starta en detektivbyrå. Även i små samhällen som Iggesund med omnejd fanns det väl mindre brott som polisen inte hade tid att klara upp, så som otrohetsaffärer, kringströvande tjuvar som gjorde inbrott i sommarstugor, vandalisering och annat smått och gott. Tanken var att avgångsvederlaget skulle utgöra hans lön det första året så han hade tid att bygga upp sin verksamhet. Det hela hade inte gått så smidigt som han tänkt. Eller rättare sagt, det hade inte gått alls. Allt på grund av ett fruntimmer och nu var han snart utan bostad. Lägenheten på Villagatan i Iggesund skulle tas över av en asylsökande familj, kontraktet hade redan skrivits på. Det där med att skriva på saker och ting var ju A och O, det hade han fått erfara. Muntliga kontrakt betydde ingenting längre. Knujt hade beslutat sig för att flytta in till Hudiksvall, där det vore lättare att hitta kunder till sin blivande detektivbyrå. Han hade hittat en lägenhet och pratat med hyresvärden. Allt hade gått bra och han skulle få flytta in om ett par månader, vilket ledde till att han sa upp lägenheten i Iggesund. Men när han för en vecka sedan frågat om det fanns möjlighet att flytta in några saker lite tidigare till den nya

lägenheten, hade han fått ett horribelt svar. Lägenheten var redan upptagen. Knujt hade hänvisat till deras muntliga avtal, men hyresvärden antydde att om det inte fanns något skriftligt kontrakt så räknades det inte. Det var visst hyresvärdens systers karls mamma som hade fått lägenheten fick han veta då han snokade runt lite grann. Knujt visste att han inte hade mycket att sätta emot, så han fick nöja sig med att skära hål på alla fyra 32-tums däcken på hyresvärdens Dodge pickup som hämnd. Även några panorama treglasfönster fick gå i kras på hyresvärdens nybyggda villa ute på Maln. Beter man sig illa ska man ha illa tillbaka ansåg Knujt.
Nu låg han här och tittade i taket på ett hotell och var snart bostadslös. Men det där med arbetslös var han ju inte riktigt längre... iallafall inte än på några dagar. Hur skulle det gå då den riktige snuten, Knut Waxler kom till ön? Kunde det vara straffbart... eller rättare sagt, hur straffbart var det att agera polis om man inte var det? Samtidigt ville han veta mera om allt det som hade hänt. Vem hade kört en cykelsadel i skallen på en tonårspojke? Varför hade pojken varit nedsänkt i ett utedass? Vad för slags djur hade ätit på pojkkroppen? Förmodligen var det väl någon räv eller liknande, men Knujt hade en gnagande känsla av att svaret på dessa frågor inte skulle vara så enkla. En annan sak som han ansåg lite märkligt var att den där Eidolf Maschkman verkade vilja ha koll på det mesta. Vem var han egentligen? Han hade ju något med Mentalsjukhuset att göra, hur kan en sån ha något att säga till om hur polisväsendet ska agera? Det var många saker som for runt i huvudet på Knujt, många saker som fick hans nyfikenhet att öka. Det var ju sånt här han var skapt att syssla med, det kände han i hela kroppen. Han var en brottsutredare och nu hade han fått chansen att visa vad han gick för.
Trots att han visste att han agerat fel angående förväxlingen så kunde han inte låta bli att flina. Han hade blivit Polischef... det var därför han var här. Flinet upphörde då sanningen kom ikapp honom, det var ju inte alls därför han var här, det var ju för att det var nån på sinnessjukhuset som ville tala med honom.
Vem fan kan villa prata mä mig på dä där "gökboet", ja känner ingen där, ja känner ingen på hela ön. Ja få vänta mä dä där besöket tills ja vet hur dä går mä min utredning, tänkte han innan han somnade.

Kapitel 13.

Fredag 16:e Oktober.

Fiskaren Bertil.

Fickuret hade han ärvt av sin farfar och visaren tickade på som vanligt utan att bry sig om att klockan bara var 03:52. Bertil Karlström hade alltid trivts med sitt jobb som fiskare, men vid vargatimmen kändes inte jobbet så himla kul. Efter klockan 05.00 brukade han piggna på sig, men nu var han trött. Att ett hiskligt oväder drev med sig närmare två decimeter snö i mitten av oktober gjorde inte situationen bättre. Det hjälpte inte att sura och hänga läpp. Fisken skulle fångas till varje pris. En riktig man gör sitt jobb oavsett väder brukade hans farfar säga. Han stoppade undan det gamla fickuret. På något vis var det som om hans käre farfar alltid var med honom när han hade klockan med sig... vilket han jämt hade.

Han befann sig i en liten vik intill sin lilla brygga. Det fanns större bryggor där han kunde ha sin båt men han föredrog att inte träffa folk, helst inte vid klockan 04.00 på morgonen, fiskare eller ej. Han lastade näten i ”Njutångers Snebben”, båten som han också ärvt av sin farfar. Farfar hade i sin tur bytt åt sig den för hiskligt länge sen i den lilla fiskehamnen i Snäckmor i Njutånger.

Bertil skulle precis kliva i båten då han kände vibrationer i bryggan. Kort därpå hörde han steg som raskt närmade sig. Det första han tänkte var.

Vem fan ha så bröttöm att dom öschker springa den här tin på möran?

Men en inre känsla sa honom att även om någon annan var ute den här tiden vid hans undanskymda brygga, så varför sprang då den personen? Det var något som inte var som det skulle. Han reste sig samtidigt som han vände sig om. Så kände han en ilande rysning och han fick en känsla av att det han skulle få se inte var något trevligt.

Hans farhågor stämde. Han öppnade munnen för att skrika ut sin fasa, men åsynen av det som kom emot honom fick stämbanden att frysa till is, inte ens en liten viskning fick han ur sig. Bertil såg att den som kom springandes på bryggan höll något i sin hand. Föremålet höjdes och svingades mot honom, Bertil hann tänka att

han nog borde försöka parera slaget men hans kropp var lika stel och stilla som stämbanden.
Å kukens-jävlar... nu dör ja!
Det var det sista Bertil Karlström hann tänka innan han hörde ett inre krasande i sitt huvud. Därefter blev allt svart och han kände inte då även hans bakhuvud krossades, mot fören i båten när hans döda kropp ramlade baklänges.

Kapitel 14.
Frukost på Skrikmåsen.

Med öppen mun och med saliv i mungipan vaknade Knujt och kunde inte förstå vart han var. En knackning hade väckt honom. Efter att ha stirrat upp i taket i några sekunder kom verkligheten ikapp. Det knöt sig i magen då det där med att spela polis dök upp. Allt kändes så diffust och overkligt, som om han varit full dagen innan och gjort dumheter som han inte ville stå till svars för. Insikten av att han var nykter och att han måste ta konsekvenserna av sitt handlande på största allvar kändes tungt.
Efter att hastigt tagit på sig samma kläder som dagen innan stannade han framför spegeln innan han gick till dörren.

- Ja du Knujt Maxner, idag ska du va polischefen Knut Waxler, å du ska göra bra ifrån dä. Du ä den bästa polisen från hela... Värmland, bäst i Värmland, bäst i Värmland!

Han öppnade dörren och fick se Markel stå utanför med några väskor. Det sista ordet han tänkte på innan han började tala med Markel gick runt i hans huvud.
Bäst i Värmland! Ja kanske ska prata värmländska? Han visste egentligen inte riktigt hur dialekten lät, men han höftade till och gissade lite.

- Vilket oväsen du för! Är rä nött söm brinner eller?

Knujt höjde ögonbrynen åt sitt eget uttalande. Hur fan kunde han komma på den tanken... att pratat värmländska... om nu värmländska lät så där? Det lät väl i alla fall snarlikt?

- Ja men där ha du ju dialekten Chiefen! sa Markel glatt.

Men han fick inget svar, bara ett nöjt leende för att dialekten hade gått hem, sen en fundersam blick på väskorna som Markel höll upp.

- Du måste ha bättre koll på grejerna Chiefen. Färjegubben kom in mä dom för en halvtimme sen. Du hade glömt dom på färjan!
- Hade jag glömt dom på färja?

Knujt försökte få igång sin nyvakna hjärna.
Det var ju inte hans bagage, han hade aldrig sett dessa två resväskor och den där portföljen förut... eller hade han det? Ett minne av den där mustaschgubben på färjan dök upp. Han som hade gått ut på däck och rökt cigarill. Han hade haft väskor. En grå

och en grön samt en portfölj... likadana som de som Markel höll upp framför honom.
Varför tror han att dä där ä mina väskor? Eller ä dä färjegubben som sagt att dä ä mina?
Markel ställde ner väskorna och tog fram en plånbok ur portföljen.
- Ja tycker du skulle haft kvar muschingen, du passa bättre i den. Tur att dä inte va nån annan som hitta väskerna. Ett snut-legg kan stå högt i kurs i orätta händer.

Markel gav Knujt plånboken som något tvekande tog emot och vek upp den. Det var inte riktigt en plånbok i den bemärkelsen, det var bara ett vikbart läderfodral med det Svenska polisemblemet på ena sidan och en polislegitimation på den andra. Mannen som stirrade på honom från andra sidan plastfickan var mustaschgubben. Det stod Kriminalkommissarie Knut Waxler.
Å dra mig baklänges på ett par gummi-gardiner! Ä dä han som ä han ja låtsas va? Varför tror dom att ja ä han, å varför ger dom inte väskorna till den riktiga Knut?...
Han kände på sig att snart måste han se ut som ett fån om han stod där och stirrade för länge. Han måste agera som om allt var som sig borde.
Knujt skulle just stoppa undan legitimationen då hans ögon stannade på mannen på legget. Han hade tyckt att cigarillgubben verkat bekant när han sett honom på färjan, nu slog det honom att om man bortsåg från mustaschen så var gubben faktiskt väldigt lik honom själv. Samma tunna hår ovanför en veckad panna, väl markerade ögonbryn och ett ansikte med ganska kantiga drag.
Dä här ä ju fan otroligt! Va ä oddsen på dä här?... han heter nästan som mig å kommer från ett ställe som heter nästan lika som mitt, å så ser han nästan likadan ut som mig också.
Han stoppade ner snut-legget i portföljen igen innan Markel hann reagera på hur oförstående han såg ut. Så tog han väskorna och ställde dem innanför dörren. Portföljen höll han i.
Dä kanske ser bra ut för en polis som börjar ett nytt jobb att ha mä sig sin portfölj?
- Dä blev lite möe på en gång igår så ja hann inte ens märka att ja glömt väskera. Ja trodde ja hade röm kvar bak i bilen. Finns dä nån frukost på rä här stället? Ja ä hongri, svarade Knujt och bytte ämne.

- Jodå. Ja tänkte göra dä sällskap när ja ändå skulle hit mä dina väsker... om dä går för sig då vill säga Chiefen?
- Jo fan, dä går bra. Då kanske du hinner berätta lite om... ja, det mesta här i byn... eller ön!
- Fan nu har du trollat bort Värmländskan igen! sa Markel imponerat.

Efter att ha fyllt sina frukostbrickor med diverse läckerheter som bacon, äggröra, prinskorv, fil, flingor, juice och kaffe med kaka så gick de båda och satte sig. De lät maten tysta mun, men tystnaden varade inte länge förrän en mobiltelefon ringde. Knujt kände igen melodin, det var från den där gamla spagettiwestern med Clintan.
Va va dä den hette? Den gode, den onde å den fule?
Ingen verkade vilja svara och den visslande trudelutten fortsatte.
Men svara då! Dä kan ju finnas dom som vill ha lite matro, tänkte Knujt irriterat och vred på sig för att se varifrån ljudet kom. Det var nästan inga andra gäster där, och de få som var där satt långt ifrån deras bord.
- Du Chiefen... ja tror dä ä din mobil. Dä komme från din portfölj.
Knujt stannade upp i sina vridande rörelser å fick en liten inre kris.
- Ska du inte svara Cheifen... dä kan ju va nå viktigt!
- Öh jo, ja kanske ska dä. Ja brukar inte villa prata i telefon när ja äter. Ja ha precis bytt ringsignal också, så dä va därför ja inte höll på å känna igen den där melodin.
Knujt försökte släta över det faktum att han inte reagerat på sin egen telefon. Medan han fipplade med portföljen funderade han om han skulle dra ut på tiden så att den som ringde gav upp, men så tycktes inte vara fallet. Det ringde och ringde.
Dä va mä då en ihärdig jävel! Tänk om dä ä en fru, eller nån unge ja har... eller nån poliskollega! Va ska ja säga? Å rösten... hur låter den där Knut egentligen? Även om ja försöker prata Värmländska så ä ju rösten annorlunda ändå.
Hjärtat ökade takten när han till slut fick upp telefonen som inte ville sluta ringa. Det stod Identitet okänd på displayen.
Hoppas dä bara ä en telefonförsäljare.

I samma veva som Knujt svepte med fingret för att svara kom han att tänka på att nu för tiden brukade ju telefoner ha en massa knapplås, eller fingeravtryck som skulle läsas av. Han kanske inte kunde svara? Men det kunde han...
Innan han sa något tog han en tugga av smörgåsen.
- Öhm! Ja dä ä Knut Waxler mä frukost fulla mun!
Om det nu var nån som visste hur han lät så skulle det vara svårare att höra skillnad om han pratade med mat i käften.
- God morgon kommissarien. Det är Eidolf Maschkman. Du vet väl att det är ofint att tala med mat i munnen, man sväljer maten innan man talar. Du kan komma till Sten på patologen snarast så vi kan gå igenom det han har kommit fram till.
Knujt svalde och kände en lättnad av att det var en han redan träffat som ringde och inte en bror eller fru, men samtidigt gillade han inte riktigt tonen som Maschkman använde.
- Ja vet inte om ja hittar dit riktigt?
- Då föreslår jag att Markel assisterar dig dit, för han är väl med dig? Katarina sa det nyss när jag ringde till vakten.
- Öh, jo han ä här. Vi ska bara äta klart så kommer vi.
Eidolf la på och Knujt fick ett litet obehag inom sig.
Nu får ja hoppas att ja läst å sett tillräckligt mä kriminaldraman på tv:n att ja mä trovärdighet kan verka tillräckligt insatt i va som händer hos patologen.
Han var inte helt övertygad om det.
- Vi ska till nån Sten på patologen.
- Okej. Dä va han som va mä Eidolf i går kväll vid kometplatsen... han som hade en läkarrock under jacka. Vi brukar kalla han för Sten Sten.
- Sten Sten, varför dä?
- Därför att han heter Sten å att han beter sig som en sten... som " like a rock"... Sten Rock, he he!
- Nu hänge ja inte riktigt mä.
- Du hajar när du träffar han.

När de var på väg ut från restaurangen stod den där otrevliga hotellgubben och pratade med en bybo. Knujt kunde inte undgå att höra vad bybon sa.

- I kväll är dä då ja som tar fram bössa å ska ut å ha ihjäl nåt. Ska ru mä Rune?
- Gärna, men inte i kväll ä. Ja läre va hänne ja å ta hand om affärerne.

Knujt som i vanliga fall inte skulle ha lagt sig i fick som en inre plikt att vakna. Om han nu var poliskommissarie kunde han ju inte bara gå förbi om han hörde ett sådant uttalande. Samtidigt ville han visa vem som bestämde för den där surgubben som tydligen hette Rune.

- Ursäkta, men va tänker ni ha ihjäl för nåt mä bössan?

De båda vände sig mot Knujt och bybon såg mest förbryllad ut över att en främling kom och la sig i. Runes redan ärrade och härjade ansikte fick djupare veck och skrynklor.

- Dä ha inte du nåran mä å göra ä, men om du nu ä så nyfiken så ä dä nån räv som har tage en av Storkroks Benjamins små getter. Dä ä väl samme rävjävel som tage både katter å kaniner här på sistone!

Knujt hann inte svara förrän Rune åter vände sig mot bybon.

- Dä här ä en dryg jävel dä, en översittare som blev mobbad som liten å vill hämnas genöm å jävlas mä fölk. Eftersom sånna som han aldrig får den respekt dom vill ha, så har den fan gått å bleve polis... å till råga på allt så ä eländet från Värmland! Har du hört nå så jollit nån gång?

Bybon som var en äldre tunnhårig herre med ett tunt litet bockskägg tittade lite kymigt mot Knujt.

- Men Rune! Han gör ju bare sitt jobb! Hej, Benjamin Tylt heter ja. Dä är nån räv eller nå som haft ihjäl en av mine små killingar, så ja tänkte ut i kväll å, å, å kolla om ja kan skjuta'n.
- Hej, Poliskommissarie Knut Waxler. Se till att du vet va du siktar på innan du trycker av bara. Jag vill inte ha nån jaktolycka å klara upp dä första ja gör, svarade han med ett litet leende på läpparna så att det inte skulle uppfattas så allvarligt.

Han ville inte bete sig som en översittare, så som Rune nyss kallat honom.

- Vi hänne i Hälsingland vet då va vi sikter å skjuter på, till skillnad från poliser... i synnerhet från Värmland, muttrade Rune.
- Jasså dä säger du. Va grundar du dä på om ja får...

Knujt kunde inte hålla sig längre och började gå till mothugg men blev avbruten av Markel som drog honom i armen mot utgången samtidigt som han sa.

- Lugna ner dä nu Rune, å ha en bra dag. Tur att inte Birgit ä här å ser hur du brusar upp.

När Markel nämnde namnet Birgit så stelnade Runes argsinta ansikte till en aning. Därefter slappnade det av, ungefär som när det inre trycket lättar hos ett barn som precis gjort i blöjan.

- Ja ä lugn... ha en bra dag själv Markel, sa Rune och vinkade efter de båda som var på väg ut genom entrén.
- Dä ä ingen idé å tjata med Rune, Sur-Stålblom som vi kalla han för. Han ä nog den mest fördomsfulla människan som finns och han föraktar allt och alla. Ge han bare lite tid, å om du ha tur så kanske han giller dä en vacker dag.
- Jaha! Han verka då inte ha nån respekt för polisväsendet iallafall.

Knujt kollade hastigt om den lilla trädgårdstomten stod med ryggen mot rutan eller inte, men nu såg han ingen tomte alls. Den var borta.

- Sur-Stålblom, han ha inte respekt för nån han ä, fortsatte Markel.
- Vem ä Birgit? Han sken ju upp som ett fromt lamm på en blomsteräng bara du nämnde namnet... ä dä frun eller?
- Ka-ching! Ten-points Chiefen. Birgit ä den enda som kan få Sur-Stålblom å lugna ner sä!

Kapitel 15.
Patologen.

De tog Markels bil och for iväg i det töande lanskapet. Vädret var fint nu med strålande sol och närmare 10 grader varmt. Kontrasten mot snökaoset dagen innan var nästan overkligt. Snön hade nog bara 1-2 dagar kvar att överleva om den kämpade tappert mot det här varma vädret.
De stannade intill vakten för att vänta på att grinden skulle öppnas in mot sjukhusområdet. Knujt hade förväntat sig att se den bastanta Katta sitta bakom disken, men det var ett annat fruntimmer som satt där innanför glaset och öppnade åt dem.
När grinden stängdes kunde inte Knujt undgå att få en liten känsla av att grindarna nu stängdes för alltid bakom dem, och att han skulle bli inspärrad och berövas friheten för evig tid.
De for runt det stora sjukhusområdet och eftersom det var Markel som körde så kunde Knujt granska omgivningen i lugn och ro. Mentalsjukhuset bestod av två massiva byggnader som stod tätt intill varandra. Den ena var mindre än den andra och såg ut att ha sitt ursprung från 1800, eller tidigt 1900-tal. Stenfasaden var krakelerad och saknade en del puts. Den större byggnaden var nyare och höll på att renoveras, på många ställen såg den helt ny ut. När Knujt kom närmare såg han att husen byggts ihop via bottenplanen. Oavsett om fasaden vara ny eller gammal gav husen en mäktig och skrämmande utstrålning. Att byggnaderna var belägna högst upp på bergskullen och Knujt befann sig på vägen nedanför fick honom att känna sig väldigt liten och obetydlig i jämförelse.
Usch! Gamla sjukhus ha ja svårt för. Fast å andra sidan finns dä väl ingen som tycke om sjukhus, speciellt inte sinnessjukhus, dom sprider ju inte nån livfull glädje precis.
Efter att han tänkt det såg han en skylt där det stod akutmottagning på, det fick honom att fråga Markel hur det låg till.
- Du Markel?
- Ja, va ä dä Chiefen?
- Ja ser att dä finns en akutmottagning här... ä mentalsjukhuset som ett vanligt sjukhus också?

- Ja dä klart. Vi måste ju kunna ta hand om oss själv på ön. Om nån läre föda barn akut kan man ju inte direkt skicka dom på färja. Vi ha väl allt som ett vanligt sjukhus har men i lagom utsträckning så vi kan klara oss utan inblandning från fastlande. Alla här säger sjukhuse, ingen säger mentalsjukhuset, dä ä för långt.

Knujt nickade som svar.

Efter att ha svängt in bakom en utstickande flygel stannade Markel. De befann sig på någon slags baksida av hela komplexet. Där fanns lastkajer och containrar och de gick fram till en nätförstärkt glasdörr. Markel tryckte på en knapp på porttelefonen där det stod rättsmedicin och patolog på. Han vände huvudet uppåt mot en kamerakupol som satt en bit ovanför porten. Några sekunder senare klickade det till i låset och de kunde gå in.

Deras steg lät ihåliga när de ekade längs de kala institutionsväggarna. Efter att ha passerat genom några korridorer kom de fram dit de skulle. Även vid entrén till den rättsmedicinska avdelningen fick de vänta på att dörren skulle öppnas. Knujt kände sig mycket olustig inombords. Dels på grund av att han skulle agera på lögnen av att vara polis, och dels för att mentalsjukhusets hela atmosfär utstrålade ett ruvande obehag. Det hördes dova skrik från inspärrade dårar från en annan våning, och den fräna doften av desinfektionsmedel gjorde sig påträngande närvarande i näsgångarna. Alltsammans fick det att krypa under skinnet på Knujt.

De blev eskorterade utan ett ord till obducentrummet av den där militäraktiga typen med hängöga. Väl framme tog Eidolf Maschkman emot dem.

- Välkomna, det var på tiden... nå väl. Nu är ni här, då kan vi börja den här något försenade genomgången. Rättsläkare och obducent Sten Ljungson har väntat länge nog. Var så god att börja Sten.

Knujt vände sig mot den fjärde personen som befann sig i rummet. *Så dä ä du som ä Sten Sten?* tänkte Knujt och gjorde sig beredd på att förstå varför han kallades så.

Han hade inte haft tid att studera Sten kvällen innan, men nu betraktade han den drygt 50åriga och flintskalliga mannen mera ingående. Stens ansikte såg mest uttråkat och uttryckslöst ut. Han

hade en likgiltig och trött blick och huvudet hade grånat tunt hår på sidorna, nästan som en munkfrisyr. Han stod bakom en stor bår som det låg ett grönt lakan över, och med sina latexhandskprydda händer drog han bort det gröna skynket och blottlade en mycket sargad, uppdelad och bränd pojkkropp. Knujt ryggade till, inte mycket men tillräckligt för att Maschkman sneglade fundersamt på honom.
Det var ingen vacker syn och Knujt ville titta bort men på något vis kunde han inte slita blicken från de trasiga delarna av människan som låg framför honom... tills Sten höll upp en cykelsadel och talade med en tråkig monoton röst.

- Detta ä... eller var, pojken Lars Almarfjord, den 15åriga pojke som försvann för snart en vecka sen här från ön. Enligt mina bedömningar så avled pojken samma dag som han försvann. Dä vill säga tisdagen den 6:e oktober. Eftersom kroppen ä i mycket dåligt skick har dä försvårat mitt arbete att fastställa allt kroppen har utsatts för. Dä ja med säkerhet kan säga ä att pojken har bragds om livet på detta vis.

I demonstrativa rörelser tog Sten upp det brända huvudet och körde sedan in sadelns järnrör i skallen. Knujts ögon vidgades och han hade svårt att ta in det absurda han bevittnade.
Stens ansikte förblev oberört, som om han inte gjort annat än tryckt järnrör i pojkskallar hela dagarna. Det var ju i och för sig hans jobb, men Knujt gissade sig till att det här borde ändå vara något utöver det vanliga. Sten vred runt sadelröret i skallen och visade upp det så att alla skulle se, därefter la han ner den kroppsdelen och tog upp en annan.

- På denna arm har ja mä säkerhet kunnat fastställa att ett djur ätit på kroppen efter att pojkens död inträffat. Dä kan röra sig om allt mellan några timmar till ett dygn efteråt. Vilket djur dä rör sig om kan ja inte säga då kvarlevorna ä i dåligt skick efter de efterföljande omständigheterna.

Han pekade mot en annan bår som också hade ett grönt skynke.

- Inget brott kan fastställas på den forne poliskommissarien Ove Gårdsvik. Han avled då han blev träffad av meteoriten.

Det blev tyst en stund och Knujt förstod att det var nu han borde säga något polisiärt uttalande.

Va ska ja säga då? tänkte han, *Ä dä ja som ska styra upp hur vi fortsätter nu eller?*

- Ha du säkrat nåra fingeravtryck på cykelsadeln? Det var det vettigaste han kunde komma på.
- Ja, ja har funnit fragment av fingeravtryck som ja skickat på analys, men ja kan med största sannolikhet säga att dä inte kommer att ge nåt resultat. Avtrycken va mycket kontaminerade av yttre faktorer... dä har ju landat en komet på brottsplatsen.
- Ha nån kontaktat familjen till den döde pojken... Va dä Lars Almarfjord han hette?
- Nej sånt får ni inom polisen sköta. Jag tänkte att det kan du ju göra i samband med att du frågar ut mamman om sonen hade några fiender, svarade Maschkman.

Ska man få börja mä å komma mä sorgebud om en son som dött. Dä va ju inte riktigt dom polisuppgifterna ja ha längtat efter i alla år. Ja borde väl kunna beordra Markel till å göra dä?

Han kom att tänka på en grej.

- Ha inte nån redan förhört familjen angående pojkens försvinnande?
- Jo självfallet. Det var Ove som tog sig an den uppgiften. Hur långt han kom, eller hur mycket han fick fram är det nu svårt att veta.

Maschkman kastade ett öga och nickade mot det som fanns kvar av den före detta polisen under det gröna lakanet.

Knujt kände sig lite korkad och borde ha kunnat räkna ut det. För att inte tappa huvudet för mycket vände han sig till Markel.

- Dä råka inte va så att han gick igenom den drabbade familjens uppgifter mä dig va?
- Sorry Chiefen! Han va ganska självgående. Dä va sällan han briefade mig eller Katta om nåt. Han höll sig till sin lilla notebook... riktigt oldschool vettu!
- Å den ”notebooken” brukade han förstås alltid bära mä sig? svarade Knujt och la ögonen på två plastpåsar med bränt innehåll på ett annat bord.

Han gissade sig till att det var klädrester och andra ting som de döda haft på sig.

Sten Sten svarade innan Markel hann säga något.

- Svar nej. Han hade inget som påminde om en anteckningsbok bland sina ägodelar.

Knujt tittade frågande mot Markel igen.
- Brukade han ha boken i vaktstugan?
- Öh, va vet ja? I så fall hade han väl den på rumme sitt, på övervåningen... eller kanske i bilen?
Eidolf Maschkman la sig i konversationen.
- Vad spelar det för roll vad han fick fram? Du får väl fråga mamman själv och göra dig en egen uppfattning Knut.
- Jo självfallet, men hon kanske inte ä så lätt å fråga ut om hon precis fått dödsbudet om sin son.
Dä va mig en jävel å lägga sig i... ä dä han eller ja som ä polis eller?
- Ja dä ä en känslig situation, men sånt ä ni väl van vid även i Värmland?
- Jodå, men dä skadar inte att underlätta för sitt arbete. Du sa mamman... ä hon den enda familj pojken hade?
- Ja, pappan omkom i en fiskeolycka 2017.
- Dä gör ju inte det hela lättare precis. Sonen va alltså allt hon hade kvar.
De blev avbrutna av att Eidolfs mobiltelefon ringde. Han höjde ett finger, och som om det var en trollstav tystnade alla.
- Eidolf Maschkman! Jaha! Koppla fram henne... Ja, det är Eidolf du talar med, det var något viktigt du ville meddela. Ta det lite lugnt nu och börja från början. Vad är det som har hänt.
Alla närvarande lutade sig omedvetet lite närmare Eidolf. Att någonting ovanligt hade hänt kunde ingen ta miste på och allvaret i Eidolfs ansikte var bevis på det.

Kapitel 16.
Den gamla kvinnans gård.

Eidolf, Sten Sten och gorillan med hängöga åkte först, Markel och Knujt låg tätt bakom. Det var en kvinna från hemtjänsten som hade ringt och varit upprörd. Hon skulle titta till och leverera mat till en ensam gammal dam vid namn Tula Salmersson. Väl i den gamla damens stuga hade hon påträffats död. Mycket mer hade inte Maschkman berättat, mer än att kvinnans död var märkbart onaturlig och att de alla måste bege sig till stugan omgående. Knujt stirrade med tomma ögon rakt fram medan Markel krängde fram i den spåriga tösnön. Knujt försökte greppa den overkliga verklighet han befann sig i. Han var en obetydlig gubbe som skulle hålla nödutgångsmarkeringar rena... en lågt stående fabriksarbetare. Tills nyss hade han ett pojkmord och en död polis på sitt arbetsbord. Nu var han på väg till ännu en brottsplats. Det kändes onekligen som om han tagit sig lite väl mycket vatten över sitt tunnhåriga huvud. Vad hade han trott egentligen? Att det inte skulle kunna gå fel nånstans om han låtsades vara polis. Vilken idiot han var. Det var ju klart som korvspad att allt det här skulle braka över honom som ett gigantiskt korthus. Ett korthus där korten var utbytt mot rakblad... och när skulle den där riktiga Snut-Knuten dyka upp? Nä, han fick nog förbereda sig på att hamna i fängelset när hans lilla föreställning tog slut.

De kom fram till en stuga där en kvinna invid en hemtjänstbil kom springandes emot dem. Knujt fick något jävlar anamma i sig och tänkte.

Ja må va en obetydlig å arbetslös före detta bruksare, men så länge som min lilla charad som snut ä intakt så ska ja agera därefter. Ja ska nog visa dom vilken bra polis ja ä... en jävligt bra polis.

- Va sa du Chiefen? Det var Markel som undrade.

Knujt ryggade till då han insåg att det sista han tänkt hade han mumlat högt.

- Öh... ja bara mumlade lite för mej själv. Tur att vi ä jävligt bra poliser.

Kvinnan från hemtjänsten var mycket upprörd och ville dra med sig alla in i stugan, men Eidolf hindrade henne.

- Du förstår väl att du inte kan gå in dit igen. Om det du sa i telefonen stämmer så är hela stugan nu en brottsplats. Du ska svara på mina frågor... eller rättare sagt, du ska få svara på kommissarie Knuts frågor, och sen gör du bäst i att åka hem och vila upp dig.

Båda vände sig om mot Knujt som konstigt nog gick fram mot kvinnan med en aura omkring sig som om han ägde stället. Han kände sig på något vis triggad av den makabra situation han lyckats trassla in sig i.

- Då tar vi allt ifrån början. När va sista gången du hörde nåt från... Tula Salmersson?

Knujt fick fundera någon sekund för att minnas vad Eidolf sagt då han talat i telefonen. Han var glad att han alltid haft ett bra minne... speciellt ett bra namnminne.

- Ja var här för... fyra dagar sen. Då var allt bra mä henne. Tula ä gammal... eller hon var gammal, men hon var ändå ganska pigg å kry... å snäll!
- Vet du om hon brukade få mycket besök... om du tror att nån bekant kan ha hälsat på efter att du va här?
- Nej det har ja svårt att tro. Tula hade ingen. Hon var helt själv... om man bortser från katten.

Hennes ögon förstorades och färgen från ansiktet försvann en aning.

- Herre gud Spruttan! Hon måste få mat!

Därefter bleknade hon ännu mer och ögonen blev ännu större.

- D, d, det kan väl inte ha varit katten som?...

Hon tystnade. De andra tittade undrande på henne, tills Knujt fortsatte.

- Vi tar hand om katten om den ä kvar där inne. Såg du nån katt där förresten?
- Nej ja tror inte det.
- Va dörren öppen när du kom eller va den stängd?
- Den var stängd, men olåst. Tula brukade inte låsa trots att ja sagt åt henne flera gånger. Tiderna ser annorlunda ut nu mot för när hon växte upp... men hon lyssnade inte. Hon ansåg att hon aldrig haft något ovälkommet besök å dörren hade ju alltid varit olåst, å så skulle det förbli.

- Okej. När du gick in, va gjorde du då? Berätta precis hur du gick till väga, minsta detalj kan va viktig för oss.

Knujt tyckte han skötte sig bra. I sin uppfattning så var det väl så här en kriminalare jobbade.

Fan ja kan ju dä här. Dä finns väl ingen som kan misstro mig, ja ä ju som född till dä här ja.

Han höll på att ge sig själv ett litet leende, men kom på att det skulle nog inte uppfattas så professionellt om han stod och flinade i en situation som den de befann sig i.

- Ja knackade på och gick in och ropade hallå som ja alltid gör. Ja hade maten med mig i en påse. Hon brukar svara, men den här gången fick ja inget svar. Ja trodde att hon kanske tog sig en tupplur, men när ja gick in slogs ja emot av en sur å unken doft, den fick mig genast att förstå att nåt inte stod rätt till. När ja kom till köket så låg hon bara där... åh gud! Stackars gamla Tula!

Hon flämtade till och tycktes återuppleva det hon sett. Hennes ögon stirrade oseende rakt fram och Knujt kunde se att de sakta fylldes med tårar.

- Ja förstår att dä här måste va svårt för dig, men dä ä av yttersta vikt att du talar om allt du såg å gjorde.

Kvinnan kom tillbaka till verkligheten och svarade.

- Ja gjorde inte så mycket mera. Det var så mycket blod... hon hade ett stort hål i magen. Det verkade som om något djur hade ätit på henne... men det kan väl inte ha varit Spruttan, hon ä ju så liten?

Knujt hajade till då hon sagt det.

Ätit på henne!... En till? Va ä dä för djur dom har på den här ön som går omkring å äter på folk, varulvar eller?

- Ja förstod ju att det inte fanns nåt ja kunde göra, och stanken där inne var så äcklig att ja gick direkt ut... och ringde efter er. Det var allt... nej förresten, ja tappade matpåsen vid tröskeln till köket.

Knujt tittade mot dörren som forfarande var stängd.

- Ä du säker på att dörren va stängd när du kom?
- Ja!
- Å du stängde den efter dig när du gick ut därifrån?
- Ja!
- Du la inte märke till om dä fanns nåra fönster som va öppnade?

- Nej, det tror ja inte. Hon brukade aldrig snåla på värmen å hon hade som vanligt väldigt varmt där inne.

Knujt vände sig om mot Markel och de andra.

- Djuret måste va kvar där inne om dä inte finns ett öppet fönster.

När han sagt det var det som om han spelade sin roll så väl, som om han hade gått in i den och de befann sig på en filminspelning. Han sträckte sin högra hand innanför jackan och fumlade efter något. Direkt efter det gjorde han lika vid höften. Vad letade han efter? Han kom på sig själv att han letade efter sitt tjänstevapen. Hur långt in i sin påhittade polisroll hade han gått egentligen? Var han så dum att han på allvar trodde att han var beväpnad. Han hade inte hållit i en pistol sen han gått på polishögskolan, så någon direkt invan reflex kunde det då inte vara frågan om. Nä, han måste alltså tänkt sig in i sin polisroll så pass mycket att han agerade efter vad han borde göra... det vill säga dra sitt vapen för att gå in i stugan då ett människoätande djur troligen fanns där inne. Det var ju pinsamt... och vad skulle han göra nu. Han kunde ju inte direkt gå in obeväpnad om det fanns en mördarvarg där inne.

Eidolf betraktade honom med en aning misstänksamhet. Sen frågade han det som Knujt inte ville att han skulle fråga.

- Säg inte att du glömt ditt tjänstevapen?

Knujt svalde och genomgick en inre kris i en sekund, men morskade till sig och svarade den nedlåtande Maschkman.

- Dä verkar inte bättre än så. Dä ha då aldrig hänt förr!

Han försökte att ha ett ansikte som förmedlade både ett ursäktande uttryck, men även ett hårt och beslutsamt, som om det lilla missödet inte var så mycket att bry sig om och att han fortfarande var den bästa polisen som fanns. Om han lyckades med det visste han inte, men han trodde i alla fall att han gjort bra ifrån sig.

Eidolfs isblå ögon blängde kallt på Knujt, sen nickade han mot sitt bihang, mannen med hängöga.

- Tudor! Du får gå in först.

Mannen sa inte ett ord, men med en väl använd manöver drog han fram en pistol som han haft bak i byxlinningen.

Jaha! Den dä Tudor ä beväpnad? Dä kunde man ju ge sig fan på. Tudor... va för slags namn ä dä egentligen? Ä han döpt efter nån batterifabrik eller? Han verkar ju vara militärisk, precis som ja

gissade... men va gör en sjukhuschef egentligen mä en beväpnad gorilla, å va gör dom här på en brottsplats egentligen? Dä ä väl min brottsplats, en polis borde väl va den som styr upp sånt här, inte nån sjukhusgubbe?
Funderingarna var befogade men i läget de nu befann sig i så valde Knujt att inte opponera sig. Han var egentligen glad att han inte hade nån pistol. Att gå in först om det fanns någon blodtörstig best där inne var inget han längtat efter... sen hade han ju lite svårt för hundar också. Helst om det var arga sådana, och om dom åt på folk så var det väl en befogad känsla.
När Tudor bara var en meter från dörren kom Knujt på en sak som skulle verka polisiärt korrekt. Borde de inte ha sånna där blåa plast-tossor på fötterna om de skulle in på en brottsplats? Just då stegade Markel fram med famnen full med just såna blåa skoskydd som Knujt tänkt på. Han skyndade sig att göra sig hörd innan Markel hann säga något.
- Du Tudor, vi bör ta på oss dom här innan vi går in. Vi vill ju inte sprida en massa skoavtryck som försvårar brottsplatsundersökningen!

Tudor stannade upp och vände sig hastigt mot Eidolf som gjorde en svag nickning åt honom. Med viss irritation tog han på sig de blåa plast-tossorna och gick sedan in.
Knujt funderade om det rätta i hans läge var att gå efter... eller skulle han vänta tills hängögat säkrat platsen? Eftersom Tudor redan gått in och stängt dörren efter sig så stannade Knujt kvar ute med de andra.
Det dröjde inte länge förrän dörren öppnades och Tudor kom ut och satte tillbaka pistolen bakom ryggen.
- Hoset er tomt... Inget jor! sa han med en Rysk brytning.

En ryss! Va fan gör en ryss här egentligen? Han ä säkert nån förrymd legoknekt från KGB eller nå liknande. Å va mena han med tomt? Dörren hade ju varit stängd.

Kapitel 17.
Tula Salmersson.

Stanken var fruktansvärd inne i den väl uppvärmda stugan. Synen som slog emot dem av den sargade kvinnokroppen var minst lika fruktansvärd. Att kroppen svällt i värmen och fyllts med gaser gjorde inte den blålila synen bättre. Markel hade sträckt fram en burk med något kladdigt som Knujt först inte visste vad det var, men han var observant och lade märke till att Markel hade något fuktigt insmort under näsan. Han mindes att han sett sånt på film, att de smorde nåt kladd under snoken för att slippa känna den ihärdiga stanken. Han gjorde så och den mentolfyllda luften som nu strömmade genom näsgångarna var betydligt trevligare. Köket var ett blodbad. Runt den avlidna Tula Salmersson var en mörk sörja av levrat blod. Det var utsmetat och stänkt i en cirkel runt kroppen. Knujts tankar gick till olika naturprogram han sett, då lejon ätit på någon stackars gnu eller antilop. Det stora uppslitna hålet i magen som blottade revbenen och tuggmärken lite överallt på andra delar av kroppen, slamsor som låg utspridda som från en explosion långt ut på köksgolvet påminde om en matplats från vilda djur.
Även om han inte var kräsmagad så var det nästan så det vände sig i hans mittregion. De andra verkade inte heller så oberörda trots att de hade, till skillnad mot Knujt, ett jobb som gjorde att de borde vara vana.
Knujt hade sett tillräckligt på den döda tanten och såg sig istället omkring för att leta andra pikanta detaljer på den makabra brottsplatsen. Det fanns inga tecken på någon strid i det gammalmodiga köket, inga omkull välta stolar, inget trasigt porslin, verkade vikt eller skrynklig. Den låg platt och orörd under de stinkande kvarlevorna.
En massa små runda blodiga märken fångade Knujts intresse. Han hukade sig ner och tittade in under kökssoffan.
- Vi har ett vittne till dä som hänt!
De andra såg frågande på honom.
- Spruttan ligger där under å hon borde ha sett va som hänt.

Han visste att det kanske inte var rätt läge att skoja, men han kunde inte låta bli. Markel var den enda som hade sitt sinne för humor med sig. Han skrattade gott.
- Ha, ha, ha! Spruttan! Ha, ha! Mordvittne! Ha, ha! Dä va som katten! Ha, ha, ha!

Han tystnade då Maschkmans isblick borrade sig in i honom. Knujt reste sig och betraktade blodet på golvet. Om Spruttan nu tassat omkring och gjort tassavtryck så borde det andra djuret gjort likadant. Visst fanns det avtryck, men de överensstämde inte med de som Knujt förväntat sig att finna. Han hade tänkt sig stora hundtassar eller något i den stilen, men de han såg var mycket märkliga. Inget avtryck var tydligt. Det var blodiga märken överallt, men alla var mer eller mindre utsmetade. Katten tycktes ha gått omkring efter det andra djuret, för kattassarna syntes tydligast och de hade gjort märken över de andra avtrycken.
De besynnerliga spåren var stora som människofötter, men ändå annorlunda till utseendet. Längre tår och bredare, men det var bara en första analys, det var svårt att se tydligt i den utsmetade sörjan.
- Kollade du så att alla fönster va stängda? frågade Knujt Tudor.
- Da! Det finns även en trappa åpp till vinden, men den er låst med hänglås från otsidan, svarade han.
- Shit! Då måste hunden ha öppna å stängt ytterdörren efter sig. Dä måste va en ”really” smart hund, eller dog... eller hund dog... smarty dog!

Markel sa det som de alla tänkte, men han fick inget svar.
Markel ha rätt... om inte dä ä katten som helt plötsligt fått aptit som en rottweiler å tagit på sig nåra större skodon, som typ simfötter, tänkte Knujt med en oroväckande känsla inom sig.
Det här var märkligt.
- Sten! Hur länge bedömer du att kvinnan ha legat här?
- Under rådande temperatur så bedömer ja att det nog är närmare fyra dygn. Dä innebär att hon dött på kvällen efter att hon fått besök av hemtjänsten, sa han utan att visa några uttryck alls i sitt sten ansikte.
- Om djuret ha stuckit härifrån... efter att ha stängt dörren efter sig, samma kväll eller dagen efter så kan vi glömma att hitta nå spår i det här snöslasket, sa Knujt.

- Om inte odjuret stanna kvar så länge som tills igår kväll eller idag då vill säga, tillade Markel.
- Dä ä ju en möjlighet. Bra Markel, du kan väl gå ut och kolla om du se nåra spår intill huset?

Markel gjorde som han blev beordrad och Knujt vände sig till Eidolf.

- Dä hä mä djur som mördar människor... dä hör väl inte riktigt till det ordinära polisarbetet, borde vi inte ringa hit en hundpatrull eller nån viltspårare? Ja vet inte om dä här med galna hundar ligger inom min expertis.

Maschkman betraktade Knujt under en lång stund, Knujt fick inte så bra vibbar av den blicken. Till slut sa Eidolf,

- För det första så hade pojken en cykelsadel i skallen, och vi kan väl redan nu utesluta att det är en galen hund som har gjort det med den stackarn. Att djuret sedan ätit av en död kropp är ju egentligen bara naturligt... hundar är hungriga jämt och de äter allt... likt det här.

Han pekade mot den döda Tula på golvet och fortsatte med sin högdragna röst,

- Det finns väl inget som tyder på att djuret dödat den gamla damen och det finns väl inget som säger emot att hon dött en naturlig död, och att ett kringstrykande djur kommit hit och tagit sig en munsbit... eller ja, flera munsbitar.

Maschkman hade ju i och för sig rätt i det han sa. Knujt behövde tänka på det som det fanns bevis för och svarade,

- Ja dä kan stämma, men dä ä nåt konstigt över hela dä här. Dom otydliga spåren ser inte ut som nåra hundspår ja sett tidigare. Sen ha vi dä där med dörren. Hunden måste isåfall ha öppnat å stängd den efter sig.
- Nej det måste den inte alls, fortsatte Eidolf.
- Tula kan mycket väl ha känt sig dålig på något vis. Hon kanske öppnade dörren för att få lite frisk luft... eller så kanske hon släppte in katten. Därefter kan hon fått en hjärnblödning eller en hjärtinfarkt och avlidit. Dörren kan då varit öppen och hunden kan ha tagit sig in där och när den sedan ätit klart så kan dörren ha blåst igen. Det var ju som du minns ett hemskt oväder igår.

Så kunde det mycket väl ha gått till insåg Knujt och gillade inte riktigt att en sjukhusgubbe talade om för honom vad som kunde ha hänt här. Det var ju han som skulle ha koll på det.

- Dä ä en bra slutsats Eidolf, men vi måste va öppna för alla scenarion, svarade han och försökte att inte låta som om han bara ville ha det sista ordet sagt.
- Ove måste varit otydlig angående hur vi sköter vårt jobb här på ön. Vi blandar inte in utomstående, det inkluderar hundpatruller. Vi löser våra problem själva. Enligt Oves efterforskningar så var du en utmärkt kandidat att ta över efter honom, även om du kommer utifrån... eller hade han fel i det påståendet?

Det sista i Eidolfs uttalande träffade som en pisksnärt.

Va ä dä för skumraskaffärer på gång här egentligen? Vi löser våra problem själva, vi blandar inte in utomstående. Efterforskningar om en utmärkt kandidat? Ä dä nån form av sekt med egna lagar å förordningar som råder här på ön, å herr Eidolf här ä nån typ av sektledare eller?

Knujt kände med varje cell i sin kropp att det låg något i det han tänkte. Kanske inte precis så, men nåt åt det hållet. Varför hade de egentligen rekryterat den där Knut Waxler från Värmland? Vad hade gjort att han var en sån utmärkt kandidat? Knujt fick känslan av att det inte rörde sig om en polis med en fläckfri meritförteckning. Men han svarade,

- Nej, nej Herr Maschkman, dä hade han inte! Dä ä bara dä att ja inte ha sån vana av djur som äter människor.
- Lägg inte sådan stor vikt vid djuret då. Du har ju pojken med sadeln i skallen som du kan fokusera på. Eller anser du att det hela är för komplicerat för dig och din expertis? För isåfall så kan vi alltid hitta en annan kandidat som är bättre lämpad för tjänsten.

Han kunde lika gärna säga, att gör du inte ditt jobb på mina villkor så kan du dra!

Ja ska nog se till att göra bra ifrån mig, mitt korta liv som polis ä då inte över så lätt Herr Isöga.

- Nej då! Inga problem, ge mig lite tid å anpassa mig bara. Ja komme inte å göra dig besviken.

- Så bra då. Då förutsätter jag att du löser det här i det tysta. Jag vill inte att öborna börjar prata om någon hund som springer omkring och äter upp människor. Det skulle onekligen locka hit folk som inte har här att göra, om du förstår hur jag menar? avslutade Maschkman i sin bistra ton.

Knujt nickade och insåg att han drog sig längre och längre in i ett nystan av dåligheter. Frågan var bara om han kunde ta sig ur trasslet han var insnärjd i.

Markel kom tillbaka och skakade på huvudet. Det fanns inga spår i snön på någon sida av huset. När Markel stod där i dörröppningen som ledde ut mot hallen så klev han på hemtjänstens matpåse. Knujt såg ner mot golvet och kom att tänka på en grej.

- Flytta lite på dig!

Markel gjorde så och Knujt tittade där han nyss stått. Det fanns inga blodspår som ledde ut mot farstun och ytterdörren. Oavsett om det var en hund som kunde stänga dörrar efter sig så vore det ju inte troligt att den tvättade fötterna innan den gick därifrån. Han snodde runt för att se sig omkring och fick då syn på något som han faktiskt förväntat sig att finna.

- Där, dä ser ut som en trasa.

Det stämde, bredvid Maschkman låg en blodig och tillskrynklad liten handduk på golvet. Eidolf sträckte ut handen mot Tudor som direkt förstod vad han menade. Han plockade fram en penna som Eidolf tog emot och lyfte upp handduken med. Alla stirrade på tygbiten men ingen sa något.

Då ha alltså hunden torkat av fötterna innan den gick... vilken duktig jycke, tänkte Knujt.

Sten Sten gick ett steg närmare och pekade på något som glimmade till på handduken.

- Vad kan dä där vara? sa han och plockade fram en liten påse och en pincett.

Knujt tog också ett steg närmare för att få sig en bättre glimt av det glimmande föremålet. Sten höll upp det mot ljuset från fönstret.

- Enligt min åsikt så ser de ut som ett stort fiskfjäll... men ja vet mera efter att ja har analyserat dä på labbet.
- Här är det några till! sa Eidolf, och Sten stoppade även ner de i sin påse.

- Va ä dä där? sa Knujt och pekade på nåt som såg ut att vara en gulaktig torkad vätska på tygbiten.

Eidolf tittade närmare men höll sedan upp trasan framför ansiktet på Tudor som utan att fråga luktade på den smutsgula fläcken.

- Det loktar som fiesk!

Det gjorde ju ingen klokare precis.

Kapitel 18.
Utredningen kan börja.

Sten Sten och Eidolf stannade kvar hos den framlidne Tula Salmersson för att samla information om brottsplatsen. Knujt och Markel åkte till vakten för att gå igenom hur utredningen skulle läggas upp. När de kom fram blev de bemött av kvinnan som Knujt tidigare sett då de skulle till patologen.
- Hej Knut Waxler, Poliskommissarie, sa han och sträckte fram handen för att hälsa. Kvinnan som han gissade var i 35års åldern, stod med en uttryckslös min med händerna tryckt mot magen på den allt för stora blå långärmade tröjan. Den hade guldinslag broderat och både krage och ärmar var i spets. Han fick varken svar eller någon utsträckt hand tillbaka... hon bara stod där som ett fån. Hon var förmodligen insmord i brun utan sol, men man kunde tro att hon försökte eftersträva att se ut som en leopard. Det bruna var så ojämn fördelat att hon såg fläckig och lortig ut i olika nyanser. Hon blinkade ovanligt mycket eller så hade hon svårt att hålla upp ögonfransarna, för det verkade som hon målade dem med smörkniv. Stora tjocka klumpar av svart mascara hängde tungt på ögonlocken. Som för att förfina sig ytterligare hade hon en plast-ros i håret bakom ena örat, vilket inte riktigt hade den effekt hon nog önskat.
Knujt drog tillbaka sin hand och visste inte riktigt vad han skulle säga eller göra. Då neg hon och sa med en ljus och rätt ynklig stämma.
- Leila Sandling!
- Öh... hej hej, trevligt att träffas!
- Jag ä 35år gammal.
- Jaha.
- Ung!
- Va?
- 35år ung, gammal låter så gammalt.
- Jaha... ja det har du rätt i.

Därefter vände hon sig tvärt och gick iväg med små trippande steg in mot vaktrummet. Knujt kunde känna en frän parfymdoft efter henne, och såg undrande mot Markel i hopp om att få en förklaring, eller åtminstone ett medgivande om att hon inte var riktigt hundra. Det fick han.

- Ja då ha du träffat Leila. Hon ä inte riktigt klok i huvve, men hon ä snäll... fast dä klart, dä ä ju ekorrarna å, haha! Ekorrar ä snäll, viskade han.

De satte sig i ett annat rum som förmodligen var någon form av allrum. Det fanns två soffor, ett bord med 6 stycken stolar, en darttavla med ett tidningsurklipp på två stycken manliga programledare från tv. Båda två hade betett sig sexistiskt och aningen illa mot det motsatta könet. Den ena var en före detta boxare och den andra en fix och trix snickare. Det fanns en tv med ett tv-spel inkopplat och en stor whiteboard som täckte större delen av en vägg mellan två fönster. På ena sidan av den vita tavlan satt en massa magneter prydligt uppdelade i olika rader med olika färg. Ett namn hade skrivits högst upp på tavlan.

”Lars Almarfjord”.

Om det var tänkt att whiteboarden var en sådan där CSI-tavla där man skulle dra streck till alla ledtrådar, då sken ledtrådarna och strecken med sin frånvaro, och namnet såg mycket ensamt ut på den stora vita tavlan. När Knujt var anställd på Iggesundsbruk och försökte lösa svenska brott i sin lilla koja så hade han alltid tänkt införskaffa en CSI-tavla. Det hade de ju alltid på film och det såg så enkelt ut att sammankoppla allting med en sån, men det införskaffandet hade aldrig blivit av. Han häftade i bästa fall upp några bilder direkt på väggen, streck som kopplade samman bilderna fick han rita inuti skallen. Han log lite för sig själv.

Ja har fått en egen CSI-tavla... en jättestor! Wow!

Ingen visste riktigt vad de skulle säga, men Knujt började lite frågande.

- Hur många ä dä som jobbar här, eller hur många ä dä som ja har till förfogande som kan hjälpa till mä utredningen?
- Ja Leila behöver du inte räkna mä. Hon får bara sitta i luckan å ta emot folk... eller släppa ut dom. Dä ä hon bra på, sa Markel med en lite lägre ton så att inte vederbörande skulle höra.
- Annars ä dä bara vi. Du ä chef, Chiefen, sen har du mig å Katta. Ingen av oss ha ju egentligen nåra polisiära befogenheter, men Ove... liksom ”dubbade” oss till, ja va säger man... vice sheriffer. Han sa att dä va Maschkmans idé.

Jaha! Dä lät ju betryggande... men å andra sidan så ha ju inte ja heller båra polisiära befogenheter, så dä kanske inte ä nå å bry sig om.
- Okej! Ä dä nåt ja bör veta om er?
- Njeä, ja tror inte dä, eller jo, kanske att Katta tycker att hon ä en sån där kvinnosaks kvinna. Dä ska va rättvist å kvinnors kamp, feminism å så vidare. Mansgrisar tål hon inte, eller snuskgubbar. Dä ä hon som satt dit bilderna på programledarna på dart-tavlan. Hon brukar avreagera sig på den med pilar ibland. Men målbilderna har bytts ut många gånger. En gång hade hon Eidolf där, men Ove tog ner den bilden innan nån utanför teamet hann se den å skvallra. Så dä ä bäst du sköter dina kort rätt Chiefen annars vet du vart du hamner... "Om Knut beter sig som en gris, hamnar han till varje pris, på väggen å får smaka på Kattas ris. Hahaha! Dart, som ris... ris haha... dart-pil, ris haha"!

Knujt uppskattade att killen hade humor. Att ha humor är aldrig fel, men det var bara det att Markels humor var lite svår, inte riktigt i hans smak, men tydligen i Markels egen smak. Han skrattade gott åt sina skämt och ett skratt förlänger ju livet, så det var ju bra... för Markel iallafall.
- Haha! Ja du ä rolig du Markel, sa Knujt och försökte se så naturtroget skrattfylld ut han kunde.
- Nu till allvaret. Ja skulle vilja höra lite om hur väl insatt du ä i polisarbetet.

Markels skratt tystnade och Knujt fortsatte,
- Om du fick bestämma, hur skulle du gå till väga nu? Ja ha ju förstått att allt inte går "by the book" här på ön, så dä skulle va roligt å höra va du tycker.

Markel blev genast allvarlig och Knujt kunde ana ett uns av iver i ögonen på sin polisassistent som inte hade polisiära befogenheter. Kunde det vara så att han inte var van vid att få en sån förfrågan? *Den dä Ove bossade säkert runt här å körde mä dom här stackarna. Dä tror ja inte ja vinner på om ja gör. Dä ä nog bättre om ja blir lite omtyckt av dom, dä läre ja vinna på i längden... eller den korta tid ja nu hinner va polis.*

Markel skruvade på sig innan han satte sig rakare upp och knäppte händerna på bordet framför sig. Han harklade sig innan han började.

- Öhm! Asså om ja fick bestämma? Ja skulle nog börja mä å besöka änkan Gudrun Almarfjord å berätta att vi hittat grabben hennes. Om hon inte bryter ihop fullständigt så kanske vi kan få information som ger oss nån ledtråd... "some insight in the case" liksom!
- Ja tänkte också vi skulle börja där. På ruta ett... å du fick inte just nån "insight" av Ove? Hade han ingenting å gå på? frågade Knujt.
- Nä, dä ja hajja va att han inte hade ett jota å gå på. Kanske dä va därför han va så grinig sista tin. Han ville väl lösa falle innan nån annan tog över... alltså du då! "Solv the brott, innan du ä ett minne blott" som dom bruka säga!
- Jasså, dä ha ja inte hört förut.
- Haha! Dä förstår ja, skrattade Markel. Dä va ja som hitta på dä nu. Bra va? Haha! Minne blott!

Knujt sa inget men flinade och gjorde tummen upp som svar.

- Jo ja undrar lite grann över den dä Maschkman. Ove va inte så detaljrik mä sin information... som vilka dom var dom där som kom till kometplatsen igår kväll, dom du kalla för "Zombie-squad", enhetligt klädda å rånarluvor?
- Dä är Eidolfs städpatrull å allmänna hjälpreder.
- Varför ha dom rånarluvor på sig då?
- Ja tror dä ä för dom ska va anonyma. Dom syns inte till så ofta, bara när dä händer nåt "out of the ordinary", som igår.
- Okej! Ja får den uppfattningen att Eidolf Maschkman tycks styra här på ön. Hur kan dä komma sä att polisen ska lyssna på en Sjukhus... ja va ä han egentligen?

Markel såg lite undrande på Knujt, som om han tyckte att Knujt redan borde veta svaret på den frågan.

Nu får ja ta det lite försiktigt mä va ja säger, tänkte han.

- Ja men dä ä ju som dä alltid ha vare! Dä ä ju sjukhuse å Jaarstierna som styr allt här på ön. Maschkman ä bara anställd som chef där.
- Vänta nu här... Jaarstierna!? Vem eller vilka ä dä?

Nu rynkade Markel sina ögonbryn i förundran.

- Alltså va berättade Ove för dig om Gallbjäre egentligen?

Knujt förstod att nu fick han välja sina ord med omsorg.

- Säkert mindre än va ja skulle behövt veta, dä ä därför ja vill höra din version. Ja tror dä ger mer... Ove va ju lite speciell, ja du förstår va jag menar, avslutade Knujt och hoppades på att det skulle gå hem.

- Jo ja hajjar. Ove va svår. Dä ä ju Jaarstierna som ä grundare till sjukhuset... ja grundare till hela ön kan man väl säga. Abel Af Jaarstierna byggde sjukhuset i typ mitten av 1800 talet och sen dess ha dä gått i arv i generationer. Nu ä dä Rudolf Af Jaarstierna som ä högsta hönset... eller tuppen... the cock of the dårsjukhus... haha, eller sjukhus-kuken haha!

Knujt flinade medhållande.

- Ja du nämnde Rudolf förut, men han behövde ja inte rapportera nåt till sa du.
- Nä just dä. Eidolf Maschkman ä hans underhuggare. Dä ä han som tar hand om allt... frågar du han själv så tycker han nog att dä ä han som ä chef. Han går mer än gärna in i härskarrollen så att säga. Rudolf ser man inte till mycket, han ha drage sig tillbaka mer och mer de sista åren.
- Okej. Ja vi kanske ska börja då, du får köra som hittar här på ön.

Markel flinade och hade nog inget emot det.

Innan de gick ville Knujt fråga den spetsklädda Leila något.

- Du Leila... dä ha inte kommit nå folk hit utöver dä vanliga?

Hon stirrade oförstående på honom.

- Ja tänkte på om nån ha kommit angående meteoriten som kraschade igår?

Leila fick ett något skrämt uttryck i ansiktet, men skakade efter ett tag försiktigt på huvudet.

- Inte nån annan person heller som ställt konstiga frågor, eller betett sig annorlunda?
- Nej!

Den sista frågan var ställd för att få vetskap om en viss Knut Waxler befann sig i krokarna och letade efter sitt nya jobb. Det borde ju kunna räknas som annorlunda tyckte Knujt.

Dä känns ju betryggande att han inte ä här, men vart fan ä han då? Han kom ju med samma färja som mig. Han kan ju knappast ha gått vilse på en ö?

Vetskapen av att hans riktiga polisidentitet inte synts till kändes både bra... och dålig. Att denne Knut var försvunnen skulle leda till problem förr eller senare, det var han nästan säker på.

Markel satte sig i förarsätet och Knujt tyckte det var behagligt med en egen privatchaufför. Med en rivstart i det sörjiga underlaget for de båda iväg mot Knujts första brottsutredning.

Kapitel 19.
Gudrun Almarfjord.

Att förklara för en mamma att hennes son hittats död måste vara bland det värsta man kan göra. Att behöva berätta att sonen till råga på allt blivit mördad gjorde det hela ännu värre. Knujt satt i en fåtölj intill soffan där Gudrun Almarfjord var nedsjunken. Han hade lagt en tröstande hand på hennes axel medan hon grät hysteriskt med händerna för ansiktet. Han visste inte hur han skulle kunna få ur denna stackars kvinna någon information alls. Han borde väl kunna vänta tills hon hade smält det hela lite mera. Han ville bara därifrån, att låtsas vara polis var inte så kul ändå. Hon skulle behöva en riktig kriminalutredare, det var inte rättvist mot henne att hon fick en arbetslös bruksarbetare. Vad sa det om Knujt egentligen... han satt där och ljög om vem han var för en stackars mamma som precis förlorat sitt barn! Knujt svalde en stor, hård och taggig klump som han hade i halsen. Det var det dåliga samvete som satte sina spår.
Ja mår inte bättre av att sitta här i självömkan å tycka att ja beter mig dåligt. Ha ja satt fan i båten så får ja ro han i land också.
Han smekte den gråtande Gudrun lite försiktigt på axeln. Hon var runt 40, slank och ganska liten till växten, max 160 centimeter lång. Hon var mörkblond... eller brunett med bleka slingor, Knujt kunde inte riktigt säga vilket. Frisyren var kort och ruffsig. Hon hade en vit skjorta med de två översta knapparna oknäppta, ett par tunna byxor som var vida nertill och tighta upptill. Hon hade sett hurtig och bra ut när hon öppnade dörren till dem. Knujt var inte säker, men han gissade att hon hade gjort en sån där läppförstoring, eller att hon botoxat sig. Läpparna var lite väl plutande och det stramade i skinnet i ansiktet. Nu när sorgen och gråten rev i henne hade allt det förfinade försvunnit. Nu såg hon bara rödflossig och svullen ut med rinnande snor som pricken över i-et.
Dä spelar ingen roll hur vacker en människa ä i vanliga fall. När dom gråter ä alla fula, tänkte han men fick försöka lägga vikten på nåt annat.
Han fick så lov att lösa det här. Faktum var att han ville vara den som kom med lite bättre nyheter till henne. Han ville kompensera

den dåliga nyheten om pojkens död, genom att få berätta för henne att han funnit den som dödat hennes son. Det kändes som om han var skyldig henne det.

Medan han väntade på att Gudrun skulle samla sig och tills han visste vad han skulle ställa för frågor, så såg han sig runt i vardagsrummet. En öppenspis i täljsten som såg nymurad ut och det fanns många gröna krukväxter och blommor där inne. Han anade att hon gillade att pyssla med växter och påta i trädgården. Han mindes att det stod diverse trädgårdsredskap utanför trappan vid ytterdörren. En gigantisk platt-tv hängde på en vägg och ett par stora högtalare stod intill. Han kunde se mindre högtalare som satt utspridda på väggarna runt om i rummet.

Surroundljud å grejer. Ser ut å va dyrt skit! Dä måste va sånt där 5:1 ljud, eller heter dä nå annat nu för tiden?

Han hade en liten begränsad kunskap om bild och ljud. Det var inte så längesen han själv hade köpt ny tv och nytt ljudsystem. Det hade inte varit hans idé, det hade varit den där jävla "gold diggern" Stinas idé. Han kände att han retade upp sig bara han tänkte på henne och försökte rikta sin uppmärksamhet på något annat i inredningen. Det hängde tavlor på väggarna. Inga massproducerade som köpts på Dollarstore, nej de här såg äkta ut. Det var inga tavlor han kände igen, men de hade en viss charm och var rofyllda att se på. De var till viss del abstrakta, men mycket av de utsmetade färgerna föreställde något specifikt. På en av tavlorna var det en man som stod upp i en båt ute i vattnet. Det var ett blått skimmer runt mannen och några skepnader bar på en mindre fisk in mot land... eller, det var i alla fall vad Knujt tyckte det såg ut som. På en annan tavla verkade två små skepnader vara inne i ett ägg i en stor fågel, kanske en pojke och flicka. En böjd människa stod flinande bredvid och det gnistrade ur fingrarna på han... eller hon. Den som målat tavlorna hade talang, även om det mest var färgkluttar hit och dit med stänk och streck.

Efter det som verkade vara en evighet torkade Gudrun Almarfjord sina tårar och såg med sina blodsprängda, vattniga ögon rakt på Knujt.

- Lova mig att du hittar min sons mördare!

Knujt svalde en taggig boll igen. Var det något han inte gillade så var det att lova saker som han inte med säkerhet kunde hålla. På filmer, och då helst Amerikanska filmer var det nästan en kliché att lova sånt som inte gick att hålla. Om en soldat skulle ut i krig så lovade han sina barn att han skulle komma tillbaka, och då kunde man vara säker på att soldaten inte överlevde kriget. Knujt retade alltid upp sig på sånt. Fan, det var ju egentligen omöjligt att lova nånting. När man lovar nåt, även sånt som man med säkerhet tror sig kunna hålla så vet man ju inte vad som händer i framtiden. Egentligen skulle ingen lova någonting... om man inte var ett orakel då förstås, men... även orakel kan ha fel. Knujt tänkte inte bete sig som de korkade Amerikanerna på film.

- Ja ska göra allt i min makt för å finna den skyldige... dä kan ja lova, svarade han.

Hon torkade ögonen åter igen och snöt sig.

- På nåt sätt kände ja på mig att han var död. En vecka utan livstecken har inte ökat hoppet direkt... fråga det du behöver fråga du!

Knujt märkte att hon kämpade för att hålla sig samlad och han beundrade hennes beslutsamhet.

- Kan du berätta va som hände sista gången du såg Lars?
- Ja har ju berättat allt det här för Ove, varför kan inte han berätta fö...
- Därför att han ä dö... liksom. Dead men tell no tale!

Hon stirrade frågande på Markel som avbrutit henne något okänsligt och sedan vände hon sig mot Knujt. Han beslutade sig för att inte låta Markel fortsätta.

- Ja, tyvärr så finns inte heller Ove längre bland oss... därav måste ja ställa dom här frågorna en gång till.

Hon nickade något lamt och började med en röst som inte riktigt bar.

- Det va eftermiddag eller tidig kväll. Han sa att han skulle gå till Arne som han så ofta brukar göra.
- Arne, vem ä dä?
- Dä ä grannpojken tvärs över gatan. Lars och Arne har alltid varit bästa vänner... ja vi har väl varit bästa vänner allihopa, pojkarna, Viola, jag, Olle å Björn.

Knujt ville inte avbryta henne allt för mycket och vände sig diskret mot Markel i hopp om att han hade koll på vilka hon pratade om.

Han i sin tur talade högt och tydligt så Gudrun fick så lov att vänta med sin redogörelse.

- Ja, asså Viola Mannerlund ä grannfrun som ä mamma till Arne... asså Lars bästa kompis. Olle Mannerlund va hennes man å pappa till Arne. Gudrun här... hennes man var Björn Almarfjord. Ja, sen dog ju gubbarna i en fiskeolycka 2017... ja, thats it!
- Okej, ja tror ja hänger mä... fortsätt du Gudrun.
- Han sa bara att han skulle gå till Arne, sen... sen såg ja honom aldrig mer.
- Har du pratat med grannpojken?
- Så klart ja har! Ja ä väl för fan inte helt dum i skallen heller! Ja, ja har pratat med Arne å med hans mamma Viola. Arne var inte hemma å Lars hade gått därifrån igen sa Viola. När Arne kom hem lite senare hade han inte hört något från Lars.
- Vart hade Arne varit då, sa han dä?
- Han hade varit på byn, det var flera som sett honom där.
- Vet du om Lars hade nån eller några fiender? Nån som han var osams med?
- Nej, Lars var omtyckt av alla, han hade inga fiender.
- Dä kan vara nåt som ha hänt för länge sen. Försök fundera om nåt utöver det vanliga ha hänt i Lars liv dä senaste... låt oss säga halvåret.
- Det har inte det! Ja har funderat i dom banorna dygnet runt den sista tiden å ja kommer inte på någonting!

Hon kämpade emot gråten igen och en desperation syntes i hennes tårfyllda ögon.

- Vad hände min lilla Lars egentligen? Hur dödades han?
- Dä kan ja tyvärr inte gå in på. Inte i dä här stadiet i alla fall.
- Ja måste få veta hur han dog, det har ja rätt till... det var min son!

Knujt visste inte om hon juridiskt sett hade rätt till det. Han fick förlita sig på de polisserier han sett på tv. Det var sällan någon förklarade i detalj vad som hänt offren på film. För hans egen del var det betydligt lättare att inte tala om det. Hade hon det jobbigt nu, hur skulle hon då få det om han berättade att hennes son fått en cykelsadel i skallen, blivit sänkt i ett utedass, blivit middag för ett rovdjur och sen fått en komet på sig. Nej han fick hålla inne med detaljerna.

- I sinom tid kan ja berätta, men inte i nuläget, svarade han. Vi väntar på svar från den kriminaltekniska undersökningen, å kan inte säga nåt konkret ännu. Vi ha bara obekräftade spekulationer.

Knujt fortsatte att fråga ut henne så försiktigt han kunde, men hon hade ingenting som kunde ge dem några spår att gå vidare med.
Om han skulle finna ledtrådar fick han göra det på eget håll. Han frågade om det gick bra att se på Lars rum och hon nickade. Knujt pekade lite försiktigt åt Markel att sätta sig med Gudrun medan han gick till pojkens rum.
På väg dit betraktade han hemmet. Det var ett stort hus och allt såg nytt och fräscht ut. Han gissade att huset fått en totalrenovering inom de senaste åren. Vissa delar av huset verkade helt nybyggda.
Hon verkar då ha bra ställt för att vara änka, tänkte han.
På en vägg hängde fyra stycken bröllopsfotografier på en något yngre Gudrun, iklädd en väl urringad bröllopsklänning. Bredvid henne stod en solbränd mörkhårig man i kostym. På två av fotografierna var en ung pojke också med. Det var den döde Lars.
Båda döda. Pojken... å hennes man Björn som dog i en båtolycka för nåra år sen. Tragiskt... stackars kvinna, hela hennes familj går förlorad på bara nåra år.

Lars rum var precis som Knujt kunde föreställa sig en 15årig pojkes rum. Det fanns posters på rockgrupper som Knujt aldrig hade hört talas om, posters på bikinibrudar som kanske också kunde vara från rockgrupper. Knujt ansåg att fruntimmer klädde sig så lättklätt nu för tiden så det inte gick att se skillnad på artister eller pin-up modeller. I fönstret stod ett fotografi med två pojkar, den ena var Lars och den andra var en annan pojke i samma ålder. På väggen hängde en väldigt stor platt-tv. Nästan lika stor som den han sett i tv-rummet. Grabbens tv var större än Knujts, och om han inte mindes fel så hade han en på 42, eller 45 tum. Pojkens måste minst vara en 55 tummare gissade han. Ett tv-spel var inkopplat och en hög med spelfodral låg utspridda på den rökfärgade glasskivan på det lilla rumsbordet.
Ja dä ä till och skämma bort ungarna nu för tin så dom ska stanna inne å glo på tv. Dä kan ju inte va bra å sitta så nära en så stor skärm.

Han borde ju få strålskador eller bli närsynt eller vindögd, tänkte han och kände en viss irritation på dagens ungdomar som hade det alldeles för bra i hans ögon mätt.
Ja, inte Lars då förstås, han va ju dö, men över lag hos ungarna som levde.
På en bokhylla stod det några skolfoton och en plastfigur med Batman. Inte ens Läderlappen fick se ut som han hade gjort förr i tiden, då hade han haft sin grå-blåa kostym men nu var allt svart, huva, dräkt och mantel. Han såg mer ut som sotarn än Läderlappen tyckte Knujt. Det fanns även några små medaljer med simborgarmärket och andra simutmärkelser. Två små silverpokaler med en cykel ingraverad och ett gäng med serietidningar som låg i en hög. Det fanns en laptop på bordet och Knujt funderade om han hade rätt att ta med sig den? Det borde han väl ha? Där i kunde det ju finnas massa fuffens som en tonåring kan tänkas göra... mail till buskompisar, bilder på fönster som slagits sönder och bevis på andra pojkstreck! Kanske mail från fiender?
Han öppnade locket och fingrade på tangenterna och precis som han trodde, lösenordsrutan poppade upp.
Ja hur gör ja nu då? Ja kan ju inget om sånt här. Vart ska ja skicka datorn om lösenordet ska knäckas?
Han funderade en stund.
Dä blir säkert bara en massa onödigt krångel. Ja vet ju vart den finns, ja får hämta den sen om den skulle behövas.
Hur mycket han än försökte att hitta något som kunde ge honom en ledtråd så fann han inget. Han hade till och med tittat under sängen och under madrassen. Där fann han ett gäng med porrtidningar, vilket han också gissat sig till att han skulle hitta.
Varför ens gömma tidningarna där? Dä måste ju vara dä sämsta gömstället i världen om dä inte ha ändrats sen ja va tonåring, när ja gömde mina Piff... eller om dä va Paff dom hette, för typ 40år sen.
När han kom tillbaka till rummet satt Gudrun fortfarande i soffan, men hon stirrade nu rakt fram. Ögonen var fixerade på nåt som inte fanns.
- Jo Gudrun! Vi återkommer om vi vill komplettera mä ytterliga frågor. Ha du nån nära vän som kan komma hit till dä? Ja tycker inte att du ska va själv under rådande omständigheter, sa Knujt.

Men han fick inte nån kontakt med henne, hon bara glodde hålögt på ingenting.
Han förstod att det var svårt för henne, att hon kanske skärmade av omgivningen och inte ville lyssna, men det var något i hennes blick som förbryllade honom.
Hon såg inte bara tom ut i blicken, hon hade nästan ett hypnotiskt uttryck i ansiktet, som om hon var i trance.
Ha hon hamnat i chock eller? Va gör ja då?
Det första som dök upp var från hans tid i lumpen, när han och de andra värnpliktiga gjorde hjärt och lungräddning på en plastdocka som smakade desinfektionsmedel å gammalt gummi i käften.
Nä, Hjärt och lungräddning gjorde man inte vid chock, det skulle i så fall ske i ett senare stadie, om hon mot förmodan skulle ramla ihop och sluta andas.
En liten strimma saliv letade sig ner från hennes vänstra mungipa.
Knujt vände sig mot Markel för att få lite bistånd och assistenten fattade galoppen.
- Så hä gör man när folk kåsblänger, sa han och knäppte med fingrarna framför ansiktet på den sörjande Gudrun. Med oförstående blinkande ögon kom hon tillbaka till verkligheten, först betraktat hon dem båda som om hon inte visste vilka det var.
- Ja kan ringa till Eidolf Maschkman om du vill ta dig till sjukhuset. Dom kanske kan ge dig nåt som piggar upp, fast piggar tvärtemot, nåt som piggar ner, ner pigg liksom, om du hajar.
Hon skakade sorgset på huvudet.
- Nej jag klarar mig. Jag vill nog bara vara ensam nu.
Knujt funderade över det Markel hade sagt. Han hade inte hört det uttrycket förut.
Kåsblänger... Om nån ä kåsig så ä dom ju lite knäpp... å blänger gör man ju när man stirrar eller glor. Typ knäppglor då.
Han ansåg att det var ett passande uttryck på Gudrun när hon hade suttit där i sitt stirrande.

Polisassistenten utan polisiära befogenheter och den före detta bruksaren som spelade poliskommissarie gick från den barnlösa änkan tomhänta. De hade så vitt de visste inga spår eller ledtrådar med sig därifrån men det fick Knujt att tänka i positivare banor.

Ingen ledtråd va vi kommer på nu... men i morgon, eller dagen därpå kanske vi kommer på... nåt.
Han formulerade om den tanken lite för att höja sitt självförtroende som polis.
I morgon eller dagen därpå kommer "jag" kanske på nåt som ja sett eller hört som ger mig enorma framsteg i utredningen.

Kapitel 20.
Huset mittemot.

Det föll sig naturligt att gå rakt över vägen till grannänkan Viola Mannerlund. Hon var ju den sista som sett Lars vid livet och hennes son Arne hade ju varit Lars bästa vän. Att de två familjerna stod varandra nära var inte svårt att lista ut. De båda husen såg nästan likadana ut, Mannerlunds hus hade också renoverats och byggts ut på flera håll. Båda husen var mintgröna, vilket inte var så värst vanlig i det lilla ö-samhället... inte någon annanstans heller för den delen. Det stod en blå Volvo parkerad på gården och Knujt hade sett att Almarfjords hade en lika dan, men i en annan färg.

Inte lång stund efter att de knackat på kom en blond gänglig pubertetsgrabb och öppnade. Han såg frågande på dem en stund med en typiskt dryg tonårsattityd. Knujt visade sitt polis-leg och presenterade sig. Han kände igen grabben, det var pojken som stått bredvid Lars Almarfjord på kortet inne i Lars rum.
Knujt fick belåtet erfara att det var en häftig känsla att ha en polisbricka att vifta med. Med ens stelnade pojken till, som någon sagt åt honom att stå i givakt och han fick ett uttryck som lättast kunde beskrivas som att han försökte se så oskyldig ut som möjligt, men ändå ge skenet av att bara vara förvånad.
Undra va dä ä för sattyg den här snorvalpen ha hittat på då? Ja ger mig fan på att han försöke minnas om dä ä nå hyss han nyss gjort som han kan åka dit för... om nån sett när han pajade ett fönster eller stal folköl på affären eller nå dylikt.
Knujt hade svårt att hålla sig för flin.
- Ja förmodar att dä ä du som ä Arne Mannerlund.
Pojken nickade och svalde.
- Ha du din mamma hemma... Viola Mannerlund? Vi skulle vilja prata mä henne.
- Mamma! Snuten vill prata med dig!
Grabben blev aningen lättad och lät dörren stå öppen och sprang iväg uppför trappen till övervåningen. Knujt förmodade att Arne inte tyckte det var särskilt kul med polisbesök.
Viola var betydligt längre än sin granne, närmare 175 centimeter lång med smal kropp. Hon var inte smal i den bemärkelsen att hon var spetig. Nej, hon var senigt byggd och verkade vältränad. Hennes

kastanjebruna hår nådde strax nedanför axlarna och även hon hade lite blekta slingor i håret. Hon bar en åtsittande tröja som visade magen. Knujt gissade sig till att hon hade gjort en bröstförstoring eller så hade hon en sju jävla push-up bh. Hon mötte upp dem med en något stel gång och verkade både skrämd och förvånad av deras närvaro.

- Polisen! Vad är det som har hänt? Har det nåt med Lars försvinnande att göra? Har ni hittat honom?... Lever han?
- Ja, vi ha hitta han, men nej, lever dä gör han inte! Han ä olevande å jätte dö, svarade Markel.

Knujt ryckte till och försökte sparka Markel obemärkt på smalbenet.

Va fan ä han dum i skallen eller? Han ä ju smidig som en knölval i en jolle, å varför pratar han för? Dä ä ju ja som ä poliskommissarien för guds skull.

Han höll tillbaka irritationen som höll på att sprida sig och tog sedan över pratandet för att välja några bättre repliker, han höjde rösten och ställde sig lite framför Markel.

- Ja tyvärr kommer vi mä dä sorgliga beskedet att vi ha funnit Lars kropp. Vi ha förstått att eran familj stod Almarfjords väldigt nära... Vi undrar om vi kan få komma in och ställa några frågor?

En målbrottsröst hördes från övervåningen.

- Ä Lars död!? Ä dä sant?

Dundrande steg kom nerspringandes för trappen och Arne sprang fram till sin mor som genast höll om honom.

Den nyss så halvdryga attityden som Arne haft när han öppnade dörren var nu helt borta. Han var blek i ansiktet och kramade hårt om sin mamma.

En femtonåring brukar ju inte i första taget slänga sig i famnen på morsan när dä ä främmande människor närvarande. Så blek som han ä i syna så verkar han då genuint chockad, tänkte Knujt då han försökte använda sina nyvunna snutögon för att analysera reaktionerna han bevittnade.

Viola bjöd in kommissarien och hans assistent och de satte sig ner vid köksbordet. Viola tryckte igång kaffebryggaren utan att fråga om de ville ha. I väntan på kaffet satte hon sig ned mittemot poliserna bredvid sonen. Hon verkade vilja fråga massa saker men visste inte riktigt hur hon skulle börja.

- Vad ä det som har hänt Lars egentligen? Hur hittades han... eller hur dog han? Vill ni ha kaffebröd förresten?
- Nej tack dä ä bra ändå. Vi kan tyvärr inte gå in på detaljer kring hans död av utredningstekniska skäl.
- Ja men ni kan väl tala om om han dog av en olycka eller... har ni nån misstänkt?

Hon tystnade en stund och svalde innan hon fortsatte.

- Om nån har dödat honom. Arne är ju i samma ålder. Ja vill ju veta om det går omkring nån galning här.

Ja dä ä ju en ö med ett sjukhus fullt med galningar, så det går omkring många sånna här, höll han på att säga som svar, men han formulerade om sin opassande tanke till det bättre.

- Öhm! Jo han ha bragds om livet, mer än så kan ja inte säga.

Viola häpnade och höll ena handen för munnen och hon blev lite stirrig i blicken.

- Vad ä det för en jävel som har mördat min bästa kompis!? Ja ska fan mörda den jäveln... Får ja veta vem det ä så ä han dö!

Alla stirrade på Arne som rest sig upp så häftigt att stolen välte och han skrek i ursinne.

- Men Arne! Lugna ner dig nu!

Viola försökte lugna sin son genom att hålla om honom, men han viftade bort hennes händer och tårar strömmade ner för hans kinder.

- Jag ska döda den jävel! Vem fan har mördat... min... bästis... Lars?

Sedan gick målbrottsrösten över till en hickande gråt och han lät sig omfamnas av sin mor. Hon i sin tur fick ett chockat uttryck i ansiktet. Hon såg nästan vettskrämd ut. Förmodligen hade hon aldrig sett sin son få ett sådant utbrott nån gång. Hon var nästan vit i ansiktet och skakade lätt.

- Markel, kan inte du ta mä dig Arne till hans rum å prata lite mä han mens ja å Viola fortsätter här?

Markel blev häpen, som om han inte riktigt fattade att han blev betrodd att prata med pojken själv. En lite glädjefylld iver glimmade till i hans ansikte.

- Självklart Chiefen! Arne... kom mä nu så går vi in på ditt rum å pratar lite... assistent-prat, polisassistent prat...! Vi ska prata prat du å ja!

Något motvilligt såg grabben mot Viola som nickade åt honom att följa polisassistenten. Han släppte hennes famn och torkade tårarna med tröjärmen.

Kapitel 21.
Mannerlunds.

Markel och Arne försvann från köket och Knujt blev ensam kvar med Viola. Det kändes både bra och mindre bra tyckte han. Bra för att inte Markel kunde höra vad han ställde för frågor, om han skulle råka fråga något som kanske inte var så himla korrekt i Knujts yrkesbefattning. Mindre bra var att han inte hade en aning om vad han skulle ställa för frågor. Han fick hitta på nåt för nu hade tystnaden börjat bli nästan lite väl utdragen.

- Hur va Lars Almarfjord sinnesstämning när han kom hit å letade efter din son Arne? Verka han upprörd eller ledsen eller?...
- Nä han betedde sig som vanligt. Han knackade på och öppnade själv dörren å ropade hallå å frågade om Arne var hemma. Han stod i dörren när ja kom till farstun.
- Å va hände sen?
- Ja sa att han inte var det, att han var nere på byn... då gick han igen. Mer vet ja inte!
- Hur tog han sig till byn? Gick han eller åkte moped eller cykel?

Viola funderade en stund och tog handen för hakan och tittade upp mot taket. Kaffebryggaren gurglade för att meddela att den snart var färdig med sin uppgift.

- Nä ja vet inte... ja tänkte aldrig på det. Han åkte då inte moped, för det har han ingen... å cykel kan han inte heller ha åkt för den blev stulen för ett tag sen, men det vet du väl redan?
- Öh, nä dä visste ja inte!
- Nähä, hon sa ju att hon gjort en polisanmälan.
- Vem då?
- Gudrun... Gudrun Almarfjord, Lars mamma!
- Jaha! Nä ja ä ju ny här å tog över efter Ove Gårdsvik igår så ja ha inte riktigt hunnit gå igenom allting.

Knujt tyckte det kändes onödigt att gå in på nåt så simpelt som cykelstölder. Han ville heller inte tala om att även Ove var död. *Dä får hon väl reda på tids nog. Skvallret i små byar brukar ju gå fortare än en mödom på en midsommarfest. Hur kan människan i fråga ens prata om en stulen cykel? Grannpojken ha ju blivit mördad! Hon läre väl förstå att ja ha viktigare saker för mig än en cykelstöld!*

- Då kanske du inte vet att Arnes cykel också blev stulen bara några dagar innan!

Nähä! Hon ger inte upp cykelsnacket... då får väl ja styra in oss på rätt köl då.

- Nä, som ja sa så ha ja inte hunnit gå igenom allting. Ja tänkte börja mä lite viktigare saker... så som din mördade grannson.

Viola tystnade och blev lite skamsen, hon reste sig och hämtade kaffet och hällde upp åt honom.

- Ha du nån teori om varför nån skulle vilja mörda Lars Almarfjord?

Viola tycktes tänka efter och gick till skafferiet och hämtade en påse med bullar som hon la upp på ett fat. Efter en stund utan att svara funderade Knujt om allt stod rätt till med henne. Hon stirrade tomt rakt fram med ett något korkat uttryck i det annars ganska vackra ansiktet.

Va har hon hamnat i för stirr? Ska hon också börja ”kåsblänga”?

Han knäppte med fingrarna framför ögonen på henne och hon kom tillbaka till nuet.

- Va? Nä ja har ingen aning. Ingen tyckte illa om Lars, han var en så fin å snäll pojke.

Så där låter dä väl jämt när nån blivit mördad. Alla ä oskyldiga som små fågelungar tills man börjar gräva lite... men så ä dä ju ofta åt det motsatta hållet också. Seriemördare över lag ha ju haft en tendens å inte sticka ut. Grannar och vänner till dom brukar ha sagt att ”han som var så snäll och ordentlig, det skulle man aldrig kunnat tro!”

- Varsågod och ta en bulle!

Ja ville ju inte ha nå kaffebröd, men dä klart... hon ä väl så chockad av nyheterna att hon inte riktigt hör va man säger.

Han nickade som tack och tog den som var störst med mest socker på. Skulle det snaskas så kunde det väl snaskas ordentligt.

I brist på frågor kring grannpojken passade Knujt på att fråga lite i förbigående om den gamla Tanten Tula Salmersson.

- Känner du den ensamma gamla damen Tula Salmersson?

Viola blev förvånad av det nya samtalsämnet.

- Tula! Nej henne känner jag inte. Ja vet ju vem hon ä bara... hur så?
- När såg du henne senast?

- Ja det måste väl ha varit nån gång i somras på affären eller nåt. Varför frågar du, har det hänt henne nåt? Har hon något med Lars att göra?
- Nej, nej! Inte alls. Dä ha mä en annan grej att göra.

Arne lugnade ner sig en aning när han kom in på sitt rum. Han fick så lov att behärska sig när han blev ensam med en polisassistent.
- Ja du Arne! Hade ni bestämt att ni skulle träffas... Lars å du den där dan då han försvann?
- Nej dä hade vi inte. Vi bruka inte bestämma sånt, vi kom å gick till varann nästan varje dag. Ibland flera gånger om dan.
- Å den där dan va du inte hemma, du hade tagit dig in till byn själv utan att Lars fick följa med?
- Vadå fick? Det fick han väl om han hade vare mä mig innan ja stack. Ja skulle bara till affären å köpa godis å kolla om ja träffa nåra andra på torget.
- Gjorde du det då... träffa nåra andra på torget?
- Ja det gjorde ja.

Arne tystnade och Markel anade ett uns av rodnad på kinderna på grabben.
- Vilka va dä då... som du träffa... på torgträffen?

Arne vände ner blicken en aning.
- Det va Irka och Plåt Sussi.
- Jaha, du va å ville nästla in dig i fruntimmersträsket!

Markel visste vilka Arne menade. Irka Fjord var en 16-17årig jänta från byn, inte guds bästa barn. Hon hade haft en svår uppväxt med en idiot till far. Där Irka befann sig kunde man gissa sig till att Susanna Plåttson, även kallad Plåt Sussi också var i närheten. Hon var inte heller guds bästa barn.
- Hur gick dä då, hittade ni på nåt kul du å brudarna? Fick du titta under nå kjolar?

Först flinade Arne en smula åt Markels fråga, men blev strax lite allvarligare.
- Det var väl roligt att prata med dom... dom ä så snygga båda två, men sen kom Ballen å Galten å då stack ja hem.

Markel förstod det. Ballen som han kallades var ett riktigt svin som hängde ihop med nån av tjejerna, Markel hade inte riktigt koll på vilken. Ballen hette egentligen Tommy Baldgren och som följeslagare hade han alltid med sig Sebastian Galtström, därav öknamnet Galten. Det var en dryg bråkstake som aldrig gjort något bra vad Markel kunde minnas. Dessa fyra ungdomar hängde ihop i ett gäng. Kråkorna kallade dom sig om han inte missminde sig.

- Du såg inte Lars på väg hem då?
- Nej det gjorde ja inte.
- Hur länge va du borta totalt från när du stack hemifrån tills du kom tillbaks?
- Ja vet inte. Kanske två, två å en halv timme?
- Gick du till byn?
- Nä ja åkte min gamla cykel. Den har blivit lite skraltig och kedjan hoppar av hela tiden.
- Okej! Vet du om nån tyckte väldigt illa om Lars, eller om han hade nå ovänner?
- Inte nån som skulle vilja mörda han i alla fall.
- Hur ä dä mä "the Crows" då? Kåkerna? Va dom osams mä Lars? Kanske Galten å Ballen... haha... Galt-Ballen kanske tyckte illa om Lars? Va tror du om den teorin?
- Nä det tror ja inte.

Markel studerade Arne i fall han skulle se om pojken visade något tecken på att ljuga, men han uppfattade att grabben var ärlig i sitt svar.

- Hur gör man för att bli polis?
- Öhh va?
- Ja skulle vilja bli polis. Ja vill hitta den som mördade min bästa kompis!
- Dä tar lång stund innan du ha hunnit bli polis, då ha ja... eller ja å Knut redan hunne hitta den som ä mördarn.
- Ja vill bli polis i alla fall... om ni inte lyckas.
- Ja tycker du ska sikta in dig på nåt annat, ha du inget annat du vill bli? Underkjoltittare ä säkert roligare än å va polis!
- Äh! Förr ville jag bli proffscyklare. Vara med i OS å tävla, men nån stal min nya cykel och nu kommer vi inte att ha råd å skaffa en ny, så den drömmen har skitit sig.

Markel visste inte riktigt vad han skulle svara och tittade istället runt i pojkens rum. En pokal om att han medverkat i ett lokalt

cykelevenemang stod på en hylla, serietidningar låg lite här och där och en stor plansch på Dirty Harry hängde på väggen.
Grabben va ju inte ens född när Clintan viftade runt med sin magnum 44:a. Imponerande att han kan ha koll på dom gamla kultrullarna.
- Så du vill bli som gamla "loscht Harry?"
- Vem då?
- Clintan... Dirty Harry! Ä inte du lite väl ung för å känna till dom filmerna?

Arne fick något lite sorgset i blicken och tittade lite drömskt på affischen på väggen.
- Det va pappa som älskade Clintan. Han å ja brukade sitta uppe å titta på hans gamla filmer. Mest i smyg, morsan gillade inte att ja kollade på barnförbjudna filmer. Det va våran lilla hemlis. Ja fick planschen av farsan bara några veckor innan han... innan han drunkna...

Arne kollade ner mot golvet, men Markel hade hunnit skymta nya begynnande tårar i ögonen på honom.
Markel lät pojken vara och kollade in rummet lite mera. Dirty Harry var den enda maskulina bilden i rummet, alla andra väggprydnader var bara lättklädda damer i alla kategorier. Negresser, asiatiskor, blondiner, latinos och rödtoppar.
Han ä då inte så nogräknad direkt. Fast det ä klart... pubertetshormoner gör ju ingen skillnad på hudfärg, ursprung eller härkomst. Dä ä bara skott i råtta som gäller, i vilka råtta som helst.
- Hål som hål, mumlade han tyst för sig själv.

På ett stökigt skrivbord fanns några inramade bilder på Arne och Lars som var tagna för några år sedan. På ett kort fanns en bild på pappan Olle. Markel kände igen honom. Han hade sett Olle många gånger på ön, men han visste inte särskilt mycket om personen i fråga. Tre år hade gått fort, han tyckte inte det kändes så länge sedan nyheten om att de båda männen hittats drunknad. Markel hade precis börjat jobba i vakten då och mindes att det var ett stort ståhej när de båda grannarna omkommit. Vad han kom ihåg så hade de väl haft någon form av fest, och beslutat sig för att avsluta det hela med en liten fisketur. Fylla och fiske var ingen bra kombination hade de fått erfara.

Kapitel 22.
Irka Fjord.

När Irka Fjord vaknade på morgonen visste hon att det skulle bli en spektakulär dag. Hon visste inte riktigt varför, men hon kände på sig att nåt speciellt skulle hända, och hon kunde känna att det hade något med död att göra. För en gångs skull hade hon sovit hemma. Hon brukade föredra att sova hos sin pojkvän Tommy Baldgren. Hon kallade honom oftast för Tommy nu för tiden, även om det var hon som myntat hans öknamn ”Ballen”. Alla kallade honom det nu mera, men efter att Irka och han blivit ett par kändes det inte lika roligt med Ballen längre. Egentligen hade hon inte alls tyckt om Tommy. Det var bara det att alla andra brudar trånade efter honom. Han kom från ett välbärgat hem och var vältränad och lång. Han var mörkhårig och riktigt snygg. Det ryktades om att han var ”välhängd” också, det var därför hon kommit på öknamnet. Att ingen annan gjort det tidigare var konstigt med tanke på att han hette Baldgren. Ballen var ju ett så givet extra namn. På den tiden, för knappt ett år sedan brukade han gå omkring i skjorta, och till och med slips ibland. Irka hade fått som ett kall att hon skulle ha honom. Hon skulle visa alla de andra små slynorna i trakten att det var hon som ägde honom. Nu gick han omkring i skinnpaj och trasiga jeans och piercing i ögonbrynet. Hon hade även sett till att han piercat sig på ett annat ställe. Det var egentligen inte så snyggt med en ring i den välhängda kroppsdelen, men hon ville kolla om hon lyckades övertala honom. Från tvärt nej, till att hon själv suttit och gjort hål med en kanyl, och körde igenom ringen av titan, hade det tagit max 15 minuter. Hon hade haft svårt att hålla tillbaka leendet när blodet runnit ner för hans skrev. Efter det visste hon att hon kunde få honom att göra precis det hon ville, men när man väl fått det man vill ha är det oftast inte så roligt längre. Ballen fick duga tills hon tröttnade helt. Idag var en sådan dag som hon helst inte ville ha något manligt sällskap. Hon hade lust att vara med Sussi. Bara Sussi. Irka tänkte ringa till sin vän men hejdade sig.
Nej, varför ska ja ringa... hon kommer att ringa mig förr eller senare.
Irka väntade, alldeles för länge tyckte hon. Det var snart mitt på dagen och snart kom väl hennes idiot till farsa hem och honom

ville hon inte träffa. Tänk om han hade märkt att hans hemkörda brännvin i dunken hade spätts ut med vatten, efter helgen som var. Hon och de tre andra "Kråkorna" hade snott två helrör och sedan fyllt på det som fattats med vatten. Nä, hon fick så lov att koncentrera sig.
Sussi! Ja vill att du ringer mig Sussi. Du vill så gärna prata mä mig... känner du inte dä?
Irka satt i sängen i skräddarställning och försökte fokusera sina tankar till sin kompis, få henne att känna att Sussi ville ringa henne. Hon spratte till när hennes ringsignal, Raubtiers "Låt Napalmen Regna" sjöng ut från den lilla Iphone högtalaren. Det var Sussi!
Irka var säker på att hon hade någon form av medial kraft, men inte riktigt säker på vad för slags kraft. Egentligen så hade det väl inte hänt nåt jättespeciellt för att hon skulle vara säker på det, det var mest bara en känsla.
Ibland om hon tänkte på en person som hon inte sett på länge, då kunde hon möta den personen på nästa gata, eller som när hon kände på sig att hon skulle få Ballen... och det hade hon ju fått. Hur som helst hade hon inte riktigt räknat med att Sussi skulle ringa precis när hon satt där och affirmerade.
Dä va som fan! Dä funka ju direkt!
Hon samlade sig och försökte låta förvånad.
- Hej Sussi... ringer du?
- Har dä hänt nåt? sa Sussi oroligt.
- Nä! Varför tror du dä?
- Därför att ja har haft en stark känsla av att du ville att ja skulle ringa dig. Ja trodde att det hänt nåt... att du fått stryk av farsan din eller nåt!

Irka blev lite snopen.
Ja måste koncentrera mig bättre nästa gång. Hon skulle ju inte tro att dä va ja som ville att hon skulle ringa, dä va ju hon som skulle tycka att hon ville prata mä mig! Äh, skitsamma... hon ringde ju i alla fall!
Irka kom ihåg känslan av att något speciellt skulle hända.
- Jo Sussi, dä har hänt nåt! Ja tror vi måste träffas, vi kommer att få uppleva nåt...

Hon visste inte riktigt vilket ord hon skulle använda. Ordet speciellt täckte ju upp ett ganska stort område, om hon kunde vara mer specifik om vad hon hade för aningar så vore det bättre. Hon hade tyckt att det hade haft med död att göra... men vad för död? Skulle de få se en död grävling eller var det Sussis morsa som hade supit ihjäl sig kanske? Hon försökte låta så allvarlig hon kunde.

- Sussi... Vi kommer att bevittna resultatet av vad djurisk våldsamhet kan göra!
- Va? svarade Sussi förvånat.

Ja, va säger ja? Resultatet av vad djurisk våldsamhet kan göra... vad menar ja med dä?

Irka visste inte riktigt varför hon valt de orden, men nu, efter att hon sagt dem så kändes det rätt.

- Ja vet inte riktigt, men ja har haft föraningar ända sen ja vaknade om att vi kommer att vara med om nåt extra ordinärt... Vart ska vi träffas?

Kapitel 23.
Lotta Brysk.

Efter att ha lämnat de båda nyrenoverade mintgröna husen, begav sig de båda poliserna, utan egentliga polisiära befogenheter vidare in mot centrum på ön. De redogjorde för varandra vad de fått fram under sina utfrågningar. Om Arne inte hade sett skymten av Lars på väg hem från centrum, borde kanske någon annan ha sett honom, om han nu begett sig mot centrum vill säga.
De beslutade att stanna vid husen som de passerade, längs den snömoddiga landsvägen.

En äldre kåk som var faluröd med vita knutar var det första huset som de stannade vid. Knujt undrade om Markel varit där förut. Det hade han inte, men han visste vem som bodde där... Lotta Brysk. En gammal änka som var lite speciell.
De stod på en ranglig trätrapp och knackade på dörren som hade mönstrat glas. Dörren var låst, för Knujt kunde se låsregeln i dörrspringan. Ett gammalt lås för övrigt med det klassiska nyckelhålet. Efter en lång stunds väntan, och Knujt hade hunnit knacka två gånger till så hörde han några svaga ljud inifrån huset. Han såg mot ett fönstret och fick syn på en liten siluett där inne.
- Hej, Vi ä från polisen! Vi skulle vilja ställa nåra frågor!
Både Knujt och Markel vinkade mot personen där inne.
- Ja ä inte hemma ja ä!
Herrarna såg mot varandra lite förbryllat.
- Hej Lotta! Dä ä Markel som jobbar på vakten till sjukhuset... Vakt Markel! Vi ser att du ä hemma, så du kan väl släppa in oss?
- Ja ä ju inte hemma säger ja ju! Va fan hör dom inte va ja säger ä!?
Det sista var mycket lägre som om hon pratade för sig själv. Steg närmade sig dörren och en nyckel sattes i låset från insidan och vreds om.
En kort äldre dam i åttioårsåldern öppnade och blängde surt mot dem.
- Höh! Ja ä ju inte hemma ja säger ja ju!
- Jo dä tror ja att du ä för du öppna nyss dörren åt oss!
- Ja lära väl dä när ni inte begriper va ja säger. Va vill ni fla då?
Knujt höll upp sin polisbricka framför henne.

- Ja ska'nte ha nå jultiningar! Ja ha'nte ens läst ut Kronblom som ja köfte i fjol ja ä!

Knujt anade att det inte skulle ge så mycket att fråga ut den här damen med den breda dialekten.

- Däg känne ja igen! Ä rä inte du som bruker sitte i vakten ä?

Hon tittade på Markel.

- Jo det stämmer dä Lotta!
- Ja kände igen krullhuvve ditt, du ha ju så jävla krullit hår du så! Vill ni kömma in?

De följde den äldre damen in till köket. På väg dit fick de sicksacka mellan diverse bråte som stod i travar på golvet. Det var kartonger, tomma kattmats lådor, pantflaskor och oidentifierade saker i hopsnörda plastpåsar. Uppe på en bokhylla satt en tovig svart katt som stirrade vaksamt mot dem. Han eller hon var nog orsaken till den omisskännliga doften av kattpiss som var överhängande i hela huset.

Vid köksbordet plockade hon fram två, långt ifrån rena kaffekoppar.

- Ska ni ha döpp å?

Om den förra inte fatta när vi sa nej till kaffebrö så ä dä väl lika bra å tacka å ta emot av den här virrpannan, ansåg Knujt.

Varsin torr fiskpinne var allt de fick. De stirrade förskräckt på den gulbruna torra tingesten.

En fiskpinne? Den ser ju ut att ha legat framme sen 50-talet. Hon måste väl ha förväxlat den med en finskpinne, för hon kan väl inte på fullaste allvar tro att vi vill äta dä här?

Knujt lyckades hejda damen när hon skulle hälla i mjölk i hans kaffe. Markel hade fått en skvätt utan att han bett om det, och nu flöt det ivrigt omkring gula klumpar i hans kaffe.

- Du kanske hört talas om att dä försvann en pojke för drygt en vecka sen.
- Ja dä va väl den där Almarfjords pöjken dä. Ha ni hittan?
- Öh ja! Dä ä därför vi ä här... vi vill veta om du sett pojken nåt runt tiden då han försvann. Dä var väl den...

Knujt kom på att han inte visste vilket datum det var. Han hade bara fått det förklarat att det var drygt en vecka sedan.

Inte så jävla bra av en polischef å inte ens veta vilken dag pojkstackarn försvann!

- Den 6:e! Tisda den 6:e! Haru'nte reda på dä ä? sa Lotta självsäkert.
- Öh! Jo då... Den 6:e, dä stämmer!

Knujt kollade mot Markel för att få det bekräftat om det var rätt dag. Han nickade medhållande.

Hon verkar då ha lite koll i alla fall, tänkte Knujt.

- Såg du pojken Lars Almarfjord den dan?
- Nä, ja ä gla så länge ja slipper si dom där satongarna ja!
- Satungar! Dom där? Vilka menar du då?
- Ja, den där Almarfjords pöjken å den andra jäveln... Mannerlunds!
- Jaha, du gillar inte dom... varför då?
- Dom ä väl bara ute å hitter på jävelskap dom där isse ja!
- Va ha dom gjort för nå då?
- Ja, en gång så stod dom hänne utaför å skrek å väsnas å levde fan. Å full va dom å, dä hörde ja rå. Sen låg dä tomme ölbuschkar i grinnhöle mitt, å nån av dom där två hade spytt å i häcken min! Va fan ska dom hänne hos mäg å göra då? Dom kan väl för fan spy i sin egen häck!

Knujt hade inte fått det intrycket av Arne att han var en som söp och levde om. Han måste ha misstagit sig ganska grovt insåg han.

- Oj då! Dä va ju inte så trevligt. Du ä säker på att det va Arne Mannerlund å Lars Almarfjord?
- Nääå! Dä va ju pappena deras... Olle å Björn!
- Jaha! Du sa ju att pojkarna hade hittat på jävelskap!
- Höh! Ja... dom gö väl lika dom å rå isse ja. Inte läre väl ongarne va nå bättre ä!

Knujt höjde ögonbrynen och sneglade lite lätt mot Markel som inte såg så brydd ut.

- Så du bara gissar att pojkarna hittar på sattyg? Du vet inte säkert?
- Föör en gång nä Olle å Björn va liten då slog dom sönt e fönster å på uthuse mitt! Sen skyllde dom på att dom råka skjuta sönt ät i ohappa. Dom hade kasta boll sa dom... men då levde Ernst å, så då fick dom stryk!

Markel förklarade för Knujt som fortfarande hade sina ögonbryn höjda så pannan var fårad som djupa diken.

- Jo Chiefen, Ernst va karln hennes dä. Han ha vart dö länge... dö länge kan man kanske säga, haha!

Knujt försökte komma in på rätt spår igen.
- Om Olle å Björn slog sönder ett fönster för så länge sen, dä ha väl inge mä pojkarna å göra? Ja ä inte intresserad av va papperna ha gjort, men om du ha sett att grabbarna ha gjort nå sattyg så kan dä kanske va av intresse.
Lotta fick ett ännu buttrare uttryck i sitt redan sura ansikte, men hon verkade inte riktigt veta vad hon skulle säga. Hon hade händerna på bordet och petade med alla fingrarna mot den något lortiga vaxduken.
- Höh! Ja men dom gör väl lika dom å rå isse ja, dä begiper man väl, snäste hon ur sig som för att poängtera att hon var säker på sin sak.
Knujt gjorde ett nytt tappert försök att komma in på rätt spår.
- Du såg inget annat som kan va av intresse förra tisdan då?
- Nä, dom ha inte vare ute å flacka å fare så mysche nu när dom läre gå ä! Föör när dom hade cyklar då for dom förbi hänne hele tin. Föscht fick den ena en nyan röan en, sen va rä nån som stal den. Då fick den andre en nyan gulan en, å då trodde den föschta kärringa att dä va den andra som stöle hennes, men då va rä nån som stal den å! Ha! Lagomt åt dom. Ä rä inte jollit dä rå som dom där hölle på?
Knujt hängde inte riktigt med på det sista. Dels var dialekten lite bred, men det verkade som om Lotta antydde saker som hon trodde att han skulle förstå...
Men dä klart... så har ju fruntimmer gjort i alla tider. En karl ska kunna tolka allt en kvinna menar, å veta precis vad hon tänker på, annars ä man dum i huvet!
- Vad då? Va ä dä som du tycker ä jolligt? undrade Knujt.
Han hade för sig att det ordet betydde detsamma som larvigt eller tramsigt.
- Höh! Ja... dom där Almarfjord och Mannerlunds... du har väl sitt hur dä ser ut där?...
Ännu en gång verkade det som om Knujt skulle förstå precis vad hon menade.
- Syftar du på nåt speciellt eller?
- Höh! Dä sir ju likadant ut hos bägge två. Så foscht nån av dom gör nå så läre den andre gö lika. Föscht måla Mannerlunds huse sitt ljusgrönt, då tog ä bare e vecka så lära Almarfjords måla sitt

å. Så där har dom där gjoscht jämt. När den ena köfte flaggstång, gjorde dom andre dä å... å när Almarfjords höll på å bygga ut å renovera då lära dom andre gö lika... ä rä inte jollit dä! Dä ä väl käringarna som vill va bättre än varann hele tin isse ja! Ja ger mä fan på om Viola skiter i böxena, då läre Gudrun skita i sine å! Tro 'nte ru rå?

Knujt förstod att denna damen "issade" väldigt mycket... hon gissade sig till sina egna slutsater. Om det var sant eller bara egna spekulationer struntade hon i. I hennes värld så var hon övertygad.

- Dä kan ju va så att dom känner varann ganska väl. Dom kanske tycke dä ä praktiskt å måla husen i samma färg ungefär samtidigt. Dom kanske hjälper varann?
- Nääå! Dä ä kärringerna som vill va mäschkvädi å vill va bättre än varann säger ja ju! Ja vet väl dä ja!
- Ja, jo det kan ju va så!
- Dä ä så rä ä säger ja ju!

Hon lutade sig fram lite över bordet mot Knujt och sänkte rösten en aning.

- Vet du va ja tror då?
- Öh, nej!
- Ja tror Björn å Olle va lagd åt dä andre hölle ja! Tro'nte ru rå?
- Att dom va homo? Varför tror du dä?
- Ja! Dom ha ju vare ilag jämt dom där två ända sen dom va liten, sen skaffer dom vasch e fruntimmer samtidigt. Sen får dom ongar å samtidigt, åsså skaffar dom hus breve varann! Dä begriper man väl att dom där två, som till å mä drunkna ilag hade ihop et å låg mä varann!

Knujt dröjde ett slag innan han svarade henne. Han behövde låta hennes utlåtande sjunka in en stund.

- Du vet att ha man inge bevis, men ändå sprider nåt som kan vara osant om en annan person så kan man åka dit för förtal.
- Höh! Bevis å förtal! Dä föschtår man väl va dom där ha hölIt på mä!

Tur att inte den här kärringen sitter som domare. Dä där mä att man ä oskyldig tills dä bevisats motsatsen verkar då inte finnas i hennes värld.

- Ja ha jobba som nämndeman ja på Tingshuse i Hudik föör, så nå läre ja väl veta va folk ä för ene.

Knujt höll på att smälla av.
Åh fy fan! Stackars dom satar som hamna i rätten under hennes domsutlåtande. Kvoten på dom som blev friad under hennes tid i tinget kan då inte ha vare speciellt hög.
Han insåg att det var lönlöst att fortsätta diskussionen och beslutade att runda av med en annan fråga innan de for vidare.
- Känner du Tula Salmersson?
Hon blev aningen förvånad när han bytte ämne.
- Ja nog vet ja vem ho ä!
- Har du haft nån kontakt mä henne den senaste tiden?
- Ja dä har ja!
Knujt hoppades på att få nånting som kanske skulle hjälpa till i utredningen.
- Dä va väl i fjol sommar dä som ja va tell na, katta hennes... Spruttan va krasslig å ho ville ja skulle dit å höra hur dä va mä na!
Knujt ville försäkra sig om att han fattat rätt om va kärringen sa.
- Gick du dit för att... prata mä hennes katt?
- Ja!
- Jaha... va sa... Spruttan då?
Han mindes kattspåren i blodet och den vettskrämda katten under soffan.
- Att ho hade bleve stucken av nå jordgettingar när ho jaga e råtta. Hon sa att ho va svullen i halsen å att ho hade svåscht å både äta å drecka, men ja badda ho mä lök å maltvinäger, å sen va ho bra på nån timme!
Knujt hade flera frågor han skulle vilja ställa bara för att få höra vad hon hade för svar. Frågor som... hade hon pratat med katter länge? Kunde hon prata med alla djur? Var lök och maltvinäger något som hon hade kommit på... men sådana frågor skulle inte leda hans utredningar framåt, så han lät bli.
- Vafför undra du om ja känner Tula?
- Dä va inget speciellt. Vi får tacka för oss för vi måste gå nu!
- Ska ni gå nu rå? Kan ni inte sitta kvar e stund till då? Ni ha ju inte äte nå åv fiskpinnane heller ä!
- Nä, vi måste nog vidare nu!
- Inte har väl ni en sån jävla förbannade brosska ä!
- Jo vi ha faktiskt bråttom, vi har ett pojkmord å reda ut!

Lotta Brysks ansikte blev stumt och hennes ögon vidgades.
- Ä han dö? Har pöjkstackarn bleve mördad?
Knujt förbannade sig själv för att han försa sig. Det hade väl kunnat räckt om han sagt att de hittat pojken. Att han blivit mördad va nog lite för mycket information till denna gamla dam.
Jaha... nu ska hon väl "issa" sig till vilken som ä mördaren också.
- Mördad! Oh, Lars som va en så snäll å finan pöjk!
Jaha... nu låter dä så. Dä va andra toner.
Knujt la märke till att hon faktiskt såg chockad ut. Ansiktet hade vitnat och hon va även lite glansögd.
Märkligt, dä går bra å prata skit om folk så länge dom ä i livet, men så fort dom dör, då blir dom helt plötsligt helgonförklarad.
Poliserna gick ifrån den nu något förstummade tanten, men Knujt kunde höra att dörren låstes innan de ens hade hunnit ner från den rangliga trätrappen.

Kapitel 24.
Storkroks Benjamin.

De stannade till vid tre stycken gårdar där ingen var hemma. Det fjärde huset var bebott av en ung barnfamilj. Föräldrarna var i 25års åldern med två små flickor, båda under 5år. De visste ingenting om vare sig Lars Almarfjord eller Tula Salmersson. Det började närma sig lunch och både Knujt och Markel ville få något i magen inom kort. Ett hus till skulle de väl hinna med innan det blev dags för energipåfyllning.

De svängde in på en gårdsinfart i en stor kurva från landsvägen. Knujt stirrade storögt mot ett par grindstolpar som de passerade. På den ena stod en stålskulptur som var hopsvetsad av vad Knujt trodde var gammalt järnskrot. Skulpturen påminde om en kanin, eller hare som hade stora bockhorn och höll i en sax. På den andra stolpen var en liknande staty som föreställde en råtta som jonglerade med korv.
Utan att egentligen tänka på att han talade högt sa han till Markel,

- Va fan! Såg du statyerna?
- Ja, dom ha ja sett föör. Han ä grönjävlig på sånt där den här gubben. Vänta tills du få se dom andra han har.

Knujt vågade knappt gissa hur de skulpturerna skulle se ut. Markels röst hade låtit som om de skulle vara något i hästväg. Knujt hann inte fundera så länge förrän han fick syn på en gigantisk fisk. Den var också gjord av skrot och var upphöjd med ett grovt stålrör cirka 2 meter upp i luften. Det såg ut som fisken jagade en liten älg. Även älgen var i metall. Det var en stor gård med små träd som spretade med sina nakna grenar. Boningshuset var klassiskt svenskt, det vill säga rött med vita knutar. Det fanns ett stort uthus med en mindre utbyggnad med stängsel runt om. Knujt gissade sig till att det kunde röra sig om ett hönshus, men han såg inga höns. Det som var mest iögonfallande var, att bland de nakna träden poserade ett 20-tal skulpturer i olika storlek och utförande. Alla verkade vara gjorda i metall. De som befann sig närmast gårdsvägen kunde Knujt se vad de föreställde. Den närmsta var en ångbåt med en stor ängel som stod på ett ben, en annan var ett monstruöst stort och runt ansikte som växte upp ur en blomsterstjälk av ihopsvetsade järnbitar, och en tredje föreställde en stor sugga med stora hängbröst som stod på en flygande matta. De skulpturer som var längre in i trädgården var svårare att se vad de föreställde, för träd och andra skulpturer skymde sikten.

- Vilka sjuka grejer. Ä dä gubben som bor här som gjort dom här?
- Ja, han ä väl som alla andra konst-närer... lite konst-ig, haha! konst-ig! Han ha då i alla fall en egen stil.
- Ja det kan ja hålla mä om, sa Knujt och försökte skymta så mycket han kunde av konstverken de passerade.

De hann aldrig knacka på för en äldre man i 80-årsåldern öppnade dörren. Knujt kände igen honom. Det var den gamla gubben som pratat med Sur Stålblom på Skrikmåsen. Han som pratat om att han skulle skjuta nånting. Gubben hade ett igenkännande leende som han riktade mot Knujt.

- Hej igen! Va dä Knut du hette?
- Jo dä stämmer... Benjamin va dä va?
- Ja, men alla kallar mä för Storkroks Benjamin.

Knujt funderade över det konstiga öknamnet.
Dä måste komma ifrån att han bor i den här stora kurvan, eller vägkroken. Folk förr i tiden brukade ju folk ge varandra namn efter plats, eller dylikt.

- Ä dä för att du bor här vid den stora vägkroken du kallas så?
- Ja precis, dä stämmer. Va ha mäg den äran att få stöta på er, två gånger samma da då?

Knujt förklarade att det gällde information om pojken Almarfjord. Storkroks Benjamin fick ett allvarligt uttryck i ansiktet och bjöd in de båda.

Köket var i 70-80 tals stil. Det var omodernt, som i sin tur hade blivit ”retro” och modernt igen.
Ja om inte man schabbar ner inredningen så hemskt så spar man ju en massa pengar. Dä ä ju bara å vänta i 30-40 år så blir allt modernt igen, å man slipper renovera efter modet, tänkte Knujt
Med tanke på att det var en konstnär de befann sig hos så hade han bra ordning och allt såg välskött ut. Knujt hade fått för sig att många konstnärer hade en tendens att leva i ett kaos, men inte Benjamin. Han kanske inte var pedant, men det var inte långt ifrån.

Besökarna blev ännu en gång erbjuden kaffe, men tackade nej. De ville inte ha fler överraskningar som fiskpinne tilltugg eller mjölkklumpar som flöt omkring.
- Vi undrar om du såg Lars Almarfjord dagen då han försvann... förra tisdagen? Dä finns uppgifter som pekar på att han kan ha passerat här.
- Nej, men jag såg den andre... Det är väl Arne han heter... Mannerlund.

Markel och Knujt nickade.
- Han cyklade förbi här på väg mot byn, å, å, å några timmar senare cykla han hem igen, men han va själv.

Då verkar i alla fall Arnes historia stämma. Lars kanske gick åt det andra hållet å inte alls mot centrum. Dä får ja ta och kolla upp senare.
- Du märkte inget annat den dagen? Bilar du inte sett förr som snurrade runt i trakten, eller nåt?
- Nä! Dä va väl bara folket i byn, de vanliga som for förbi. Skulle dä va nån nykomling skulle ja minnas dä. Ja brukar ha uppsikt, för ibland kommer nån utsocknas hit å vill titta på mine skulpturer.
- Ja dä va en fantastisk skulptursamling du har. Dä måste ha tagit lång tid å göra så där många.
- Dä har väl tage ett tag, å ändå ä inte dä här allihop ä! Ja har sålt en hel del å, utomlands till å mä!
- Oj då, sa Knujt uppriktigt imponerad.

Låga skratt som av små barn fick Knujt att rikta uppmärksamheten mot fönstret som vette ut mot infarten. Han skymtade några snabba siluetter som passerade och tyckte sig även höra dova fotsteg av de små barnfötterna.
- En si så där 50-60 år har ja väl hålla på mä å, å, å skulptera, men en börjer på å bli gammal å nu så dä bli'nte så mysche gjoscht nu för tin ä.
- Va tråkigt! Åldern ha ju en tendens å kräva ut sin rätt, även på den mest kreative.

Knujt förväntade sig att ungarna som sprang utanför skulle komma in eller knacka på dörren, men det kom inga barn eller knackningar. Han kom att tänka på Lotta Brysk... tanten några hus bort och hennes utsago om satungarna.

Snart kanske dä kommer en boll genom fönstret. Undra va den här gladlynte herren skulle göra då då? Han kanske tar fram bössan å börjar skjuta efter dom?
Han mindes Benjamins diskussion med surgubben på Skrik Måsen.
- Hur har det gått med killingarna dina förresten. Du skulle ju ut med bössan ikväll.

Storkroks Benjamin blev genast allvarlig.
- Ja dä ä då väl självaste fan att man inte kan få ha nånting i fre ä! I mörest när ja skulle ut å mata getterne. Då va dom alldeles skrämd å nervös. Å, å, å efter ett tag så märkte ja att en av killingarne va boschte. Ja hitta någre blodspör å.

Knujt reste sig en aning där han satt. I ögonvrån kunde han skymta att Markel gjorde likadant.
Ja han har nog lite snutgener den där Markel också... om han nu tänker på samma sak som ja tänker vill säga?
Knujt blev lite irriterad på sig själv som inte sett den eventuella kopplingen tidigare. Om något djur ätit av pojken Almarfjord, och några dagar senare hade ett vilddjur ätit av Tula Salmersson. Det vore ju inte långsökt att gissa sig till att djuret kanske även gett sig på Benjamins getter.
Ja kanske hade kopplat ihop getattacken mä de andra om inte dä vore för den dä jävla Sur Stålblom. Han fick en å reta upp sig istället mä sina uppkäftiga utlägg... å andra sidan så visste vi ju inget om Tula vid den tiden i morse.
- Du hörde inte, eller såg nåt speciellt.
- Nä ja söv som en stöck inatt.
- Du ha inte sett nå spår eller kanske till å mä sett räven... eller va dä nu ä?... Om inte nu, men kanske tidigare?

Benjamin fick ett fundersamt uttryck i sitt gamla ansikte.
- Ja såg nåre spör som gick ner mot vattne. Men dä ha ju töa så hemskt så dom har smält ut. Dä ä ner mot vattne som ja tänkte ta bössa mä mä ikväll.
- Kan du visa oss spåren Storkroks Benjamin?
- Killingmördar-rävspåren? stack Markel in.
- Ja nog kan ja väl dä!

Den gamle reste sig och det verkade som om han ville göra det med en gång så de gick ut.

På gården gick de förbi inhägnaden som Knujt tidigare sett. Han hade gissat rätt, nu såg han en höna som tittade ut genom sitt lilla hål i väggen. På baksidan av det stora uthuset fanns en större utbyggnad. Ett grövre stängsel var anslutet till byggnaden och Knujt förstod att det var där getterna höll till, men inte nu... nu var de inne. I vanliga fall kanske de skulle ha varit ute i några veckor till, men efter det ovanliga oktober snöfallet igår ville nog både småkillingar och storgetter hålla sig inne.
De kom fram till spåren som Benjamin skulle visa. De ledde längs med stängslet och över en täkt, vidare mot strandkanten längre bort.

- Ja som ni kan si ä dä inte gott å si va dä ä för spör ä! Dä skulle lika gärna kunna va en björn! sa han och pekade på de stora upptöade spåren.

Han hade rätt. Om det var en räv eller hund som trussat i snön tidigt denna morgon så hade det massiva töandet förstorat spåren enormt. Gräset lyste igenom som gröna kratrar i mitten av den gråvita, sörjiga massan. Spåren skulle lika gärna ha kunnat kommit från en elefant.
Dä va då väl fan va svårt dä ska va å kunna hitta nåra ledtrådar som kan ge nåt.
Knujt fick en liten frusen rysning genom kroppen som kom från hans 44:or till skor. Kallt vatten sipprade in mellan tårna.
Nu blir man väl förkyld, å inge ombyte ha man mä sä. Ja hoppas inte dä blir tal om att vi ska ut och spåra i skogen för dä ha ja inte kläder till!
Den tanken gav honom en idé.

- Jo du Storkroks Benjamin...
- Ja!
- Du skulle ju ut å leta efter räven ikväll sa du.
- Ja!
- Det tycker ja ä en bra idé! Du verkar kunna dä här mä jakt å spårning du. Ja ä lite nyfiken hur dä komme å gå för dig. Ja vill ju så klart att du ska hitta räven, men skulle du kunna höra av dig...

Markel avbröt Knujt mitt i meningen.

- Du kan ju ringa till vakten å fråga efter mig eller Knut... om du ser räven, eller hunden... eller rävhundsbjörnen haha! Mördar rävhunbjörn! Haha! Räv, hund, björn... rävhunbjörn!

Både Benjamin och Knujt stirrade undrande på Markel. Knujts stirr var nog ett mer irriterat stirr än undrande.
Han avbryter sin chef för att säga nåra egen-påhittade ord? Va ha han för vett å etikett? Dä vore väl en sak om han lyckades få nån mer än sig själv å skratta åtminstone, tänkte Knujt buttert för sig själv.
Han fortsatte sitt avbrutna uttalande och låtsades inte om Markels egen-påhittade ord.

- Även om du inte hitter räven kan du väl höra av dig. Du kanske får upp ett spår, eller hittar dä som ä kvar av din lilla killing. Hur som helst, va inte rädd för å höra av dig.
- Dä ska ja göra. Ja ska nog hitta tag i rävjäkeln ska ni se. Vill ja ha nåt så får ja dä till slut, så ä rä bara, svarade Benjamin.
- Hoppas dä, avslutade Knujt och tänkte,

Ha man inte rätt kläder å skor för å gå omkring i dä här slasket så får man väl lura andra å göra jobbet åt en. Dä ä väl bättre om den här gubben traskar omkring i snön, han som hittar å vet va han håller på mä, än att jag ska gå omkring och bli förkyld. Det känns ganska bra å ha underhuggare. Ja börjar komma in i chefsrollen nu tror ja.
Markel tittade undrande på Knujt som insåg att han hade ett självbelåtet leende i hela ansiktet.

- Visst va dä ett roligt ord det där då, Rävhunbjörn?... Räv, hund å björn haha! sa Markel och flinade i tron om att det var hans påhittade ord Knujt tyckte va roligt.
- Jo, väldig roligt, svarade han, men Markel förstod inte sarkasmen i uttalandet.

Kapitel 25.
Lunch på Skrikmåsen.

Knujt och Markel satt till bords och åt dagens på resturang Skrikmåsen. Det var pannbiff med löksås och lingon, det smakade förträffligt. De båda lät maten tysta mun och inte förrän vid kaffet bröt Markel tystnaden.

- Jo du Chiefen... va gör vi nu då?

Knujt hade funderat under måltiden på hur han skulle lägga upp den fortsatta utredningen. Han var ju trots allt ganska ny i det här jobbet. Han önskade att han var lite mer bekant med hela ön. Han hittade ju knappt nånstans här och han visste inget om byborna.

- Markel... innan vi går in på utredningen skulle ja villa ställa lite fråger om den här platsen... Gallbjäre.
- Ja dä går väl bra!
- Du sa nåt om att det var nån Jaarstierna som öppnade sjukhuset på 1800-talet.
- Japp! Dä va Abel Af Jaarstierna. Dä va han som grundade sjukhuset, sen dess har dä gått i arv i hans släkt. Nu ä dä Ruben som ä högsta hönset där... eller högsta tuppen kanske man ska säga... högtuppen, haha!
- Va fanns det här innan sjukhuset då?
- Dä vet väl inte ja... ja va inte född då!

Markel tyckte att han va riktigt rolig och flinade så mycket att Knujt trodde öronen hans skulle ramla av honom.

- Va! Va du inte?... tänk, dä trodde ja! sa Knujt med överdriven förvåning.
- Hahahaha!

Markel gapskrattade rakt från hjärtat å Knujt kunde inte låta bli att skratta lite han också. Inte åt det han sagt utan åt Markels speciella humor.

Han ä ju lite udda den där Markel, men han ä rätt så skön ändå. Dä ä ju bättre att han ha lite konstig humor än ingen humor alls. Vi ska nog trivas ihop som arbetskollegor... hur länge vi nu hinner vara dä.

Knujts leende försvann när allvaret i hans polischarad uppdagade sig. Han försökte att inte tänka på det och fortsatte sitt samtal med Markel.

- Dä enda ja ha hört om Gallbjäre ä att dä finns ett dårhus här, nåt mer ha ja aldrig hört. Finns dä nå mer som ä känt härifrån?
- Nä inte nåt speciellt va ja kan komma på. En bank, men dä ha ju alla ställen, å Skrikmåsen då så klart... å en pizzeria.
- Okej. Då ha vi väl inget annat å prata om än hur vi går vidare mä utredningen. Dä enda spåret som ja kan se, dä ä dom där ungarna som Arne träffade. Dom kan ju kanske bekräfta att Lars inte va mä, i så fall måste han ha gått åt andra hållet, å inte in mot centrum.
- Tror du att Arne ljuger?
- Nej, men vi kan inte tro blint på han om vi inte får dä bekräftat.
- Om Lars inte va mä dom andra å ingen ha sett han, kanske han fått skjuts av mördaren. Dä kan ju va nån sån där ”Boy snatcher” som åkt omkring här... kanske mä en svart Cheva van mä tonade rutor som dä står ”Suspicious mother fucker” på! Hehe!

Markel gjorde situationstecken med fingrarna och flinade. Knujt hakade på lustigheterna.

- Ja eller så kanske mördaren hade en stor fet glassbil. En mä en sån dä kuslig jingel-melodi i högtalarna. Glassförsäljaren lura kanske till sig grabben mä billig glass å sen slog han en cykelsadel i skallen på han å slängde in han bland glassarna.

Markel fick ett svår definierat uttryck i ansiktet. Knujt insåg att han kanske gått lite väl långt, å det var ju inte alls roligt att skämta om en pojke som precis mördats. Hur hade han tänkt egentligen, det va väl inte så här en professionell poliskommissarie agerade.
Men det något opassande skämtet gick tydligen hem. Markel bröt ut i gapskratt igen och Knujt fick hyscha åt honom när andra matgäster vände sig mot dem med fundersamma blickar.

- Hahaha! Fan va kul å få jobba mä dig. Du ha ju humor ju! Ja tror inte ja skrattade en enda gång åt Ove, å dig ha ja redan skrattat åt två gånger på mindre än ett dygn.
- Ja men ja tror dä räcker nu. Man ska inte skämta om sånt där. Vi borde ju kolla med Tula Salmerssons grannar också, om dä ä nån som sett eller hört nåt. Spåren kring dä som hänt henne borde ju va lite hetare, för hon ä ju... liksom färskast.

Färskast! Dä va ju kanske inte dä bästa ordval ja kunde komma på.

- Inga spår ä väl ”heta” i dä här kalla snöslasket! Hahahah! Heta spår... kalla i snöslasket! Haha!

Markel skrattade åter hjärtligt åt sig själv och Knujt log.
- Vi får lugna ner oss med lustigheterna nu! Vi skulle kunna dela upp oss, men ja föredrar att vi jobbar tillsammans till å börja med. Ja hittar ju inte så bra å du känner ju alla bybor.
Markel rätade till sig och sträckte på ryggen en aning. Hans leendet byttes ut och han såg mest bara mallig och stolt ut. Han var nog inte bortskämd med att bli till fördelad en så aktiv roll i en utredning.
- Dä glädjer mig att ja får hjälpa till... tack Chiefen! Ska vi försöka kolla mä kråkungarna först då?
Knujt hängde inte med på vad Markel menade, men så kom han ihåg att de där ungdomarna kallade sig visst för "Kråkorna". Han var glad att han inte behövde fråga Markel vad han menade. Var man en kommissarie så borde man ju kunna räkna ut en sån där enkel grej.
- Vet du vart Kråkerna brukar hålla till Markel?
- Ja kanske, men i sånt här snöslask finns dä väl knappast nåra ungar som vill vara ute.
Knujt nickade medhållande. Dagens ungdomar satt mest bara inne och spelade tv-spel hade han förstått. Precis när han tänkt den tanken fick han syn på något som rörde sig utanför fönstret på Skrikmåsens framsida. Det var den där grabben han pratat med på färjan, han som skulle bli Hulkens byxor när han blev stor.
Pojken gick baklänges med bestämda kliv och stampade så slasket stänkte åt alla håll. Han gick som han marscherade med den vänstra armen, den vajande som en pendel fram och tillbaka. I den högra handen höll han sin signalfärgade flagga. Knujt flinade och sa till Markel.
- Den där grabben träffade ja på färjan. Han verkar då vara väldigt speciell.
Markel log och sa glatt.
- Claes-Eskil Blom! Ja han ä en rolig liten rackare. Där kan vi snacka om en som får en å skratta, å dä bästa ä att han bara ä sig själv. Han försöker inte ens va rolig.
- Ha han nåt fel eller så... han verkar inte helt hundra tycker jag.
- Nä nå fel ha han inte, men han har inga rätt heller. Hahaha!
Mätta och belåtna gick de båda ut från hotellrestaurangen. Claes-Eskil Blom hade nu marscherat sig baklänges så han var jämsides

med Knujts bil, där stannade han. När Knujt och Markel närmade sig glodde pojken först lite tomt och korkat med öppen mun, men så tycktes han känna igen Knujt och han flinade glatt så alla de skeva tänderna blottades.

- Hej på dig grabben! Hitta du nåra spöken igår på färjan?

Markel såg lite undrande på Knujt, men sa inget.

- Nä! Ja hade ju glömt bort att äta krokofanter innan, å då kan man inte se nåra spöken ä. Inga krokofanter, inga spöken som dom brukar säga!
- Jasså, dä visste ja inte. Vilka ä dä som brukar säga så?
- Dom där lortiga latexdvärgarna på min hemliga cirkus!

Markel började skratta högt, utan tillstymmelse att försöka hålla tillbaka sitt skratt. Knujt tänkte att pojken kanske inte gillade att man skrattade åt honom, men Claes-Eskil verkade inte bry sig. Knujt höll emot sina skrattimpulser i den mån han förmådde, å lyckades så pass att han bara flinade brett.

- Så du ha en hemlig cirkus du... dä va inte illa!
- Ja har mycket mera grejer också, men dom ä så hemliga att jag inte får tala om det för nån, för då halshugger dom utrikesdepartementet.

Markel skrattade ännu ihärdigare, och Knujt fick kämpa för att inte göra likadant.

- Oj, oj, dä va inga snälla latexdvärgar du har! Då ska ja inte fråga, för utrikesdepartementet vill nog ha sitt huvud kvar, sa Knujt å försökte låta så allvarlig han kunde.
- Nä, dä ä inte dvärgarna som halshugger... dä ä ju dom där köttätande gatumusikanterna som styr vädret som halshugger, sa Claes-Eskil som om Knujt var en idiot som inte förstod det.
- Så dumt av mig... dä borde ja ha förstått!

En kvinna kom gåendes på väg in mot affären, det fick Knujt att tappa intresset för pojkens fantasiberättelser. Hon såg mot dem och log. När Knujt mötte hennes ögon log hon lite mer och visade en vit tandrad. Leendet var vackert, ett sådant leende som får en att bli glad och varm inombords. Knujt gjorde ett tafatt försök att le tillbaka, men han visste inte om det lyckades så bra. Hon vände ner blicken och skyndade in på Skrikmåsens Livs & Allehanda. Knujt skulle just fråga Markel vem hon var, men när han vände sig om fick han se något annat som gjorde att han glömde det vackra leendet för stunden.

Kapitel 26.
Tanten med grisen.

Vid sidan av Knujts olivgröna Nissan X-trail stod det en gammal dam. Hon bara stod där och tittade rakt på Knujt. Enligt hans uppfattning hade han bara vänt sig om några sekunder när han betraktade den leende kvinnan, då hade det inte stått nån gammal dam vid hans bil. Nu gjorde hon det. Det kunde vara så att Knujt tappat lite tidsuppfattning av det bländande leendet, men han trodde inte det.
Vart fan kom hon ifrån? Hon kan ju inte bara dyka upp så där, ja skulle ju ha sett na om hon kom gående.
Att damen var annorlunda behövde man inte vara kriminalkommissarie för att förstå. Kvinnan bar en stor bredbrättad ljusblå hatt med en färggrann fjäder i. Hatten var sliten och verkade vara flitigt använd. Det var inte bara hatten som var sliten, hennes kläder var inte heller i så bra skick. Hon hade två schalar i olika färger runt halsen och en luftig jacka som tycktes bestå av ihopsydda filtar, och så hade hon minst fyra lager kjolar på sig. Hon påminde lite om en zigenarkäring, men han trodde inte att hon var det. Det var konstigt hur hon bara dykt upp, men det konstigaste var grisen.
Knujt fick titta extra noga för att försäkra sig om att han såg rätt. Hon höll en liten gris i famnen, så som Hollywood bimbos håller i sina små Chiwawa hundar. Skillnaden var bara att det inte var en levande gris. Grisen hon höll i såg ut som ett gosedjur som bestod av ihopsydda skinnbitar. Grisen hade en lite bisarr uppsyn och den fick Knujt att tänka på Leatherface från Motorsågsmassakern. Det kanske bara var de grova trådarna som fäst samman de klumpigt tillklippta läderbitarna som frambringade den associationen.
Efter några långa sekunder förstod han vem som stod framför honom.
Dä måste va hon! Hon som Katta berättat om, som stått utanför vakten å som Ove kört iväg. Hon som sagt att en del av himlen var förknippad med Ove.
En lätt rysning gick genom Knujts kropp och han kom på sig själv med att han svalde ljudligt.

Varför stirrar hon på mig för? Ska hon sia om mitt öde också kanske? "Ja ser att ost å grädde ä förknippat mä dig"... sen blir ja ihjälsprungen av en ko, eller ihjälkörd av Arlas mejeribil.
Tanten som kallades Grisskinns Eifva öppnade munnen för att börja tala. Knujt hoppades att han inte på något vis projicerade det han tänkt till henne.
- När ja å Tobias betraktade slaktavfallet i morse så sa det åt oss att ja skulle prata med er här idag å hälsa... "dä ä inte konstigt å ha konst... dä ä konsten å tyda konsten som ä dä konstiga".
- Oh shit, djupt skit, sa Markel mest till sig själv och kom att tänka på Lars.
Djup skit! Varför sa ja dä så högt i hennes närhet... Lars hamna ju i utedasset... djupt i skiten. Tänk ifall han hade sagt nåt liknande i hennes närhet, å dä va därför som han dog som han dog... nedsänkt i skiten.
Han fick en liten vidskeplig panisk känsla i kroppen och harklade sig.
- Öhm! Mjukt bomullstäcke... extra mjukt!
Knujt slet blicken från tanten och hennes gris och såg förvånat på Markel. Då Markel inte gjorde någon ansats till förklaring till sitt uttryck vände sig Knujt åter till Eifva.
- Va mena du mä dä där?
Hon verkade tycka att Knujts fråga var otroligt korkad.
- Huh! Det får du väl fråga slaktavfallet... har du tur kanske Tobias vet!
- Tobias, vem ä dä?
Som svar höll hon upp grisen och Knujt kunde inte annat än att se på det primitivt gjorda mjukisdjuret. Som ögon hade Tobias-gris ett par helt runda knappar som sytts dit. Den ena var mörkblå och den andra var mörkbrun i färgen. Knujt fick ännu en rysning då han tyckte sig se att det blänkte till i knappögonen. Det var nog bara en ljusreflex, men blänket gav grisens ögon en livfull lyster som kändes obehagligt. Det var nära att Knujt hoppade till då Eifva helt plötsligt började ruska grisen Tobias fram och tillbaka i snabb takt. Ett rasslande och skallrande hördes, som om grisen var en absurd maracas, eller en skallerorm.

När hon slutat skaka grisen såg hon undrande på både Knujt och Markel. Tystnaden blev påträngande lång och hon fick ett nästan irriterat utryck i ansiktet, till slut sa hon.

- Hörde ni inte vad Tobias sa?

Både Markel och Knujt skakade oförstående på sina huvuden. Eifva skakade på sitt med, men i en uppgiven gest och himlade med ögonen som om hon hade att göra med två döva idioter.

- Han sa att han inte vill förtydliga sig, men han berättade en ny sak också!

Hon inväntade att de skulle fråga ”vad då”, så Knujt gjorde det.

- Va sa han... som va nytt då?
- Puken följer släktens blodsband!

Knujt fattade inte alls vad hon eller grisen menade, och han retade upp sig så pass att han kanske lät ohövlig, men det kunde inte hjälpas för kommer hon med sånt där kryptiskt skit som inte en människa kan förstå kan hon ju lika bra va tyst.

- Å dä ha... va sa du... slaktavfallet sagt till dig och lill-grisen Tobias?

Hon nickade.

- Om du... eller ni lyssnar på slaktavfallet så borde ni väl ifrågasätta va köttslamsorna säger om ni inte förstår va dä menar, sa Knujt lite irriterat.

Nu var det Markels tur att sparka till Knujt på smalbenet och han gjorde en tyst hyschande min åt honom.

Grisskinns Eifva rörde inte en min, vilket gjorde det omöjligt att veta om hon tyckte att Knujt låtit uppstudsig. Efter en liten stund fick hon en uppsyn som om Knujt och Markel var mycket lågt stående individer. Hon såg ner på dem även om hon själv var nästan 2 decimeter kortare än de båda.

- Varken ja eller Tobias styr över va slaktavfallet säger. Vi bara lyssner! sa hon.

Därefter vände hon sig om och gick därifrån. Knujt kunde se att hon talade till Gris-Tobias och skakade på skallen.

Jaha! Hon säger nog inte så uppmuntrande ord om oss till den där Tobias kan ja gissa. Dä ä nog första gången man blir idiotförklarad till en skinngris.

- Potatis, potatis, plättar och potatis!

Det var Claes-Eskil som med hög röst talade rytmiskt och fick Knujts tankar att skingra sig.
Pojken marscherade också iväg därifrån, men nu gick han framlänges. Knujt skakade förundrat på huvudet.
Dom borde ju sätta upp ett galler runt hela ön. Om dom som ä utanför sjukhuset ska va dom som ä normal... hur ä då dårarna som ä inspärrad på dårhuset?

Kapitel 27.
Fyllkäring och en snekäft.

Efter det något overkliga mötet med de två udda karaktärerna, tre om man räknade skinngrisen Tobias, så begav sig de två poliserna som saknade polisiära befogenheter vidare. De samtalade lite smått om vad Eifva sagt, men ingen av dem förstod någon innebörd av det hon babblat om.

- Ja tycker dä ä lite creepy när hon säger sånt där. Hon brukar ju jämt få rätt, sa Markel med oroliga fåror i pannan.
- Ja men en skinngris å slaktavfall... Ja mena... dä finns ju dom som spår i benknotor, men slaktavfall? sa Knujt med ett roat leende på läpparna.

Markel vände sig hastigt mot honom och lät nästan lite irriterad på rösten.

- Ja va ä dä för konstigt mä dä då? Dä finns ju dom som spår i te, å dä finns även små grankvistar som folk sätter på väggarna som pekar åt olika håll beroende på väder, å man ska aldrig lägga nycklar på bordet. Vissa kan inte sova när dä ä fullmåne å andra får ont i skallen innan dä blir åska.

Han stirrade stint på Knujt och fortsatte med allvar i rösten.

- Dä märks att du inte komme från ön. Här ha vi fått lära oss att sånt som ni kallar för vidskepelse eller skrock skrattar man inte åt. Vi brukar säga som så här... skrattar man åt skrock... då får man brock... hehe! Eller stock... i arslet! Haha! Brock, stock... I arslet haha!

Allvaret försvann hos Markel så fort han tyckte han var rolig. Knujt gissade sig till att det sista eller kanske hela talesättet var nåt som kollegan kom på nu, men Knujt flinade medhållande.

- Ja, jo dä ä klart att dä finns vissa saker som man inte kan förklara. Ja tyckte bara att hon, den där Eifva verkade lite väl... ”creepy” som du brukar säga. Sen ä dä ju en tolkningsfråga av dä hon säger. Mä lite fantasi kan man ju få saker som sker att stämma in på dä hon siar om. Folk brukar va duktig på sånt.
- Ja ha en känsla av att du kommer å få erfara att dä hon sa kommer stämma... å dä ä du själv som kommer å ”connecta” ihop dä! Vänta så ska du få se, svarade Markel.

De visste inte riktigt vart de skulle åka, men beslutade att en visit till ungdomarna som kallade sig Kråkorna vore bra. Det skulle nog inte leda någon vart, men om de intygade att inte Lars varit med dem och Arne, så stämde Arnes berättelse.

Det var ingen hemma i huset där Galten bodde. I Ballens lägenhet var det också tomt. Hos hon som kallades Plåt-Sussi öppnade en full mamma. Huset var i dåligt skick och ett av de tre avlånga glasen i ytterdörren var trasigt. Mamman var mycket berusad och i sämre skick än huset. De fick inget vettigt ur henne mer än att hon sa att hon brukade använda Rosita, den bittra aperitifen som rakvatten när hon ansade sig i skrevet. Den informationen var lite väl överflödig, men efter att de lirkat med den fulla modern lite så lyckades hon förklara att dottern, den lilla sikstryparen, inte var hemma. Knujt funderade om det där med "sikstryparen" betydde att jäntan brukade strypa sikar, eller om det bara va nåt som fyllkärringen sa ändå?

De stannade invid en gråaktig träkåk som troligen aldrig målats, eller så var det så länge sedan den fått färg på sig att all färg hade släppt.

- Få se om dä ä nån hemma här då... dä ä Irka Fjord som bor här. Ha vi otur så ä Bosse, hennes pappa hemma... å han ä en idiot!
- Jasså... varför då?
- Den som väntar får se... på idioten... kanske?

De hann knappt kliva ur bilen då en medelålders man öppnade dörren på huset och kom ut.

- Nu kommer idioten, viskade Markel.

Mannen var mörkhårig med gråa inslag och håret var bra tunt upptill. Han bar blå jeans och jeansjacka med vitfodrad krage. Han var kraftigt byggd och stod med armarna i kors och tittade på dem med tät sittande ögon som kisade.

- Hej! Vi kommer från polisen å vi undrar om din dotter Irka ä hemma, vi vill bara ställa nåra fråger.

Knujt gissade sig till att det normala som förälder i en sån situation var att bli orolig. Endera om dottern i fråga hade gjort nåt olagligt eller om det hänt henne något eller om någon utgjorde ett hot mot henne. Så reagerade inte "idioten" som Markel kallat honom.

- Ä du inte lite väl gammal för å ränna efter 17-åriga småflicker? Du vet väl att i den åldern vet dom inte om dom ä pissnödig eller kåt, sa han med en läspande ton.

Knujt som var på väg närmare mannen stannade upp av bestörtning.

Va fan säger... idioten? tänkte Knujt, och visste inte riktigt hur han skulle reagera.

Han retade upp sig på hur någon över huvud taget kunde svara en polis så, även om nu Knujt inte var polis på riktigt så visste ju inte den här idioten det. Vart hade respekten hos folket tagit vägen egentligen? Han kände att här skulle foten sättas ner, i ett jätteklamp.

- Hörrö du! Som ja sa så vill ja bara ställa nåra fråger, å ja tycke dä ä väldigt opassande att du ens pratar om att din dotter ä kåt eller pissnödig. Dä borde väl du som ska vara hennes far förstå.

Mannen vid dörren visade inte mycket till reaktion av att Knujt höjde rösten. Han stod kvar med armarna i kors och flinade brett. Flinet fick de redan smala ögonen att bli ännu smalare. Ögonspringorna var nu inte tjockare än harkranksben. Att mannen utstrålade dryghet var svårt att missa, men hans mun var sned och underläppen hängde lite, vilket fick flinet att se konstigt ut. Hängläppen som även hade ett grovt ärr bidrog till att attityden blev ännu mer störig.

- Men ojsan då! Inte har ja väl råkat reta upp sheriffen? Då får ja be om ursäkt, ja bara skojade lite grann. Ja trodde att dä fanns poliser i dagens läge som hade humor!

Han hånflinade sitt sneda leende, forfarande med armarna i kors och hans läspande fick honom inte att låta trevligare.

- Jo ja ha humor, om folk ha en vettig humor vill säga. Ja ha för övrigt inte tid mä å stå här å skämta, vi har ett fall mä en försvunnen pojke vi försöker lösa. Du kanske ha hört talas om att en viss Lars Almarfjord som försvann förra tisdagen...

Läspmannen avbröt Knujt.

- Irka har då inget med den pojkens försvinnande å göra! Ser du... nu har ja svarat på den frågan åt dä, så nu behöver du inte ödsla tid mä å jaga min jänta ä. Hon har inte gjort nå, å hon vet ingenting heller, dä har hon aldrig gjort. Ja då var vi klara här...

då kan ni ju åka vidare å lösa ert fall på annat håll! Adjö å lycka till!

Med öppna munnar och med stora ögon blev Knujt och Markel ståendes kvar strax utanför den nu stängda ytterdörren.

- Va va det ja sa? Ja sa ju att han va en idiot, sa Markel något tyst.
- Ja mycket mer rätt än så kan man inte ha, instämde Knujt.

I bilen på väg därifrån kom Markel med en trevande fråga.

- Jo du, Chiefen... va gör vi nu då? Ja tror inte vi hitter Kråkerna när dom ä utflugna ur boet. Haha, boet! Utflugna kråker! Haha!

Knujt flinade, men visste inte heller vad de kunde göra. Vad hade de för ledtrådar att gå på egentligen. Han kom då inte på någonting av vikt just för stunden, men det kunde han ju inte säga. Istället försökte han låta lite mera professionell, som om han hade läget under kontroll.

- Va tror du om att åka till Vakten? Vi kunde kanske åka dit å gå igenom allting så vi får en bättre överblick?
- "A bigger picture"! inlade Markel.
- Ja precis. Vi kunde kanske lägga fram dä vi har på den där stora whiteboarden som satt på väggen där. Hur ä dä mä hon... Katta, jobbar hon nu?
- Ja hon borde byta av Leila... typ nu.
- Bra! Om vi går igenom dä vi vet mä henne så kanske dä ger oss nya perspektiv. Tre utredare måste va bättre än två.
- Ja, eller ju fler kockar, desto sämre soppa, avslutade Markel, och Knujt kunde inte avgöra om han menade allvar eller skämtade.

Kapitel 28.
Irka och Sussi.

De hade möts utanför Pizzeria Skrattmås. Irka hade hämtat upp Sussi i sin Volvo Duett 65:a epatraktor. Hon längtade tills hon fick riktigt körkort. Att kuska omkring i 30 var ingen höjdare, även om hon med en dold knapptryckning kunde få den gamla Volvon att köra 100. Det var bara det att hon och de andra i hennes "Kråkgäng" redan hade så många ögon på sig. Den där snuten Ove hade redan stoppat henne några gånger för att folk ringt och klagat att hon körde för fort. När han kontrollerat bilen gick den bara 30 kilometer i timmen, och han kunde inget göra... mer än muttra lite surt. Han var väl för dum för att förstå att hon hade en stryparknapp antog Irka.
När Sussi hoppat in i epan var hon nyfiken på vad det var Irka menat med det hon sagt om "resultatet av vad djurisk våldsamhet kan göra". Irka hade fortfarande ingen aning, mer än att hon var säker på att de skulle få se något speciellt denna dag.
- Om vi håller varandras händer å koncentrerar oss så kanske din föraning om vart vi ska, blir starkare? hade Sussi sagt.

De gjorde så, höll varandra i händerna och blundade. Irka hade pratat med sin vän för ett tag sedan om de övernaturliga gåvor hon trodde att hon hade. Sussi gillade den tanken och inte kort därefter trodde även hon att hon hade någon extra förmåga. Det var inte så konstigt... Sussi var nästan besatt av Irka. Ibland anade hon att Sussi var lite kär i henne. Allt efter att de båda haft sex tillsammans efter en fest. För Irkas del var det bara av nyfikenhet. Man vet ju inte om man gillar vissa saker om man inte testar, var hennes filosofi. Visst hade det varit trevligt, men Irka föredrog det motsatta könet... hon var inte så säker på Sussi dock. Efter den natten hade Sussi blivit lite mer engagerad av henne och ville vara med henne så ofta hon kunde.
När de koncentrerat sig tillsammans en stund sa Sussi att "kör bara"! Det gjorde Irka, hon visste inte vart men vid nästa vägskäl ville hon svänga vänster... vägskälet efter det opponerade sig Plåt-Sussi om att de skulle höger. De hade fortsatt så tills de kom fram till en avlägsen skogsväg som ledde till en vändplats i närheten av vattnet, där stannade de.

- Visst känns dä som vi har hamnat rätt? sa Irka när hon klev ur epan.

Sussi betraktade en skåpbil som stod parkerad intill en stig som ledde ner till havet.

- Ja dä känns så. Undra om den där bilen har nåt med dä här att göra... ska vi titta i den? Det kanske ligger en styckad människa på flaket!

Irka flinade lite av den tanken, men hon trodde inte att så var fallet.

- Nej, ja tror vi ska ner mot vattnet!

De båda gick tysta och följde spåren i snöslasket. Den som gått ner mot vattnet hade endera gått en annan väg därifrån eller så var han eller hon kvar där nere. Pulsen på Irka började sakta öka.

This is it! Dä ä hit ja skulle bege mig idag, dä ä här ja ska få se nåt utöver dä vanliga, dä ä hit mina häxkrafter har lett mig.

Hon tvivlade inte på sig själv, hon var övertygad om att hon hade häxkrafter, och snart skulle hon få det bekräftat. Det var bara det att hon insåg nu att hon var lite rädd. Hon hade sagt att de skulle bevittna något som hade med djurisk våldsamhet att göra.

Tänk om ja lett oss till en psykotisk seriemördare... nån som typ John Wayne Gacy som hoppar fram i en clownkostym å mörar oss? Eller inte han förresten... han dödade ju pojkar. Kanske en som Ted Bundy... en trevlig, charmerande och snygg kille som helt plötsligt våldtar å mördar oss?

Hon kom att tänka på skåpbilen de parkerat bredvid. Hade det varit en gulbeige bubbla hade hon nog vänt om. Ted Bundy hade haft en sån som han lurade in sina offer i. Det där lite makabra och hemska hade alltid fascinerat henne, så som seriemördare. Hon hade läst massor om Ted Bundy och John Wayne Gacy, Andrej Tjikatilo, Jeffrey Dahmer och många fler.

Medeltida tortyrmetoder, häxkonster och ockulta sabbater och riter intresserade henne också.

- Har du varit här förut? frågade Sussi med låg röst.
- Ja, ja tror dä, men dä var när jag var liten, ja kommer inte ihåg så noga.
- Ja har aldrig varit här, men ja tror vi kommer fram till en brygga å där kommer vi att hitta dä vi söker!

Irka saktade in en aning och märkte att hon blev lite irriterad på Sussi. Va höll hon på med? Det var ju hon som hade fått föraningar

om något speciellt! Varför höll då Sussi på att försöka låta som hon var den som visste vart de va på väg?
De båda tonårsjäntorna kom fram till den steniga strandkanten vid vattnet. De stannade och utan att de tänkte på det, tryckte de sig närmare varandra så de stod skuldra mot skuldra. Sussi hade haft rätt... där fanns en brygga, men det var vad som låg på bryggan som fick dem att häpna. Irka som flinat tidigare vid tanken att finna ett lik i skåpbilen flinade inte alls nu. Det var en död människa på bryggan och från där de stod såg det ut som ett blodbad där den döde låg. Den tunga blöta snön var röd i en stor cirkel kring den döde, som om en färgbomb hade exploderat där han stått. Att snön smält och blodet expanderat ut i det vita snöslasket och gjort blodcirkeln större förvärrade effekten. De två unga kvinnorna kände sig mer som två rädda skolflickor och Irka lade märke till att Sussi trevade med sin hand efter hennes. Irka hade inget emot att hålla hand i detta läge och greppade bestämt sin kompis nätta näve.
Efter att bara stå där, rädd och aningen chockad och inte veta vad de skulle göra så lugnade Irka sig. Pulsen saktade in och hon betraktade det ohyggliga scenariot framför sig med nya ögon. Hon tyckte det var vackert. Vattnet låg nästan stilla och speglades blått mot den klara himlen. Ett par fiskmåsar gled tyst förbi på sina smått böjda vingar. Det hela såg ut som en tavla med sparsamma färgnyanser, det var bara det röda blodet som lyste upp som ett stoppljus mitt i allt det lugna och fina.
Det som kanske skulle vara mest logiskt vore att dessa två tjejer skulle skrika och springa därifrån. Dels för att de funnit en död människa och dels för att den som dödat denna man kunde finnas kvar på platsen, eller i dess närhet... men inte Irka Fjord och Sussi Plåttson. Båda två stirrade nu fascinerat mot den döde. Att nån mördare kunde vara kvar var uteslutet tänkte Irka. Det var ju meningen att hon skulle hitta den här platsen, det hade hon ju känt på sig redan då hon vaknat. Det var på grund av nån anledning som hon inte riktigt visste, men det vore ju himla dumt om hon skulle ta sig hit bara för att hon själv skulle bli mördad. Nä, så var det inte, det kunde hon med säkerhet säga.
- Kom Sussi, vi går och tittar!

- Ska vi verkligen göra det?... vi kanske förstör bevis eller gör fotavtryck eller lämnar sånna där "CSI" spår du vet!
- Äh! Skitsamma, vi kan ju alltid skylla på att vi är två oskuldsfulla dumma småflickor som inte förstod bättre. Vi kan säga att vi måsta ju kolla om människan levde.

Irka gjorde sig till och försökte se så korkad och oskuldsfull ut hon kunde. Sussi skrattade och spänningen släppte även för henne. Hon härmade Irkas korkade flickgest och sa med en något förvrängd röst.

- Tänk om han fortfarande lever... vi kan ju göra mun mot mun metoden på den stackarn!

De brast ut i skratt, även om det kanske inte var helt äkta, och gick sedan ner till liket på bryggan, som onekligen var en man.

De behövde inte vara läkare med medicinsk högskoleexamen i bagaget för att förstå att någon mun mot mun metod inte skulle rädda livet på fiskaren Bertil Karlström. Ansiktet var täckt av blod och ett stort osymmetriskt hål fanns vid hans högra tinning. Det verkade som om nåt hårt och trubbigt krossat Bertils skalle, och bålen var uppsliten och det hängde tarmar ut ur det gapande hålet. Sussi trodde att mannen låg på sin vänstra arm, men vid närmare granskning hade den armen slitits av.

Det var en chockerande och grotesk syn, men av nån bisarr anledning blev de två tonårstöserna fascinerad av vad de såg.

- Ja tror ja vet vem dä ä, sa Irka lågt.

Sussi svarade inte, hon bara vände blicken mot henne med undrande ögon.

- Ja tror han heter... eller hette Bertil... Bertil Karl... Karlsson eller Karlström... eller Kvist, eller nåt! Han sålde fisk till pappa ibland.

Sussi ansträngde sig för att placera det sargade ansiktet någonstans i hennes minne, men hon gick bet på det. Det var ju inte det lättaste att känna igen nån som var så vanställd och helt nerblodad, så hon gav upp. Det spelade ju ingen roll om hon sett hade honom förut, för han var ju bara en gammal fiskargubbe, och då var han helt oväsentlig. Hon struntade väl i om en sån hade dött, det va ju ingen hon kände.

- Irka... Va gör vi här? Varför har du fått föraningar om att gå hit... eller varför har vi fått föraningar om att hitta hit?

Nu höll hon på så där igen, försökte få det att låta som om hon också hade nåt att göra med att finna den här platsen.
Ja ska nog få Sussi att förstå att hon inte har nån del i dä här fyndet, tänkte Irka irriterat.
- Ja bara visste att "jag" skulle finna resultatet av vad djurisk våldsamhet kan göra idag. Redan när ja vaknade visste ja dä. Ja kände på mig att du skulle ringa, för du skulle följa mä mig som... som mitt moraliska stöd. Dä hade ju varit lite kusligt att vara här helt ensam. Vilken tur att du kunde följa med Sussi!

Hon såg på Sussi med vädjande ögon som om hon var innerligt tacksam till att Sussi behagat sig att följa med. Om Sussi kände sig lite överkörd så visade hon det inte, hon gav Irka ett leende tillbaka och sa,
- Gud va "creepy" om du hade varit själv! Ja tror att dä var meningen att vi skulle hit bägge två. Du anar inte hur starkt ja kände att du ville att ja skulle ringa dig i morse.

Irka poängterade,
- Ja det var tur att "du" ville ringa mig.

De båda blev tysta en stund och stirrade på kvarlevorna av den slaktade mannen.
- Ja men vad ska vi göra då, nu när vi ä här? frågade Sussi igen.

Irka visste inte. Hon tyckte det var märkliga häxkrafter hon hade.
Om ja får föraningar om att ta mig hit för att finna denna mördade gubbe... då måste dä ju finnas en mening mä dä, eller? Dä kan väl inte vara så att ja bara kände av att dä hänt en ond handling här. Att dä var dä som va själva grejen? Va ska dä vara bra för?
Efter att den tanken slagit henne så fick hon ett märkligt lugn som spred sig inombords. Det var ungefär som om det kunde vara så enkelt. Lite töntigt, men enkelt. Hon hade ju hoppats på att hon skulle... ja vad hade hon hoppats på egentligen? Allt hade ju bara varit en känsla av att hon skulle till en speciell plats. En plats där det hänt något våldsamt. Det hade hon lyckats med och det inre kall hon haft tidigare var nu borta. Det kändes som om det inte var något mer än just detta som hon var utsedd till att göra.
Hon ville inte riktigt tala om att hon trodde att hennes övernaturliga uppdrag var slut, istället kunde de ju kolla in själva brottsplatsen.

Dä ä ju inte varje dag man hittar ett sargat lik.Vi får göra det bästa av situationen, tänkte hon.
- Kom Sussi! Vi går och tar några selfies med döingen, sa hon.

Kapitel 29.
Diskussion i vaktstugan.

När de gick in till vaktstugan mötte Markel och Knujt Leila som hade en stor poncho på sig i spräckligt, färggrant mönster.
- Hej, hej! sa Knujt.
Leila stannade upp ett slag och himlade med ögonen. Hon rörde lite på läpparna, men nåt svar hörde han inte. Därefter gick hon vidare. Knujt skakade lite lätt på huvudet åt den märkliga Leila, men när han skulle gå in till vakten hörde han henne säga i knappt hörbar ton.
- En himla massa hej! Hej, hej, hej, hej!
Katarina "Katta" Tinderlund mötte upp dem så fort de kom in.
- Jaha Markel, känner du dig macho nu när du fått varit ute och agerat polis? Dä ä ju meningen att du ska vara här om dä händer nåt. Eller hade du tänkt att Leila skulle ta hand om problemen om nåt brottsligt skulle ha hänt?
Hon lät aningen bitsk i tonen och att hon stod med armarna i kors påvisade bara ännu mer att hon var bestämd och aningen irriterad. Markel verkade inte bry sig så mycket om hennes utlägg.
- Ja, men dä ha väl inte hänt nå... å du ä ju här, så du hade ju kunnat fixa allt om dä skulle ha uppstått nåt problem.
- Ja, men jag kom ju nyss! Hon sa att hon varit ensam här ända sen frukost.
Knujt trängde sig in i diskussionen för att den inte skulle eskalera.
- Öh, Jo dä ä nog mitt fel! Ja ville ha Markel mä mig, för ja hittar ju inte här på ön, å ja känner inte till vart alla bor. Ja visste inte att Leila inte kunde va själv här.
- Nä, men dä visste Markel... men han kunde väl inte motstå att få vara ute på fältet och agera polis, så han sket väl i att informera dig om dä!
- Skit i Leila, hon ä ju vuxen nog för å klara av å sitta här själv nåra timmar. Vi har ju faktiskt två döingar å en mördare som går lös, inlade Markel allvarligt.
Knujt anade att hans assistenter skulle fortsätta att tjafsa om han inte lugnade ner det hela.
- Jo du Katta, vi skulle behöva din hjälp, sa han.

Katta släppte ner sina korslagda armar från bröstet och hennes irriterade uppsyn förbyttes mot intresserat och frågande.
- Jaha, va ä det ja kan hjälpa till med då?
- Jo, vi skulle behöva gå igenom båda fallen mä dig å allt vi kommit fram till. Vi hoppas på att du kan komma mä nya ideér om hur vi kan gå vidare i utredningen.

Hennes armar placerades åter i kors och hennes buttra uppsyn blev återställd.
- Jaha! Ni karlar har gått bet å kört fast... då passar dä att ta hjälp av ett fruntimmer. Jag vet inte hur du jobbade där borta i Värmland, men du ska veta att du inte kan komma hit och könsdiskriminera! Den gubben går inte här... Så dä så!

Knujt hade lite svårt för folk som såg utstuderat maktmissbruk i allt, eller racism, diskriminering eller den nya inneflugan, att bli krängt för allting. Varför var det oftast så att de som tillhörde extrema grupper såg allting som fientligt och kände sig kränkta, eller att allt de oliktänkande sa var illa menat och provocerande hela tiden. Han gillade inte hur lättstötta alla blivit i den värld som han levde i nu.
- Ursäkta... dä va inte meningen att du skulle tolka dä så! Hur gör vi sen då? Det blir ju också könsdiskriminering... om Markel får stanna kvar, för ja hade ju tänkt att du skulle följa mä mig efter vi har diskuterat, men dä kanske inte va sån bra idé?

Knujt la märke till att båda assistenterna reagerade. Katta fick ett något snällare drag över sig och Markel stirrade mot Knujt med förvånade ögon.
- Ska ja få stanna här, va ä dä för skit Chiefen? Vi håller ju på å bonda så bra nu, du å ja, sa han till Knujt.

Katta dröjde inte länge innan hon svarade.
- Ja då ä dä ju inte mer än rätt att dä är min tur att "bonda" med kommissarien. Du får sitta här å ha koll så inga dårar smiter ut!

Knujt smålog lite för sig själv.

Dä ä då inte var dag folk slåss om å få arbeta mä mig. Tänk att ja ha en sån karismatisk utstrålning, dä ä inte illa pinkat av en gammal träget som mig.
- Dä ska nog lösa sig så att alla blir nöjda å glada, men först måste vi gå igenom allt. När ja va här i går så såg ja att Lars Almarfjords namn redan va uppskrivet på eran...

Han rättade sig själv i sitt uttalande.

- Namnet va redan uppskrivet på våran whiteboard, men ja såg inga ledtrådar. Ska vi gå dit och fortsätta?

De två assistenterna gick och satte sig och Knujt ställde sig vid den näst intill rena vita tavlan. Han undrade om nån av hans assistenter... eller Leila hade någon form av OCD. Magneterna satt så rakt och jämt att de skulle kunna vara förankrade redan när whiteboarden gjordes på fabriken.

Han tog en penna och försökte komma på hur och var han skulle börja. Han vände sig mot det ensamma namnet som stod skrivet med en röd penna.

- Lars Almarfjord! Om ja ska gissa ä dä Ove som skrivit dä där.
- Dä stämmer, sa Katta.
- Ja prata mä Markel tidigare, men Ove verka inte ha delat mä sig så mycket av va han komme fram till angående Lars Almarfjord... sa han nåt till dig Katta?
- Nä inte direkt! Han ville mest sköta allt själv, men ska ja vara ärlig så ville han väl inte tro att dä hänt nåt. Ja tror att han hoppades på att grabben bara hade rymt och att han skulle komma tillbaka efter några dagar. Han ville inte ha nåt brott att klara upp, allra minst ett mord dä sista han gjorde innan han pensionerades.

Knujt avbröts av att hans mobil ringde. Han ursäktade sig och skulle stänga av ljudet, men först ville han se vem det var.

Det var Stina Pålhede... den där jävla golddiggern. Hon som var grunden till att han aldrig kom igång med sin detektivbyrå, hon som sett till att han slösat bort sitt avgångsvederlag på skitsaker som han inte hade nån nytta av. Däremot hade det visat sig att det var hon som hade störst nytta av det hon lyckats få honom att köpa. Han trodde att hon var ett avslutat kapitel. När Knujts pengar tagit slut hade han inte varit intressant längre, och hon hade synts till mindre och mindre. När han konfronterade henne om varför hon höll sig borta hade hon haft en utläggning om att det inte riktigt kändes som om de var menade för varandra. De borde ta avstånd, åtminstone ett tag hade hon sagt. Knujt hade insett att det var hans pengar som varit intressant, inte han själv. Han hade därefter svurit åt sig själv och funderat på hur han kunnat låta sig luras och utnyttjas så lätt. Efter att ha rannsakat sig själv så insåg han att han

egentligen haft det på känn... han hade bara blundat för det och gått med på hennes lilla lek i guldrushens glada dagar... hans guld!
Ringsignalen ljöd igen.
Den skatan får vänta, tänkte han irriterat.
Han klickade bort samtalet och la mobilen i fickan och skulle just fortsätta sin genomgång.
- Varför ha du två mobiler?
Knujt kom av sig då Markel kom med sin fråga. Först tänkte Knujt svara sanningsenligt att "- Nä, jag ha bara en", men så kom han på att så var det ju inte riktigt... eller jo... på sätt och vis, för han hade bara en. Men så hade han ju en till, men den var ju den andra Knuts. Det där måste han lösa. Han kanske skulle kasta bort den riktiga polisens telefon... eller inte? Den stod ju registrerad på den där Knut. Om han bara hade sin telefon kvar och uppgav sitt nummer och nån kollade upp det så skulle de ju se att det numret gick till ett annat namn. Ett ganska lika namn, men ändock ett annat.
Fan va ja håller på å krångla till dä för mig. Ja måste försöka ta mig tid å lösa det där snart.
- Öh! Va?... Jo, ja ha två, en privat å en till jobbet... Ursäkta... var va vi någonstans?
Han tittade mot whiteboarden och försökte komma ifrån telefonfrågan.
- Enligt mig har vi inte så mycket å gå på. De grannar som ja å Markel hunnit pratat mä ha inte gett mycket. Dom där Kråkerna ha vi inte fått tag i, men dom kommer nog inte heller å ha så mycket å komma mä. Det är om dom kan bekräfta att Lars inte va mä Arne i centrum. I så fall har ingen sett honom sen han frågade efter Arne hos grannfrun Viola Mannerlund.
Han funderade vilka namn han skulle skriva upp. Allas namn eller bara de som kunde vara intressanta. Just nu hade han ju ingen som var speciellt intressant ansåg han.
Typiskt! Ja som alltid velat ha en sån här whiteboard, där ja kan dra mina streck mä anknytningar å misstankar, för att till slut få alla streck å peka ut en skyldig. Nu när ja har min alldeles egna tavla, kommer ja inte ens mig för att göra ett enda streck.
Hans funderingar avbröts.

- Dä kanske ä hon som ä mördaren? Brukar dä inte va den som sist sett offret som ä mördaren? sa Katta spontant.
- Wow Sherlock! Så klart dä ä den som sist ser offret som ä mördaren. Ja tror inte dä ä så vanligt att en mördare går omkring å blundar när den ska döda nån, haha! Blundmördare!... kanske dä ä John Blund som ä mördaren!? Haha! Mörd Blund haha!
- Dumskalle! Va inte så märkvärdig, du fattar va ja menar!

Knujt ville avleda deras gnabb och sa,
- I dä här läget kan vi inte utesluta nån. Dä ä därför som vi får gå igenom allt vi har. Fan, dä hade ju underlättat om Ove hade kommit fram till nånting i alla fall. Han hade ju en vecka på sig.
- Ja, förresten! Leila sa att Maschkman hade skickat hit några snubbar som städade ur Oves rum på övervåningen, du skulle ju bo där tills vidare. Vi kanske ska ta oss en titt och kolla där. Han hade ju en sån där anteckningsbok, den kanske ligger där uppe.

Det var Katta som kom med inlägget. Knujt ansåg att det var dumt att göra samma jobb två gånger. Hade Ove frågat ut folk och skrivit ned det han fått reda på så skulle det spara tid och de slapp fråga en gång till.
- Ja men då går vi väl upp å tar oss en titt.

Kapitel 30.
Oves rum.

En unken doft som påminde om instängd garderob slog emot dem i dörren. Maschkmans städsnubbar hade lämnat en nyckel. Katta gav den till Knujt, men innan de gick in lät de han låsa upp och sedan stannade de kvar lite dröjande innan de med nyfikna blickar kom efter och såg sig omkring. Knujt fick den uppfattningen av att ingen av hans nya undersåtar brukade vistas i Oves gamla rum. Som om Katta hade läst hans tankar sa hon med dålig återhållen förakt,

- Fy farao va unket dä lukter, inte undra på att Ove alltid lukta som en instängd garderob!

En vargul gammal lampa spred ett ynkligt och klent sken. Ett sånt sken som nästan gör det mer ansträngande för ögonen än om det vore helt mörkt. Knujt gick till ett av de tre fönstren och drog isär ett par tjocka, både väder och mal bitna gardiner.
Hela rummet var som taget ur 70-talet, eller som om nån låst dörren för 50år sen och ingen öppnat förrän nu. Den unkna doften gjorde den associationen starkare. Ingenting var modernt eller nytt, allt var retro och väl använt.
Om ja ska bo här så kommer ja nog bli väldigt gladlynt och skojfrisk, tänkte Knujt ironiskt.
Det var allt annat än ett muntert rum. Om Knujt hade kunnat se auror och färger som ting och platser utstrålade skulle han gissa på att detta rum hade en svart aura, eller kanske bajsbrun?

- Åh va avundsjuk ja blir på ditt rum Chiefen! Nästan som ett gyllene slottstorn, haha! Vakttorn... Vakta dårar... dårvakten, haha! Dårvakt!

Knujt svarade inte Markels ironiska, och något konstiga inlägg, han såg sig runt om han skulle kunna se nåt av intresse istället. Städpatrullen hade förmodligen tagit bort det mesta av Oves personliga tillhörigheter, för en garderobsdörr stod på glänt, och kläderna där inne lyste med sin frånvaro.
Den frånvaron av kläder lär fortskrida ett tag till, Ja måste ju skaffa mig nya kläder. Ja kommer ju lukta som en härsken svettgubbe om ja går i dom här länge till. Att smita iväg till Iggesund för å hämta

ombyte under rådande omständigheter komme bli svårt å förklara... fan! Småproblemen börjar ställa sig på rad... eller hög, eller va man nu säger.

- Då ä dä väl bara å börja leta, så får vi se om vi hittar nån anteckningsbok... vara snok, hitta bok... annars blir det tok, haha! Anteckningsbok... tok! Haha!
- Kan inte du bara hålla dina dåliga rim för dig själv? Dä ä ingen som tycke du ä rolig Markel!

Katta lät minst sagt less på sin kollega.

- Ja ä visst rolig! Chief-Knut tycke om mina skämt å rim. Eller hur då Chiefen?

Knujt kunde ju inte säga nej... och faktum var att han gillade egentligen några av de rätt dåliga skämten. För att inte kliva nån av de två på tårna sa han,

- Mig stör dom inte så länge du gör ditt jobb Markel.

Han gav dem ett lätt leende och återgick till letandet, de andra hängde på.

Det fanns inte mycket kvar av personliga ägodelar. Alla öppna ytor, såsom bord, diskbänk och nattduksbord var tomma. I ett härjat gammalt skrivbord fanns pennor och papper, gem, häftapparat och dylikt, men inga anteckningar eller anteckningsbok.

Varför ha dom städat bort allt? Ove borde ju haft en massa saker som kan ha mä utredningar å göra... om inte...

- Ingenting är synligt... vi får leta efter osynliga saker!
- Hur ska vi kunna se osynliga saker... dom syns ju inte om dom ä osynlig, sa Markel och lät stöss.
- Att du ska va polisassistent som ä så dum, dä övergår mitt förstånd! Han mena ju så klart att vi ska leta dolda saker, sa Katta, och det gick inte att undgå hennes irritation gentemot Markel.
- Ja, ja! Som lönndörrar å kassaskåp bakom tavlor å sånt.
- Precis, svarade Knujt och gjorde tummen upp.

De inspekterade ställen där dolda ting skulle kunna finnas. Under mattor, men inga hemliga luckor hittade de. Markel stegade sakta omkring och knackade i väggarna. Han lyssnade efter tomrum, men inget uppenbart tomt ställe fann han. Garderoberna hade inga dolda utrymmen och under sängen fann de bara några gamla porrtidningar från tidigt 70-tal. Knujt höjde undrande på

ögonbrynen då det även fanns en tidning med svartvita bilder på olika sorters dammsugare... även den från 70-talet.
Om han blev tänd på håriga muttor å armhålor är väl en sak. Han kanske ha varit en sån dä flower power snubbe i sin ungdom, men dammsugare?
Knujt slutade att fundera på det då han bläddrade lite förstrött i dammsugartidningen, men fann att flera sidor hade kladdats ihop. I en lite väl hastig rörelse kastade han alla tidningar i en papperskorg och gick sedan till diskbänken och sköljde av händerna. Katta sa, fortfarande med irriterad stämma,

- Karlar! Varför ska dom ha blommer för om dom inte kan sköta om dom?... ja menar, en blomma kräver inte direkt 3-4 mål mat om dagen och ska ut och rastas. Den behöver bara lite vatten!

Både Knujt och Markel såg mot henne. Hon kände försiktigt med fingrarna på de torra bladen på en krukväxt som stod på ett gammalt fyrkantigt blombord. Knujt fick som en inre känsla av att... ja det visste han inte riktigt, men det var något med blomman... eller blombordet.
Med bestämda steg gick han till den torra växten och lyfte ned den på golvet. Han satte sig på huk och betraktade bordet som inte hade ben, det hade sidor i trä med kurbritsmålningar på. Knujt försökte flytta på blombordet, men det var nästan orubbligt.

- Sitter dä fast? sa Markel.
- Nja, ja tror inte dä! Snarare ä dä väldigt tungt.

Alla tre satte sig på huk intill bordet och Knujt klämde och kände lite här och där på det. När han tog tag i bordsskivan klickade det till och skivan öppnades som ett lock med gångjärn. Tre par ögon stirrade nyfiket i det ihåliga utrymmet, det var något i bordet. Någonting stort som fyllde upp nästan hela utrymmet. Det verkade vara av metall.

- Va ä dä för nåt? frågade Katta.
- Ja vet inte, men en kvalificerad gissning säger mig att dä är ett kassaskåp, svarade Knujt.
- Dä är en liten metallgrunka där, sa Markel och pekade mot en liten anordning på insidan av trästommen.

Knujt tryckte på grejen och ett klickande ljud hördes då framsidan öppnades som en dörr. Hans gissning hade varit korrekt. Det var ett kassaskåp av äldre modell.

- Ä dä nån som har låskombinationen... eller dynamit? sa Knujt och tonen lät inte så hoppfull.

Ingen svarade på frågan.

- Ja skulle aldrig ha kunnat gissa att han hade ett kassaskåp... fast å andra sidan, har man ett kassaskåp så ha man ju dä för å låsa in saker som man inte vill att andra ska komma åt... å då säger man ju inte dä till folk.

Markel hade rätt i det utlåtandet. Med tanke på att det redan rotat runt överallt och inte funnit minsta anteckning så tvivlade Knujt starkt på att det fanns någon låskombination nedskriven.

- Jaha! Om han inte hade sin anteckningsbok på sig när han blev träffad av kometen så borde han nog ha den inlåst här... typiskt! Va gör vi nu då?

Knujt lät uppgiven, men han hann inte få något svar förrän Kattas telefon ringde. Det var ingen mobil. Han förstod att det måste vara den trådlösa telefonen som tillhörde vaktstugan.

Kapitel 31.
Jäntjävlar och slaktplatsen.

Det var något allvarligt fel i skallen på de två tonårsjäntorna ansåg Knujt. Brottsplatsen var minst sagt kontaminerad.

Efter att Katta fått ett telefonsamtal från Irka Fjord hade hon och Knujt åkt till bryggan där flickorna sagt att det fanns ett lik. Markel tjurade som en unge när han fick stanna kvar i vakten. Men nu kändes det som om turen kanske var på väg att vända. De hade ju sökt efter de där tjejerna som tillhörde gänget "Kråkorna". Nu behövde de ju inte leta längre.

När de kommit till brottsplatsen hade Irka Fjord och Sussi Plåttson stått på bryggan intill den döde med sina ansikten målmedvetet riktade mot sina mobiler. Knujt hade först slagits av att de inte såg speciellt chockerade ut. Det normala vore väl att komma springandes mot dem för att peka ut liket. Att de stod där, tillsynes helt obemärkt intill den döde var absurt. Att de sedan såg besvärade ut då Knujt med hög röst bad dem att gå från brottsplatsen fick honom att reta upp sig. Inte bara på flickorna, i hans syn på världen idag så hade alla ungdomar samma taskiga uppfostran. Han var helt övertygad om att sunt förnuft slutat tilldelas till folk nu för tiden. Att tänka själv eller att se situationer ur andra synvinklar än sin egen var ett utdött fenomen.

- Varför ska vi flytta oss? Vi står ju redan här, dä gör väl inget om vi kollar när ni gör ert jobb, eller ä ni rädd att vi ska se om ni gör nåt fel eller?

Det totalt respektlösa svaret fick Knujt att nästan koka inombords. Han fick lägga en uppsjö av band på sig för att inte tappa behärskningen. Efter ett idiotiskt munhuggande flyttade sig flickorna nonchalant därifrån och ställde sig på en av Knujt utsedd plats för att invänta utfrågning.

Förödelsen var densamma som hos Tula Salmersson. Att det var samma förövare kunde han konstatera med största sannolikhet. De utslitna tarmarna, betten och klösmärkena var slående lika. Katta sa inte ett ord och Knujt anade att hon kanske hellre velat sitta kvar i vakten nu. Hon var något blek i det annars så rödblommiga ansiktet. Likt hos Tula Salmersson var det en uppsjö av blodspår runtomkring. Det som gjorde Knujt ännu mer

irriterad var att han bevittnade massor av färska fotspår i det som återstod av den vattniga snön. Fotspår av två olika kvinnofötter.
Hur i hela helvete kan två småjäntor springa omkring runt ett så slaktat människolik utan å bry sig? Ha dom ingen empati eller medmänsklighet alls? Dom borde väl för fan förstå att dä ä en brottsplats dom ha förstört.
Han sneglade irriterat på ungdomarna som fortfarande hade näsorna i mobilerna. Det var klart som korvspad att de förstod att de försvårade hans utredning genom att klampa omkring runt liket. Det faktum att de inte brydde sig gjorde honom ännu mer besviken på nästa generation människor. Hade det funnits fotavtryck eller andra spår från djuret som gjort detta så var de förstörda nu. Allt var kontaminerat.
Ja ska minsann visa dom dä jävla små fjollorna vem som bestämmer, tänkte Knujt.
Med bestämda steg gick han målmedvetet till de två tjejerna. De reagerade inte ens på att han kom emot dem. Däremot reagerade de när han slet mobilerna från deras händer.
- Vad fan gör du snutgubbe! röt flickan som Katta förklarat var Irka.

Knujt svalde än en gång sin irritation och lusten av att snöpula den uppkäftiga jäntan. Han kom på att han sett flickan tidigare. Det var hon som hånglat med en grabb på färjan.
Han svarade med så lugn och myndig röst han kunde.
- Ja försöke få er uppmärksamhet... Jäntjävlar!

Han klarade inte av att hålla irritationen mer än de första orden. Till sin förundran gav det effekt. Förmodligen hade flickorna inte räknat med mothugg av den kalibern från en polis. De båda stirrade snopet och aningen chockat mot honom.
Ja men se där! Det finns kanske lite mänskliga känslor i dom jävla snorvalparna. Kanske hela människosläktet inte ä helt utdömt ändå?
- Så som ni ha knatat omkring så ha ni saboterat hela brottsplatsen, å om ja inte ha helt fel så kan ja slå vad om att ni fotat allt dä här mä era mobiler. Därför ä ja tvungen å konfiskera mobilerna som bevis!

Den andra, lite kortare och blonda flickan kom in i diskussionen.
- Så kan du inte göra! Du måste ha en domstolshandling, eller en husrannsakningsorder för att ta våra mobiler!

- Dä behöve ja så fan heller! snäste Knujt till svar.

Det var bara det att han inte visste om flickorna hade rätt. *Behöve ja verkligen dä? Va ä dä för jävla lag i så fall. Om dom ha sabbat brottsplatsen, men kanske knäppt kort på hur dä såg ut innan dom traskade omkring där, så måste ju jag som polis kunna ta mobilerna ifrån dom?*

- Ro hit med våra mobiler, annars anmäler vi dig!

Det var den där Irka som sa det samtidigt som hon sträckte ut handen och slängde lite med det svarta håret med en översittarattityd.

- Gör du dä! Mobilerna behåller jag!

De verkade inte vara vana vid att någon satte sig upp mot dem och de verkade aningen besvärade. Troligtvis hade de bara gjort en vild chansning med husrannsakningsordern. Den ljusa, Plåt-Sussi som hon kallades öppnade käften igen.

- Det är helt onödigt att du tar våra mobiler. Vi har inte knäppt nå kort!
- Det tror ja va ja vill om, svarade han bryskt.
- Ja men vi kan bevisa dä här å nu så slipper du gå igenom mobilerna... å vi slipper göra anmälan!

Det va då väl fan också. Håller dom på å förhandler? Dom ska väl bara lyda... ja ä ju polis för i helvete.

Katta hade kommit fram till dom och la sig i konversationen. Knujt hade inte hört henne och han hoppade till då hon talade alldeles intill honom.

- Dä skulle ju va bra om vi slapp fördröjningar i utredningen. Hade ni inte knäppt nåra bilder?

Hon hade talat i en kamratlig ton som om de varit hennes vänner. Han förmodade att de inte var det, men han insåg att det kanske var smartare att ta det lite lugnt och inte tappa behärskningen som han gjort.

Fan, Ja måste skärpa mig! Dä är ju ja som ska vara proffs. Hur kan ja låta dom här två ungarna få mä å brusa upp så där?

Han samlade sig och såg på när Katta tog mobilerna och gick igenom bilderna på deras telefoner. Irka och Sussi ställde sig bredvid.

- Kolla här så ska du få se. Här är bilderna tagna från i dag. Kolla datumet å tiden. Här finns inga bilder från nån mordplats.

- Lika här på min! Kolla får du se!

Katta kollade, och Knujt kände sig lite utanför. Skulle Katta... hans assistent utan polisiära befogenheter komma här och komma. Han måste ju säga något, så det verkade som om han hade koll på läget.

- Du vet väl att dä går å radera bilder så att de hamnar i papperskorgen va? Då syns dom inte... sen kan man ta tillbaka dom. Kolla så dom inte slängt en massa i papperskorgen!
- Ja Chefen, tror du inte jag vet dä. Jag kollade precis å dom ha inga bilder från brottsplatsen.
- Vi sa ju det! Kan vi få tillbaka mobilerna nu då?

Översittarattityden lyste i ögonen på dom då de hånlog mot Knujt. *Ja, men vänta lite... ja ska bara se hur många plask ja kan göra mä dom om ja kastar macka mä telefonjävlarna först,* tänkte han. Men istället sa han,

- Ja om dä stämmer, att ni inte tagit nåra kort så kan ni få tillbaka dom.
- Det stämmer, intygade Katta.

När tjejerna tog emot sina käraste ägodelar kunde inte Knujt undgå att känna sig lurad... eller blåst på nåt vis. Han visste inte riktigt varför? Hade de inte tagit några foton så hade de inte det. Det var ganska bra ändå att det inte blev nån anmälan. En anmälan hade inte gjort hans situation bättre på något vis.

Förmodligen hade de inte varit lika medgörliga när han frågade ut dem hur de hamnat här och om de sett något av intresse förutom liket. De hade svarat att de brukade bada här som barn. De ville bara kolla hur det såg ut nu för tiden, och de hade inte sett eller hört nåt annat.

Knujt fick det även bekräftat att Arne Mannerlund varit med dem i centrum dagen då Lars försvunnit, och Lars hade inte varit med. Knujt bad dem att lämna sina uppgifter om han behövde kontakta dem. Något motvilligt gav de ifrån sig sina uppgifter. Innan de fick gå därifrån kunde inte Knujt låta bli att tillägga,

- Jag hoppas att ni förstår vikten av å inte sprida den här informationen av va som hänt här. Vi vill inte skapa panik bland invånarna, samt att ni kan försvåra utredningen mer än ni redan gjort. Kommer ni nån gång till en annan av mina brottsplatser så hoppas ja att ni lärt er att ni inte ska traska omkring så som ni gjort här. Gör ni dä så kommer ja inte å va lika trevlig som idag, dä kan jag lova.

Han hade inte låtit arg, snarare allvarlig och bestämd. Han tänkte att de behövde få sig en liten tankeställare om att man inte kan bete sig hur som helst, men tji fick han. Irka vände sig om och blängde surt på honom med sina isblå ögon. Hon hade fina ögon, det hade han lagt märke till tidigare, men nu hade de ett skimmer av förakt... eller nästan hat som lyste kallt.

- Dä gör vi som vi vill med... snutgubbe!

Knujt blev så paff av det uppkäftiga svaret att han blev stående handfallen. Plåt-Sussi skrattade och gav sin kompis high five, sen försvann de uppför stigen.

- Dom där småpupporna ä bara ”bad news” å den där Irka är inte riktigt klok i skallen, tillade Katta med allvar i rösten.

Knujt nickade medhållande. Han fick dåliga vibbar av båda de där jäntorna.

Den visslande melodin från Den Gode, Den Onde och Den fule gjorde sig hörd. När Katta kollade mot Knujts ficka gick det upp för honom att det var hans... eller nästan hans mobil.

Fan också! Vem kan dä va nu då? Ja måste komma ihåg å stänga av ljudet på den där telefonen.

Åter igen försökte han förhala tiden så att signalen skulle upphöra innan han fick fram mobilen, men åter igen verkade det vara en ihärdig jävel i andra änden.

Displayen visade bara ett nummer som han inte kände igen, Knujt hoppades åter igen att det skulle vara en försäljare.

- Öhm, Knut! svarade han samtidigt som han harklade sig.
- Tja Chiefen! Dä ä din ensamma å kvarlämnade polisassistent... din bästa polisassistent Markel!

Knujt andades lättat ut.

- Ja men hej! Hur går dä i vakten?
- Dä går bra. Ja tänkte bara förvarna om att Maschkman ä på väg till er, å han har Zombie Squaden mä sig.
- Okej! Tack för tipset.
- Men du Chiefen! Hur går dä för er då? Hitta ni nå lik eller va det bara en rensad sik? Haha! Sik, lik! Haha!
- Tyvärr så va dä ingen sik. Det var som hos Tula Salmersson. Dä är en slaktplats här på den lilla bryggan.

- Creepy shit! Har vi nån jävla varulv som springer omkring på byn eller?
- Ja inte långt ifrån verkar dä som. Du Markel, ja måste sluta! Katta å ja måste hinna kolla av här lite till innan Eidolf Maschkman kommer.

Innan han la på tyckte han sig höra något som ”Jävla fusk Katta!” från Markels ände.

Kapitel 32.
Området runt bryggan.

Medan Katta och Knujt inväntade Eidolf så fotograferade de mordplatsen. De kollade av närområdet, Katta gick längs strandkanten och Knujt gick vid stigen de kommit från. Medan Knujt inspekterade marken märkte han att det luktade piprök. Han såg sig omkring och bara några meter från honom stod det en äldre herre och rökte pipa.

- Oj! Vart kom du ifrån? sa Knujt överrumplat.

Mannen var korpulent och hade skjorta, väst och kavaj på sig. Han puffade några bloss med pipan och strök sig sedan med fingrarna över den gråa mustaschen.

- Va ä rä fö kås som ha hänt hänne rå?

Mannen talade brett med gammalmodig dialekt, men svarade inte på frågan.

- Dä ä ett polisärende och ja kan tyvärr inte säga mer än så. Du ha inte sett eller hört nåt konstigt här tidigare, låt säga tidigt i morse?

Med tanke på hur mycket snön hade smält runt liket så gissade Knujt att den döde måste ha legat där några timmar. Pipmannen puffade några gånger till på sin pipa och Knujt fick intrycket av att det var en bra herre. Han såg snäll och lugn ut, som en urtyp av hur en trevlig gammal man ska se ut.

- Nä... ja ha'nte sitt nå kås i mörest e, men annasch ha ja sitt mysche ska ru veta, svarade han godmodigt. Så

blev mannen allvarlig och sträckte ansiktet lite närmare Knujt och sa i en lite tystare ton.

- Män dä ä mysche kås som ha hänt hänne på ön. Öm du ska ha nån chans å begripa va som hänt läre ru ta boscht skygglapparne från syna.

Knujt såg undrande på mannen som verkade uppriktig.

- Va mena du mä dä?
- Precis som ja säger! Sånt här ha hänt föör, men ja tror dä ä föschta gången som yngle ha bleve stoscht. Sven läre väl va gla han nö!

Knujts hjärna rannsakade och försökte tyda det mannen sagt. Den breda dialekten va lite svår att hänga med i.

Har hänt förr? Ta bort skygglapparna från ansiktet? Första gången som ynglet blivit stort, å Sven måste väl va glad... vilken Sven? tänkte han.
- Nu får du förtydliga dig. Va ha hänt förr, å vilken ä Sven?
Katta ropade nere från stranden.
- Knut! Du måste komma hit. Ja ha hitta nåt!
Knujt vände sig om, men såg inte Katta. När han vände sig tillbaka var mannen på väg därifrån.
- Du vänta! Va heter du?
Den gamla gubben vände sig halvt om och ett stort rökmoln från pipan svepte omkring honom. Han log, men svarade inte.
- Kom hit Knut! Du måste titta på dä här!
- Ja kommer!
Han gick ner mot stranden, men innan han hunnit fram till Katta försökte han få en skymt av pipgubben igen, men han var borta.
Dä va mig en jävel på å dyka upp å försvinna obemärkt. Varför ska alla vara så kryptiska i sina uttalanden på dä här ställe. Dä ä svårt nog att bli polis över en natt, ja hade ju föredragit om folk kunde ge mig lösningar istället för å ge mig fler frågetecken.

Katta hade funnit Storkroks Benjamins försvunne killing. Den låg efter strandkanten och den var illa tilltygad. Knujt betraktade omgivningen från där den lilla geten låg. När han såg mot bryggan var det fri sikt. Ett möjligt scenario spelades upp i Knujts inre.
- Katta! Va tror du om dä här?
Han sträckte ut armarna och pekade mot killingen och bryggan med den döde.
- Den som tagit killingen kommer lunkandes längs strandkanten. Han får syn på den där gubben som går...
- Bertil Karlström! Ja tror dä ä en fiskare som hette Bertil Karlström, avbröt Katta.
- Okej. Den som tagit killingen får syn på Bertil Karlström som går ut på bryggan mot båten. Den släpper sitt byte här å sen smyger den sig på Bertil å klubbar ner honom...
- Klubbar ner?
- Ja! La du inte märke till att offret hade ett krossår högt upp vid pannan?
- Jo nu när du säger dä så, svarar Katta fundersamt.

- Han hade även ett djupt in-tryck... eller hur man ska säga i bakhuvudet, men dä tror ja kom i samband mä att han föll bakåt, fortsätter Knujt.
- Varför tror du dä?
- Jo, dä fanns både hår å blodrester i fören på båten.
- Dä såg ja inte! Du ä en uppmärksam polis du Knut.

Den kommentaren gick rakt in i hjärtat på Knujt.

Ha! Inte dåligt att få komplimanger av sin kollega efter bara en dag på jobbet.

- Tack, sa han med ett leende på läpparna.
- Ja tror vi borde leta efter en sten, eller ett annat grovt tillhygge i närheten av brottsplatsen. Dä kan hända att föremålet ligger kvar... eller kanske i vattnet.

De hörde bildörrar som slog igen uppifrån stigen.

- Ja antar att Maschkman ä på intågande med sina gråklädda lakejer.
- Han kan säkert få hit nån med dykarutrustning om dä behövs, tillade Katta.

Eidolfs gorilla Tudor gick först mot dem längs stigen. Eidolf kom strax bakom, och efter honom kom mycket riktigt fem gråklädda män med balaklavamasker.
Knujt kände ett obehag av åsynen, det hela såg sjukt ut. Igår hade det varit mörkt och dåligt väder. Det hade varit svårt att urskilja detaljer på dessa mystiska män, men nu i dagsljus märktes det tydligt. De hade likadana uniformer... eller arbetskläder och de bar grova svarta kängor och så tycktes de till och med gå i takt.
Hur kunde en chef på ett sjukhus, på en ö fylld med dårar ha en egen liten grupp med anonyma, marschgående gubbar som hjälpredor? Om de nu bara var hans städpatrull, varför behövde de då hålla sig anonyma med rånarluvor?

Knujt la ett litet välkomnande leende i ansiktet när Eidolf kom närmare, men det leendet byttes raskt ut mot ett allvarligt streck. Eidolf var inte glad.

- Knut Waxler! Jag trodde jag var tydlig med att du skulle rapportera allting som är av vikt till mig. Att två flickor hittar ett lik anser jag är av vikt! Gör inte du det Knut?
- Öh! Jo, självklart, men ja...

Eidolf avbröt honom.

- Varför får jag då höra talas om det när jag ringer ner till vakten i ett annat ärende?

Knujt försökte att snabbt komma på ett svar som inte bara lät som en undanflykt, men det verkade vara slut på vettiga formuleringar.

- Så bra att ni tiger och inser när ni ska hålla mun. Det är ingen idé att komma med bortförklaringar, det gynnar inte vår arbetsrelation, fortsatte Eidolf i sin översittarton.

Knujt kände en lättnad av att hans hjärna inte varit snabb nog.

- Nå! Tala nu om varför vi står framför en död liten killing och varför det ligger en död man på bryggan längre bort.

Knujt drog hela händelseförloppet i snabba drag, därefter blev han tyst. Eidolf betraktade under tystnad både geten, den döde mannen, Knujt och Katta medans Tudor och de gråklädda stod orörliga. Knujt associerade den spända väntan på Eidolfs utlåtande som om han stod inför Idoljuryns hårda dömande på tv.

- Dina observationer och din bedömning om tillvägagångssättet låter ju rimligt. Bra jobbat Knut!

Ett inre lyckorus stegrade sig i Knujt, som försökte att inte visa det allt för tydligt. Att få beröm för sitt jobb var nåt som han aldrig fått erfara på Bruket. Det spelade ingen roll om han hade polerat nödutgångsskyltarna, och de självlysande målade linjerna längs golvet så de var i bättre skick än nya. Ingen tackade honom eller berömde hans jobb. Det var nog ingen som över huvud taget hade märkt att han gjort sitt jobb. Under den korta tid han agerat polis så hade han redan fått beröm, och de komplimangerna sög han i sig som en svamp.

- När jag ringde till vakten tänkte jag be den som svarade att skicka dig till obduktionen så fort du fick tid. Sten ville gå igenom uppgifterna han hittat i Tula Salmerssons fall. Nu antar jag att det kan vänta lite tills han har undersökt det här nya offret.

Han nickade mot den döde Bertil Karlström.

- Om ni har knäppt kort så det räcker, så tror jag att ni gör bäst i att åka härifrån. Jag och mina män städar undan här, så hör jag av mig när ni kan komma till Sten på obduktionsavdelningen. Jag skulle tro att det inte blir förrän tidigast i morgon förmiddag.

Det lät inte i Eidolfs tonfall som det var ett önskemål, det lät mer som en befallning. Egentligen ville Knujt ifrågasätta honom om varför en sjukhuschef kunde ta över en brottsplatsundersökning. Det var ju trots allt ett polisärende när ett brott begåtts, men Knujt förstod att det inte skulle vara ett bra drag. Att munhuggas med Eidolf Maschkman skulle inte gynna honom det minsta, så han sa raskt.

- Ja men då säger vi så då! Katta, vi tar oss till vakten å går igenom våra uppgifter så länge.

Katta nickade mot Knujt och de båda började bege sig därifrån då Knujt stannade och ställde en fråga till Eidolf.

- Ni råkade inte se en äldre korpulent herre i kavaj å väst som rökte pipa när ni kom hit?

Eidolf rynkade frågande ögonbrynen.

- Nej, vi såg ingen. Vi mötte en epa-traktor en bit härifrån, och jag förmodar att det var de där flickorna. Vad är det för herre ni talar om?
- Glöm dä, dä va nog inget. Vi syns hos Sten Sten, avslutade han och gick.

Kapitel 33.
Middagsfunderingar.

Katta och Knujt diskuterade på väg till vaktstugan. De kom fram till att de inte hade så mycket att gå på. Knujt började bli hungrig och det var snart dags för middag. Han behövde få tänka lite själv ansåg han och släppte av Katta vid vakten.
Hur långa arbetsdagar ä dä meningen att ja ska ha? Ja vet ju inte om dä kommer å gå så långt att ja får nån lön för mödan ja lägger ner. Den där riktiga polisen kan ju dyka upp när som helst, å då ha ja utrett färdigt. Då ä dä ju synd om ja ha jobbat ihjäl mig helt i onödan.
Knujt funderade i de banorna då han parkerade utanför Skrikmåsen. Han tänkte plocka ur de få tillhörigheterna han hade på sitt rum, men först äta lite middag. Därefter funderade han på om han skulle handla med sig ett 6-pack folköl från Skrikmåsens Livs och Allehanda som han kunde ta med sig till Oves gamla rum... som nu var hans.

Lunchmenyn var över så Knujt unnade sig a'la cart. En skapligt mör och saftig entrecote beställde han av en trevlig, skelögd man bakom disken. Mannen hade talat Skånska och Knujt undrade i sitt stilla sinne hur en Skåning hamna här av alla ställen.

Medan han åt sin köttbit med tillhörande potatis och rödvinssås funderade han på situationen han lyckat nästla sig in i, samt de problem som skulle komma i följd av detta.
Mannen, vars polisroll Knujt hade tagit, var försvunnen. Åtminstone för tillfället, men Knujt kunde inte undgå en känsla av att den där Knut Waxler verkligen var försvunnen. Kanske till och med Knujt var den sista som sett honom. Faktum var att ingen hade sett mannen efter att han gått ut på däck för att röka. Inte vad Knujt visste i alla fall. Knujt hade kollat ut genom fönstret, men det enda han tyckte sig se var skymten av en älg. Han förstod ju att han sett fel, det måste ha varit reflexerna i fönstret som spelade honom ett spratt.
Om inte dä va en undangömd älg som smugit omkring ute på däck och som stångat Knut över bord då.
Tanken var absurd, men ändå roande på något vis. Han kände ju inte den där Knut, men det lilla han sett av honom hade gett honom uppfattningen av att det inte var en bra person. För Knujts

del skulle det underlätta om snubben hade ramlat överbord. Han kom att tänka på att Markel kommit med mannens packning till honom samma morgon. Den stod i hans rum nu och väntade.
Ja måste rota igenom den så kanske ja får lite insikt i vem den där Knut ä... eller var, avslutade han... och det kändes mer korrekt med var.
Hur skulle han gå till väga om Knut inte dök upp något mer? Skulle han fortsätta att låtsas vara honom? Han visste att det inte skulle hålla i längden. Förr eller senare skulle nån komma på att han inte var den han föreställde sig att vara.
Om hans skådespel mot förmodan skulle hålla i sig, hur skulle han göra med sin lön? Kanske allt redan var klart med kontonummer och anställningar, så det han tjänade automatiskt gick in på den förvunne Knuts konto?
Ju mer han grubblade, ju mer problem dök upp. Även det faktum varför han var här över huvud taget.
Just ja! Dä va ju nån på dårsjukhuset som skulle prata mä mig. Ja måste försöka ta mig tid å kolla upp va dä kan röra sig om också.
Tanken lät god men han anade att även det skulle strula till sig. Det faktum att sjukhuschefen redan trodde att han var en annan gjorde inte det hela lättare.
Han försökte koppla bort alla hinder och problem som eventuellt skulle komma och försökte tänka på sin utredning.
Nån ha slagit ihjäl en pojke mä en cykelsadel... sen ha ett djur, om än ett mycket ovanligt djur ätit på pojken. Djuret ha sen ätit på den ensamma tanten Tula Salmersson och efter dä tog den mä sig en liten get, men kastade dä bytet när den fick syn på fiskaren Bertil Karlström.
Det rörde sig om två förövare. En som dödat pojken, och Knujt gissade sig till att det var ett mord där förövaren kände offret. Det var känslor inblandade, det brukade det vara när någon dödats med tillfälliga mordvapen. Det var svårt att tro att någon med avsikt tagit med sig en cykelsadel för att medvetet döda någon med den. Det måste ha skett i en situation som spårat ur. Då var frågan om mordet ägt rum vid utedasset, eller om kroppen fraktats dit senare. Knujt gissade sig till att mordet ägt rum där.
Varför ta sig till en avlägsen plats mä en tonårsgrabb? frågade han sig.

Kan det ha med en träff att göra? Kan förövaren ha stämt möte med pojken. Kanske en snuskgubbe som tände på småpojkar, som försökt förföra Lars där, men så spårade det ur. Lars kanske hotade med att skvallra, eller bara försökte fly... då kom cykelsadeln fram. Han blev inte klok på det där med cykelsadel. Det måste vara första gången i svensk kriminalhistoria som någon blivit mördad med en sån.
Djuret som åt folk var nog också ganska unikt. Det verkade vara smart nog att öppna och stänga dörrar, beräknande nog att hålla sig undan folks åsyn och attackera endast ensamma offer på avlägsna platser. Att djuret var så pass smart gillade inte Knujt. Han kom att tänka på den piprökande gubben... vad var det han hade sagt?
"Sånt här har hänt förr... dä är första gången som ynglet blivit stort... Sven måste väl va glad nu!"
Va fan mena han mä dä?
Hans funderingar skingrades när han fick syn på tre kvinnor som satt några bord bort. De var iklädd vita sjukhuskläder och Knujt antog att de var sjuksköterskor. De såg ut att ha det gemytligt tillsammans, de samtalade och skrattade medans de åt. De tre såg alla bra ut, men det var den ena som Knujt fäste sin blick på. Det var hon som han sett tidigare efter lunchen, hon med det vita leendet. Hon kanske inte hade något speciellt som utmärkte henne, hon såg ganska alldaglig ut, men ändå hade hon något visst över sig.
Knujt kom på sig själv att han slutat tugga köttet i munnen och satt med halvöppen mun och stirrade. När hon vände sig mot honom tittade han fort ner i tallriken som en blyg skolpojke.
Va håller ja på mä? Ä ja rädd eller?
Han samlade mod och torkade sig om munnen för att försäkra sig om att inga matrester hängde i ansiktet. Han tittade upp och hon såg fortfarande på honom, fortfarande med ett leende på läpparna. Knujt log tillbaka och märkte att han rodnade.
Sånt här var han inte van vid. Han kanske inte hade haft så ofantligt många damer under sin charm, men att rodna för ett leende var första gången för honom.
Hon nickade knappt märkbart och han nickade likadant tillbaka. Därefter återgick hon till samtalet med sina arbetsväninnor. Knujt

skulle gärna suttit kvar och väntat tills damerna ätit klart, men de såg ut som de just hade börjat. Knujt däremot hade tomt på sin tallrik. Vad skulle han göra om han väntade ut dem?... det visste han inte. Kanske prata... men om vad? Nä han gjorde nog bäst i att gå därifrån. Han skulle tömma sitt rum och handla lite öl. Han behövde inte nästla sig in med ett fruntimmer, han var upp över öronen insyltad i så mycket ändå. Ett fruntimmer kunde inte göra hans situation lättare.
Han sneglade lite försiktigt bort mot bordet med damerna när han gick därifrån, och till sin glädje såg hon på honom igen. När deras ögon möttes kom det vita leendet fram på nytt och det hettade till i magen på Knujt.

Kapitel 34.
Skåningen.

På Skrikmåsens Livs och Allehanda fann han sin folköl. Han tog också en påse chilinötter med sig till kassan. Innan han kom fram kunde han höra rösten på den där otrevliga Stålblom. Sur Stålblom som han kallades. Han verkade inte på bra humör nu heller, rösten var arg och högljudd.

- Även om du kömmer från Skåne där dä ä platt å sömmar åre om, läre du väl begripa att om dä ha snöa så ska man skötta boscht ät från entrén!
- Ja men snella Steålblom, ja anseåg att seå varmt som de har vart ida seå kommer ju snön att smelta av sig sjelv.

Den andra rösten var på Skånska, och Knujt gissade att det var samma kille som hade serverat maten till honom.

- Du jöbber inte hänne för å anta e! Du jöbber hänne för å gö va du ska! Å dä ä en åv sakena du ska gö... du ska skötta boscht snön så inte mine kunder bli blöt om fötterna när dom läre trussa för å kömma in.
- Ja, ja Rune. Ja geår väl eut å skottar bort de sista deå! De kan ju inte vara mycket kvar neu.

Skåningen skulle just gå från kassan då Knujt kom fram. Både Sur Stålblom och den blonda, skelögda Skåningen stannade upp då de såg Knujt.

- Nä! Ja gör dä ja, ni Sörläningar ser väl inte skillnad på en snöskövel å en plogriska ni isse ja! Stå kvar hänne ru å ta emot den där jäveln.

Stålblom pekade med hela handen mot Knujt.

- Dä där ä den nya polischefen dä som sprätter ömkring hänne å tror han ä gud! Ja läre gå ut ja nö för ja blir sinnig bare åv å si'n!

Med bestämda stormsteg lommade den otrevliga butiksägaren iväg ut. Han muttrade nåt om att ön svämmade över av utbölingar, Skåningar å nu även fula Värmlänningar. Knujt var åter igen drabbad av tunghäfta och trodde aldrig han skulle vänja sig med såna där påhopp från främmande människor. Skåningen däremot log vänligt.

- Go kvell! Seå de e du som ä den nye polischefen!

Knujt såg fortfarande efter Sur Stålblom och fick fortfarande inte fram ett ord.
- Äh! Bry dig inte om honom. Han e seå ving alltid. Ingen bryr sig om va han säger, alla här e seå vana vid hans lite burdusa sett.
- Dä kan ju inte gynna kundtillströmningen om man beter sig på dä där vise, svarade Knujt då han till slut fick mål i mun.
- Äh! De ä inte seådan steor tillströmning av konder här ändå. De positiva ä att han brukar bli trevligare ju mer han lär kenna nya perseoner, å om du ä den nya polischefen så får du min skäl treffa Rune många fler gånger... å förhoppningsvis blir han gladare för varje gång.
- För min del behöver jag inte träffa honom alls nå mer. Dä räcker gott å väl som dä är nu, muttrade Knujt.
- Man ska vara glad å bara tenka positivt. De kommer man veldigt långt me. Se bara på maj!

Skåningen slog ut med armarna, och frågan kom spontant ur Knujt.
- Va ä dä mä dig då?
- Ja försöker alltid vara glead å tillmötesgeående med alla. Vem kan treo att ja, större delen av mitt leiv har sottit inspärrad på ett mentalsjukhus!

Det hela kom så oväntat att Knujt åter igen blev tyst och inte visste vad han skulle säga.

Jaha! Dä där hör ju inte till vanligheten. Folk brukar ju inte efter en minuts konversation lägga fram att de varit inspärrad på psyket. Dä va nåt nytt!
- Ja förmeodar att du ondrar varför ja sottit där!

Skåningen pekade i riktning mot mentalsjukhuset. Knujt nickade.
- Jeo när ja va en leiten glutt så trodde ja att ja va en kanein!
- Öh! En kanin?
- Ja! Min mor och far hade alltid velat haft kaneiner, men dom var allergiska förstéår du. När dom sedan fick maj seå låssas dom att ja va en kanein.
- Jaha! Dä va annorlunda, var det enda Knujt fick ur sig som svar.
- Ja det va de min själ, men de försteod inte ja deå. Ja trodde att alla hade de som ja! De var inte förrän ja rymde en gång från min kaneinbeur som ja förstod att neågot inte stemde.

- Vänta nu här. Rymde från din kaninbur! Lät dina föräldrar dig bo i en bur?
- Ja! Kaneiner brukar ju beo i beurar. Ingen vill ju ha kaneiner springandes lösa, hur skolle de se ut?

Knujt skakade tyst på huvudet, oförmögen att säga något högt.

- När ja rymde så stötte ja peå nårra barn i en grannes tregård. Ja ondrade varför dom inte hade sånna där lösöron som ja hade peå maj, å ja ondrade vilken sorts ras av kaneiner dom tillhörde.
- Jaha! Va hände då då?
- Dom flabbade åt maj å sa att ja måste vara dom i heodet. Då blev ja gaalen å tenkte beita en av gossarna i halsen... ja hade neog lyckats om inte pappan till peogen kommit å sleitit veck maj från halsen på glutten. De hade bara blitt tveå smeå pytte heål i halsen, så grannpeågen hade teur.

Skåningen såg på Knujt att han var något chockad av hans berättelse.

- De e inte seå märkvärdigt. De eordnade ju saj endeå. De kom till allmänhetens kennedom om va ja hade blevit utsatt för, seå meina föreldrar blev omhenderteagna å ja fick den veård ja behövde... å nu ä ja här, å nu ä ja frisk.

Knujt visste inte riktigt varför han frågade men det var nog det faktum att Skåningen hade pratat med grannpojkarna. Det hade inte låtit som om han bara hade varit två-tre år.

- Hur länge va du, eller hur länge levde du som kanin i din bur om ja få fråga?
- Tills ja hade fyllt 12!

Knujts ögon vidgades och han kunde inte riktigt förstå vad den stackarn hade fått varit med om.

- Chilinötter är förträffligt gott till bir! Du kan legga dom peå bandet neu, sa Skåningen som om allt var som det skulle.

Knujt gjorde som han blev tillsagd och kände att han måste säga nåt efter att kassören öppnat upp sig med en så väldig historia.

- Öh! Oj... du ser ut å må bra efter omständigheterna. Å som du sa... vem skulle kunna tro att du suttit inspärrad.

Han avslutade med ett vänligt leende.

- Har ja inget hyfs i kroppen, va tar de eåt maj? Ja måste ju presentera maj för bövelen. Ja heter Lemke... Lemke Knutsson, angenämt!

- Öh! Knujt Maxner! Eller ja menar Knut Waxler!

De skulle skaka hand men Lemke drog bort handen i sista sekund.

- De är gesten som räknas, själva handslaget får vi klara oss utan i dessa coronatider.

Det hade han ju rätt i, Knujt undrade om det någonsin skulle bli som förut. Det lilla hyfs som fanns kvar bland folket, däribland ett handslag höll nu också på att försvinna.

- Deå jobbar du me Katarina Tinderlond, visst ä hon trevlig! Du kan ju helsa henne från maj när du ser henne.

Lemke Knutsson hade ett hjärtligt leende och verkade ha ett gott öga till Katarina. Det hade tagit några sekunder innan Knujt fattade vilken han menade, men förstod att det var hans assisten Katta han syftade på.

Kapitel 35.
Bagaget.

Efter att han förklarat för Skåningen att han även ville checka ut från hotellet satt Knujt nu på sitt nya, om än väldigt omoderna rum ovanpå vaktstugan. De hade lämnat ett fönster på glänt så den unkna garderobslukten var nu mindre påträngande. Katta hade släppt in honom och han fick nyckeln till rummet av henne och de språkades som hastigast. Hon berättade att Leila skulle byta av henne under natten, om något utöver det vanliga skulle inträffa så hade Knujt jour och fick hjälpa henne. Han hoppades för guds skull att inget mer skulle hända.

Han sprättade en Norrlands Guld 3,5a på sängkanten och blängde på kassaskåpet. Han tog sig en rejäl klunk och muttrade lite för sig själv.

- Ja vill ha koden till dä där kassaskåpet! Ja känne på mig att många frågetecken komme å lösas om ja få tag i den.

Han tog en klunk till av den kalla ölen.

- Ja vill ha koden till kassaskåpet! Hur fan ska ja lyckas mä dä?

Han tänkte att där inne fanns förmodligen Oves tjänstevapen.

Va ä ja för polis om ja inte har en puffra? En sån måste ja ju ha.

- Ja vill ha koden till kassaskåpet å ett tjänstevapen, sa han fortfarande stirrandes på metallskåpet i blombordet.

Då fick han syn på väskorna... kanske den där Knut hade en puffra i sin väska.

Han kastade i sig det som fanns kvar av ölen, rapade och satte sig ner på huk och öppnade väskorna. Till en början hade han en iver inom sig, ungefär som när han som barn öppnade julklappar. Ovetskapen om det fanns något okänt som han kanske skulle gilla där i... men ivern försvann mer och mer. Efter fem par strumpor, kalsonger, skjortor och andra alldagliga kläder förstod han att han inte skulle finna något skojigt. Det fanns några böcker, några sodukotidningar, en gammal rubiks-kub och en necessär med toalettartiklar. Han försökte se det ljusa i det hela... han hade ju i alla fall ombyte nu. Även två par extraskor fanns nedpackade.

Ja dom komme ju väl till pass. Nu slipper ja ju gå omkring i mina blöta lågskor i morgon... om dom passar vill säga?

Han klädde av sig till bara kalsongerna och kände att han luktade svett under armarna. Han provade snabbt både skjorta, byxor och skor, och till sin belåtenhet passade allting perfekt. Det var ju kanske inte riktigt hans val av kläder, men varför klaga. Han tog en dusch och tyckte det kändes lite skumt att ta på sig en annan mans kalsonger, men de hade luktat nytvättade, liksom skjortorna och strumporna så det fick väl gå.
Efter det la han sig ner och fundera över morgondagen. Det tog inte lång stund innan alla hans tankar grötade ihop sig och han somnade.

Kapitel 36.
Lördag 17:e Oktober.
Röda ögon.

Sömnen under natten var ytterst märklig. När Knujt låg i halvdvala på morgonkvisten och anade att han snart skulle vakna på riktigt, hade han en konstig förnimmelse av något som hänt under natten. Han trodde att han hade drömt något, han kunde inte riktigt greppa vad, men en känsla av oro ruvade i honom som en illavarslande skugga... eller var det mera skräck än oro? Han visste inte, men var säker på att något skrämmande skett. Var det bara en dröm? Hade han inte vaknat av något?
Han hade känt en närvaro och hört ett prasslande ljud. Jo visst var det väl så? Han funderade och försökte minnas.
Han hade sett ett par... röda ögon. Knujt vaknade nu fullt ut, men öppnade inte ögonen. Han var säker på att han vaknat under natten och sett en liten skrämmande gestalt mitt på golvet. En gestalt med lysande röda ögon. Hans hjärta ökade farten och det lät som snabba hammarslag inne i bröstkorgen.
Det va nåt litet fanstyg här inne i natt. Dom där röda ögonen komme ja aldrig å glömma.
Han satte sig upp och vågade till slut se sig omkring. Det var ljusare nu, vilket var betryggande. Synen från natten hade etsat sig fast, då hade det varit mörkt och han hade bara sett figuren som en svart silhuett. Kanske bara en meter hög med långa öron... och de där oförglömliga ögonen förstås. Till sin lättnad fanns ingen långörad figur där nu. Pulsen saktade ner och han började ana att allt nog bara var en dröm trots allt. Då fick han syn på kassaskåpet.
Hjärtat ökade takten igen. Det han såg var bevis på att någon, eller rättare sagt något hade varit inne i hans rum under natten.
Kassaskåpet stod med dörren helt öppen. Knujt blinkade flera gånger för att försäkra sig om att han såg rätt. Framför den öppna metalldörren låg det en papperslapp, en pistol och en plånbok.
Knujt hasade sig storögt ner från sängen och kröp på alla fyra mot kassaskåpet.
Han tog försiktigt tag i plånboken och kände att den var blöt. Han luktade på den och en doft av saltvatten och blött läder fyllde hans näsgångar. Han lyfte även upp pistolen som var tung och kall, och

av märket SIG Sauer p226. När han vred på vapnet droppade det vatten ur pipan. Knujt doppade ett finger mot de blöta fläckarna på golvet och satte sedan fingret mot munnen. Det smakade salt, som havsvatten ungefär.

- Va i hela fridens namn ska dä här betyda?

Knujt flämtade för sig själv och hans nyvakna huvud gjorde allt för att starta upp alla dess cylindrar.

Va fan är dä som händer här egentligen?

Inne i kassaskåpet fick han syn på ännu ett vapen. Det låg i ett hölster och några magasin låg bredvid, och en ask ammunition. Efter en snabb inspektion rörde det sig om en likadan pistol, en SIG Sauer p226. Det fanns kuvert och dokumentpärmar och även en liten röd anteckningsbok.

- Oves anteckningsblock! sa han högt.

Han bläddrade fort igenom den mellan tummen och pekfingret. Lappen på golvet såg ut att vara från en gammal svartvit tidning. Ett tal var skrivet med blå bläckpenna. 12-18-76.

Knujt tog upp pappersbiten, den kändes torr och gammal. Det fnasiga papperet gav en bekant känsla. Han stirrade på siffrorna, men även på de tryckta bokstäverna. ”Electrolux nya maskin är revolutionerande och kommer att bli nummer 1 på markn...” där var papperet avrivet. Knujt reste sig hastigt och gick till papperskorgen. Damsugartidningen låg överst. Han plockade upp den och bläddrade i den. Sidan bakom de hopklistrade bladen var avriven. Han lade papperslappen han hittat mot sidan, och de passade perfekt ihop.

- Va i helvete!?

Han gick tillbaka till kassaskåpet och vred låset till låst fast utan att stänga dörren. Två låskolvar stack ut och det klickade mekaniskt. Så tittade han på siffrorna på lappen och vred in dem i följd på kombinationsvredet. Det klickande ljudet ljöd igen, och låsvredet gick att öppna.

- Dä va som fan! Låskombinationen fanns i damsugartidningen.

Knujts hjärna gick runt på högvarv.

Nån hade gått omkring i hans rum i natt och rivit ut låskoden ur tidningen, öppnat kassaskåpet och lagt lappen på golvet... men pistolen och den blöta plånboken. Varför var de blöta?

En ilning for genom hans kropp och han skyndade tillbaka till den våta plånboken. Han vecklade upp den och en man på ett körkort stirrade mot honom. En man som var ganska lik Knujt om man bortser från mustaschen... plånboken som luktade sjöbotten tillhörde Knut Waxler.
Knujt höjde blicken och stirrade rakt fram på ingenting medan han gapade i förundran.
Den känsla han fått tidigare om att Knut verkligen var försvunnen blev nu ännu starkare. På något konstigt vis trodde Knujt att han var den siste som sett Knut. Han kunde ju inte vara säker, men han var rätt övertygad om att Knut Waxler låg nånstans på botten av färjeleden, nånstans mellan här och Mellanfjärden. Knut hade förmodligen ramlat av färjan och drunknat. Nästa insikt fick honom inte att stänga munnen, snarare öppnade han den ännu mera.
Om det var som han trodde så var det Knuts tjänstevapen som låg på golvet... plånboken var ju definitivt hans.
Hur i hela horaktiga helvete kan dom grejerna ligga i mitt rum?
Om han sett en mänsklig skepnad under natten kunde han ju dra slutsatsen av att nån hittat Knuts lik och dragit upp det ur havet, tagit pistolen och plånboken och smugit sig in med grejerna till Knujts rum... men den lilla siluetten med de stora öronen och de röda, lysande ögonen... de var inte mänskliga. Om inte det varit en dvärg som maskerat sig. En befängd tanke for genom hans skalle.
Dä kanske ä en av den dä pojken, Claes-Eskil Bloms latex-dvärgar som va här inatt?
Han trodde inte det, men något väldig sjukt var i görningen och Knujt fick onda farhågor, han rös till och huden knottrade sig. De små knotter-knölarna blev flera och håret reste sig då han kom att tänka på vad han sagt igår kväll. Han hade upprepat en fras nästan som ett mantra. "Jag vill ha koden till kassaskåpet... och jag vill ha ett tjänstevapen"!
En annan ordfras dök upp, ett citat som Markel hade sagt.
- Creepy shit!
Han kom att tänka på andra funderingar som han haft igår. De med hur han skulle göra om han lyckades jobba kvar som polis. Det med lön och utbetalningar. Nu hade han både körkort och polislegitimation som sa att han var Knut Waxler. Kanske han

skulle... hjärtat ökade åter igen. Kanske han på allvar skulle agera som denna Knut Waxler?
Han betraktade ingående fotografiet på Knuts körkort... han och Knut var ganska lika... om han bara sparade ut mustaschen så skulle det funka. Alla människor är lite olik sig själv på pass och körkort. Klart att ingen skulle ifrågasätta honom... han var ju polis. Förresten så kunde han inte sluta sin utredning nu. Han var alldeles för nyfiken. Det var så många frågetecken, så många märkliga saker som han ville ha svar på. Det var barnamord, konstiga människoätande djur, små skepnader med röda ögon och allt kretsade runt ett dårsjukhus, och så var det den där Maschkman som han ville veta mera om. Han skulle finna svar. Han skulle minsann visa vilken bra polis han var.
Klockan var ännu inte så mycket. Han hade vaknat en timme före alarmet på telefonen. Han klädde på sig sina nya, om än begagnade kläder och tänkte att det var ju passande att gå in i rollen som Knut, om han använde dennes kläder.
Han tog upp Oves röda anteckningsbok och några dokumentpärmar från kassaskåpet och satte sig vid det medfarna skrivbordet. Gardinerna drogs isär och ett rödaktigt ljus strömmade in av morgonsolen som just gått upp.
Han läste anteckningsboken, vilket gjorde att han blev tvungen att kolla i några specifika dokument om andra fall.
Han hade inte tid att gå igenom allt innehåll i kassaskåpet, men han kände att han hade mer kött på benen nu. Det kunde behövas, för snart skulle han bege sig till Patologavdelningen på sjukhuset för att träffa Sten Sten och Eidolf Maschkman.

Kapitel 37.
Oidentifierad fisk.

Efter en snabb frukost på Skrikmåsen sammanstrålade Knujt med Markel utanför vakten. De for in på sjukhusområdet och gjorde samma procedur som dagen innan för att ta sig in på den Patologiska avdelningen.
Den sterila och något starka doften av desinfektionsvätska var påträngande i det svala rummet. Igår hade det funnits två lik på bårarna, det gjorde det nu med, men två nya. Tula Salmersson och Bertil Karlström. De låg där bleka och nakna. Det hade varit värre att bevittna de döda då han sett dem på brottsplatserna. Då hade de varit totalt nedblodade. Nu var de rena och tvättade, men fortfarande svårt sargade. Knujt blev aningen illamående, men bet ihop. Han hade förväntat sig att de skulle ha gröna lakan över sig, men Sten Sten hade tydligen planer på att köra igång med detsamma, och inte spara på detaljerna. Han började sitt utlägg med sin något monotona röst.
- Ja har kunnat fastställa att dä ä samma förövare som attackerat dom båda offren. Den allra första, Lars Almarfjord, avled på grund av röret från cykelsadeln i huvudet. Betten tillkom senare. Mä tanke på dä dåliga skick som kroppen var i så har ja inte kunnat fastställa att han utsattes för samma förövare som dessa två. Men mä en kvalificerad gissning så kan ja ändå säga mä ganska stor säkerhet att den som bitit å ätit av dom döda ä samma förövare på alla tre offren. Att tillägga ä att även den lilla killingen bragts om livet av den samme.

Han pekade med en gest på ett tredje bord. Under ett vitt skynke låg det något. Av storleken att döma passade det in på den lilla geten. Sten pekade mot Tudor och knäppte med fingrarna. Tudor som stod i manöverställning vid dörren nickade och gick ut från rummet.
Va ä dä på gång nu då? Vart ska han? Som om han skickade iväg en hund för att hämta en pinne. Då lyder Ryssen inte bara Maschkman, tänkte Knujt.
Det blev tyst en liten stund och Knujt tyckte det var dags att lägga fram lite nygammal fakta. Nytt för honom, men gammalt för Sten och Maschkman.

- Jo du Sten! Du sa att dä allra första offret... å syftade på Lars... men dä stämmer väl inte riktigt, eller hur?

Stens ansiktsuttryck förblev oförändrat, men däremot vände han sig mot Eidolf Maschkman, bara en snabb blick. Knujt tyckte han var duktig som hade lyckats få en, om än en liten reaktion av Sten Sten. Eidolf reagerade inte heller speciellt mycket, mer än att han fick en lite mer strängare utstrålning.

- Vad är det du insinuerar? sa han barskt.
- Jo enligt va ja ha komme fram till så inträffade dä ett liknande fall för mindre än en månad sen. Närmare bestämt den 22a september. En viss Börje Älvstig hade funnits död i sitt uthus, å han hade väl skador som måste va väldigt lik dom här?

Knujt pekade lite nonchalant med handen mot de tre bårarna med de illa åtgångna kropparna. Markel var helt oförstående om den nya informationen som Knujt nu lade fram. Tystnaden varade inte länge. Eidolfs något bleka ansikte fick tillbaka ett uns av färg när han talade med en återhållen irritation.

- Det fallet är avslutat! Det var Börjes fru Paula som dödade honom med en kniv. Ett familjärt gräl med för mycket alkohol som spårade ur.
- Må så vara, men den döde hade en massa bitmärken på kroppen. Dä sammanträffandet borde länka ihop fallen ganska rejält enligt min mening, fortsatte Knujt.

I kassaskåpet hade Knujt funnit anteckningar och fotografier om fallet som han nu tog upp. Han hade ögnat igenom de dokument som legat högst upp. De underliggande mapparna hade han inte hunnit titta i.

Att en död man funnits knivmördad med bitmärken var inte det enda som var intressant i fallet. Den döde, Börje Älvstig och hans fru Paula hade haft en svår tid de sista åren. Sommaren 2017 hade deras 17 åriga dotter Jana försvunnit och ingen visste vart hon tagit vägen. Det hade letats med ljus och lykta, men Ove hade gjort en anteckning om att han trodde att flickan rymt och snart skulle komma tillbaka igen självmant. Det verkade vara Oves första åsikt så fort någon försvann. Förmodligen för att det då blev mindre jobb för hans del. I detta fall hade han haft fel. Två veckor senare hade flickan funnits död utanför föräldrarnas hus, med magen

uppskuren och hon hade dött av blodförlust. Enligt anteckningarna hade Sten Sten sagt att snittet på flickan varit på magens nedre del och att det rört sig om en våldshandling. Några misstänkta hade aldrig funnits.
I efterdyningarna av deras dotters tragiska död hade Börje och Paula hamnat i depression. Paula som arbetat som sjuksköterska på sjukhuset dök allt mer sällan upp på sitt jobb. Börje som brukade göra lite av varje, mestadels fiska, syntes inte längre till på sin flakmoped med nyfångad fisk. De höll sig hemma, men grannar rapporterade om skrik och bråk från det lilla torpet vid vattnet. När någon av de båda skymtades på byn hade de nästan alltid påsar från Systembolaget i händerna.
Efter att Paula varit borta från sitt arbete en längre tid beslutade sig två av hennes arbetskollegor att besöka henne. Hon hade varit i ett bedrövligt skick, dels på grund av alkoholpåverkan, dels betedde hon sig som om hon hade fått en personlighets förändring. Hon var helt uppe i det blå berättade en av kollegerna för Ove. Det som gjort att Ove kallats till platsen var att kvinnorna som besökt Paula hade sett fullt med blodspår i hemmet, men Paula hade inga synliga skador. Det faktum att Börje inte varit där hade gjort att kollegorna fattat misstankar om att något hänt honom.
När Ove kommit till platsen kunde han bekräfta att Paula minst sagt betedde sig onormalt. Hon talade osammanhängande och kunde inte svara på frågor. Intorkat gammalt blod fanns i hela bostaden och Ove hade gått runt och inspekterat. I uthuset fann han Börje, fortfarande med en kniv djupt instucken i halsen. Kroppen hade legat i flera dagar och något djur hade ätit på den. Han drog slutsatsen av att en räv eller dylikt tagit sig in i uthuset och ätit av liket efter att Börje dött. Sten Sten gjorde samma bedömning och inga grundligare undersökningar hade skett, så som finger, fot och tandavtryck.
Ove Gårdsvik hade frågat Paula om det var hon som dödat sin man, då hade Paula verkat klar i huvudet och svarat:
”Ja, gubbjäveln fick vad han förtjänade! Se så han har blodat ner den jäveln. Till å mä när han ä dö så stökar han till. Ja fick nog av den fan!”

Därefter hade hon gråtit och jämrat sig och nämnt något om att hon tyckt så synd om sin stackars dotter Jana.

Eidolf Maschkman gillade inte det den nye polisen insinuerade. Han gillade inte alls det faktum att han som ny kom med sådana här inlägg. Han skulle inte komma här och komma, då hade han kommit fel. Stövla in och ifrågasätta hur saker och ting sköttes, och var hade han fått dessa uppgifter ifrån? Visst hade Knut Waxler rätt i att fallen måste ha en sammankoppling och visst kände Eidolf sig lite korkad som inte tänkt på de likheter som funnits på brottsplatserna, men Börje Älvstigs mord hade skett för en månad sedan och Paula var utan tvekan den skyldige mördaren. Bitmärkena avskrevs från att ha någon större betydelse, det hade ju både Sten Ljungson och Ove Gårdsvik påpekat. Något djur hade ätit på den döde, men det var inget konstigt med det, rovdjur gör så. De äter på kadaver och struntar i om det är djur eller människa, mat som mat, kött som kött. Så här i efterhand borde han ha sett sambanden, men han hade bara inte tänkt på det. Det grämde Maschkman att den nya polisen var den som upplyste honom om så självklara fakta. Maschkman funderade på hur han skulle svara. Han ville under inga omständigheter få det att låta som om han inte hade allt under kontroll. Den nye polisen skulle sättas på plats. Hade han inte varit tydlig nog i sitt mail till Knut? Att om han skulle få jobbet så fick han finna sig i att allt inte följde regelboken, och han fick glömma hierarkin han jobbat åt tidigare. Här på den här ön fick han så lov att lyda under Gallbjäresbergets regler, det vill säga under sjukhusets oskrivna lagar. Ön styrdes av sjukhuset och han var dess representant, så hade det alltid varit och så skulle det förbli. Utan sjukhuset så skulle det lilla samhället dö ut och Knut Waxler skulle egentligen bara vara glad att han hade ett jobb över huvud taget. Han hade varit i färd med att få sparken och inget annat polisdistrikt ville ta sig an den skrupelfria polisen. Det var Ove som fått nys om att Knut kunde vara en bra efterträdare. Knut verkade ha det som krävdes för att kunna hantera ett jobb som polis på denna något annorlunda ö. Maschkman började ifrågasätta Oves omdöme. Det här hade inte börjat bra. Han hade frågat om han skulle rapportera till Hudiksvallspolisen och om att tillkalla hundpatruller utifrån... han hade till och med glömt sitt tjänstevapen och Eidolf hade en gnagande känsla av att det var något som inte riktigt var som det skulle med denne Knut Waxler från Ingesund i Värmland. Bara en sån sak... han kom från Värmland, men han talade med en dialekt som om han kom från trakten. Ove hade nog inte kollat upp honom ordentligt, eller så hade han inte berättat allt han fått fram för Eidolf.

- Saker och ting har ju hänt i ganska snabb takt här som du nog är medveten om. Självklart har jag haft...

Eidolf rättade sig själv,

- Självklart har vi haft i åtanke att incidenterna är sammankopplade.

Han gjorde en gest mot Sten Ljungson som nickade medhållande, men kanske inte övertygande fort nog.

- Med tanke på att inget liknande har hänt på flera veckor och de nya händelserna har skett i snabbare följd så behöver det inte betyda att det rör sig om samma...

Eidolf sökte efter ord.

- Samma rovdjur! Det kan mycket väl vara en annan räv eller grävling i Börje Älvstigs fall.

Knujt tänkte komma med en invändning, men Eidolf hann före som om han läst hans tankar.

- Då visste vi inte att Pojken Almarfjord drabbats av liknande omständigheter. Det gör vi nu, vilket gör att Börje Älvstigs fall åter är intressant.

Han ä hal den jäveln. Dä ä klart som korvspad att han inte kopplat ihop fallen, eller han kanske inte ville dä. Att han nu står här å försöker upprätthålla att han ha koll å att han redan har sammanlänkat fallen finns dä inget tvivel på. Han ä väl som alla andra i högre maktpositioner... han medger aldrig att han ha fel, han borde passa bra som politiker, tänkte Knujt.

Maschkman fick ett lite betänkligt uttryck i ansiktet och frågade sedan i en undrande ton.

- Dessa uppgifter om vad som hänt hos familjen Älvstig... de har inte tillgivits dig vad jag vet. Hur har du kunnat ta del av den informationen?

Knujt undrade vad han skulle svara. Vore det en bra idé att säga att han hittat massa dokument i kassaskåpet? Nä, det var det nog inte. Vad hade egentligen Maschkman att göra med hur han fick fram sina uppgifter?

Knujt försökte att inte låta dryg i sitt svar.

- Ja ha bara gjort dä ja ä bra på, vanligt hederligt polisarbete, svarade han.

Eidolf var tyst och betraktade Knujt. Han visste att om han inte svarade utan bara stirrade på ett visst sätt så brukade folk i allmänhet fortsätta att prata. Blicken han gav var ungefär som en tyst begäran att han inte var nöjd med svaret och ville höra ett mera utförligt. Men Knujt såg nöjt tillbaka och verkade inte förstå, eller ville inte förstå att Eidolf ville höra mera.

Jasså han försöker slingra sig. Han svarar på min fråga med ett svar som egentligen inte är ett svar. Tror han att han kan mästra mig så tror han fel, tänkte Eidolf och vände sig mot Markel.

- Har du gett honom upplysningarna om det som hände hos familjen Älvstig Markel?

Markel skvätte till, men bara en smula. Han hade hoppats att han skulle kunna vara lite som en skuggfigur där han stått strax bakom Knut. Han ville inte vara med i diskussionen. Han visste inte vart Knut fått sin information ifrån, och nu hade Eidolf den där reptilblicken som Markel nästan fick svettningar av.

- Va? Ja... nä, ja ha inte komme mä... eller ja menar, ja ha inte gett nåra upplysningar. Ja hade inga å ge heller förresten... nada... none! Ove skötte dä där i stort sett själv, å han gav sällan ifrån sig nå detaljer.
- Hur kan då Knut ha fått tag i uppgifterna Markel?

Markel svalde och vände sig hastigt mot Knut och sen mot Eidolf igen. Reptilögonen borrade sig in i honom och Markel gillade inte situationen han befann sig i, och det faktum att Eidolf talade till honom som om Knut inte var där. Vad skulle han svara?... han visste ju inte! Knujt tog till orda.

- Hur ska han kunna veta dä? Förresten spelar väl dä ingen roll. Va gla för att ja gör mitt jobb, vilket ja kom hit för att göra. Ska vi kunna lösa dä här så måste ja ha tillgång till alla fakta!

Knujt gillade inte att Eidolf grillade Markel. Han la sig i diskussionen för att skydda sin nye underhuggare. Det var väl så en bra chef gjorde... stod upp och tog smällarna för sina anställda. Inte för att Markel egentligen var anställd av Knujt, men det kändes som en bra gärning tyckte han.

Maschkman tänkte gå till motattack anade han så han skyndade sig att fortsätta sitt uttalande i hopp om att föra palavern vidare.

- Dom där fisk-liknande fjällen på handduken hos Tula Salmersson... ha du hunne analysera dom Sten?

Medvetet hade han frågat Sten om något annat i hopp om att Eidolf inte skulle kunna fortsätta på sitt spår.

- Jo, de har ja! Ja har inte sovit nåt inatt, vilket får mig att tänka på... vart tog mitt kaffe vägen?

Sten sträckte på sig en aning och såg mot dörren. Efter nån sekund slogs den upp och Tudor kom in med en kopp rykande kaffe.

Jasså Tudor får agera betjänt. Han ä nog den mest opassande betjänten ja sett.

Knujt smålog då den råbarkade och ärrade gorillan försiktigt smög sig förbi för att inte spilla, med koppen i ett stadigt grepp. Sten Sten tog emot kaffet och man borde ha förväntat sig ett litet tack, men Sten rörde inte en min. Han tog emot kaffet med båda händerna, stirrade som i trance rakt fram och sippade på den väldoftande mörkbruna vätskan. Han gjorde det i små korta mekaniska rörelser och efter en inte allt för lång stund ställde han ifrån sig koppen. Den var tom.

Dä va mig då en jävel å suga i sig kaffe. Han borde ju ha bränt sönder käften om han fick i sig hela koppen på den korta stunden?

Sten Sten verkade oberörd av den heta brygden och fortsatte där han slutade.

- Fjället kommer mycket riktigt från en fisk, men där börjar det konstiga. När ja sökt efter vilken art fiskfjället kommer från så får ja inte upp nåt matchande resultat. Beståndsdelarna i fjället ä delvis från en fisk... men ingen fisk som finns i databasen.

Knujt blev tyst en stund och grubblar-vecken i pannan skrynklade ihop sig.

- Dä va nåt gult slem på handduken... ha du fått fram nå om dä då?
- Svar Ja!... men det gav samma diffusa svar. Beståndsdelarna kom delvis från nån fiskart, men dä gick heller inte att matcha. Inte nog mä dä...fiskfjäll å även små mängder av det gula sekretet har återfunnits på fiskaren Bertil Karlström å den lilla killingen. Ja fann även en del av en tand som fastnat i ett av Bertils revben, tanden kommer också från samma oidentifierade fiskart.

Alla såg på Knujt som om han skulle komma med ett svar som förklarade hur det kunde vara möjligt.

- Jaha, ja då ha vi alltså en stor oupptäckt fisk som springer på land å äter folk... å smågetter! Dä ä väl ungefär den slutsatsen man skulle kunna dra, sa Knujt med en aning humor i rösten.

Ingen av de andra ansåg det roligt. Deras miner var gravallvarliga, förutom Markel som flinade brett och mumlade för sig själv.

- Små getter...

Kapitel 38.
Tilldeltat förtroende.

Knujt visste inte riktigt hur han skulle agera... eller reagera. Det var som om han var inblandad i en blåsning eller ett prank. Det fattades bara att Lennart Svan skulle dyka upp och säga att Knujt blivit blåst. Allting de senaste dagarna var egentligen helt sjukt. Han hade antagit en annans identitet. Personen i fråga var försvunnen och Knujt hade en stark känsla av att personen han låtsades vara var död... förmodligen drunknad, men han visste inte säkert. Han agerade nu polischef, vilket han haft som en stor dröm hela livet. Men han hade ju tänkt sig att lösa ganska vanliga brott, det han nu var insyltad i blev mer och mer ovanligt. En fiskvarelse? Han hade svårt att tro på vad Sten Sten kommit fram till. Knujt själv hade ju sett brottsplatserna och ganska tidigt förstått att något utöver det vanliga ägt rum. Blodspåren hos Tula Salmersson hade varit stora, om än ganska otydliga och de såg då inte ut som de kom från en hund eller nåt liknande. Sånt där CSI-jox var ju starka bevis nu för tiden, DNA, kemiska analyser av beståndsdelar, databaser med oändligt sparade prover från hela världen. Men kunde de verkligen ha stött på nån slags okänd fiskvarelse? Det var ju hur befängt som helst, omöjligt rent utsagt. Knujt hade ändå en känsla av att hur otroligt det än verkade så låg det nog nån sanning i det bevisen pekade på. Faktum var att det fanns fler anekdoter som pekade på att allt inte var som vanligt på ön. Knujt mindes den hastiga skymten han fått av en älg på färjan. Han hade avfärdat den som inbillning... nu var han inte så säker längre. Att en komet kraschar i en snöstorm i mitten av oktober tillhörde inte heller vanligheterna. Sedan var det hon, käringen med den lilla grisen som verkade spå i slaktavfall. Men framför allt... de röda ögonen som Knujt sett under natten. Han fick rysningar för en sekund. Han hade varit trött, näst intill sovande, men han hade sett dem. Beviset var att kassaskåpet var öppnat och den riktiga polisens pistol och plånbok låg på golvet. Det som gjort det hela än mer skrämmande var att Knujt suttit och pratat högt och sagt att han ville ha pistolen och att han ville komma in i kassaskåpet... och så hade det blivit... som om nån rödögd varelse med stora öron

uppfyllt hans önskningar. Rysningarna fortplantade sig igen. Det hela var skrämmande.
Han ville inte nämna något om de röda ögonen eller kassaskåpet för varken Eidolf eller Sten Sten. På nåt sätt trodde han att Maschkman inte ville att han tog del av informationen som fanns där i... Men det ville Knujt. Kanske det fanns massor av lösningar där bland Oves gamla dokument. Han hoppades på det. Han kanske skulle berätta alltsammans för Markel, men inte nu.
Knujts nyvunna yrkesbefattning kom på prov då de andra i det svala obduktionsrummet tyst stirrade frågande mot honom. Det hela var lite konstigt. Eidolf verkade vilja hålla inne med viss information, eller så var han snål med att dela med sig till Knujt. Men nu stod han där och glodde på honom som om Knujt måste komma med en lösning... och det fort.
Jaha, va ska ja hitta på nu då? Va ä dä troligaste en polisutredare skulle göra härnäst?
Han funderade ett slag och gillade inte allas blickar som frågande granskade honom. Han gillade inte heller tystnaden som bredde ut sig allt längre och längre. Han blev tvungen att komma på nåt, han kunde ju inte verka handlingsförlamad, trots att det som de skulle lösa inte hörde till vanligheterna.

- Ja skulle vilja besöka brottsplatsen hos dom där Älvstigs och ja skulle vilja ta mig en titt där i uthuset där Börje hittats. Sen skulle ja vilja besöka hon... Paula Älvstig. Kanske ja skulle börja mä dä, för hon är väl inlåst här... på mentalsjukhuset... inte sant?

Eidolf Maschkman nickade återhållsamt. Knujt fick känslan av att Eidolf funderade om han skulle låta honom få träffa Paula, eller om det på något sätt skulle medföra problem.
Han ha då svårt å ge mig tillit den dä Maschkman. Hur tror han ja ska kunna gö mitt jobb om han inte kan lita på mä? Ja måste försöka smöra lite för den där översittaren så han inte blir ännu mer misstänksam mot mä, tänkte Knujt och plockade fram ett varmt leende.

- Herr Maschkman! Dä här ska vi lösa ska du se, men vi måste skynda oss för om den där... ”fisken” springer omkring å lämnar uppätna människor efter sig så lär dä inte dröja länge innan nån ser honom. Då ä dä nog bara en tidsfråga innan Aftonbladet å Expressen ä här å ställer frågor... å dä vill vi ju undvika.

Han kanske bredde på lite väl med smörandet, och han använde ordet vi istället för jag. På så vis fick Maschkman känna sig delaktig och han visade att han inte körde ett solo race. Han anade att Eidolf förstod vad han höll på med, men han hade ju rätt... den slutsatsen verkade Eidolf också förstå. Efter att han blängt på Knujt med sina isfärgade ögon en stund så slappnade han av.

- Vi gör så. Du kan börja med att besöka Paula. Hon sitter på 12:an, den slutna avdelningen. Du måste träffa Sören Kålderot först...

Markel la sig spontant i samtalet .

- Sören Kålrot! Haha!

Han tystnade och flinet i hans ansikte blev allvarligt och han sänkte blicken. Eidolf hade stirrat som en överförmyndare på honom, sen fortsatte han.

- Sören Kålderot är psykolog och doktor. Det är han som har hand om de som är mest instabila och de som är svårast sjuka.

Knujt nickade förstående och Eidolf vände sig mot Sten Ljungson.

- Om du inte har nåt mer att tillägga om dom som ligger på bårarna så?...

Sten skakade tyst på huvudet.

- Ja då tycker jag att Tudor kan visa dig och Markel upp till avdelning 12. När du pratat med Paula... vilket jag inte tror kommer leda nån vart, för det sista jag hörde om henne var att hon nu var helt borta. Jag förmodar att hon är kraftigt medicinerad också... men, men. Man vet aldrig! När du pratat med henne kan väl du Markel ta honom till Älvstigs lilla torp.

Markel nickade.

- Yes Sir!
- Jag förvarnar Sören om att ni är på väg, och jag kan se till att nån kommer med nycklarna till Älvstigs innan ni far iväg.

Tudor öppnade dörren och Knujt och Markel var på väg att gå då Eidolf sa med en något frågande, nästan misstänksam ton till Knujt.

- Du poliskommissarien!

Knujt vände sig om.

- Ja?
- Jag tänkte bara kolla... så att inte samma missöde som igår skulle inträffa... om nåt skulle hända menar jag...

Knujt fattade inte vad han menade och Eidolf drog ut på pausen medvetet innan han fortsatte.
- Du har väl inte glömt ditt tjänstevapen idag igen?
Knujt kände en lättnad och han försökte se så naturlig ut han bara kunde.
- Nej då chefen! Den ha ja mä mig.
Han hade sagt chefen bara för att Eidolf skulle känna att det var han som var chef. Knujt drog upp jackan och visade att han bar sitt vapen i ett axelhölster. Han var glad att han tagit med sig pistolen, den som förmodligen varit Knuts. Han hade bytt ut patronerna i magasinet, för han gissade att de som satt i kunde vara blöta, men det hade varit nära att han glömt vapnet. Det var ju inte så att det var en inövad rutin att plocka med sig en pistol när han gick till jobbet. Faktum var att han gått ut och låst dörren och först då kom han att tänka på vapnet. Han ville inte hamna i samma situation som dagen innan en gång till. Dels ville han verkligen vara beväpnad om det skulle hända att han måste gå in i ett hus där det kunde finnas en köttätande best... eller köttätande fisk, dels ville han kunna visa vapnet om, mot förmodan Eidolf skulle fråga honom... och det hade han ju nyss gjort.

Kapitel 39.
Avdelning 12.

De stegade fram under nästan total tystnad. Knujt försökte att kallprata med Tudor genom att fråga om han jobbat länge åt Eidolf Maschkman. Svaret han fick var ”Da!”... och inget mer. Det verkade som om Ryssen inte var särskilt pratglad så Knujt gav upp sina försök.
Efter att passerat åtskilliga korridorer, dörrar och trappor, hissar och kodlås kom de fram till avdelning 12. Det fanns två korridorer. Ovanför den ena stod det skyltat ”Låst avdelning, Inlagda patienter”. Under den skylten fanns en till skylt, med mindre text. ”Speciellt tillstånd krävs för att besöka de intagna patienterna”. Dörren dit in såg robust ut med förstärkta järnbeslag och det fanns galler i de rökfärgade fönstren. På väggen intill dörren fanns en digitalskärm. Den såg väldigt modern ut i jämförelse med sjukhuset i övrigt. Knujt gissade att det rörde sig om en handscanner.
Dä va som fan! Ja trodde bara sånt användes på film...
Ovanför den andra korridoren stod det ”Kontor och Personal”, det var dit de var på väg. Även den dörren hade nån form av handscanner, men det fanns även en porttelefon. Tudor tryckte på en knapp och vände huvudet uppåt mot en rund liten glaskupol i taket. Det var en kamera och Knujt kunde inte undgå att fundera på vad det kunde finnas för dårar inlagda på det här mentalsjukhuset. Visst hade han läst någon notis ibland att det var någon känd våldsverkare som blivit inskriven på Gallbjärsbergets Mentalvårdsinrättning ... men med tanke på att Eidolf, och att den här ön inte gillade exponering i tidningar så fick han aningar om att det kanske fanns betydligt fler intagna... och kanske värre än vad det skrevs om.
En mekanisk röst lät från porttelefonen innan ett surrande ljud kom från dörren.
- Öööööh! Jaaaeh! Kom innn!
Den som pratade drog ut på orden på ett lite märkligt sätt.
Tudor kom fram till en dörr med skylten ”Sören Kålderot Psykiatriläkare” och knackade på. Skylten var vit med svarta bokstäver. Någon verkade ha målat över d och e i efternamnet med

tippex, men så hade förmodligen nån annan försökt fått bort det, men inte lyckats så bra. De två bokstäverna syntes svagare och det lilla skämtet var svårt att inte uppmärksamma.
Sören Kål...rot! Dä va ju dä som Markel sagt. Ja trodde dä va han som kom på dä just då. Doktorn kanske kallas Kålrot av gemene man?
Knujt funderade hur en psykolog med det öknamnet kunde se ut. Han behövde inte fundera länge förrän steg kom närmare inifrån dörren som öppnades sekunden senare.
Knujts ögon vidgades och han gissade att han nu måste se rätt så chockad ut. Mannen som öppnade var en syn som Knujt sent skulle glömma. Sören såg ut att vara i 50års åldern och han hade ett långt rakt och stripigt hår som närmast kunde beskrivas som en hippie-frisyr. Håret var brunrött med inslag av grått med ett mycket högt hårfäste, ett stripigt och långt bockskägg i samma färg, och så bar han ett par läsglasögon längst ut på nästippen. De såg billiga ut, som såna man köper på en bensinstation. Med brillorna långt ut på näsan tittade han under lugg, vilket fick hans panna att vecka sig. Det var kanske inte så konstigt om en doktor bar rock, men denne man bar en röd morgonrock som var uppknäppt och han hade ingenting annat på överkroppen. En gubbmage stod ut och lyste blekt mot dem. På underkroppen hade han i iallafall ett par vita byxor och på fötterna satt ett par flipp-flopp-sandaler i olika neonfärger.
- Jaaah! Välkommennn inn! Varsågoooda!
Han höll upp dörren och gjorde en vid välkomnande gest med hela armen in mot sitt kontor. Gesten fick rocken att öppna sig ännu mera och den nakna överkroppen exponerades helt ogenerat. Knujt fick åter samma känsla som han haft tidigare då han funderat om han var med i någon form av blåsning. Var det här psykologen som tog hand om de värsta psykfallen? Det kunde inte vara sant. Hade inte Tudor och Markel betett sig helt normalt skulle Knujt tro att det var en intagen som stod framför dem.
Ja måste börja vänja mig vid att folk inte beter sig normalt... å inte ä riktigt klok på dä hä stället, tänkte han och försökte se ut som om det inte var något konstigt alls med en psykolog i morgonrock. Kontoret såg väl i allmänhet ut som ett kontor brukar göra, med undantag av den obäddade tältsäng som stod längs en vägg.

Psykologen i fråga lade märke till Knujts funderande blickar mot bädden.

- Ja, ja tycker att prickigt sätter fart i skallen, man får myrer i huvve som springer fort runt i kring... jättefooort!

Han gjorde en rund manöver med ena armen så att både det stripiga håret och morgonrocken gungade fram och tillbaka. Knujt fattade först inte vad den där Sören talade om, men insåg snabbt att han menade sängkläderna. Både påslakanet och örngottet hade prickigt mönster i olika färger.

Han tror ja reagerar på prickarna, å inte att dä står en obäddad säng på kontoret... om han blir tvungen å övernatta, borde inte en bäddsoffa vara mer diskret?... Å varför bäddar han inte å byter om till riktiga kläder innan han tar emot besök?

Knujt nickade mot Sören och tänkte att det nog var bäst att komma till sak på en gång... han misstänkte att en diskussion med denne man skulle kunna bli invecklad och dra ut på tiden.

- Va kan du berätta om Paula Älvstig, ä dä nåt ja bör veta innan ja pratar mä na?

Sören Kålderot la handen mot hakan och tittade ännu djupare under lugg och vecken i pannan påminde om en nyplöjd leråker. Han snodde halvt om i en nästan militärisk rörelse och gick till sin stol bakom skrivbordet och satte sig tungt. Han slog ut med armarna och kupade båda händerna så att alla fingertoppar stod på skrivbordet. Han vred huvudet i en svagt gungande rörelse och betraktade Knujt.

- Jaaa, Paula har haft dä svååårt, svårt. Hon har varit deprimerad under en längre tiiid... lång tid, men hon mår bättre nu sen hon börjat mä min terapi... mycke bättre!

Sören talade väldigt annorlunda. Hela kroppen rörde sig i svajande takt med hans uttalande. Han hade även ett svagt underbett noterade Knujt och funderade om det var på grund av det som hans tal lät så ovanligt. Utdragna betoningar på vissa bokstäver och avslutningar som påminde om en utandning eller en suck.

- Va bra då! Va ä dä för terapi du använder dig av?
- Barnsångsbehandling! Jätte bra! Den får hjärnan att må som sockervadd när den ä skör... som, en, liten, fågelunge!

Det sista sa doktorn i stakande ord med en teatralisk dramatik. Han korslade händerna så att tummarna krokade ihop, fingrarna fladdrade han med så att händerna föreställde en flaxande fågel. Knujt nickade förstående, men han hade egentligen lite svårt att hänga med. Sören "Kålrot" fortsatte i en mer bedrövad ton.

- Att lyssna på barnsånger blir man glad av... meeen musiken råkade haka upp siiig. Samma mening i 22 timmar...oj, oj, oj! Dä kan sätta spår på humöret. Jaaah! Hon blev sinnig å bångstyrig.

Han hade nu ett argt uttryck i ansiktet.

- Dä blir medicin om man klöser sig själv å andra!... jaaa!mycket mediciiin... å lite elchocker!

Han skiftade uttryck igen, nu till lugn och harmonisk.

- Nu är hon fridfull till mods, som ett, badkar, i en bortglömd, insjö... kanske i Arjeplooog?

Han vajade med händerna i vågande rörelser. Knujt såg hastigt mot Markel och det verkade som han också tyckte Sörens liknelser var lite väl flummiga.

- Jaha, men dä går å prata mä henne eller?... frågade Knujt och försökte att inte se så fundersam ut över doktorns agerande.
- Ja, men hon kan vara undflyendeee. Hon vill glömma dä hemska hon gjort å varit mä om. Hon kryper in å gömmer sig i sig själv, som en skalbagge i en burk med sylt!

Han såg ledsen ut och pekade med alla fingrar mot bröstet för att förtydliga hur han menade.

- Öh! Så då kan vi få träffa henne då?
- Ja! Jag tror hon ä harmlös nu, å hon har fått naglarna klippta!

Han flinade och gjorde en klo-liknelse men handen och sen en saxrörelse.

- Nu har vi musik från radion... Kan inte haka upp sig!

Kapitel 40.
Paula Älvstig.

Sören hade öppnat åt dem på den låsta avdelningen och följde med dem till en ny korridor med en skylt som löd ”Sångterapi”. De stannade vid en dörr och Sören låste upp.
- Jag står utanför om dä skulle vara nåt, sa han.

Knujt nickade och han, Tudor och Markel gick in.

Paula stod mitt på golvet med trötta ögon och vajade sakta i takt till en barnvisa som inte Knujt kände igen. Hennes tomma blick var densamma som Gudrun och Viola hade när de ”kåsblängde” dagen innan.

Hon var inte en fröjd att se på. Paula hade minst 40kilos övervikt och en kroppsform likt en hösäck. Håret var långt, stripigt och ovårdat och skylde en del av det rödflammiga och plufsiga ansiktet. Där hon stod med halvöppen mun och gungade, så personifierade hon bilden av en klassisk mentalpatient tänkte Knujt. Hade hon haft en sån där gråvit ”krama om sig själv-tröja” så hade det varit pricken över i-et. Att hon var gravt medicinerad fanns det inget tvivel på. Trots att de var tre stycken som klivit in i rummet så verkade det inte som hon lagt märke till att hon inte var ensam längre.
- Hon ser också ut å Kåsblänga? sa Knujt riktat till Markel.
- Ja, dä ä ganska vanligt här. Ja tror dä ä ett ö-fenomen, å dom flesta som ä intagen här kåsblänger mer eller mindre hela dagarna.

Knujt nickade som svar och knäppte sedan med fingrarna framför Paula, men det blev ändå en fördröjning innan hon reagerade.
- Hej Paula! Ja heter Knut Waxler å komme från polisen. Ja skulle villa ställa nåra fråger till dig!

Först såg hon på Knujt, sedan pekade hon mot väggen och talade i en något släpande stämma.
- Lilla strutsen... långa ben... som spagetti!

Knujt hade inte riktigt uppmärksammat rummet i övrigt, men nu la han märke till att hela rummet var målat som det tillhörde ett barn, eller kanske ett lekrum på en förskola. Det var kullar och krön i ett grönt landskap med gulliga djur runtom i starka färger

på väggarna. Paula pekade på en struts med glad flinande mun och enormt långa och smala ben.
- Öh! Ja... långa spagettiben! Kan ja ställa nåra fråger? upprepade Knujt.
Hon fortsatte att fokusera på den färggranna fågeln. Precis när Knujt funderade hur han skulle få kontakt med henne och vilka frågor han skulle ställa... frågor som inte gick för rakt på det tragiska som hänt hennes familj. Han ville ju inte att hon skulle hamna i ytterligare en depressionspsykos, då stegade Markel fram till henne och knäppte med fingrarna framför hennes ansikte.
- Du tanten! Vi skiter i att du mördade gubben din mä kökskniven. Vi vill veta vem som åt på han... såg du vem som mumselimumsa på Börje i uthuset?
Knujt höjde handen för att dra bort Markel från den traumatiserade kvinnan. Det var just sådana frågor som Knujt trodde kunde få Paula att förlora sitt lugn, men han hejdade sig. Hon vände sig mot Markel och nu hade hon inte riktigt samma trötta tomhet i ögonen längre. Pigg och vaken var väl att ta i, men hon såg iallafall ut att ha lite mer energi än tidigare.
- Det va väl Yngve! svarade hon.
Markel och Knujt gav varandra en frågande blick.
- Yngve? Vem ä dä? undrade Knujt lite trevande.
- Dä va lagomt åt Börje! Ja sa ju åt än att han va hungri å lära ha mer mat... men så fick han ju dä å te slut.
Knujt visste inte om hon bara babblade en massa kås och tok eller om hon berättade något av vikt. Han anade att det var det sistnämnda.
- Skulle du kunna förtydliga dig, vem måste ha mer mat?
Paula glodde på Knujt som om han var dum i hela huvudet.
- Yngve så klart! Han ha ju bleve så stor på sistone, dä lilla ynglet! Börje som va stora karln lära väl begripa att dä behövs mycket mat om en ska växa, men inte gedde han sä ut å fiska nåran åt än ä. Nä han satt hemma å träta på mäg å va full han. Tur han va tjock å fet den jäveln, för nu ha han ju mat så dä räcker länge!
Det var lite svårt att att hänga med, dels så sluddrade hon lite och dels så talade hon den lite äldre hälsingedialekten.
- Vem ha mat?

Knujt ansåg att korta frågor nog var enklare för henne att svara på, men han skulle vilja fråga ut henne mer ingående om hennes nyss något svårförståeliga uttalande. Åter igen blängde hon på honom som om han inte fattade någonting.

- Yngve! Nu har han mat så dä räcker e tag. Han kan ju hålla sä mätt i flere vecker så fet som Börje va!

Va fan pratar tanten om? Ha hon medvetet använt sin man som mat åt... nån som hon kallar för Yngve?

Den tanken måste ha rusat genom Markels hjärna samtidigt som Knujt tänkte den, för Markel frågade, lika osmidigt som förra gången... Men nu lät Knujt honom fråga, han hade ju trots allt fått Paula att vakna till och öppnat sig förra gången.

- Så du knivmörda gubben din för att du ville ge...

Markel funderade på vilka ord han skulle använda, eller så var det för att tänka efter om han förstått henne rätt.

- Du knivmörda gubben din för att mata nån som heter Yngve?

Paula nickade medhållande. Både Markel och Knujt sa i kör,

- Vem ä Yngve?
- Yngle i uthuse! svarade hon med en självklar ton.

Knujt... och kanske även Markel tänkte komma med följdfrågan, ”vem är det” då Paula han före. Hennes något drogade och menlösa ansiktsuttryck förbyttes till en allvarligare min när hon frågade,

- Hur ä dä mä han?

Polisen och hans assistent blev tysta och deras hjärnor arbetade för fullt. Knujt anade att det var något av det hon sagt som hade betydelse... självklart hade nog det mesta betydelse, men det var nåt speciellt, ett ordval som hon använt. Men han kunde inte riktigt få grepp om det för stunden och hans tankar kom av sig då Markel fortsatte konversationen.

- Du tanten! Dä är lite svårt å hänga mä på va du prater om. Ä dä Yngve du mener så vet vi inte hur dä ä mä han, för vi vet inte vem dä ä!

Hennes ansiktsuttryck blev ännu allvarligare.

- Ja men uthuse!
- Vi fann bara Börje i ditt uthus, ingen annan. Något hade ätit på honom å vi skulle vilja veta va för sorts djur dä kan va. Har du en hund som heter Yngve? inlade Knujt.

Hon svarade inte. Paulas ögon stirrade rakt fram mot Knujt, men det var som att hon ändå inte såg honom. Hon fick något sorgset över sig och hennes underläpp började darra. Knujt visste inte vad han skulle säga, han var rädd för att hon höll på att förlora verklighetsuppfattningen eller hamna i en psykos. Hon fortsatte att stirra tomt och mumlade för sig själv.

- Borta... han ä borta!

Därefter var det som nån knäppt på en strömbrytare på henne. Det sorgsna försvann och det mera harmoniska och lugna kom över henne igen. Hon vände sig mot en målning på en annan vägg.

- En flygande ko!

Hon pekade och ett trött leende spred sig i hennes flottiga ansikte. En ko med vingar flög över ett soligt landskap. Kon hade en arbetshjälm med hörselkåpor som en störtkruka på sig och verkade vara glad och lycklig. Markel kom med ett av sina dåliga skämt och skrattade åt sitt uttal.

- En flyg ko... hon flyger sin kos! Haha! Kos... kon flyger kos! Haha!

Paula började också att skratta. Sen dansade hon i en dålig och långsam rytm samtidigt som hon mumlade för sig själv.

- Icke, Picke, Pö, bodde på en ö, alla hade pengar, utom Icke, Picke, Pö... å en da låg han dö! Icke, Picke, Pö....

Knujt skulle vilja fråga henne mera, men efter att han sett den överviktiga kroppen vaja med dålig taktkänsla och hört hennes lilla ramsa om och om igen och sett att blicken var helt borta, så förstod han att frågor var bortkastade för stunden.

Jaha, va gör man som brottsutredare nu då? Dä va då väl fan va krångligt allt ska va. Så fort man vill ha svar på en fråga så får man bara fler fråger som man vill ha besvarad. Ja ska aldrig gnälla nå mer på hur inkompetent dagens poliser ä.

Knujt anade återigen om hans val att ta sig an rollen som polis kanske inte va ett så smart beslut.

Dä kan ju inte va lätt jämt. Lite svårigheter gör dä hela mer intressant. En duktig utredare gillar utmaningar.

Han försökte peppa sig lite för att inte tappa drivet helt och hållet. Det kanske hjälpte, för det var ju sant. Han ville verkligen få veta hur allt hängde samman. Nyfikenheten var så stor, och den där aningen om att Paula sagt något som hade stor betydelse fanns kvar. Han funderade, men det stod still i hans nyblivna snutskalle.

- Chiefen! Ja tror inte vi får nå mer vettigt ur na.
Markel avbröt hans funderingar och pekade på Paula som nu slickade på en av väggmålningarna. Det var en grävling som gick på lina och höll ett paraply i handen. Hon såg lycklig ut med saliven glansigt utsmetad i halva ansiktet. Knujt skakade uppgivet på huvudet.

- Nä dä tror inte ja heller. Ja tycke vi ber om nycklarna till bostaden å dä där uthuset, å tar oss en titt. Va tror du om dä Markel?
- Lysande Chiefen, lysande... så lysande att dä lyser, haha!

Markel sken upp och Knujt anade ännu en gång att assistenten inte var van vid att få delta så aktivt i en utredning. Att Knujt frågade honom om vad han tyckte fick nog Markel att känna sig viktig och involverad.
Tudor som inte sagt ett ord eller rört en fena på hela tiden öppnade dörren åt dem.
Dä ä tredje dan ja ä här, å ja ska redan besöka min fjärde brottsplats. Hur många ä dä som dött egentligen?
Knujt var tvungen att räkna på fingrarna.
Pojken Lars Almarfjord å Ove dog vid utedasset, dä ä två. Tula Salmerson å fiskaren Bertil, dä blir 4 döda... Nu ska vi till Älvstigs. Dä verkar på nåt sätt som dä va där dä börja... mä Börje, då ä dä 5 döda... å en getunge.
Han hoppades på att kunna lösa detta fort. Om han sölade och inte var smart nog, och fick leta spår i flera veckor... vem visste hur hög dödssiffran skulle bli då?

Tudor följde inte med dem ut från sjukhuset. Knujt och Markel närmade sig bilen då Knujts privata mobil ringde. Det var skyddat nummer, så han lät bli att svara. Han gissade att det var nån ihärdig telefonförsäljare som ville att han skulle samla ihop sina lån, eller nån tvättmedelsgubbe från Göteborg som ville att han skulle lägga ut en mindre förmögenhet på en hink med tvättmedel som skulle räcka livet ut.
När Knujt skulle kliva in i bilen på passagerarsidan, eftersom han gillade att Markel körde, det var behändigt med en egen chaufför... då ringde det igen. Fortfarande skyddat nummer.

Va ä dä nu då? Trycker man bort samtalen så brukar dom ringa igen, men svarar man inte brukar dom inte ringa upp förrän senare. Försäljarna ha väl en lista dom går efter. Dä ä väl enklare å mer ekonomiskt å beta av nästa kund på listan istället för att ringa ett nummer som inte svarar flera gånger. Varför ringer då den här en gång till?

Personen skulle ju kunna lämna ett meddelande... om inte det var någon Statlig organisation som ville nå honom. De brukade ju ha hemligt nummer. De kanske inte ville lämna ett meddelande, för det som de ville säga kanske passade bättre att säga live?

Knujt tvekade innan han tryckte på den gröna luren.

- Ja dä ä Knujjjj... Knut!

Han kom på sig att han höll på att säga sitt riktiga namn. Markel stod med öppen bildörr och beskådade nyfiket sin chef.

Fan också! Ja måste ställa mig framför spegeln ikväll å öva in att ja heter Knut å inte Knujt, tänkte han och väntade med spänning på att få höra vem det var som ville nå honom.

Kapitel 41.
Mobilsamtalet.

En Lillian Dålmersson presenterade sig och sa att hon ringde från Gallbjärsbegets Mentalsjukhus. Knujt trodde att han glömt nåt eller att Sören Kålrot ville träffa honom för att berätta något han glömt att säga... men så var det inte.

- Jo Hej Knujt! Det var ja som ringde dig för några dagar sen. Vi har en patient här som skulle vilja träffa dig. Patienten har inte långt kvar, tillståndet har blivit ganska kritiskt. Vi har väntat på att du ska dyka upp, men vi förstår om du väntat ut ovädret. Som ja sa så har patienten inte långt kvar å tiden ä knapp. När tror du att du kan komma?

Knujt blev tyst och hans tankar rusade åt alla håll. Nu hade han hamnat i en situation som kunde bli lite knivig. Det gällde att göra bra val och att ha tungan rätt i munnen. Han sneglade mot Markel, som fortfarande såg på honom. Knujt tyckte nästan att han såg ännu mera nyfiken ut nu, men det kunde förstås vara inbillning, framtvingat från sig själv för att han inte ville att Markel skulle stå där och lyssna. Varför satte Markel sig inte i bilen? Att stå och lyssna på någon annans telefonsamtal var ju ohyfsat.
Vad skulle han svara damen i telefonen? Att han kommer med en gång? Vad skulle han då säga till Markel? Han kunde ju inte ta med sig honom. Han hade ju blivit kallad till sjukhuset som Knujt... inte Knut. Fyra personer där inne kände honom som polisen Knut. Det var Eidolf, Tudor, Sten Sten och Sören Kålrot... vad skulle hända om han sprang på någon av dem där inne? Hur skulle han slingra sig ur den situationen? Han kunde ju givetvis yrka på att han hade en fråga eller nåt som han ville komplettera angående utredningen. Men tänk om han precis presenterat sig som den han var där inne, kanske till sköterskan som han nu hade i telefonen... tänk om Maschkman skulle komma då... eller om sköterskan skulle behöva tillkalla chefen av nån anledning?
Kukensjävlar va dä ska strula till sig! Ja måste tänka mer positivt... klart ja fixar dä här... dä blir inga problem... allt kommer gå som på räls.
Han andades djupt å försökte lugna ner hjärnan som nu befann sig i en inre kris. Han frammanade en bild i sitt huvud på en räls som

såg rak och fin ut, men efter en sekund så hade bilden förändrats och rälsen var nu värmekrökt och slingrade sig som två ormar bort mot en mulen horisont. Rösten i telefonen hördes igen.

- Hallå! Knujt är du kvar?
- Jo ja ä kvar!
- När kan du komma?
- Ja kan komma på en gång, ja ä precis utanför!

Han tyckte att Markel sträckte på sig för att uppmärksamma allt som han sa.

Han tryckte bort samtalet och fortsatte att prata så att Markel skulle höra.

- Så klantigt av mig att glömma min andra mobil, men ja kommer med en gång.

Han låtsades lägga på och vände sig mot Markel som undrande stirrade på honom.

- Ja har glömt min andra telefon på Sören Kålderots kontor... vi gör så här, du kan ta dig ner till vakten och fråga Katta eller Leila... eller vem dä nu ä som jobbar. Fråga va dom vet om va som hände hos familjen Älvstigs. Ove kan ju ha sagt nåt åt dom eller så kan dom ha hört nåt annat.

Markel såg stöss ut med undrande ögon.

- Jaha Chiefen, annars kan ja hänga mä... eller så kan ja vänta så slipper du gå?

Knujt stannade upp en aning.

Så slipper du gå! Va mena han mä dä? Tänker han ta min bil till vakten å låta mig få gå? Nån måtta får dä väl va, han kan väl gå själv.
Så ändrade han sig. Om han var snäll och lät Markel ta bilen så skulle han känna sig mer betrodd. Knujt skulle uppfattas som snäll och omtänksam. Då kanske Markel inte skulle lägga så stor vikt på att Knujt ville återbesöka sjukhuset ensam.

- Ta bilen till vakten du, ja kan gå. Ja blir nog inte borta särskilt länge... Vi syns snart!

Han vände sig och började gå mot sjukhuset så att Markel inte skulle ha tid med nån invändning. En suck och svagt muttrande hördes från Markel men sen stängdes bildörren. Knujt log lite för sig själv och tänkte att, det där gick ju bra... men där hade han fel.

Markel gillade Knut, han var då en betydligt bättre chef än Ove. Knut lät Markel vara involverad i utredningen och frågade till och

med om hans åsikt ibland... men det var nåt som inte riktigt stämde med den nye polischefen. Det var några små detaljer som han snappat upp. Markel var duktig på att lägga märke till små obetydliga fakta som andra inte fäste nån vikt vid... som det faktum att Knut inte hade tagit upp sin andra mobil på Sörens kontor. Det hade för övrigt varit omöjligt, för det var ju den han nyss pratat i. Knut hade två telefoner, en privat och en jobbtelefon. Jobbtelefonen, som var en Samsung hade ”Den gode, den onde och den fule” som melodi. Knut hade sagt att han nyss bytt till den signalen, varvid han inte känt igen den när de åt frukost på Skrikmåsen. Hans privata telefon hade varit en Iphone med en vanlig ringsignal och det var den han talade i nyss. Om Sören hittat Knuts telefon på sitt kontor, varför då ringa Knut... han hade ju glömt sin telefon? Sören kunde ju omöjligt veta att Knut hade två mobiler, och även om han visste det skulle han behöva söka fram numret... vilket skulle ta tid. Enklast i Sörens läge hade nog varit att meddela Eidolf Maschkman, som i sin tur skulle meddela Markel, men så var inte fallet.
Håller han på mörka nåt för mig? Dä kan omöjligt va Sören som ringde, men varför ska han då bege sig tillbaka till sjukhuset?... Eller säger han bara det så att ja ska åka, å sen sticker han nån annanstans?
Markel åkte mot vakten, men kollade i backspegeln och såg att Knujt gick in genom den stora entrén. En våg av obefogad misstänksamhet hade sköljt över honom.
Va dum ja ä! Vart skulle han annars ta vägen... enda vägen ut ä ju genom vakten, å dit ska ju ja.
Lättad i sinnet for han vidare, men några grubblarveck i pannan fanns fortfarande kvar. Det var inte inbillning det med telefonen. Markel kunde inte släppa att Knujt mörkade något för honom. Kanske var det bara en nödlögn, men varför ljög han? Vad skulle han tillbaka till sjukhuset för? Markel beslutade sig för att vara på den säkra sidan, han skulle hålla den nye polischefen under uppsikt.

Kapitel 42.
Sjuksköterskan.

Knujt var egentligen sur på sig själv, men lät istället irritationen gå ut över Markel. Han visste att det inte var Markels fel att han avslutat samtalet för tidigt, men det var Markels fel som stått med stora öron och lyssnat. Nu gick Knujt planlöst omkring och inte visste vart han skulle bege sig inne på sjukhuset. Hon som ringt hade säkerligen tänkt talat om för honom vart han skulle gå... vilken avdelning eller vilket plan... eller vart det nu var han skulle. Men då hade han lagt på för att Markel skulle tro det rörde sig om en glömd telefon. Han kunde ju inte ringa upp igen heller för det hade varit skyddat nummer.

- Om ändå Markel kunde ha satt sig i bilen å inte vare så nyfiken. Då hade ja vetat vart ja skulle gå, mumlade han för sig själv.

Vid informationsdisken i entrén hade det varit kö och Knujt orkade inte vänta. Han skulle hitta själv, men han visste ju egentligen inte vad han sökte. En döende person ville tala med honom. Inte en hon eller han, utan en patient. Det var ju lite väl knapphändig information, det fanns ju liksom fler än en patient på ett dårsjukhus. Han funderade på vart de lade folk som låg inför det sista skriket, de som var döende. Kunde det vara intensivvårdsavdelningen, eller var det när det gällde akut sjuka, som efter en olycka eller något? Folk som låg och självdog kanske hade en egen avdelning, men han trodde inte att nån ”I väntan på döden-avdelning” fanns, i alla fall inte med ett så målande namn. Lysrören blinkade till i en korridor och Knujt uppmärksammade, vad som såg ut att vara en sjuksköterska långt borta i det fladdrande ljusskenet. Hon verkade anteckna något i en patientjournal gissade Knujt. Han började gå mot henne för att fråga vart han borde bege sig. Hon började också att gå, men bort från Knujt. Det var för långt avstånd för att ropa och be henne vänta så han ökade takten istället. Kvinnan svängde av i en annan korridor och försvann ur hans synfält. Han fortsatte i samma tempo, men när han närmade sig korridoren som sköterskan svängt av på så skymtade han något i ögonvrån.

- Hej! Kan du hjälpa mä?

Det var en äldre kvinna som stod i en dörröppning till ett tomt och mörkt rum. Kvinna måste vara en patient tänkte Knujt och saktade in.

- Va? ja vet inte riktigt, ja skulle behöva hjälp själv. Va vill du ha hjälp mä då? svarade han lite jäktat.
- Ja har tappa boscht pöjken min, men han läre va hänne noscht tro ja!
- Jaha, Ja tror inte ja kan hjälpa dig mä dä, hur ser han ut?... om ja skulle stöta på han menar ja.

Hon såg undrande ut.

- Öcken än då?

Va fan, ä hon kalkad eller?

- Vilken en då?... ja, pojken din då så klart, dä va ju han du leta!
- Ä rä du som ä pöjken min?

Hon stirrade storögt och kom ett steg närmare Knujt.

- Va? Nej dä ä ja inte. Ja ä nån annans pojk. Du ville ha hjälp å leta din pojk. Hur nu dä ska gå till om du inte tycks veta hur han ser ut.

Det sista sa han tyst, och hon verkade inte uppfatta det. Han gissade sig till att hon kanske hade en hörselnedsättning.

- Har du sitt än nå?
- Nä, ja ha inte sett han.
- Ä ru säker på att dä inte ä du som ä pöjken min?

Hon lutade sig fram ännu närmare och greppade försiktigt tag om Knujts hand och såg honom frågande i ögonen. Hennes hand var kall och hon verkade trött i blicken, men ändå inte... den verkade skärpt, men lite osäker. En kall ilning for genom Knujt. Han visste inte riktigt varför, endera var det på grund av hennes kalla beröring eller något med hennes ögon... något konstigt var det som hände iallafall. Han kände både rädsla och harmoni, glädje och sorg. I den gamla kvinnans ansikte spreds ett leende med glesa tandrader.

- Köm nu så går vi hem, sa hon och började leda in honom i det mörka tomma rummet.

Knujt fick ett uns av obehag som sakta steg i honom.

Varför vill hon dra mä mig till ett tomt mörkt rum?

Han stannade och vänligt men bestämt tog han sig loss från tantens hand.

- Tyvärr damen, ja kan inte hjälpa dig! Din pojk komme nog snart ska du se. Ja ha ett ärende som ja måste ta hand om, å ja har lite bråttom.

Han kände sig lite taskig som inte tog sig tid att hjälpa henne. Hon verkade ju helt förvirrad och ensam, men han måste ju sköta sitt, och varför tillät personalen patienterna ströva omkring så pass fritt att de kunde gå vilse? Han backade ut ur rummet och gick vidare.

- Ja gå du... du har ju ett ärende å ta hand om... åsså har du ju bröttom!

Hon upprepade det Knujt nyss sagt och han kunde inte säga om hon ville låta sarkastisk eller om hon sa det bara ändå. Han nickade som svar och efter några meter hörde han henne säga i låg ton, vilket gjorde orden svåra att uppfatta.

- Lycka till, dä kan du behöva... dä va kul å få träffas, å hälsa Käschken när du sir'n!

Det sista visste han inte om han hört rätt. Han visste då inte vad ordet betydde.

Hälsa "Käschken" när du ser han?

Funderingarna kring vad hon sagt skingrades då han rundade hörnet till den korridor som sköterskan försvunnit i. Några meter bort kom hon... eller kanske inte just hon, men det var en sköterska. Om det var samma som nyss kunde han inte säga. Det han däremot kunde säga var att han hade sett henne förut. De båda stannade upp och hon verkade först en aning skrämd när han kom så hastigt runt hörnet, men så slappnade hon av. Han trodde även att hon kände igen honom, för hon gav honom ett svagt leende.

- Dä ä ju du, sa Knujt och log tillbaka.

Det var hon, sjuksköterskan som han sett utanför Skrikmåsen, hon som han senare fått ögonkontakt med inne på restaurangen. Hon flackade lite med blicken då Knujt så öppet visade att han kände igen henne och Knujt kunde ana en lätt rodnad på hennes kinder.

- Vad gör du här? Söker du någon? sa hon.

Hon mötte hans blick, fortfarande med ett svagt leende. Knujt funderade snabbt...

Ska ja säga som dä ä, att ja heter Knujt å att nån sökt mig. Dä blir krångligare om ja presenterar mig som Knut å säger att ja ä polis... å sen kanske måste säga " ojdå! Ja var visst en Knujt också!"

- Jo ja heter Knujt Maxner å dä ä en sjuksköterska som sökt mig, hon hette...

Han funderade på vad det var hon hade presenterat sig som, men kvinnan framför honom fyllde i.

- Lillian Dålmersson! Dä ä ja! Dä var ja som ringde. Varför har du inte kommit tidigare?, ja såg dig ju redan i går.

Först hade hon verkat glad, men hon avslutade sin mening med ett mera bekymmersamt uttryck och hon fick något stressat över sig.

- Kom! Vi har bråttom.

Han hann inte svara och hon tänkte spontant ta Knujts hand och leda iväg med honom, men hon kom av sig då deras fingrar nuddade vid varann. Hon gjorde istället en vinkande gest med handen att han skulle följa efter, vilket han gjorde.
Deras fotsteg ekade hårt i de kala korridorerna. Knujt ville ställa frågor, men i tempot de hade och ljudet av deras steg kändes det opassande att fråga. Han fick vänta tills de kommit fram dit de var på väg, eller om tempot lugnade sig. Det gjorde det när de klev in i en hiss. Han hade svårt att formulera sig, vilket han trodde kunde vara på grund av Lillians närvaro. Men det kunde lika gärna vara på grund av att hela situationen var mycket ovanlig, och det var inte det lättaste att finna de rätta frågorna. Han gjorde så gott han kunde, vilket han hoppas varit lite bättre.

- Jaha! Då va ja här då... mä dig!... eller ja menar mä... du, som ringde efter mig! Varför ä ja här? Vem vill träffa mig förutom du då?... eller ja menar, du kanske inte ville träffa mig i den bemärkelsen, du skulle ju bara kontakta mig... vilket du nu ha gjort.

Hans röst tystnade mer och mer ju mer han insåg att han svamlade.

- Hulda Rojt har varit intagen här till å från sen mitten av 60-talet. Dä ä hon som vill tala med dig.
- Hulda Rojt? Henne ha jag aldrig hört talas om, varför vill hon prata mä mig?

Det plingade till i hissen och dörrarna öppnades. Lillian svarade samtidigt som hon skyndade vidare.

- Ja dä hade ja tänkt att hon själv skulle få berätta... om hon hinner vill säga.

Det sista bådade inte gott. Knujt förstod vad hon menade, men frågade ändå för att få det bekräftat.

- Hinner?... va mena du mä dä?
- Som ja sa i telefonen så har hon inte långt kvar. Hulda ligger inför döden.

Hon vände huvudet hastigt mot honom aningen bekymrat.

- Varför kom du inte igår? Hulda var i mycket bättre skick då än hon ä nu. Förresten! Ä dä du som ä den nya polisen?

Där kom den. Frågan han trodde han skulle få slippa svara på. Det enda raka var väl att svara sanningsenligt och hålla med.

- Jo dä ä ja! Ja skulle gärna ha komme tidigare men dä ha minst sagt vare styrigt. Ny yrkesbefattning å flera dödsfall på en gång.

Hon saktade in stegen en aning.

- Flera dödsfall? Ja hörde nåt om Ove... nån form av olycka... å att ni funnit pojken, han som varit försvunnen... ä dä flera dödsfall än så menar du?

Knujt svalde och gillade inte det han försatt sig i. Vad skulle han säga... vad var han berättigad till att säga? Eidolf ville inte att information kring det som hänt skulle få ben och spridas. Om Knujt sa att inget mer hänt så ljög han ju, men vad gjorde det egentligen? En nödlögn hit och dit var väl inte så farligt... men... han ville inte ljuga för henne... Lillian, rakt upp i ansiktet. Nä... han fick köra på att han inte var berättigad till det.

- Ja kan på grund av kriminaltekniska skäl inte svara på den frågan, sa han.

Hon svarade inte men såg mot honom med fundersamma ögon. De befann sig i en ny korridor på en ny avdelning. Knujt hade inte riktigt uppmärksammat vart de var eller hur de gått för att hamna där de var, men nu stannade Sköterskan. Hon hade fått syn på nån framför dem och blev genast allvarlig. Knujt lade märke till en annan sjuksköterska som stod utanför ett rum längre fram i korridoren. Sköterskan såg ledsen ut och skakade uppgivet på huvudet. Lillian svor.

- Fan också! Vi kom för sent.

Knujt sa ingenting. Vad fanns det att säga? Sköterskornas miner, och att de kommit för sent sa ju allt. Han förstod att det måste vara den där Hulda som dött. Hur skulle han nu få reda på varför hon ville träffa honom?

- Fan! Om du ändå hade kommit igår. Dä känns som om ja svikit henne, ja sa att hon skulle få träffa dig, sa Lillian uppgivet.

Knujt kom att tänka på vad han ogillade på film, när människor lovade varandra sånt som var omöjligt att lova.

Varför sa du dä då? Dä va ju korkat. Du får skylla dig själv, tänkte han, men sa inget.

Han gillade inte att sköterskan fick det att låta som om det var hans fel.

- Förlåt mig, dä ä ju inte ditt fel, du har ju haft så mycket att stå i.

Det gladde Knujt att hon bad om ursäkt.

- Dä ä okej!... Men va ville hon mig? Ja ha aldrig hört talas om nån mä dä namnet.

Hon höjde handen mot honom som om han skulle stanna, han saktade in medans Lillian gick fram till den andra sköterskan i dörröppningen. De växlade några ord tyst till varandra och den andra sköterskan la en tröstande hand på Lillians axel innan hon gick därifrån.

Knujt närmade sig dörröppningen och sneglade försiktigt in i rummet. Där stod en sjukhussäng mitt på golvet och ett stearinljus var tänt på ett bord intill, det gav ett lugnt men flackande sken över en äldre kvinna. Hon låg stilla och såg ut att sova, med händerna sammanknäppt på bröstet. Hon såg harmonisk ut... hon såg... bekant ut... Hon var bekant.

- Dä ä ju hon! sa han chockat.

Kapitel 43.
En blir två.

Trots att det var en annan vinkel nu när hon låg ner på en brits och han stod upp och såg ner på henne, så kände han igen henne. Det var den gamla damen han nyss stött på, hon som letade sin pojke.

Knujts tankar for omkring som det var en go-cart bana inne i skallen på honom. Det var omöjligt, det kunde inte vara samma tant. Hon levde ju nyss... hur kunde hon då ligga här och vara död? Knujt och sköterskan hade skyndat allt som gick, genom flera våningar, trappor och hissar. Den gamla damen hade inte haft en chans att hinna före dem hit. Om hon nu mot alla odds hade hittat en genväg, då måste hon ha sprungit som en dopad stafettneger för att hinna före och sen dött. Och ändå haft så mycket tid till övers att den andra sköterskan skulle ha hunnit lagt henne till rätta, bäddat om henne och tänt ljus. Det scenariot var inte troligt, inte troligt alls.

Det var nåt som lät... en röst? Ett mumlande som stegrade sig i volym.

- Hallå! Hur ä dä med dig? Har du träffat Hulda förut? Det var Lillians röst.

Knujt försökte skingra tankarna. Han hade glömt att han talat högt när han känt igen tanten. Vad skulle han säga nu då?

- Öh! Kanske? Du vet inte om hon har en tvillingsyster eller en väldigt lika syster som också ä intagen här?

Lillian såg frågande ut.

- Nej dä har hon inte! Varför frågar du dä?
- Njae! Ja tyckte ja såg en dam tidigare, strax innan ja mötte dig här, och damen va väldigt lik hon som ligger där.

Knujt pekade lite försiktigt mot den döda på britsen och fortsatte,
- Å hon va då levande. Ja tror inte hon kan ha hunnit sprungit hit å dött, så dä måste va nån annan som ä väldigt lik.

Lillian såg nu ännu mera frågande ut.

- Dä var konstigt, den avdelningen ä tom för tillfället. Ja tyckte ja hörde nån där, dä va därför ja vände å då fann ja dig.
- Ja, ja hade precis pratat mä henne...tanten... eller hon som såg ut som hon... fast mer levande. Nu svamlade han igen.

Knujt irriterade sig på att han hade så svårt att förklara så det lät bra. Fast å andra sidan så visste han ju inte riktigt vad han skulle förklara. Det kunde ju inte vara den här tanten han sett... det måste varit någon annan. Hur skulle det annars...
Han vände sig mot den döda igen för att se om det verkligen var hon som han sett. Då hände något extremt overkligt.
Bredvid britsen, inte långt från bordet med det lilla ljuset tonade en skepnad fram. Först trodde Knujt att det var nåt med hur stearinljuset kastade sina skuggor, men efter några sekunder kunde han se konturerna av en människa. Hans ögon vidgades och pulsen ökade drastiskt. Från att bara ha varit ett diffust töcken, så stod hon nu där... solid som en riktig människa. Den döda kvinnan låg både på britsen... och stod bredvid. Knujt fick svårt att andas och kände hur allt snurrade. Tanten log mot Knujt, alltså tanten som stod upp, som hade dykt upp som en spökklon. Hon sa med en röst som lät precis som den gjort tidigare när de mötts några våningar nedanför.

- Ja hade ju rätt ändå ja! Ja sa ju att du va pöjken min! Kul å få se rä Knujt.
- Hur ä dä med dig?

Det var Lillian, hon stirrade chockat på honom. Och det var ju inte så konstigt för han hade ryggat tillbaka minst två steg från tanten... hon som nu blivit till två tanter. Knujt hade nu ett rätt stelt ansiktsuttryck, som om han tuggat på en citron gjord av folie och som ilade i alla amalgamplomber han hade i tänderna. Han måste verkligen se ut som han sett ett spöke tänkte han. När den tanken landat slog det honom hur väl den stämde.
Spöke! Hon ä fan i mig ett spöke! Hur overkligt dä än må vara så ser ja ju att hon ä två... en död... å en som tonade fram... ett spöke! Dä va henne jag träffade där nere, å då va hon också dö... eller ja, ett spöke!

- Hur ä dä Knujt?

Han kom av sig när sköterskan rörde vid honom. Han hade glömt att försöka byta ansiktsuttryck. Inte undra på att hon såg orolig ut, han måste se ut som han fått en stroke och skitit på sig samtidigt. Han fick anstränga sig för att försöka få ett så naturligt utseende som möjligt. Först försökte han få fram ett påklistrat tillgjort leende, men insåg att det inte fanns något att le åt.

Fan, hon måste ju tro att ja ä en intagen som låtsas va jag... eller mig, om ja fortsätter på dä här vise.
Han hoppades att minen han försökt få fram var trovärdigt allvarlig.

- Ja fick bara nån form av chock, ja ä inte så van vid å se döda människor.

Det kunde gå hem hoppades han, folk i allmänhet borde väl reagera lite märkligt när det är döingar i närheten. Men av hennes undrande ögon att döma förstod han att det han sagt inte gått så långt hem som han hoppats.

- Om du får en chock så lätt så borde du nog fundera på att byta jobb? Dä måste ju dyka upp döda människor ganska ofta i din bransch, flera stycken till å med bara sen du kom hit.

Dä va då väl fan va hon va uppmärksam på allt ja säger då, tänkte han. Trots att han visste att det var han som pladdrat alltför mycket utan att välja sina ord.

- Ja tror bara att damen här fick bägaren att rinna över, men dä ä lugnt nu.

Han försökte se så lugn och beskedlig ut han kunde, men det var inte så lätt när spöktanten stod och flina mittemot honom.
Vad hade spökgumman sagt? Hon verkande tro att Knujt var hennes pojk. Varför trodde hon det? Det var han ju inte.
Det hela var så befängt att han inte visste hur han skulle reagera. Skulle han låtsas som om det inte fanns två kärringar framför honom, skulle han ignorera spöket? Och han borde ju prata med sköterskan också. Hittills hade han betett sig som en idiot, och han måste ta sig samman om hon skulle respektera honom som en normalt funtad person. Knujt valde att ignorera spöktanten och började prata med Lillian.

- Jo du... Visst va dä Lillian du hette?

Knujt försökte låta så lugn och normal han kunde. Lillian nickade.

- Varför ville den här... damen tala med mig?

Han pekade mot den av tanterna som låg ner, den spökiga som stod, ignorerade han fortfarande.
Lillian lät aningen sorgsen och allvarlig.

- Hulda Rojt, dä va så hon hette. Hon har varit en trevlig patient. Ja kom bra överens med henne. Hon har varit så ensam nu de sista åren. Förr brukade hennes mamma å pappa hälsa på, men dom ä döda nu. Hon hade ingen kvar... tills för några dagar sen. Då ville hon att ja skulle söka tag på dig. Hon sa att du var hennes son.

Knujt hade kanske anat att sköterskan skulle säga det hon nyss sagt, inte så konstigt när spöket antytt samma sak. Ändå fick han en illavarslande känsla att sprida sig när hennes ord gick in.

Det var ju bara skitprat. Hans mamma hette Änga-Britt Maxner och hon var gift med hans far, Konrad Maxner och han var uppvuxen i Iggesund. Han hade ingenting med en psykotisk spökkärring på en ö fylld med dårar att göra. Ändå gick det inte att ignorera de vaga aningar som ruvade inom honom, aningar som sa att hela hans värld höll på att spricka i fundamentet. Något höll på att ske och han hade en stor roll att spela i det som nu var på gång.

Från ingenstans kom Knujt att tänka på den gamla mannen han sett efter stigen vid bryggan, han som rökt pipa. Vad var det han hade sagt?

Dä ä mysche kås som ha hänt hänne på ön. Öm du ska ha nån chans å begripa va som hänt läre ru ta boscht skygglapparne från syna!

Så hade han sagt... det fick honom att sluta ignorera spöktanten. Han vände sig mot henne, utan att se ut som han skitit på sig denna gång. Deras blickar möttes och han kunde se ett rofyllt lugn i spök-Huldas ögon. Hon pustade ut och log och Knujt försökte att le tillbaka, men han gissade att hans flin nog var lite stelt. Hans konstlade leende dog ut när spök-Huldas skepnad suddades ut och försvann, kvar var bara den avlidna Hulda på sjukhusbritsen. Trots att Knujt inte velat se nåt spöke alls, så kändes det ändå inte riktigt bra när det nu försvann. Han kom på att han varit tyst ett tag, och det vore tid nog att svara Lillian.

- Hon ha fel, hon va inte min mamma, svarade han. Hon måste ha inbillat sig dä på nå sätt. Dä kan väl inte vara så ovanligt på ett sånt här ställe?

Knujt flackade med blicken runt sig och gjorde en yvig gest med händerna för att förtydliga vart de befann sig.

Lillian tittade på Knujt med ett vagt skeptiskt uttryck som om hans uttalande varit fördomsfullt, eller att hon hört liknande sägas allt för många gånger.

Mitt i allt det märkliga fick han en mer fåfäng tanke. När han första gången sett sjuksköterskan utanför Skrikmåsen så hade det känts som tiden stannade upp. Han hade bara sett hennes vita leende.

Nästa gång han sett henne på lunchen hade han fått en liknande upplevelse. Det var som hon var speciell på något sätt. Han hade gillat henne vid första ögonkastet. Nu stod han här med henne och hade en konversation. Isen var bruten och han hade all chans i världen att ge sig själv ett bra första intryck, men istället sa han konstiga saker och betedde sig märkligt. Hennes ögon som tidigare lyst av värme hade falnat under en smått rynkad panna.
Dä ä väl inte så konstigt att ja beter mig märkligt när dä springer omkring spöken här, tänkte han i ett försök att normalisera sitt beteende.

- Visst händer det att patienterna ibland inbillar sig saker, men dä ä ju upp till oss i personalen att bedöma vad som ä inbillning, å vad som ä på riktigt. I Huldas fall ä dä inte frågan om inbillning.
- Ja men hon ä ju inte min mamma!
- Dä kan hända, men i hennes värld så ä hon det, å hon har dokument som kan bekräfta dä. Om dom papperen är sanna kan ja inte svara på.

Knujt retade upp sig lite grann. Det här var nåt jävla skitprat bara.

- Vaddå för jävla dokument? Dä måste ju va nåt påhitt, eller nån som försökt lura henne... va vet ja... eller, jo ja vet. Ja vet att hon inte ä min mamma. Dä vet ja då mä säkerhet.
- Så kanske dä ä, men Hulda trodde annat. Hon anförtrodde saker för mig som hon hållit hemlig, så hemligt att hon nästan förträngt allting. Hon sa att under den sista tiden hade minnena kommit tillbaka, å hon kom ihåg saker som hon inte ville minnas förut.

Lillian fick ett allvarligare uttryck och hon gjorde en paus. Knujt som egentligen inte kände sig bekväm med att lyssna på tramset kom på sig att han frågade i ren nyfikenhet.

- Jaha, va kom hon ihåg då?
- Hon sa att hon som ung fött en son i hemlighet som hon inte kunde ta sig an. Hennes föräldrar fann barnet och beslutade sig för att ge bort det. Därefter förträngde Hulda att det ens existerat nån pojke. Hon blev sig aldrig mer lik å har vistats här på mentalsjukhuset till å från sen dess. Många, många år senare försökte hennes föräldrar förklara för henne vad som hänt. Då fick hon reda på att hon hade en halvsyster och det var denna halvsyster som tagit hand om Huldas son. Föräldrarna hade

förhoppningar om att hon var gammal å frisk nog för att höra sanningen, men efter nån dag så hade hon förträngt allt igen.
Lillian tog ett djupt andetag och försökte finna de rätta orden. Hon lutade sig fram närmare Knujt och sänkte sin röst som om hon var rädd att någon annan skulle höra.
- Dä va bara för några veckor sen som hon börja få minnet tillbaka. Hon anförtrodde sig till mig, å jag fick inte säga nåt till nån. Vi hann tala samman ganska mycket, å hon har hela tiden varit säker på sin sak.
Hon gjorde en liten paus innan hon såg Knujt allvarligt i ögonen.
- Hennes halvsyster hette Änga-Britt Maxner å bodde i Iggesund.
Knujt blev först helt tom, som om luften gått ur honom. Faktum var att han glömde bort att andas, sen smög sig en odefinierbar känsla över honom. Det var en sorts rädsla inlindad i aggressioner, förtvivlan blandat med förvåning. Han blev kall på en sekund. Vad var det frågan om, var det ett skämt? tänkte han, men innerst inne förstod han att det inte var det. Sköterska verkade tala sanning, och om det ändå skulle vara ett prank så kunde, så vitt han visste, inte blåsningsfolk trolla fram spöken. Det kunde ju fortfarande vara så att spöket hade fel. Ett spöke behövde ju inte ha rätt bara för att det var ett spöke... men namnet Änga-Britt Maxner. Det var ju Knujts mamma... eller hon som han alltid trott var mamma. Skulle hon egentligen vara hans moster... eller halvmoster?
Knujt tog sig för pannan och drog ett djupt andetag. Det där med släktdrag hade han alltid haft svårt för och gillade inte tanken att byta ut sin mor mot nån annan släkting.
Lillian Dålmersson fortsatte...
- Ja förmodar att Änga-Britt ä den som du förknippar med mamma?
Knjut fick inte ur sig nåt svar, men nickade knappt märkbart.
- Hulda sa att allt klarnat för henne, ungefär som att hon visste att hon var döende, men inte tillät sig att dö när hon undanhöll sanningen. Hon ville träffa dig innan hon dog... så synd, dä va ju så nära!
- Hon hann träffa mig... på nåt vis! Hon känner nog av att ja ä här nu, sa Knujt och försökte förmedla lite lugn till sköterskan, så hon inte skulle känna sig uppgiven av att han inte kom i tid.

Hulda hade ju träffat honom, men han ville ju inte direkt säga att han sett henne som ett spöke, då hade hon väl låst in honom.
- Man kan hoppas dä! svarade hon med en sorgsen klang.
- Va va dä för papper du prata om... ett dokument sa du? frågade Knujt allvarligt, men nyfiket.

Kapitel 44.
Markel och Leila.

Markel frågade Leila Sandling vad hon visste om det som hänt hos Älvstigs för snart en månad sedan. Som vanligt med Leila fick han inget normalt svar direkt efter sin fråga. Först stirrade hon rakt ut genom fönstret på ingenting, sen ställde hon sig upp och öppnade munnen, men ångrade sig innan hon börjat tala. Hon satte sig igen och snurrade ett varv på stolen, petade på sin näsa med vänstra handens lillfinger och gapade några gånger. Hon hade inte mött Markels blick en enda gång. Till slut tittade hon mot honom och sa med sin något pipiga röst.

- Ja vet inte av nåt speciellt som hände då. Ove sa inget särskilt om dä, mer än att kärringen, alltså Paula måste vara en kall jävla psyk-kärring som mördade gubben och drog ut han i uthuset å fortsatte supa för sig själv som om inget hänt. Ove trodde också att föräldrarna måste ha fått nåt psykotiskt fel efter att dottern Jana hittats död utanför deras hem 3år tidigare. Han sa att egentligen borde dä ha gjorts en större utredning kring dotterns död.

Så fort hon sagt det snurrade hon ett varv till med stolen innan hon stannade och fortsatte att titta ut genom fönstret.
Markel var lite imponerad över att hon gjort ett så långt utlägg. I vanliga fall var Leila väldigt fåordig. Markel mindes att han också tyckt att utredningen kring Janas död var liten, men han hade inte jobbat så länge då och trodde att allt var i sin ordning. Eftersom Leila inte kom med något mera angående Älvstigs ville Markel fråga lite om Knut.

- Leila, va tycker du om Knut Waxler då?
- Bara bra, pep hon ur sig ovanligt fort.
- Dä tycke ja mä... mycke bättre än Ove... eller hur?
- Jo, kanske dä!

Han ville inte komma med några direkta påståenden. Som det lät så verkade Leila tycka bra om Knut, och skulle han lirka ur henne nåt så fick han gå försiktigt fram.

- Han verkar väldigt bra, å vill verkligen att vi samarbetar mä han... men lite vimsig tycker ja han ä i alla fall.

Han avslutade i förhoppning att få en fråga om vad han menade, och Leila hade gått rakt i fällan.

- Vimsig... varför tycker du dä?
- Först å främst har ja hört att han nästan sagt fel på sitt egen namn några gånger. Sen trodde han att han hade sitt bagage i bilen, men det hade han glömt på färjan... å så glömde han sin telefon nyss uppe på sjukhuset, fast ja va mä han hela tin å nån mobil plockade han aldrig fram där inne. Har du märkt nå "vimsigt" mä Knut Leila?

Markel gjorde situationstecken med fingrarna och flinade lite för att få det hela att framstå som lite skojigt. Leila log, himlade med ögonen och smackade med öppen mun som en guldfisk som kippade efter luft.

Dä ä då nåt märkligt fel på na, gud va konstigt hon beter sig. Otroligt hur hon kan få vara betrodd å jobba här i vakten, tänkte Markel, men försökte se obrydd ut åt hennes udda uppförande trots att han var van.

Leila snurrade ett varv till med stolen, sträckte ut tungan så den nuddade nästippen och blev sedan allvarlig.

- Jag tror han gick i sömnen i natt. Ja ä säker på att nån gick upp... å sen ner... för trappen till hans rum. Ja trodde han kanske skulle våldta mig.

Markel blev något överrumplad av det utlägget. För det första brukade hon va ganska fåordig, och att hon talade om våldtäkt var helt otippat. I Markels ögon var Leila så långt ifrån förknippad med sex, än mindre våldtäkt att han hade svårt att få ihop det. Leila brukade ha säckiga kläder på sig som gjorde det omöjligt att se nån kroppslig figur. Han hade funderat på om hon medvetet ville dölja sin feminina sida. Likaså sminket hon bar var mer som en krigsmålning än smink. Ville hon sminka sig för att göra sig mer attraktiv så misslyckades hon grovt, det verkade nästan som om hon ville förfula sig. Hennes arom gjorde det också svårt att förknippa henne med nån sexuell aktivitet. Hon kunde dränka sig i parfym, men ändå kunde man känna ett uns av svettlukt genom parfymridån. För att inte tala om hennes udda sätt över lag, hon betedde sig minst sagt onormalt.

- Hörde du steg i trappen... å då trodde du han skulle våldta dig? Ä inte dä lite överreagerat, kan ja tycka?

- Jo... dä har du rätt i, men man vet ju aldrig. Ja kanske drömde också, för ja har för mig att ja såg en dvärg med kaninöron som hoppade omkring här. Ja tror dä va en robot, för han hade röda lysande ögon. Dä kanske va en kanin Terminator från framtiden?

Han blev förvånad över hennes konstiga iakttagelser, men förstod att hon drömt. Det hela var lite roligt tyckte han och ville skämta tillbaka.

- Drömde du? Du jobbade ju natt! Menar du att du satt här å sov?

Markel kunde inte låta bli att låta allvarlig, fast han tyckte det var okej om man slumrade till lite under nattskiftet. Det gjorde han varje gång han jobbade natt. Leila stelnade till och han såg skräcken lysa i ansiktet på henne. Hon blev vit som ett spöke och hennes läpp började darra. Markel försökte ta bort sitt allvarliga uttryck, men nu var det svårt för nu hade han ju blivit allvarlig på riktigt. Det var ju inte hans mening att skrämma henne så pass att hon tappade färgen.

- Förlåt Leila! Ja bara skojade, ja brukar också slumra till, dä gör vi alla på nattpassen, sa han i en så mild ton som möjligt.

Färgen kom sakta tillbaka på hennes kinder men hon sa inget.

- Va va dä du sa om dvärg mä kaninöron?

Markel försökte återgå till ämnet, men Leila bara snurrade på stolen och stirrade ner i golvet.

Jaha, då ha ja skrämt na så hon tiger. Ja läre inte få nå mer vettigt ur na. Typiskt.

Markel begav sig till whiteboarden för att försöka fokusera tankarna, men det var svårt. Tankarna gnagde mest om att det var nåt som inte stämde med Knut. Han hoppades att han hade fel, men han var övertygad om att så inte var fallet. Det var något som inte riktigt var som det skulle... han hoppades att det bara var nåt av mindre betydelse, för han gillade Knut, och tyckte att de kommit varandra nära som kollegor på sån kort tid.

Markel såg genom fönstret upp mot mentalsjukhuset och muttrade för sig själv.

- Hm, det va då väldans vilken tid dä tar å hämta en glömd telefon... som inte ens ä glömd, avslutade han misstänksamt.

Kapitel 45.
Rojt och Maxners.

De satt på varsin stol intill britsen med den hädangångna Hulda. Lillian visade Knujt dokumenten han frågat om. Efter han läst igenom papperen två gånger försökte han bearbeta all den nya informationen. Lillian satt tyst bredvid och lät honom ta den tid han behövde. Det han läst var gamla dokument som innehöll signaturer från sin mor Änga-Britt... hon som nu kanske inte var hans riktige mor, och två andra namn som Knujt kände igen, Maja-Lisa och Gusten. Även deras efternamn var Rojt... han kände igen namnen från när han var liten, åtminstone förnamnen.
Maja-Lisa och Gusten var ett äldre par som hälsat på ibland under Knujts uppväxt. De var bekanta med hans föräldrar, något mer än så kom han inte ihåg.
I korta drag innefattade dokumenten en överenskommelse mellan Maja-Lisa och Gusten Rojt och Knujts mamma Änga-Britt. Enligt papperet var Maja-Lisa och Gusten Huldas föräldrar... vilket innebar att de borde vara Knujts mormor och morfar.
Den informationen var tung. I Knujts värld hade han inga morföräldrar, de hade dött innan han föddes hade han fått höra.
Änga-Britt skulle ta hand om sin halvsysters son som om det vore hennes egen, eftersom mamman Hulda förlorat förståndet och for in och ut på mentalsjukhuset. Änga-Britt skulle hålla allt hemligt om var pojken kom ifrån och även släktdraget med Rojt. Det stod kortfattat att pojken kallats Knut, men att Änga-Britt valt att döpa honom till Knujt med jt på slutet. Även Rojt slutade på jt och pojken fick därmed en liten del av släktnamnet Rojt i sitt namn.
Jaha, dä ä därför som ja ha ett j i mitt Knut-namn. Men varför ha inte mamma... eller Änga-Britt... berättat att Maja-Lisa och Gusten va mina morföräldrar? tänkte han.
Förutom dokumentet om adoptionen fanns ett egendomsbevis på en fastighet som tillhörde familjen Rojt. Längst ner på sidan förklarades att om ingen av släkten Rojt fanns kvar i livet så skulle egendomen överlåtas till Änga-Britt Maxner eller sonen Knujt Maxner. På det papperet stod inte att Maxners var besläktad med Rojt, bara att de låg familjen nära.

Knujt tänkte hastigt att det här var ganska overkligt. För några dagar sen var han så gott som bostadslös och han visste inte vart han skulle ta vägen när hyreskontraktet i Iggesund gick ut. Sen dess hade han fått ett rum på övervåningen i vakten, och nu även en egendom på ön. Enligt papperet var det ett mindre torp, beläget på en liten udde. Det var mycket att ta in av den nya informationen, men det var nåt som saknades. Det tog Knujt ett tag att komma underfund med vad.

- Om nu Hulda Rojt va min mor å inte Änga-Britt... då va ju inte Konrad Maxner min far heller... vilken ä min pappa då, vet du dä?

Knujt såg frågande mot Lillian som flackade med blicken och skruvade en aning på sig. Av hennes kroppsspråk att döma var hennes svar inte så bekvämt att framlägga.

- Ja tror dä ä grunden till att Hulda har suttit här inne större delen av hennes liv. Det hon förträngt var inte bara födseln av dig, dä var hela händelseförloppet. Hulda berättade för mig att hon som 17åring blev våldtagen, men hon mindes inte mycket av händelsen... så svaret på din fråga ä att din far ä okänd.

Det stack till i Knujt... som om det var nåt som gick sönder.
Va fan, dä här blir bara värre å värre. Ja ha inte bara bytt identitet på låtsas, den ja trodde att ja va... ä ja inte heller. Ja vet fan inte vem ja ä, å min pappa ä inte min pappa utan en okänd jävla våldtäktsman.
Trots att Knujt var överraskad och chockad av allt han fått reda på, så var det irritationen som ökade snabbast i honom och den tog herraväldet. Han visste att det inte fanns nån att vara arg på och absolut inte den enda närvarande, sjuksköterskan Lillian Dålmersson... men ändå .

- Va ä dä här för en jävla ö egentligen? Här verkar då ingenting va omöjligt! Dä ramlar ner kometer, å folk dör till höger å vänster och dä springer omkring fiskar som äter folk... för å inte tala om alla jävla idioter. Ja ha inte träffat en enda människa som verkar normal i huvet på dä här stället!

Han märkte att hon ryggade tillbaka av hans aggressiva uttalande och det verkade som han gjorde allt i sin makt för att sabotera deras första riktiga möte. Det var något sagolikt över hennes vackra vita leende... ja över hela henne. Han hade ju en himla tur som fick träffa henne så här på en gång, men så som han betedde sig skulle hon väl hålla sig undan honom hädanefter. Han försökte lugna sig någorlunda och lade till,

- Ja förutom du då... du ä den enda som verkar vettig här.

Han ansträngde fram ett rätt konstlat leende.

- Va menar du mä fiskar som springer omkring å äter folk? sa hon frågande, fortfarande på behörigt avstånd och med skepsis målad i ansiktet.

Hade han verkligen vräkt ur sig det? Ja det hade han. Typiskt!

- Va? Nä! Dä va inget, ja bara svamlar... ett internt polisskämt bara!

Ja dä där lät ju förtroendeingivande. Suck!

Hon svarade inte och han försökte återgå till där de var innan det hade spårat ur.

- Så min far ä en okänd våldtäktsman... trevligt. Dä va en annan sak också som ja tyckte va lite märklig.

Han tystnade så att hon skulle få chansen att bli nyfiken.

- Vadå?
- Att Hulda å min mor... eller ja, min låtsas mor eller hur dä nu ligger till, att dom va halvsystrar. Varför fick Hulda reda på att hon hade en halvsyster så sent i livet och varför hade föräldrarna inte berättat dä tidigare?
- Dä vet ja inte riktigt. Hulda sa att svaret fanns i dä lilla torpet. I alla fall trodde hon dä. Hon verkade inte veta så mycket om vare sig själv eller släkten. Dä lilla hon visste uppdagades för henne för bara några veckor sen, när hon fick de förträngda minnena tillbaka.

Knujt funderade och försökte komma ihåg vad Spök-Hulda sagt till honom... ”Dä va kul å få träffas, å hälsa Käschken när du ser han!”

- Jo du... du känner inte till nån som heter... Käschken?
- Va för nåt? sa hon oförstående som hon inte riktigt hörde vad han sagt.
- Nä dä va inget... glöm det!

Knujt hade svårt att tro på allting. Om nu inte hans mamma och pappa var hans riktiga mamma och pappa... varför hade de inte sagt nåt? Varför hålla det hemligt? De två var ju hans föräldrar, i alla fall i hans ögon. Det var ju Änga-Britt och Konrad som tagit hand om honom och alltid funnits där. Han kände sig sviken och kunde inte förstå varför de inte berättat som det var. Det faktum att han aldrig kunde fråga dem om hur det hela låg till gjorde

känslorna värre. De hade varit döda sedan 2018 då de båda omkom i en trafikolycka.
Han kunde aldrig få höra deras bekräftelse om att det han nu fått höra var sant. Skulle han verkligen tro på dessa personer som han nyss träffat... ett spöke och en sköterska med ett vackert leende. Så vitt han kunde se så överensstämde signaturerna på papperen med både Änga-Britt och Konrad, men var det bevis nog?
Han visste inte, men på något vis... kanske genom nån intuition anade han att allt var sanning. En tanke slog honom.
Om ja nu ska försöka spela polis... då ha ja ju värsta chansen å utreda dä här. Ja får utreda allt som ha mä mig å min "så kallade" släkt å göra. Nu ha ja ju i iallafall ett egenintresse av att snoka runt här på ön å agera snut... å ett litet torp kan ju va bra å ha... om ja skulle råka få sparken som polis. Då ha ja ju nånstans å bo, för ja tvivlar på att ja skulle få bo kvar uppe på Vaktstugans övervåning om dom får reda på att ja inte ä den ja ä...
Lillian avbröt hans funderingar.
- Egendoms papperet kan du ha framme, men de andra papperen tycker ja du ska gömma undan. Hulda sa att ingen på sjukhuset fick veta att du å Änga-Britt va släkt med henne. Dä va visst väldigt viktigt!
Knujt hängde inte riktigt med nu och det syntes nog på honom, för Lillian förtydligade sig.
- Alla dom här papperen kommer från torpet. Hulda hade permission för en tid sen å besökte då sitt gamla hem. Hon hittade papperen där berättade hon, men svaren på många andra frågor finns fortfarande där ute på torpet... trodde hon.
- Ja men va ha dä mä att ja inte får berätta att vi ä släkt... å inte för nån på sjukhuset?
Lillian hyschade åt honom att sänka rösten samtidigt som hon såg sig omkring. Knujt tystnade tvärt.
- Hulda sa att hennes föräldrar, mest pappan Gusten hade gjort egna efterforskningar kring vem som kunde ligga bakom våldtäkten på henne. Enligt honom hade folk inom sjukhuset försvårat hans utredning så han litade inte på dom helt enkelt.
- Aha!
- Nyckeln till torpet har inte ja, den har föreståndarinnan här på sjukhuset, å dä ä till henne vi måste gå för att du ska få den. Hon

kommer att vilja titta på alla papper du har, men visa bara egendomspapperet, å håll dig till att du å dina föräldrar bara var bekanta med släkten Rojt.

Knujt hade svårt att följa tråden.

- Vänta nu här... försöker sjukhusets föreståndarinna dölja min mors våldtäkt?
- Nej, hon var väl inte ens född då, men hon ä lite speciell. Hon tycker själv att hon äger hela sjukhuset, å med dä allt som patienterna äger. Nja... ja kanske överdrev lite, men du kommer förstå va ja menar när du träffar henne. Hur som helst så vill ja hålla det ja lovade Hulda, att inte berätta nåt för sjukhuset om att ni ä släkt, oavsett om hon hade rätt eller fel. Ju mindre föreståndarinnan vet om... allt, ju bättre ä dä för alla!
- Okej, hon låter ju som en riktig guldkantad solstråle tycker ja!

De båda blev tyst en stund och det föll sig naturligt att se mot den för evigt sovande Hulda Rojt. Det kändes så märkligt. En helt okänd gammal dam som han aldrig träffat... eller som han aldrig träffat i livet, bara hastigast som spöke. Nu låg hon där framför honom... och hon var förmodligen hans mamma. Hur skulle man reagera i en sån här situation? Han visste inte bättre än att bara stirra tomt på den döda. Lillian gick fram och tänkte lägga lakanet över ansiktet på Hulda då Knujt hejdade henne.

- Kan ja få en minut själv mä henne? Sen kan vi gå efter nyckeln till torpet!
- Javisst! Ja väntar utanför dörren, sa hon och lämnade Knujt med sin döda mor.

Kapitel 46.
Blodiga bröst.

Knujt hade inte varit med om att säga adjö till någon död människa så här. Det var en sak på en begravning när den avlidne låg i en kista, men så här. Kvinnan hade levt för kanske en halvtimme sen, och nu var hon helt plötsligt hans avlida mor. Vad skulle han säga? Han lade sin hand mot hennes knäppta händer och hade för avsikt att uttala nåt i stil med "vila i frid", men han hann inte så långt.
Så fort han nuddade Huldas ålderdomliga händer for en stöt igenom honom, eller stöt kanske var fel ord. En elektrisk våg som medförde en metallisk smak i munnen. Det var som om en kall vind blåste genom rummet, eller rättare sagt genom honom. Ett svagt surrande ljud uppkom från ingenstans, det påminde om ljudet man kan höra i närheten av högspänningsgeneratorer. Allt det var konstigt, men det som var ännu värre... och rent utsagt läskigt, var att ljuset i rummet försvann och allt blev svart runt Knujt. Det var som om han stod i en jättelik sal där allt kändes stort, mörkt och tomt. Han blev rädd.
- Var inte rädd! sa en röst.
Knujt vände sig hastigt mot rösten som både lät knarrig och grov, men ändå hade en kvinnlig klang. Han flämtade till när en ilade kyla for genom kroppen.
Framför honom, upplyst som av en röd strålkastare på en scen stod en älg. Fast inte en helt vanlig älg, det hade nu varit att föredra och det hade varit skrämmande nog. Den här älgen hade kvinnobröst... eller rättare sagt den hade en kvinnoöverkropp. Ungefär som Kentaur fast istället för hästkropp hade den här en älgkropp, och från den växte det en kvinnotorso utan armar med älglika drag. Den bar stora horn och på vissa ställen en raggig päls och ett ansikte som kanske var kvinnligt... det var svårt att säga, för underkäken var bortsliten. Ett sargat hål var öppet rakt in i halsen och en stump av en tunga rörde sig ormlikt fram och tillbaka. Blodet hade runnit från munnen så att hela bålen och de nakna kvinnobrösten var röda och det blänkte glansigt i det våta blodet. Trots att Knujt blev skiträdd av rösten och sen av åsynen av älgvarelsen så hann han konstigt nog tänka som svar på älgens tal,

Dä ä lättare sagt än gjort å inte va rädd när du ser ut på dä där viset!
- Alla har sitt spel att spela på den här fördömda platsen. Ditt spel har just börjat. Välkommen till Galgen och Bjärornas Ö. Du är där du hör hemma!

Det svarta försvann, likaså gjorde älgkvinnan. Sjukhusrummet tonade fram och Knujt trodde han kunde pusta ut, men det var lite väl mycket önsketänkande. Bredvid den döda Hulda stod någon. Det var Spök-Hulda.
- Män tänk att ja feck en så finan pöjk! Att ja ha kunna förträngt boscht däg då i alle år? Dä va rå tur att ja hann få si dä idag... men att en skulle hinna dö föscht va ju synd dä, men hä geck ju bra ändå! Ta hand om dä nö, å hitta inte på nå kås!

Hon lade sina spökhänder på Knujts. En märklig upplevelse... så många händer... Huldas händer som hade Knujts händer på sig, som i sin tur hade Spök-Huldas händer på sig. Knujt fick inte ur sig någonting alls, han bara stirrade med skräckblandad oförstående blick. Sen försvann spökversionen och Knujt var åter ensam, bortsett från den döda på sjukhusbritsen.
Hans hjärta slog hårt och han försökte lugna sig och sansa sina tankar. Att han sett ett spöke hade han trots det overkliga kunnat förlika sig med, men en älgvarelse... eller kvinnoälg. Det var ju helt sjukt. Smittade dårskapen av sig på den här ön? Kanske smittade det jättemycket nu när han var mitt i smeten av dårar, det vill säga inne på sinnessjukhuset? Han kom att tänka på det älgtanten sagt. Hennes ord hade uppenbarats direkt inne i skallen på Knujt. Hon hade inte haft nån underkäke så det hade varit svårt för henne att prata på det naturliga sättet. Hon hade kallat Gallbjäre för Galgen och Bjärornas Ö, och hon hade sagt att han hade en roll att spela här på ön... att han var där han hörde hemma!
Det slog honom att det var andra gången han sett en älglik skepnad. Första gången var på färjan in till ön, den som han trott var en ljusreflektion, den hade synts till när den riktiga Knut Waxler gått ut och rökt på däck. Vad Knujt visste så var det sista gången som Knut synts i livet.

Kapitel 47.
Bilder på insta.

Katta hade fått sina misstankar bekräftade. När hon sökt igenom Sussi Plåttson och Irka Fjords mobiltelefoner hade hon inte funnit några bilder från Bertil Karlströms brottsplats. Hon hade kollat i senaste raderade foton också, men där fanns bara vad som såg ut att vara foton och filmer av det intimare slaget. Det hade varit nåt med deras oskyldiga, men ändå självbelåtna ansikten som störde Katarina Tinderlund. Hon hade fått känslan av att blivit lurad, men ville inte säga nåt om det till Knut, han hade varit alldeles för uppretad. Skulle det komma fram att hon missat nåt, eller hade blivit lurad av de små störiga småjäntorna kunde han beskylla henne för att hon inte kollat ordentligt i telefonerna. Hon ville ligga steget före, skulle hon ha felat skulle det vara hon som uppmärksammade det. Hon hade kollat upp alla små kråkor, både Irka, Sussi, Ballen och Galten, och hon hade haft rätt. Irka och Sussi hade laddat upp bilder från brottsplatsen på Instagram. Katta blev både glad och irriterad. Glad för att hon haft rätt i sina aningar, och att flickorna varit smarta nog att knäppa bilder som inte avslöjade allt. Det måste ha tagit tid att arrangera fotona på det viset tänkte Katta. Det var som om flickorna medvetet ville fånga åskådarens nyfikenhet och uppmärksamhet. Om de visat en bild direkt på det sargade liket hade det varit hemskt. Dels för grovheten i bilden och dels för att då skulle det inte dröja länge innan media fick nys om det, men på deras bilder såg man knappt det blodiga liket. Det var endera suddigt i förgrunden medan flickorna fanns i fokus djupare in i bilden, eller så satt tjejerna med tillgjort tuffa ansiktsuttryck nära kameran och man såg nåt ofokuserat och blodigt långt bakom. Orden de skrivit till sina bilder var inte heller för tydliga. Hade de skrivit som det var, att de funnit en slaktad människa hade allt varit avslöjat, men även här hade de varit noga med att vara diffus och otydlig, som om de ville hålla allt mystiskt och lite spooky.
”Creepy shit!.. Jag och Sussi hittade nåt ovanligt!.. Ondskans framfart!.. Vi blev andligt ledd till en makaber plats!..”

Det var några av citaten, de hade fått flera frågor om vad det var som de hittat, men varken Irka eller Sussi hade svarat, de ville förmodligen öka åskådarnas intresse genom att vara tysta.
Hon blev irriterad av att hon blivit lurad av två 17åringar. Tidigare när hon anat att flickorna lurat henne så funderade hon på hur de isåfall skulle ha gått till. Det tog inte lång stund innan hon insåg att hon varit för godtrogen. De kunde med lätthet ha fotat och sparat sina bilder uppe i något lagringsmoln och sedan raderat bilderna från mobilen. Hon trodde inte det, det skulle ha varit enkelt för Katta att bara klicka på lagrings-apps-ikonen och kolla. Nej, Katta gissade hellre att flickorna skickat bilderna via mail eller messenger till nån... förmodligen Ballen och Galten och därefter raderat sin historik. Det skulle vara svårare att kolla. Tidpunkten då de postat bilderna på Instagram hade varit flera timmar efter att flickorna fått gå från brottsplatsen.
- Jävla småfitter! skrek Katta när hon stormade in i vaktstugan.
Markel kom ut från samlingsrummet med en frågande min och Leila tittade oförstående ut från vaktrummet.
Katta stannade upp som hon förväntade sig nåt, men inget hände.
- Vart ä Knut?
- Han ä inte här, svarade Markel.
- Ja men bilen hans ä ju här!
- Den ha ja kört hit, själv ha han blivit kidnappad av ufon å åker nog rymdskepp... tefat... rymd-tefats-skepp!

Leila skrattade till så högt att både Markel och Katta hoppade till av det oförberedda ljudet. Markel blev förvånad. Ingen brukade skratta åt hans skämt, allra minst Leila. Han hade aldrig hört henne skrattat så högt och hjärtligt förut och han blev lite glad inombords, som han alltid blev när nån tyckte om hans skämt. Det tråkiga var att det var ganska sällan det skedde. Katta avbröt Markels självglorifiering.
- Å du slutar skratta åt den här idiotens dåliga skämt!

Hon riktade orden och blicken mot Leila som tystnade tvärt.
Markel kände hur Katta retade upp honom. Det fanns nog ingen som kunde få honom på dåligt humör så fort som hon, men han hade lärt sig att inte visa sig så lättstött för då mådde hon så gott och det ville han inte ge henne.

- Dä ä ju bra att hon vet hur man skrattar iallafall till skillnad från dig, sa han och försökte låta så obrydd han bara kunde och la armarna demonstrativt i kors på bröstet. Han fortsatte,
- Dä ä inte var dag du kommer instormandes å skriker könsord... absolut inte när du använder ditt eget kön som ett negativt utryck... ungefär som när en neger kallar en annan färgad för nigger.

Katta retade upp sig på sitt eget ordval och på att Markels poäng var berättigad. Hon valde att ignorera honom och fortsatte som om inget hänt.

- Irka å Plåt-Sussi ha lagt upp bilder från Bertil Karlströms brottsplats!

Markel blev genast intresserad och struntade i sin irritation. Leila blev också intresserad, men hon hade ett konstigt sätt att visa det på. Hon himlade med ögonen och snurrade runt i dörröppningen och gjorde de där guldfiskssmackningarna med munnen, sen gick hon in till sin stol vid disken i vaktstugan igen.

Markel lutade sig mot Kattas telefon där hon visade bilderna som jäntorna lagt upp. Han fick ett lite skadeglatt leende att sprida sig.

- Katta!

Han sa inget mer, för han ville att hon skulle fråga.

- Ja, vadå?
- Ja trodde du kollat igenom deras mobiler!

Hans ord dröp av triumf, men hon hade sett det komma och svarade utan dröjsmål.

- Ja, ja gjorde dä! Dä fanns inga bilder, men ja gissade mig till att småfi... småflickorna redan skicka bilderna vidare å sen raderat dom.

Hon hade varit nära att använda könsordet en gång till men hejdat sig i sista stund.

- Dä ä därför ja kommer tidigare till jobbet. Ja vill berätta för Knut... vart ä han?

Markel såg allvaret i henne och beslutade sig att inte skämta om ufon den här gången.

- Han ä kvar på sjukhuset. Vi var där å pratade mä Sören Kålrot å Paula Älvstig...

Katta märkte att han skulle säga nåt mer men att han tvekade.

- Och?

- Sen fick han ett samtal... han sa att dä va Sören som ringt, att han glömt sin mobil... sin andra mobil på hans kontor, men så va dä inte. Knut kunde inte ha glömt nån mobil för han tog aldrig fram nån. Ja tror han mörka nåt! Han gick tillbaka in på sjukhuset å bad mig åka hit. Förresten... va vet du om Älvstigsutredning?

Kapitel 48.
Två karismatiska damer.

Med sammanbitna käkar och tätt ihoptryckta ögonbryn, ögnade föreståndarinnan Marianne igenom egendomspapperet. När hon läst klart stramade hennes ansikte ihop sig kring munnen så att de redan smala läpparna bara blev ett streck. Hon var smal och lång men hade inte mycket till kvinnliga former. En gång i tiden såg nog Mariannes ansikte väldigt bra ut, dragen tydde på det. Nu hade ålder och kanske bitterhet förtärt bort det vackra och kvar fanns bara ett strängt, kallt och hårt ansikte. Hon såg verkligen ut som en föreståndarinna, eller kanske som urtypen av en elak skolfröken från förr i tiden. Hon samlade sig innan hon började prata.

- Vad är det här för trams? Det här stämmer inte! Det måste vara ett missförstånd.

Hon betraktade Knujt som om han kommit med en lapp där det stod att han var Walt Disney och hade tillstånd att bygga ett nöjesfält i hennes badrum. Innan Knujt hann svara fortsatte hon.

- Den här lappen betyder ingenting, jag har för övrigt en egen lapp där Hulda har godkänt att om något skulle hända henne så skulle hennes egendom gå till Gallbjärsbergets mentalvårdsinrättning. Hon bockade sig en aning och började leta i sina skrivbordslådor, förmodligen efter papperet som hon nyss nämnt, tänkte Knujt.
- Marianne! Om du missade dä så ä dä två vittnen som skrivit under å intygar Huldas vilja om torpet!

Marianne stannade upp och stirrade med de isgrå ögonen rakt mot Lillian. Knujt förstod att dessa två karismatiska damer inte inte kom så bra överens och att det förmodligen varit så en längre tid. Han beundrade Lillan för att hon inte vek ner blicken, för Mariannes ögon tycktes vara som två istappar som stod rakt ut ur ögonhålorna på henne, Han kom att tänka på isdrottningen från den tecknade filmen om landet Narnia. Lillian fortsatte,

- Vittnena ä ja å min arbetskollega Jennifer! Vi bevittnade när Hulda skrev på papperet.

Föreståndarinnan lade in, med en ton som om hon tyckte det var obbigt att hon nu behövde förtydliga sig.

- Hulda är...eller var inte vid sina sinnens fulla bruk! Det har hon aldrig varit. Det är ju därför hon har varit här hos oss, så ditt papper spelar ingen roll. Mitt papper ska ligga här!

Hon återgick till en av sina skrivbordslådor.

Knujt såg mot Lillian som inte verkade gilla att föreståndarinnan skulle plocka fram ett eget papper.

- Både ja å Jennifer kan intyga att Hulda har mått mycket bättre de senaste veckorna än hon nånsin har gjort. Vi har aldrig sett Hulda så klar å skärpt som hon var då hon skrev på egendomspapperet!
- Ja, men du förstår att ni är bara sjuksköterskor och ni har inte expertis att utlåta er om hennes mentala tillstånd... vilket gör att mitt papper står lite högre i kurs... så att säga, eftersom jag har den expertisen!

Knujt kunde inte undgå att reta upp sig på föreståndarinnan. Hon talade över huvudet på honom som om han inte fanns. Det var ju hans torp de talade om, hans arvslott, hans egendom. Hon verkade inte bry sig alls över vad Knujt tyckte eller tänkte. Ett tag tänkte han dra sitt polischefskort... det borde väl få strampuppan på plats, men så kom han att tänka på att polisen Knut inte ärvt någonting. Det var ju den före detta bruksaren Knujt han företrädde nu. Att Lillian visste att han var polis var en sak, men han behövde ju inte skylta för mycket med den detaljen i onödan. Hittills hade Lillian fört sin... eller rättare sagt hans, talan bra och han hoppades att hon fortsatte på det viset så att han inte behövde lägga sig i. Skulle han vara ärlig så var han fortfarande lite ur balans efter sitt möte med Spök-Hulda och den blodiga älgkvinnan. Han gissade att det skulle ta sin lilla tid för hans hjärna att bearbeta allt de underliga som skett.

Papperet som sura-stram-tanten försökte finna verkade inte vilja bli funnet.

- Men jag är säker på att jag la papperet här senast igår!

Hon vände sig mot dem med en arg, anklagande min.

- Papperet var här igår och nu är det borta!

Det sista nästan skrek hon.

Knujt sneglade mot Lillian som för att kolla om hon hade nåt att göra med det försvunna papperet, men Lillian verkade lika ovetande som han.

- Va ä dä du insinuerar? Menar du att nån av oss skulle ha tagit det?

Lillians röst var kanske inte lika hög som Mariannes, men tillräckligt hög för att ingen skulle missa att hon inte gillade att bli beskylld för nåt hon inte hade gjort.

Marianne svarade inte med en gång, hon sträckte på sig och slappnade av en aning. Hennes frustrerande känslor byttes ut mot ett obehagligt lugn.

- Jag menar vad jag säger... papperet var här igår, men nu är det borta... nå väl! Det kommer väl fram förr eller senare.

Hon vände sig mot Knujt och log ett falskt leende.

- Så länge jag inte hittar mitt papper så är det dina som är giltiga. Då får jag vara den första att gratulera att du är torpägare här på ön... grattis! Här har du nyckeln, jag antar att Lillian kan visa dig vart torpet ligger om du inte hittar dit.

Hon gjorde ingen antydan på att vilja höra något svar från vare sig Knujt eller Lillian. Hon bockade sig bara ner igen mot skrivbordslådorna och tog fram ett litet skrin. Ur det plockade hon fram en nyckel med en liten lapp på. Hon granskade lappen innan hon gav nyckeln till Knujt. Det hade skramlat i lådan och Knujt kunde inte undgå att tänka att om det var nycklar till gamla torp som låg där i, så var det en väldans massa torp. Borde inte de intagnas nycklar finnas i nåt slags förvaringsskåp... eller kassaskåp? Inte i en liten plåtlåda i föreståndarinnans skrivbord.

Knujt tog emot nyckeln och beslutade sig för att han måste säga nåt till henne.

- Tackar! Det ska bli kul att bli en del av ön. Dä ä en ära å få dä här torpet, men dä ä ju trots allt Hulda å familjen Rojts vilja... å dä glädjer mig att få hedra deras önskan.

Marianne betraktade honom noga. Hennes ansiktsuttryck gick inte att avläsa, hon log fortfarande, men helt utan glädje. Hon verkade fundera. Till slut sa hon,

- Knut Maxner... Vart kommer du ifrån?

Knujt tänkte säga Värmland, men Lillian hann svara åt honom.

- Han kommer från Iggesund å ja kan gärna visa honom var Rojtstorpet ligger. Kom nu Knujt!

Hon tog honom i handen och nästan drog honom med sig ut från föreståndarinnans kontor.

Kapitel 49.
Skjulet.

Det ärvda familjetorpet fick vänta, även fast Knujt mer än gärna skulle låtit Lillian eskortera honom till ett ensligt hus. Men han hade trots allt en plikt att utföra, nämligen sitt arbete. När Knujt kom till vaktstugan frågade Markel om det gått bra på sjukhuset och Knujt höll då demonstrativt upp mobilen i ett jakande svar, men Markel hade nåt misstänksamt i blicken, som om han anade att Knujt ljög. Både Katta och Markel såg lite undrande på honom under bilfärden till Älvstigs lilla kåk som låg intill vattnet. Därefter förklarade Katta om fotona från Irkas och Sussis Instagramkonton. Knujt hade också haft på känn att de blivit blåsta av flickorna, men det problemet fick de ta hand om senare. Han ville veta om någon av de närvarande hade något att komma med angående det som hänt hos Älvstigs. De förklarade det lilla de kommit fram till, att utredningen kanske inte utförts så grundlig av Ove... både när maken Börje hittats död, och även när dottern Jana funnits utanför egendomen tre år tidigare.

Nu stod alla tre på infarten till Älvstigs gård. Allt verkade så stilla och lugnt. Det var svårt att föreställa sig att en 17årig flicka hittats död med uppskuren mage bara några meter framför där de stod. Att en man knivmördats där inne bakom de svagt gula gardinerna i fönstret och att den döde sedan dragits ut till skjulet. Knujt vände sig mot den lilla boden, eller skjulet, eller uthuset... eller vad som nu var den rätta benämningen på byggnaden som stod några meter från boningshuset. Han försökte få en inre syn av när Paula, den överviktiga kvinnan han träffat för nån timme sedan drog och slet i sin döde man. Det måste varit kämpigt för henne. Hon verkade inte ha den fysik som krävdes för att obehindrat släpa en så stor dödvikt. Varför skulle gubben ut till uthuset? Han tittade ner mot en brygga där det låg en förtöjd gammal fiskebåt, det var kanske tjugo meter till vattnet. Om nu Paula släpat sin döde man till skjulet så borde hon ju förstå att han skulle bli funnen där förr eller senare. Varför hade hon inte släpat honom till vattnet och sänkt honom till botten, eller försökt att få honom i fiskebåten och dumpat honom ute till havs? Visst skulle hon fått kämpa för att klara det, men hade hon klarat av att släpa honom till uthuset så

skulle hon ha klarat att få ner honom till bryggan också. Nä, hon hade fast beslutat att dra gubben in till skjulet för att mata ett yngel som hette Yngve.
Där var det! Det han haft på känn när de pratat med Paula på hennes psykavdelning. Det var nåt hon sagt som han anade var av vikt, men som han inte kom på då... nu gjorde han det... det var Ynglet! Hon hade kallat det hon haft i skjulet för ynglet vid ett, eller ett par tillfällen. Knujt stelnade till och både Markel och Katta såg undrande på honom. Han fick precis en pusselbit att falla på plats. Tankarna snodde runt och det han byggde samman av fakta och teorier verkade inte speciellt rimligt, men det verkade inte rimligt att han talat med en spökmamma heller för nån timme sedan. Det var otroligt, men det han kom fram till verkade ändå sannolikt. Overkligt men sannolikt. Han grävde i fickorna och plockade fram Oves anteckningar. Granskade dem och sa,

- Vi börjar mä å kolla inne i skjulet!
- Ha du komme på nåt? undrade Markel som lagt märke till ivern som lyste i ögonen på Knujt.
- Ja vet inte... kanske!

Dom gick alla tre till skjulet och Knujt drog undan ett gammalt avspärrningsband och öppnade hänglåset till den något skeva och medfarna dörren. Det fanns ingen belysning där inne, men både Markel och Katta hade ficklampor med sig.
Hm! Dä borde ja också ha tänkt på... ja ska se till att ja ha en ficklampa mä mig jämt... eller kanske inte. Ja ä ju chef. Dom där två kan gott å väl få gå omkring å lysa åt mig tycke ja.
Han log lite åt sig själv medan han spanade runt inne på den månadsgamla brottsplatsen. Det doftade inget himmelrike där inne precis. En rutten lukt av sopor, gammal mat och fiskrens låg tät, och man skulle kunna tro att hela skjulet använts som soprum. Tomma mjölkförpackningar, trasiga microlådor, skitiga papperstallrikar med intorkade rester av gud vet vad. Ett ställe som var mörkare till färgen än det övriga golvet hade vita, målade konturer. Konturerna föreställde en människa och var uppritade med vad Knujt trodde var vit sprayfärg. Det som gjorde platsen mörkare var de omisskännliga fläckarna och stänken efter gammalt intorkat blod.

Dä va alltså där Börje Älvstig fick den sista vilan... Tragiskt! Bli knivmördad av sin fru för å bli lämnad i ett soprum för att bli mat till...
Knujt såg sig omkring, och vände sig om mot dörren som de kommit in genom. Han gick fram och kände försiktigt på några märken som var inristad i dörrbrädorna, kors och tvärs, högt och lågt.
Dä ä klösmärken! Nån ha vare instängt här en längre tid, dä bekräftar min teori.
Han fortsatte att granska dörren och väggarna intill.
- Titta här! Här finns mängder av klösmärken på insidan av dörren.

Markel och Katta lutade sig fram med sina ficklampor och lyste mot märkena som Knujt pekade på. De följde hans pekfinger när han flyttade det till en annan intressant detalj.
- Här... å här finns små blanka saker som ja närmast skulle beskriva som fjäll. Likadana fiskfjäll som fanns hos Tula Salmersson, å på Bertil Karlström. Ge mig en sån där liten bevisplastpåse?

Knujt sträckte handen mot dem utan att slita blicken från fjällen på väggen. Han visste inte om han själv borde ha såna där påsar med sig, men han hoppades på att det var därför han hade assistenter... och han hade rätt. Två sekunder senare sträckte både Markel och Katta fram var sin påse åt honom. Han skulle försöka peta på det han hittat då Katta sträckte fram en pincett åt honom. Han tackade och pillade fram de små fjälliknande objekten med pincetten och la dem i påsen.
- Vi får jämföra dä här mot de andra senare!
- Okej Chiefen, mä dä såg ut som du kom på nåt jätteväsentligt nyss utanför... att dä ä samma djur som ätit här hade vi ju på känn redan... men va va dä du kom på där ute? undrade Markel.

Båda glodde nyfiket och undrade på Knujt som genomfors av självkritiska tankar.
Dä ä ju kanske lite dumt å pladdra en massa konstiga teorier som ä så overkliga att ja knappt tror på dom själv. Dom skulle nog tappa respekten för mig som chef om ja skulle dra den historian. Nä! Bättre vänta mä dom teorierna tills ja har mer kött på benen!
- Nja, Ja vet inte. Den teorin håller inte riktigt. Ja behåller den för mig själv ett tag till.

- Nä men för fan Chiefen... kom igen nu då! Säger man A så ska man berätta fram till Ö... annars blir man utan vatten å brö... å då kan man gå å dö! Hahaha! Ö, brö, å dö!

Knujt kunde inte låta bli att ge tillbaka lite humor genom att svara så allvarligt han kunde,

- Va ä dä du säger? Vill du att ja ska gå å dö?

Markel tvärslutade sitt skrattande, men Katta började däremot med ett svagt fnissande, det gjorde även Knujt sekunden senare. Kort därefter skrattade de allesamman, om än så lät Markels skratt lite ansträngt.

- Vi kollar genom skjulet å fotar allting. Börja mä klösmärkena.

Knujt satte dem i sysslor för att slippa svara på Markels fråga, och det gav resultat.

Det var i blixtskenet från en av mobilerna som Knujt uppfattade en reflex i ett föremål. Han gick närmare. Det var nåt som låg inträngt mellan en gammal vedlår och några hopknölade tomma kartonger. Han knäppte med fingrarna mot de andra.

- Handske!

Sekunden senare fladdrade Markel med en nitrilhandske.

Fan va dä ä smidigt å va chef! Dä ä bara å knäppa mä fingrarna.

Han sträckte in den nu handskförsedda handen och greppade det plastiga föremålet. Det var en videokamera, vilken kändes malplacerad bland alla sopor.

- Jag tror vi behöver "bag n' tag" den där Chiefen, sa Markel och gav Knujt en lite större bevispåse.
- Dä tror ja också. Tack Markel. Kameran passar inte riktigt in här, å varför togs inte den omhand när dom hitta Börje? Dom kan väl inte missat den?
- Dä står inget om den i rapporten. Dä va ju en dåligt utförd brottsplatsundersökning, frågan ä väl om dom ens gjorde nån teknisk beviskontroll över huvud taget, sa Katta lite irriterat.
- Eller så kom kameran hit efter brottsplatsundersökningen, tillade Markel.
- Jävla gubb-gubben Ove!
- Gubb-gubbe? undrade Knujt åt det Katta spydde ur sig.
- Ja, han var så gubbig som en riktig urgubbe, fast ännu gubbigare... då blir man en gubb-gubbe i mina ögon, å dä va Ove! En lat, fuskundersökande gubb-gubbe!

Knujt flinade.
- Ska vi gå till... Öhm! Nu går vi till boningshuset å kollar, sa Knujt.
  Han kom på att en chef frågar inte, han ger order.
- Du kan förresten ta hand om den här, sa Knujt och gav Markel
  bevispåsen med kameran.

Han var ju chef och då kunde det ju omöjligtvis vara hans uppgift att gå omkring och släpa på bevis ansåg han... i alla fall när de var så stora som en videokamera. De små med fjällen kunde han ju bära på för de tog ju ingen plats i jackfickan.

Kapitel 50.
Meddelande från Tobias.

Älvstigs boningshus gav inget nytt i kriminalteknisk synvinkel som kunde få utredningen att gå framåt. De fotade alla rum ett efter ett, samt de blodiga spåren efter Paulas och Börjes dödliga knivslagsmål. När de ansåg sig klara så tyckte Markel att det var hög tid att stoppa nåt i käften. Katta och Knujt höll med.
När de kom fram till bilen stod det en gestalt precis i infarten från stora vägen. Knujt kände igen henne. Det var Eifva med sin skinngris Tobias. Markel huttrade till med hela kroppen, eller så gjorde han det medvetet för att förtydliga vad han tyckte om besökaren.
- Usch! Va vill hon nu då? Å va ä dä för läskigt hon ska förutspå?
Han sa det i låg ton, troligtvis så ville han inte att Eifva skulle höra honom. De gick fram till henne med Knujt i täten.
- Eifva! Va gör du här?
Den märkliga kvinnan stod tyst och vred sitt huvud mot dem så den stora, flerfärgade fjädern som hon hade i hatten vajade. Hon stannade upp med de olikfärgade ögonen vilande på Knujt.
- Ja märker att du fått synen... å till viss del förståndet tillbaka, du nya öbo!
Hon log ett lite hemlighetsfullt leende som om hon hoppades på att Knujt skulle förstå vad hon menade. Det gjorde han inte... inte det med att han skulle ha fått synen tillbaka, men det sista fick han känslan av att hon visste om att han just ärvt ett torp. Det fick honom att känna sig lite obekväm och han ville inte gå in närmare på vad hon menade utan svarade så snabbt han kunde.
- Tackar... förstånd är bra å ha! ”På en ö med dårar”, tänkte han tillägga, men sa det inte.
Eifva betraktade Knujt och han fick känslan av att hon genomskådade hans försök att inte tala om sig själv.
- Tobias sa att ja skulle bege mig hit!
Hon skakade försiktigt på den lilla skinngrisen och ett lätt rasslande ljud lät. Knujt undrade hastigt vad det kunde vara som skramlade där i. Det lät väldigt ihåligt, som om grisen var en skinntrumma och det inne i trumman fanns några lösa porslins kulor. Ja det var det närmaste han kunde beskriva ljudet.

- Öh! Va ha Tobias på hjärtat... sitt lilla gris hjärta, den här gången då? undrade Markel.
- Dom som vill va nära å lika tror dom tar dä den andre har... men dom som ä mer nära å mer lika ger mä sig av va den har!

Det fanns inte mycket att säga till det som de nyss hört. Alla glodde oförstående mot Eifva.

- Kan inte Tobias tala lite mer i klarspråk? Om han nu ville att du skulle gå ända hit för å framföra dä du nyss sa... då vore dä ju bra om vi förstod dä han ville ha sagt.
- Som ja sa tidigare så bestämmer inte ja va Tobias vill säga!

Hon avslutade tvärt och lyfte grisen mot örat och nickade. Så tittade hon rakt på Knujt, som fick en svag känsla av obehag. Han anade att det hon snart skulle säga bara var riktat till honom.

- Tobias säger att Öskar tror att du kommer att göra ön gott!

Ingen förstod nåt nu heller.

- Öskar! Vem ä Öskar? frågade Knujt efter några sekunders tystnad.

Hon log ett klurigt leende och väntade ett slag innan hon svarade,

- Dä ä bra att Öskar ha förtroende för dig, men ja tycke du verka ganska korkad! Du vet vem jag menar, men du tvekar för mycket i dina tankar.
- Öh! Jaha?
- Nu har ja sagt dä ja skulle å nu får ni klara er själv... Hej då!

Hon vände sig om och gick sakta därifrån. Knujt gjorde en ansats att säga något men Markel la en hand på hans axel och skakade på huvudet.

- Dä ä ingen idé Chiefen! Hon ä alltid så där kryptisk. Ju mer man frågar ju värre svar får man.
- Okej! Ja tror du ha rätt. Kan nån skriva ner dä hon nyss sa så vi inte glömmer bort dä?
- Ja kan göra dä! sa både Markel och Katta i munnen på varandra.

De såg lite misstroget mot varandra medan Knujt gillade det faktum att de två tävlade om att göra honom till lags.

Kapitel 51.
Reine i Svacka.

Efter att de parkerat var de på väg in på Skrikmåsen för att käka en sen lunch. Det kanske var så att Knujt var den minst hungriga för hans assistenter stegade raskt före mot ingången. Knujt blev tvungen att stanna då en för honom helt okänd man i trettioårsåldern kom gåendes och tycktes tala med Knujt.

- Meeen tjenare! Ä du här å? Hur ä dä med dig då nu för tin?

Knujt var tvungen att se sig omkring om mannen talade med nån annan, för han var så gott som säker på att han aldrig sett snubben förut.

- Öh! Ja tror du misstar mig för nån annan... Ja tror inte vi ha träffats förr!
- Jo men jävlar å... dä har vi väl! Visst har väl du vare i Sundsvall då?
- Va! Jo, ja ha vare i Sundsvall men...
- Ja men dä ha jag å! Dä va väl där vi sågs då isse ja!

Knujt fick en känsla av att ingen av indianerna hade mockasiner på sig hos denna märkliga man.
Snubben bar en keps bak och fram och hade glasögon med uppvikbart solglas i brun nyans som han nu flippat upp. Hans blick var något stirrig och hans kroppsspråk påminde om nån som bara druckit kaffe de senaste 20 timmarna. Ett ovårdat, självlockigt hår spretade ut under kepsen och han hade en fjunig moppemustasch som såg ut att tillhöra en femtonåring. Han bar jeans, en röd flanellskjorta och avklippta skinnhandskar med nitar.

- Ja dä kan hända att vi träffats i Sundsvall, men ja ha inget minne av dä.
- Inte ja heller... dä ä ju därför som dä va så svårt å känna igen dig!

Va fan ä han knäpp eller?

- Torsten Galverbrock! Va dä inte så du hette?
- Va?... nä, ja heter Knut Waxler å ja ä den nye...

Han blev åter igen avbruten mitt i meningen.

- Tänk ja förstod dä ja... att dä va du som va han som du sa du hette. Knut Waxler... Ja jävlar å!

Det blev tyst i en sekund och Knujt skyndade sig att fortsätta sin mening.

- Dä ä ja som ä den nya polischefen... kommissarien.
- Näääähh! Ä rä? Å fy fan! Men dä skulle man då aldrig kunna tro ä!
- Nähä, varför inte dä då? svarade Knujt lite förnärmat, för han hade inte förväntat sig ett sånt svar.
- Nja, ja tycker att du går lite gängligt... som en busskonduktör ungefär. Ja inte ä dä nå fel på busskonduktörer ä. Ja ha hångla mä en sån ja en gång, å dä va mä en jävel på å snurra mä tunga!

Knujt bara nickade som svar.

Busskonduktör? Finns dä ens konduktörer i bussar?

- Jaha du ä den där tystlåtna hårda killen. Ja förstår väl dä! Har dä hänt nå här då? Ja hörde nåt om att en komet störta borta vid Gråvika. Stämmer dä att nån blev träffad å mosad liksom?
- Ja kan av kriminaltekniska skäl inte svara på den frågan, svarade Knujt lite irriterat. Magen knorrade och ropade efter mat.
- Nä, men jävlar å! Ä rä så illa? Då förstår ja å att dä va nån som strök mä. Var dä fler än en kanske? Men du kan lita på mig. Inte ska ja säga nå ä!

Markel skrek från entrédörren,

- Han ha inte tid mä dig Reine! Låt han va, du försenar polisutredningen!

Knujt som var hungrig och inte hade så stor lust att stå och lyssna på en idiot blev glad att Markel ropade.

- Ja men förlåt, inte ska ja stå hänne å sinka eran utredning ä! En sak ska du veta Knut!
- Jaha! Vaddå?
- Vill du få reda på nånting så fråga mig... ja har koll på det mesta ja! Jaa, Reine Hög. Även kallad för Reine i Svacka. Angenämt!

Han sträckte fram handen för att hälsa.

- Trevligt å träffas! Ja ska ha dig i åtanke om ja undrar över nåt, sa Knujt, men skakade inte Reines hand, han hejade i luften istället.
- Man ska ju inte skaka hand nu i Coronatider.

Reine lutade sig lite närmare Knujt och nästan viskade.

- Vet du, dä ä vi... människor från framtiden... som tycker att vi beter oss så illa att dom vill utrota oss så att vi inte ska få finnas till i framtiden. Dä ä dom som skickat hit Coronan!
- Öh! Vilka då sa du?
- Vi! Från framtiden... framtids-vi liksom!
- Öh! Jasså dä tror du!

- Jo ja vet ja! Ja ha vare mä förr ja, så vill du ha hjälp, fråga mig! Ja kan hjälpa ja! Ja ha jobbat åt Säpo, KGB, FBI, å även A.D.U.P.
- A.D.U.P? Va ä dä?
- Albino-Dalmatiner-Utan-Prickar! Men dä va länge sen å hunn ä dö nu.

Han slutade skaka sin hand i luften men gjorde en liten snabb hackande rörelse med den istället.

- Mä den här näven ha ja karatat-sönder dörrar så dom ha lossnat från gångjärn å foder. Jo dä ä säkert dä!

Han såg ut att mena allvar, men Knujt trodde inte ett ord av vad Reine sa.

- Okej! Dä kan va bra å veta!
- Å med den här handen, han gjorde greppörelser med fingrarna på sin vänstra hand.
- Den har jag brottat omkull en full älgtjur mä som molat i sä jästa äpplen så han va sinnig. Han kom å skulle stångas å då tog ja tag i horna å bröt ner han tills han börja grina.

Reine spände sig och poserade som han var en muskelbyggare. Knujt hade svårt att hålla sig för skratt.

- Som sagt... det kan va bra å veta, men ja måste iväg nu för plikten kallar.

Knujt lommade iväg och Reine i Svacka gjorde honnör åt honom.

Kapitel 52.
Som ett grott-troll.

Köttfärsgratäng med pasta och ostsås stod på menyn denna dag. Knujt hade hejat på Lemke Knutsson som stått bakom kassan och tagit betalt av dem. På nåt vis började Knujt känna sig lite mera hemmastadd på ön nu. Det var sammanlagt 10 personer i restaurangen, medräknat Skåningen bakom disken och de tre som representerade polisen. Av de andra 6 hade han träffat 3 och sett den fjärde, så det var bara två stycken som var helt okända för honom. Gudrun Almarfjord, mamma till den döda pojken i utedasset satt för sig själv vid ett bord. Hon såg rödmosig ut och hade nog gråtit en del, vilket inte var så konstigt. En bit längre in i en avskärmad del av lokalen satt Gustav Pålmerdal, Dyng-Gustav. Även han satt för sig själv, vilket inte heller var så konstigt. Knujt lade märke till att det stod en skylt på hans bord med texten ”Reserverat-Gustav” på.
Kul för honom att han får en egen liten avdelning mä reserverat bord bara för att han luktar så illa, nån annan anledning för den särbehandlingen kan ja inte tänka mig.
Vid ett annat bord satt Storkroks Benjamin, konstnären som hade gården full med metallskulpturer. Knujt funderade om han skulle meddela att de hittat hans lilla killing, men Benjamin satt i en diskussion med en annan man, en präst att döma av den svarta kappan och den vita prästkragen. Det var en som Knujt inte träffat, men han hade sett honom tidigare och det var han som pratat med sig själv på färjan in till ön.
Det var alltså bara två av tio där inne som han inte träffat tidigare.
Dä ska väl inte ta sån lång tid innan man vet vilka alla ä på dä här stället. Hittills ligger ja bra till tycke ja, tänkte Knujt.

- Må hända att din lilla killing berövats livets heliga välsignelse, att han mött döden här i vår värld, i något rovdjurs käftar... men så behöver det inte vara. Han kan ha det bra någon annanstans förstår du. Det finns fler världar än denna. Halleluja, ja det gör det, det vet jag mycket väl!

Knujt sträckte lite på sig och försökte öppna upp öronen och koncentrera sig på vad som sades några bord bort.

- Nu ä du där igen! Tänk att ni religösa alltid ska föschöka få era åsikter å, å, å foschtplanta sig i andras skallar. Ja tyscher att den här världen som vi lever i ä åt helvete så dä räcker. Dä ä inte så vi behöver fler världar som vi kan föschtöra ä!
- Jag förstår din misstro. Jag var själv vilse för några år sedan, men nu vet jag bättre.
- Ja hur länge va du försvunnen Vendel?
- I två år. Halleluja! Min misstro för det okända är nu borta, jag har öppnat mitt sinne och är mottaglig.
- Va kul för dig Vendel, men, men, jag som tror att dä bara finns en värld får nöja mig å leta hänne efter min lilla get. Ja kan ju inte leta i en värld som ja inte tror finns eller hur?
- Dä ha du så rätt i men dä fattar inte den här knäppskallen ä!

Knujt reagerade på det sista prästen sagt. Det var som om det heliga och frireligiösa uttrycket i ansiktet försvann och den harmoniska och lugna rösten byttes ut mot en mer tvär och hård, som lät mer norrländsk. Prästen, som tydligen hette Vendel hade även pekat mot sig själv med tummen men pratat som om han syftade på nån annan.

Jaha, de va ju en intressant präst.

- Visst va dä go mat Sur Stålblom hade att bju på i dag då? sa Vendel fortfarande med den lite hårdare rösten.
- Ja dä här va gött dä, svarade Storkroks Benjamin.

Knujt funderade om han skulle gå dit och berätta att de hittat geten, men beslutade sig att vänta. Åtminstone tills han ätit färdigt. Dyng-Gustav hade ätit klart och var på väg ut. Knujt började andas med munnen ifall Gustavs dynglukt spred sig till deras bord. Kort därpå gjorde sig Gudrun Almarfjord klar att gå hon också. Knujt funderade vad han skulle säga om hon fick för sig att komma till hans bord. Han hoppades inte att hon skulle göra det, Knujt vände sig mot fönstret och såg ut mot parkeringen i stället. Gustav stod där ute nu och bakade en snus. Efter ett tag kom Gudrun in i hans synfält. Hon var på väg mot sin bil. Hon plockade fram nycklarna från fickan och sekunden senare blinkade bakljusen på en beige Volvo, men sen stannade hon.

Det var Gustav som talade till henne. Först undrade Knujt hur de två kunde känna varann med tanke på åldersskillnaden, men så kom han på att det var ju en liten ö... alla kände väl alla här. Han undrade vad de två kunde tänkas prata om. Förmodligen vädret. Då verkade det hända nåt i konversationen. Gustav gjorde några gester med händerna och Gudrun tog sig för munnen och verkade sen väldigt känslomässig. Hon höjde rösten och gestikulerade yvigt med armarna. Då först kom Knujt på att de två hade nog något att samtala om. Gustav var ju den som funnit hennes son i utedasset, och inte nog med det, han var det enda ögonvittnet som sett när kometen slog ner mitt på hennes son i skithuset.

- Bajskorv! sa Knujt högt.
- Jaha! Dä ä ju väldigt vuxet å moget för en polischef å säga det vid matbordet. Du kan väl vänta med dina pojkskämt tills ja ätit klart, snäste Katta surt.
- Hahaha! Bajskorv! Hahaha, skrattade Markel hjärtligt.

Katta stirrade surt mot Markel som om hon hoppats på att han då skulle sluta skratta, men Markel hejdade sig inte.

- Va fan ha han sagt nu då?

Knujt reste sig och torkade sig om munnen. Gudrun hade fortsatt med sin upprördhet. Knujt visste inte om hon grät eller var arg men det Gustav sagt hade fått hennes humör att skjuta i höjden och hon rusade iväg till sin bil och for iväg med en rivstart. Hon var då en jävel att köra bil för hon hade bredställ ut från parkeringen.

- Vem ha sagt vad? undrade Markel och såg efter Knujt som skyndade ut.

- Gustav! Va sa du till Gudrun som fick henne att fara härifrån i en sån fart?

Knujt gick hastigt mot Gustav som vände sig mot honom, men Knujt stannade 2 meter ifrån den illaluktande mannen.

- Eeeh! Jooooeh! Ja sa bara att ja beklaga sorgen. Å att dä va ja som hitta ongan hennes.
- Blev hon så upprörd av dä! Sa du inget annat?
- Eeeh! Njaaah! Inge speciellt!
- Nånting måste du väl ha sagt?
- Njaa! Ja nämnde nåt om att pöjken hade en cykelsadel inkörd i skallen... å att han va nedsänkt i ett skithus... å att dä sen landa en komet på'n.

- Då förstår ja! Du tänkte inte på att det kunde vara lite väl mycket information för en mamma att ta del av? Att hon kanske inte vill veta såna detaljer om hennes döda son.

Knujt försökte att inte låta irriterad eller nedvärderande mot den tanklösa luktgubben.

- Öööh! Ja men då skulle hon väl inte ha fråga? svarade Gustav självklart.

Knujt suckade och vände och gick in igen lagomt för att möta Katta och Markel i foajén.

- Ha vi missat nåt Chiefen?
- Nej dä ha ni inte. Gustav va lite okänslig bara... han talade om för Gudrun att Lars hade en cykelsadel i skallen och att han va nedsänkt i ett skithus. Inte konstigt att hon fick så bråttom härifrån. Stackars människa!

Katta suckade och skakade på huvudet.

- Ja se karlar! Alltid lika finkänsliga som grott-troll.

Ingen ifrågasatte henne denna gång om hennes sexistiska uttal. Knujt frågade istället,

- Ska vi ta kaffe på maten här eller ska vi åka till vaktstugan å fika där?
- Vakten! sa de båda andra i munnen på varandra.

Kapitel 53.
Smärtfylld insikt.

Tårarna strömmade ner för Viola Mannerlunds kinder. Hon hade aldrig känt sig så här förkrossad nånsin förut. Visst hade hon varit i ett bedrövligt skick när hennes man Olle dog i fiskeolyckan tillsammans med granngubben Björn. Då hade hon varit förtvivlad och utom sig av sorg. Nu var hon krängt, lurad, utnyttjad och bedragen, men även förtvivlad och sorgsen. Hon kände också en stark ånger. Hade hon vetat det hon visste nu för två veckor sedan skulle allt ha varit annorlunda. Allt hon hade gjort var egentligen utfört på grund av felaktig information... felaktig kanske inte var rätta ordet, snarare ofullständig. Om hon inte handlat så impulsivt, men hon visste ju inte det hon visste nu. Hon hade haft all rätt att göra det hon gjort, men nu kändes hennes agerande inte lika befogat. Hon hade bara följt de inre impulserna... de mörka tankarna... de känslor som ville göra hämnd och vedergällning. Nu ångrade hon det på sätt och vis. Konstigt egentligen, för det som fått henne att agera hade ju fortfarande hänt... det var bara så mycket mera som också hade hänt som hon inte visste förut. Hon kände hur de varma tårarna rann ner för hennes kinder. Hon kunde inte ha mycket kvar av mascaran vid det här laget tänkte hon då hon hörde något bakom sig, ett knäpp... eller ett knak. Hon försökte hejda gråten och lyssnade. Var det Arne som kommit hem? Nä hon hade inte hört när ytterdörren öppnats, han brukade alltid slita upp den och skrika om det fanns nån mat färdig. Nu var det tyst. Var det Arne ville hon inte att han skulle se henne i det skick hon var i nu. Hon vände sig om samtidigt som hon uppfattade nya ljud. Hon skymtade även en snabb skugga som kom närmare. Gråten avbröts tvärt då hon med både oförstående och skräckslagna, tårfyllda ögon förstod vad det var som kom emot henne.

Kapitel 54.
Det försvunna papperet.

Markel och Katarina satt förväntansfullt vid bordet framför whiteboardtavlan. De var beordrade att stanna och vänta.

- Du Katta...
- Ja?
- Va tror du han kommer mä för nå? Han verkade så hemlighetsfull. Tycker inte du dä?
- Nja, hemlighetsfull va väl å ta i. Ja vet inte, han ha väl komme på nåt?
- Ja kanske dä!

De satt tysta en stund, sen sa Markel en smula lågt,

- Ja tycke dä ä nå märkligt mä Knut ja!
- Jaha, vadå?
- Jag vet inte, dä ä nå som inte stämmer, dä ä min snutklocka som ringer... eller ringer å ringer... den surrar lite smått i bakgrunden.
- Bry dig inte så mycket om dä. Dä ä för övrigt ingen snutklocka, möjligen en lågt stående polisassistentklocka. Haha!
- Ha du slage huvet eller ha du helt plötsligt råkat få en liten dutt av humor? undrade Markel sarkastiskt.

Steg hördes från trappen till övervåningen, och strax tågade Knujt in till dem med en bunt papper och dokument i händerna.

- Jag tänkte att vi skulle gå igenom lite av va ja hitta i Oves kassaskåp. Dä kanske kan va nåt som kan hjälpa.

Han satte sig och bläddrade igenom papperen och lade fram dem i olika högar på bordet.

- Jasså du lyckades hitta låskombinationen ändå? Vart hittade du den? undrade Katta.
- Ja gick genom gamla tidningar å hittade den nedskriven i en gammal dammsugartidning.
- Gamla tidningar... ja förstod väl att du va tvungen å kolla igenom dom där gamla porrtidningarna. Du ä väl en snuskgubbe som alla andra män.

Hon blängde föraktfullt mot honom och Knujt fick inte fram nåt svar på hennes otippade påhopp.

- Men skärp dä å håll dina sexistiska åsikter för dig själv. Alla ä inte som dig som bara tänker på köttsliga lustar jämt... jävla kåtlona. Å sen så säger man inte så där åt chefen sin!

Nu var det Kattas tur att bli tyst. Markel hade svarat och vänt på steken som om det var hon som var snuskig. Det var i och för sig inget falskt påhopp. Markel tyckte att alla som var för insnöad i sina egna värderingar inte gjorde annat än att älta i det som de var emot, vilket gjorde dem till just såna som de personer de själva föraktade. I Kattas fall var allt förknippat med den mansdominerande världen som hon ville krossa, om sexövergrepp från män på alla nivåer, om all form av diskriminering av de olika könen.

Knujt log lite lätt och ville chocka de båda för att lätta upp stämningen.

- Nej Katta, ja kände mig tvungen å kolla in dammsugartidningen, å dä va för jävligt fräscha dammsugare där. Ja går igång på sånna där maskiner, så ja passa på å dra en liten runk genom gylfen... Å där i tidningen fann ja sifferkombinationen till kassaskåpet. Dä ä ett rejält sug i de där gamla maskinerna ska du veta.

Först stirrade de med uppspärrade chockade ögon. De hade inte varit beredda på de orden. Sen ljusnade deras stela hållning och båda brast ut i skratt.

Knujt hade tänkt ögna igenom dokumenten som låg i kassaskåpet och bara ta med de som verkade relevant för deras utredningar. Han hade snabbt insett att han skulle ha svårt att se vad som var relevant och inte eftersom han var utböling och inte kände folket och trakten. Han hade istället tagit med sig allt och gått ner till sina assistenter.

- Ni som ä mer folkvan å kan byn ska hjälpa mig att gå igenom Oves gamla papper. Dä kan finnas nåt som hjälper oss i utredningarna. Allt som kan ha mä Älvstigs å göra vill ja att vi kollar igenom. Likaså Mannerlunds å Almarfjords. Dä kanske finns nåt från när deras män drunknade? Inte för att ja tror dä ha mä saken å göra men ja vill veta allt. Tula Salmersson lika så. Finns dä nånting i anteckningarna som gör att vi kommer närmare en lösning i nån av våra utredningar vill ja att vi ska hitta dä.

Han tystnade en stund och funderade på det som pip-gubben sagt om att "Sven läre va glad nu".

- Finns dä nåt i papperen om nån Sven? Han kan ha anknytning till Älvstigs, eller djuret i skjulet som Paula kallar Yngve! Hittar ni nåt så vill ja veta dä. Likaså om ni hittar nåt om nån som kallas Öskar! Ni hörde ju själv va Grisskinns Eifva sa.
- Med Öskar menar hon nog Oskar... dä ä samma sak, sa Katta.

Knujt kände sig korkad. Det visste han ju, men han hade inte lagt dialekten med i beräkningen. Öskar va ju så klart Oskar. Mycket av O uttalades med Ö på Hälsingemål, så som köm, istället för kom, eller höppa istället för hoppa och så vidare.

- Ja precis, dä vet ja väl, svarade han som om det inte var nåt nytt för honom.
- Hur kan dä komma sig att du låter som om du skulle kunna komma härifrån, typ... Hudik, Iggesund eller Njutånger? Man skulle inte kunna tro att du kom från Värmland.

Kattas ord fick Knujt att komma av sig. Tankarna for genom hans skalle och byggde upp en inre kris.

Va fan svarar ja på dä? Va va dä ja sa förut till Markel? Att ja var mycke i Iggesund under uppväxten? Ja kanske skulle prata lite Värmländska bara för å inte väcka misstankar.

Han log och försökte se så normal ut han kunde och funderade på hur dialekten lät. Han hoppades att ingen av hans undersåtar brukade umgås med folk som kom från Ingesund i Värmland.

- Ja bruka jö va ganske ofte i Iggesund unner åppväxta me. Ja tyckte jö eran dialekt var så urtjusig å trevlig att ja lärde mä å prate som ni gör. Sen ä dä väl som när en lär sä å cykla. Har man en gång lärt sig så setter rä ju kvar.
- Hudiksvall, sa Markel.
- Va?
- Du sa åt mig att du bruka va mycket i Hudiksvall som ung!

Jasså, va dä så ja sa? Dä va mig då en jävel å lägga märke till detaljer, han borde bli polis... eller dä ä han ju mer eller mindre. Ja få försöka skyla över dä här lite snabbt nu.

- Hudiksvall eller Iggesund, dä ä ju samme sak de. Ja va även möe i Njutånger å Forsa också. I stort sett tycker ja dialekta låter like överallt här i krokerne.

Markel nickade, men Knujt gillade inte den återhållna, misstänksamma minen som ruvade under det leende ansiktet.
Va inte så nyfiken. Ha du inte hört uttrycket "Curiosity killed the cat!"
Han harklade sig och pekade mot högarna med papper.

- Ta er en bunt å kör igång, sa han utan den Värmländska dialekten.

De gjorde så, Knujt också, men han hann inte långt i sin lilla lunta förrän han stannade upp på en detalj på ett papper. "Överlåtelse av egendom". Han hade inte tänkt på det tidigare, men papperet hade ett krusidulligt tryck på sig. Han hade sett det tidigare, då han vaknat och kassaskåpet varit öppet. Han hade bläddrat bort papperet, för då hade det inte varit intressant. Vid den tidpunkten hade inte "Överlåtelse av egendom" nån större betydelse för honom... det hade det nu.
Han försökte se ut som om han ögnade igenom nån obetydlig skrift. Han ville inte att den där gloögde Markel skulle bli nyfiken på vad han hittat, men han hade svårt att se oberörd ut. Det han läste var inte obegripligt i sig, men det var obegripligt hur han kunde läsa just detta papper. Pulsen ökade och han ryste av ett oförstående obehag.
Det var Mariannes försvunna papper. Dokumentet som översittarhaggan på sjukhuset letat efter i sitt skrivbord. Det papper som gav henne rätten till Hulda Rojts torp ute på udden. I fina formuleringar stod det att i Huldas bortfall skulle egendomen, i brist på släktingar eller testamente överlåtas till mentalsjukhuset som enda arvinge. Dokumentet var undertecknat med vad som såg ut att vara Huldas namnteckning och även en snirklig stil som förmodligen var Mariannes.
Hur fan kan dä här va möjligt! Ja visste inte ens att ja skulle ärva ett torp... Marianne sa att hon haft papperet i sin byrålåda igår. Hur kan dä då ha hamnat i mitt kassaskåp. Dä måste ha kommit dit inatt tillsammans mä pistolen å Knuts plånbok... men hur... å varför?
Knujts tankar avbröts av att Kattas telefon ringde. Det var Vaktstugans telefon. Hon svarade och fick en mycket allvarlig min. Knujt och Markel hade öronen på helspänn.

- Lugna ner dig! Va va dä du sa att du hade gjort? Ä du riktigt säker på dä? Ska vi skicka efter ambulans? Ä du säker på att han ä död? Vi skickar en polisbil till platsen!

Hennes chockerade ansikte förklarade att nåt väldigt obra hade hänt.

Kapitel 55.
Plogbilen.

Det tog inte särskilt många minuter för Knujt att anlända till en förkrossad Rolf Tagesson. Rolf var den som ansvarade för snöröjningen på ön och det hade varit några hektiska dagar. Nu åkte han omkring och letade efter oplogade vägar även fast snön nästan var helt borta. Han visste ju att han kunde få betalt så länge det fanns snö kvar... om han hittade nån väg att ploga var inte så noga. Huvudsaken var att folk såg honom fara omkring med plogen påkopplad. Nu i efterhand önskade han att han stannat hemma. Han skulle aldrig bli sig själv efter den här ohyggliga händelsen. Han kunde ändå inte låta bli att i sin förtvivlan bli förbannad. Vad tog det åt pojken som helt plötsligt kom utrusandes framför plogbilen. Ville grabben ta livet av sig eller? Om så var fallet blev Rolf riktigt arg. Självmord är en fruktansvärd egoistisk handling ansåg han. Det hade han alltid tyckt. De som tog sitt liv lämnade över all sorg och lidande till de efterlevande och anhöriga. De som tog sitt liv genom att hoppa framför tåg, tunnelbana eller som nu... hoppa framför en plogbil insåg inte att de förstörde livet för den stackare som körde fordonet ifråga.

Föraren hade haft rätt angående att inte pojken levde. Synen under plogbilen var chockerande och Knujt kunde inte stoppa det groteska händelseförloppet att spela upp sig för honom. Pojken blev först påkörd av en gigantisk plog, för att sedan bli överkörd av lastbilens alla hjul. Det skulle bli svårt att identifiera grabben, men Knujt kunde med en inte så avancerad gissning räkna ut vem det var. De befann sig mitt emellan de två mintgröna husen. Han gissade att pojken var Arne Mannerlund, det var från den gården han kommit utrusandes. Grannpojken Lars var ju redan död så det kunde ju inte vara han. Visst kunde det vara nån annan pojke som besökt Mannerlunds, det kunde inte uteslutas och måste också kollas upp.

De mintgröna husen låg lite avsides efter den stora vägen. Det hade inte varit mycket till trafik och när Knujt anlänt till platsen hade det inte funnits nån annan där än Plogbils-Rolf. Nu hade det stannat tre bilar och Knujt ångrade att han sagt åt både Markel och Katta att stanna kvar i vakten för att gå igenom dokumenten från

kassaskåpet. Papperet angående torpet hade han smusslat med sig, det fanns ingen anledning att de skulle se det.
Han undrade om han som polis hade befogenhet att beordra civila människor till att utföra vissa handlingar... han trodde det... eller rättare sagt, han borde väl ha det?
En äldre gubbe i en gammal Cheva pickup hade stannat bakom plogbilen och var i färd med att kliva ur. Knujt kunde kanske be honom att assistera, att hjälpa till att vinka förbi om fler trafikanter stannade. Han kände igen gamlingen. Det var skulpturgubben... Storkroks Benjamin. Vilket var bra... då behövde han inte presentera sig.

- Hej Benjamin! Skulle du kunna stå här å se till så inte fler civilister stannar å försvårar olycksplatsen?
- Va ä, ä, ä dä fla som hänt?
- Dä ä en olycka, å ja kan inte ha en massa folk som springer omkring här. Kan du hålla folk borta. Se till att dom inte stannar?

Benjamin som hoppat ur Chevan bockade sig för att få en glimt av vad som var under plogbilen. Hans ögon vidgades och han mumlade nåt som Knujt uppfattade som ”Fy fan”. Han sträckte på sig och svarade Knujt,

- Ja dä kan ja göra! Stackasch jävel, avslutade han och nickade mot det som var mosat under snöröjningsfordonet.

Knujt sa åt de två andra billisterna att åka därifrån, vilket de gjorde. Om det var för att han visade sin polislegitimation eller för att han medvetet försökte låta så auktoritär och bestämd han kunde visste han inte, men han struntade i vilket, huvudsaken var att de gjorde som han sa. Han ringde Markel och sa åt honom att kontakta sjukhuset, förmodligen innefattade det Maschkman. De måste städa undan samt skicka en psykolog som kunde hjälpa Rolf i sin chock, kanske även Viola Mannerlund om det var hennes son som blivit överkörd.
Markel sa att det skulle han göra och att de borde var på plats inom kort.

- Benjamin, kan du ha lite koll på Rolf här?... ja skulle behöva se efter om nån ä hemma i nåt av husen.

Knujt sa det nästan som en order och den gamla mannen gjorde honnör som svar. Det fick Knujt att känna sig lite viktig och

betydelsefull, ungefär som om han var ett högt uppsatt befäl och gav order till en av sina soldater.
Eftersom han gissade sig till att pojken kunde vara Arne Mannerlund gick han till Violas hus först och knackade på. Ingen öppnade. Han kollade över gatan till Amarfjords hus. Om nån vore hemma borde de lagt märke till uppståndelsen och kommit ut, men där såg han inget tecken till liv heller. Han gick dit för att kolla. Just när han skulle knacka på dörren så öppnades den. Det var Gudrun som öppnade iklädd badrock och höll på att linda en handduk om håret. Hon hoppade till och såg skrämd ut när Knujt stod utanför dörren.
- Oj va du skräms! Va vill du mig?
- Hej Gudrun!
Hon flackade med blicken och såg fortfarande skrämd ut, men även oförstående. Hon verkade just lägga märke till tumultet utanför.
- Va ä det som hänt?
- Dä ha skett en olycka.
Hennes ansikte verkade leta efter svaren där ute, försökte förstå vad som skett, men hon verkade inte kunna få nån rätsida av det hon tog in.
- Olycka, va då för olycka? Har det hänt Viola nåt?
- Viola! Nej hos henne va dä ingen som öppna. Ja tänkte höra om hon va här.
Gudrun förstod ingenting och hennes blick verkade ofokuserad och skygg.
- Hon har inte varit här på länge. Om det inte ha hänt Viola nåt... va har hänt... vem har råkat ut för en olycka?
Knujt tog ett djupt andetag och försökte låta så lugn han kunde.
- Jo du förstår, en pojke har blivit påkörd av plogbilen. Pojken kom utspringandes från Violas hus så vi befarar att det är Arne Mannerlund.
Ögonen på Gudrun spärrades upp och hon släppte handduken som hon försökt fästa runt huvudet.
- Nej, inte han också! flämtade hon och rusade ut förbi Knujt.
När hon närmade sig landsvägen tappade hon den ena toffeln som hon hade på sig. Den nakna foten halkade mot det fläckvis snöblaskiga underlaget. Gudrun snodde runt och for omkull.

Badrocken for upp och när hon landade på rygg på den hårda marken var hela hennes nakna kropp blottad. Hon såg onekligen skör ut där hon låg och kippade efter luft. Han skyndade ifatt henne för att hjälpa henne upp på fötter igen.

Hon reflekterade inte över att hon inte hade några kläder på sig, hon ville bara komma fram för att se vem som blivit påkörd. Knujt hejdade henne, samtidigt som han förde samman tyget och drog åt snörningen på hennes badrock för att skyla henne. På andra sidan gatan stod Benjamin Tylt med stora nyfikna och pliriga ögon och gapade. Hans få tänder lyste vitgula i det tomma munhålet.

Springer hon ut naken på vägen så lär dä bli fler olyckor. Den gubben verkar ju inte villa ha koll på trafiken längre, tänkte Knujt och höll henne om axlarna.

- Arne! Arne! Säg att det inte är du! Det kan inte vara meningen att du också ska dö! Neeeej!

Hon försökte inte slita sig loss från Knujts värnande händer, istället föll hon sakta ihop på knä. Hennes gråt var hjärtskärande och Knujt kunde bara ana hur illa hon mådde. Hennes man dog för några år sen, sedan sonen och nu sonens bästa vän. Knujt ledde henne in mot huset igen. Hon gjorde det inte lättare för någon om hon var kvar där ute.

Han tänkte sätta Gudrun vid köksbordet, men eftersom hon var blöt efter fallet ville han att hon skulle hålla värmen. Han kom ihåg att han sett en öppenspis i vardagsrummet. Kanske han kunde tända en brasa åt henne. Han ledde henne till vardagsrummet där tv:n stod i standbyläge med ett roterande färgskimmer som skärmsläckare. En laptop stod på vardagsrumsbordet och samma färgmönster lyste upp den skärmen. Han satte ned henne i soffan och upptäckte till sin fördel att det redan brann svagt i spisen. Han gick dit och lade på några vedklabbar. Han visste inte vad hon eldat tidigare, men det var inte ved som pyrde i utkanterna av eldhärden. Knujt försökte få ur henne om hon visste var grannen Viola kunde vara, men ”hon är inte hemma” var det enda hon sa. Han ville finna en filt att ge henne men hittade ingen i vardagsrummet. En angränsande dörr stod på glänt och det lyste i dörrspringan. Han gick in till vad som verkade vara en målarateljé. Det fanns stafflier med dukar uppspända på träramar. Många av tavlorna var påbörjade och en doft av linolja och balsamterpentin låg som en svag hinna i hela rummet. En del av de målade alstren som fanns där inne verkade klara. Knujt tyckte sig känna igen stilen på tavlorna, han ville minnas att han sett målningar som påminde om de där. Det slog honom och han tyckte sin slutledningsförmåga var aningen trög. Den som målat tavlorna var den samme som målat tavlorna ute i vardagsrummet som han sett dagen innan. Endera var det Gudrun som var konstnären eller hennes man, Björn. Det låg en filt på en fåtölj där inne som han gav henne.

- Sitt kvar här och värm dig. Jag komme tillbaka lite senare.

Hon bara stirrade tomt rakt fram utan att svara.

Nu ha hon börjat kåsblänga igen, tänkte Knujt.

På väg ut ur huset tittade han på tavlan med mannen i båten. På signaturen stod det Gudrun Almarfjord.

Han traskade med raska steg mot Mannerlunds igen för han ville förvissa sig om pojken Arne levde, eller om det nu var han som blivit överkörd av plogbilen. Det kunde ju vara så att grabben satt med hörlurar inne i huset och spelade tv-spel på högsta volym. Eftersom ingen öppnade ytterdörren fick han kolla om det fanns nån annan ingång.

Kapitel 56.
I soffan.

Det hade inte samlats så många fler åskådare på landsvägen, högst en eller två. Storkroks-Benjamin gestikulerade med armarna att de skulle ge sig iväg. Eidolf skulle snart komma med Sten Sten och Tudor, kanske även sin Zombie-Squad i släptåg och Knujt ville helst ha kollat hos Mannerlunds innan de anlände. Han skyndade till baksidan av huset och gick upp på altanen och kände på altandörrens kromade handtag. Det var öppet.

- Hålla! Ä dä nån hemma? ropade han, men fick inget svar.

Han slogs emot av en konstig doft. Han kände igen doften, det doftade järn.

Varför känns den lukten så bekant? Den doften ha ja stött på för inte så länge sen.

Den stora platt-tv:ns ljus lyste upp det dunkla vardagsrummet. Mörkläggningsgardiner var fördragna för fönstren. Även här var det en färgskiftande skärmsläckarbild som rörde sig i sporadiska mönster.

Efter att ha sett mot den ljusa tv-skärmen blev allt annat i rummet mörkt, men Knujt tycktes skymta nån som satt i soffan.

- Hallå! Viola ä dä du? Det här ä Knut från polisen!

Inget svar och med närmare eftertanke inte en reaktion eller rörelse heller. Knujt kom plötsligt på varför han kände igen lukten av järn. Det var lukten av blod. Det var samma lukt som hos Tula samlersson, fast där luktade det även förruttnelse. Det var samma lukt på slaktplatsen vid liket av Bertil Karlström. Knujt stannade och magen knöt sig och det for en ilning genom honom. Ögonen började sakta vänja sig i det dunkla ljuset. Han såg nu att det fanns mörka fläckar överallt runt den som satt i soffan och förstod att det här var en brottsplats. Han skulle inte göra bra ifrån sig om han klampade omkring i mörkret. Med två steg åt sidan kom han till väggen där han famlade efter en lysknapp.

Han var förberedd på en hiskelig åsyn, men när ljuset spred sig över rummet slogs han emot av en syn som var mycket värre än han nånsin kunnat föreställa sig. Det var Viola Mannerlund som satt i soffan... eller rättare sagt han trodde det. Det var så mycket blod överallt att det var svårt att känna igen ansiktsdragen. Yttre

våld hade tillfogats hennes huvud. Djupa, smått böjda v-formade jack syntes både på huvudsvålen och i hennes panna. Knujt tog försiktigt några steg närmare och fann även liknande hål på hennes överkropp.
Trots det våldsamma och makabra han bevittnade kände han en nyfiken iver. Ett driv att få utreda och slutligen en stark vilja att få tag i den skyldige.
En normal vanlig bruksare skulle mä största sannolikhet ha vänt å spytt, eller fått nervsammanbrott av åsynen av dä här... men inte ja. Ja visste väl att ja va skapt för sånt här, dä ä inte många som skulle stå pall för dä här om man inte hade en medfödd fallenhet att lösa avskyvärda brott, tänkte han.
Visst var det lite motbjudande att se samma kvinna han nyligen talat med ligga där brutalt mördad, men han ville studera offret i en yrkesmässig benämning.
Knujt kunde snabbt konstatera att det inte rörde sig om det kringströvande människoätande djuret. Det här var en våldshandling utförd av en människa, som med hjälp av ett tillhygge gått lös på Viola. Mängden övervåld tydde på att offret och gärningsmannen kände varandra och hade en nära anknytning. Det visste han... eller trodde i alla fall. Han hade för sig att han läst det många gånger... eller åtminstone några gånger. Det var oftast en som stod offret väldigt nära, så som en partner eller nära vän, nån som blivit sårad känslomässigt av offret och därav i besvikelse och vrede agerat ut sina känslor i övervåld. I det här fallet kunde det inte röra sig om en svartsjuk make för han hade drunknat för tre år sedan. Det kunde ju finnas en ny man med i bilden, men det hade han inte hört talas om. Knujt lade märke till något märkligt med Violas ansikte. Mascaran hade runnit ner längs kinderna på henne. Det fanns även spår av utsmetad mascara runt ögonen. Hade hon suttit och gråtit? Hade hon blivit torterad av förövaren eller?
Han tänkte på hur hon satt. Hon hade ryggen mot köket och ytterdörren, tv:n och en laptop stod på. Hon hade huvudet snett vridet bakåt och lutade det mot ryggstödet. Mitt uppe på svålen fanns ett sånt där jack. Kunde det var så att hon satt här och tittade på något och blev överrumplad bakifrån. Slagen eller huggen i skallen av förövaren... som sedan fortsatte att hugga och slå?

Blodstänket runt om i rummet tydde på det. Det fanns droppformade stänk i taket i raka linjer. Det var avkastningar av mordvapnet hade han lärt sig. De röda strängarna av bloddroppar spred sig kors och tvärs över både taket, väggarna och golvet. En blodanalytiker inom brottsplatsundersökning skulle kunna räkna ut var förövaren stått, hans kroppslängd och hur snabba rörelser förövaren svingat sitt vapen med. Knujt hade sett hela tv-serien Dexter för inte så länge sen, så han visste minsann en massa om blodmönster.

Det slog honom att om nu Viola gråtit... kanske hon grät innan mördaren kom? I så fall... vad grät hon åt? Han tittade mot tv:ns färgskimmer, sen mot laptoppen på bordet. Bredvid den låg en fotoram upp och ner. Han plockade fram en latexhandske ur ficka från den tidigare brottsplatsen och vände upp fotografiet. Glaset var krossat och det var en bild på Viola och hennes man Olle.

- Intressant!

Han rörde vid datorns styrplatta. Både datorn och tv skärmen lyste upp, men nu i ett statiskt sken på en stillbild i dålig fokus. Ikoner med stop, play, chapter forward och chapter backward syntes och en blinkande rektangel runt play-ikonen lyste starkare. Han skulle just trycka på play-knappen då det hördes ankommande billjud utanför och Knujt gissade sig till att det var Maschkman och company som anlände.

Det var bäst att möta upp dem och förmedla att de kommit till både en olycksplats och en ny mordplats. Det skulle inte se så bra ut om han satt och tittade på film bredvid en alldeles nymördad kvinna om de letade efter honom. Han fick nog tid att kolla vad det var på minneskortet lite senare.

Kapitel 57.
Runt soffan.

Det var Eidolf som kommit, och med sig hade han som väntat rättsläkaren Sten Ljungson, Tudor och fyra gråklädda män med balaklava masker. De fyra höll på att spärra av området med avspärrningsband då Knujt kom fram från baksidan av Mannerlunds hus. Ännu en man klev ur en av Eidolfs bilar, det var psykdoktorn Sören Kålderot som fortfarande hade sin röda morgonrock på sig, men nu hade han i varje fall en skjorta under rocken.

Eidolf och Sten följde med Knujt lite avsides. Ingen visste om att Viola var mördad och det vore bäst om de få civilister som fanns som åskådare inte fick reda på det. Han drog snabbt scenariot som han trodde inträffat. Nån hade mördat Viola Mannerlund i hennes hem med grovt våld. Hennes son Arne hade troligtvis kommit hem och fått syn på sin döda mor och fått panik och sprungit ut från gården, kanske för att söka efter hjälp hos grannen Gudrun Almarfjord. I sitt chockade tillstånd uppmärksammade pojken inte Rolf Tagesson i plogbilen. Knujt förklarade att Gudrun inte visste att Viola var död, men att hon redan var i upplösningstillstånd då hon fått höra om Arne under plogbilen.

- Jag tror jag ber Sören ta med den stackars änkan till sjukhuset, hon behöver någon stabil och resonlig människa att tala med så hon känner sig lugn, sa Eidolf.

Å dä ska va Sören Kålrot dä? Stabil å resonlig ä väl inte dom orden som ja skulle välja att beskriva han mä direkt, tänkte Knujt, men sa istället,

- Det låter som en bra idé! Ja skulle vilja kolla lite noggrannare inne hos Mannerlunds. Går dä bra Sten? Du borde väl gå igenom olycksplatsen här ute, men du kan väl komma in så fort du ä klar?

Sten Sten vände sig mot Eidolf som för att kolla om det var okej att göra som den nye polischefen sa. Knujt kunde uppfatta att Eidolf svarade med en knapp märkbar nickning, men för att poängtera att det var han som hade sista ordet sa han,

- Sten, undersök olycksplatsen, ta dina foton och gör det du gör. Kom in till mig och Knut sedan så fort du kan.

- Se till att inte röra någonting där inne tills ja kommer, svarade Sten.

Knujt kunde nästan tycka att det lät som om Sten var lite avundsjuk för att han inte fick följa med och leka med de stora pojkarna. Helst ville Knujt gå in själv, men anade att det skulle bli svårt att få Eidolf att stanna kvar utanför.

Doften av blod och järn låg kvar inne i vardagsrummet och tv-skärmen hade återgått till sitt färgmönster.

- Ojsan då! Hon skiljer sig då från de andra, det har du då rätt i!

Eidolf betraktade Viola på soffan och sen lät han sig se sig omkring på allt blodstänk i rummet.

- Det blev då en hektisk start för dig på ditt nya jobb Knut! Så här illa brukar det inte vara. Här händer det nästan aldrig något i vanliga fall.
- Nä, ett lite lugnare tempo på döingar hade man ju kunna hoppas på, men dä ä ju kul å få köra igång på en gång å visa va man går för.

Knujt log lite lätt och Eidolf svarade allvarligt,

- Och hur tycker du att det går då?

Knujts leende försvann. Han var inte beredd på den frågan, och inte att det frågades så allvarligt. Vad skulle han svara på det?

- Jo ja tycker dä går bra. Bättre hade dä kanske gått om ja känt till trakten och folket innan, om ja fått tid att göra mig hemmastadd.

Eidolf betraktade honom utan att visa nån reaktion eller på annat sätt förmedla hur han kände.

- Poliser i låt oss säga Stockholm eller Göteborg löser sina brott utan att känna till folket innan. Det finns ingen möjlighet att de skulle kunna känna alla som bor där, inte heller känna till alla platser som finns där, men de löser sina brott ändå. Varför måste du då behöva bli så hemmastadd här för att kunna göra ditt jobb till fullo?

Knujt kostade på sig att le ett så självsäkert leende han kunde.
Den slem-geten försöke få mig ur balans, försöker prata omkull mig, men dä ska han inte lyckas mä.

- Dä måste ja inte herr Maschkman, dä hade bara underlättat. Ja ha fullt grepp om dom här utredningarna ändå. Förresten ä dä

bra att bli sysselsatt direkt. Inte kul om ja kom hit å inte hade nåt att göra heller.
Eidolf såg på honom uttryckslöst. Det tog ett tag innan han sa något.
- Det har ju hänt... låt oss säga väldigt ovanliga incidenter här de sista dagarna. Dina tidigare funderingar på att tillkalla förstärkning, är inte det längre aktuellt?
- Nejdå! Dä va fel av mig, ja va bara van vid hur vi bruka gå till väga inom polisen.
Han hoppades på att det var det svar Eidolf förväntats få, men nu ville inte Knujt stå och bli utfrågad längre. De stod bredvid en nyss mördad kvinna och det var respektlös att Eidolf stod och gjorde nån form av utvärdering, eller bedömning av Knujt när de hade flera mord att lösa. För att poängtera det för den isögde slemkroken sa han,
- Om ja ska kunna göra mitt jobb så effektivt som möjligt tycker ja vi fortsätter vår diskussion nån annan gång.
Han fick inget svar, bara en nickning. Knujt plockade fram sin mobil och började knäppa kort på brottsplatsen och han slogs av att han nästan helt oberört fotograferade en död kvinna på en soffa, i samma soffa som han dagen innan frågade ut henne angående grannens döda son. Nu var både hon och hennes son också döda.
Förvånansvärt va lätt dä går å vänja sig mä döda människor. Eller kommer allt att hemsöka mig sen när ja löst alla mordfallen?
Knujt reflekterade inte över att han trodde det var självklart att han skulle lösa utredningarna. Att han kunde bli av med sin låtsas-yrkesbefattning hade han nu ingen tanke på.
Han stegade sig försiktig fram mellan blod-dropparna på golvet och lade märke till ett blodigt avtryck bakom soffan. Han hukade sig ner och knäppte flera bilder. Eidolf stod kvar i närheten av altandörren som de kommit in genom. Han sneglade på det blodiga golvet, sedan mot sina välpolerade lågskor som förmodligen var gjord i något exklusivt skinn.
- Har du hittat nåt?
- Dä ser ut å va fotspår av nån här. Troligen förövaren.
Eidolf tittade mot sina skor igen och sa,

- Det ser ut som du har läget under kontroll. Jag går ut och hjälper Sten där ute så han kan komma in till dig fortare.
- Gör så, men ingen brådska för min skull.

Knujt fotade vidare bland blodspåren.

- Vi kommer strax, sa Maschkman och gick ut.

Knujt stannade upp och vände sig mot laptopen på bordet.

Ja men ja kan väl lika bra titta på va dä ä på dä där minneskortet, lika bra som ja knäpper kort. Dä ä väl ingen skillnad... jobb som jobb.

Det var i alla fall vad han intalade sig. Faktum var att han var fruktansvärt nyfiken på vad det var Viola, med stor sannolikhet hade kollat på precis före... eller när hon blev mördad.

Han tog sig fram till bordet utan att kliva i blodstänken och plockade fram latexhandsken igen och tryckte igång mediaspelaren.

Det han hann se var en man som stängde av kameran, sen blev det svart. Det fanns inget mer inspelat efter det.

Jaha! Där va dä slut på dä roliga. Ja får väl backa tillbaka en bit då.

När han skulle backa på "chapter backward" såg han att mediaspelaren självmant backat tillbaka till början. På ikonen stod det chapter nr.1. Han tryckte på play.

Kapitel 58.
Smygfoton.

Det var med stirrig blick och med ett sinne fyllt av ovisshet, dåligt samvete, äckel och en nypa erotisk laddning som han gick mot framsidan av gården. Knujt visste inte riktigt hur länge han varit inne hos Mannerlunds. Han hade tittat på det som fanns på minneskortet och det var därför han kände sig som han gjorde. Han hade inte sett allt. Nej, till att börja med blev han storögt stirrande då han insett vad det var han bevittnade. En betydligt yngre Viola som sakta klädde av sig, dansandes till en lugn poplåt. När hon till slut inte hade fler kläder kvar hade hon lagt upp sig på en säng med särade ben. Kameran sattes fast på ett stativ och en man klev in i bild för att sedan kliva på Viola. Det tog inte lång stund innan Knujt känt igen mannen på den amatörmässiga porrfilmen. Det var Olle Mannerlund, Violas man.
Efter en stund hade Knujt förstått att det rörde sig om många liknande filmsnuttar och han hade hoppat vidare i kapitlen. En datumstämpel visades en kort stund uppe i ena hörnet när nästa klipp började. Första klippen var daterade 2006, det sista 2015. Knujt trodde det var slut med snusket, för det dök upp några klipp med feta öringar som drogs upp med hov. Det glittrade i idylliska vattendrag och solen sken. Två män fångade stora och små fiskar och Knujt var ganska säker på att det var Olle och granngubben Björn. Det var 7-8 liknande klipp i följd, men så blev det dags för snusk igen, och det var då det intressanta hade börjat.

Knujt undrade varför inte Sten Sten och Eidolf kommit in till honom. Det hade ju tagit lång stund att titta genom minneskortet, men så hade han hört argumentationer utanför. Det var nåt på gång och Knujt gissade att det kanske var därför som de inte kommit in till honom. Han gick ut för att ta reda på vad som skedde.

Det lät som några yngre kvinnoröster som högljutt protesterade om att nåt inte var bra och en liten samling människor stod bakom plogbilen. Eidolf och Sten Sten stod där och de gråklädda försökte hålla folket på avstånd, men... från andra sidan, från framsidan av plogbilen smög det en figur på huk.
Va fan ä dä där för en nyfiken smygjävel?

När Knujt kollade noggrannare kände han igen vilka de högljudda var... det var Irka Fjord och Sussi Plåttson, och när han såg på den som hukande smög sig närmare den döda pojkkroppen under lastbilen tyckte han sig känna igen honom också. På färjan in till ön hade han sett Irka Fjord i stånd med att begrava sin tunga långt ner i halsen på en svarthårig grabb i skinnpaj. Han hade haft järnskrot i ansiktet och det hade den här smygaren också. Knujt skymtade att smygkillen plockade fram sin mobil, och då fattade han vad som var på gång.
Kråk-jäntorna försöker mä en vilseledande manöver så att den dä tjommen ska kunna knäppa kort på liket under plogbilen. Har dom nån sjuk läggning av å gå igång på blodiga lik eller?
Efter att Katta talat om att de hade blivit lurad tidigare och att flickorna hade knäppt kort på den döda fiskaren blev Knujt irriterad. Han gillade inte att bli lurad och tänkte att han skulle minsann ge igen. Att det skulle bli så här nära inpå som de försökte lura polisväsendet igen hade han inte kunnat tro. Hans irritation ökade lavinartat och han kände vreden stegra sig inom honom. Så brukade det vara för Knujt, att när han ansåg att han hade rätt och var övertygad om att motståndaren eller motståndarna medvetet gjort fel, då ansåg han att han hade rätt att göra vad han ville. I efterhand brukade han inse att hans agerande inte alltid varit så bra, men i stundens hetta tänkte han sällan på konsekvenserna.

Tommy Baldgrens hjärta gick på högvarv. Spänningen var enorm, trots att han bara skulle knäppa några kort. Han visste egentligen inte om han gjorde nåt brottsligt. Han knäppte ju bara kort, det måste man ju få göra. Det var att hela handlingen var iscensatt som gjorde att han hade lite dåligt samvete. Irka och de andra drog till sig uppmärksamheten för att han skulle kunna smyga sig närmare för att få några bra bilder. Han tyckte nog att han kränkte den personliga integriteten på den döde under plogbilen på nåt vis när han, likt en papparazzi försökte få smaskiga bilder. Han skulle aldrig gjord det om inte Irka sagt åt honom. Hans puls ökade nu ännu mer och han började filma med mobilen, det var det han skulle göra hade Irka sagt.
Där låg kroppen av den döde... eller rättare sagt det som fanns kvar av honom. En snöplog, lite hastighet och en massa lastbilsdäck kunde verkligen förändra en människa till det sämre. Tommy blev

genast illamående av den fasliga synen. Spänningen var borta, och kvar fanns bara ett dåligt samvete och en sorg för den döde. Vad höll han på med egentligen... det var en död pojke, inte mycket yngre än honom själv som låg där. Det fanns inget häftigt i att filma det. Han var nära att kräkas och klarade inte av att filma mera och skulle precis sänka mobilen... då blev han träffad av nåt hårt på axeln så han föll omkull. Han fattade inte vad det kunde vara, men när han tänkte kliva upp så gick det inte. Någon satt med ett knä tryckt mellan hans skulderblad, och handen som han hållit mobilen i böjdes upp bakom hans rygg. En röst fylld med aggressioner, men inte mycket högre än en viskning sa till honom,

- Man visar respekt för de döda! Inga fler smygfoton på mina utredningar jävla snorunge. Å vilken tur att din mobil gick sönder när du råkade ramla omkull.
- Aj! Va? Nä den höll!

Tommy såg ju sin mobil knappt decimetern från honom. Skärmen lyste fortfarande och spelade in. Det var inget fel på den.

- Nä dä gjorde den inte, svarade Knujt och tog upp mobilen och slog den mot trottoarkanten så den vek sig och splitter från skärmen flög åt alla håll.
- Va fan gör du din jävel? Du har ingen rätt att slå sönder min telefon!

Tommy Baldgren skrek allt vad han orkade och spände sig för att komma loss. Knujt kom att tänka på att han kanske överreagerat litegrann. Inom en kort sekund skulle Eidolf och de andra se vad som hände, och han försökte göra det bästa av situationen.
Knujt tog tag i Tommy och drog upp honom, samtidigt som han med hög röst sa,

- Du måste se dig för! Hur gick dä?

Knujt la märke till att folket bakom plogbilen uppmärksammade vad som hände. Han släppte grabben och var beredd på att denne mycket väl kunde få för sig att ge sig på honom. Det gjorde han. Tommys nervositet sen tidigare hade nu förbytts mot aggressioner. Vad var det för en jävel som sparkat omkull honom och slog sönder hans telefon? Han hade rätt att försvara sig, och det skulle han göra. Han vände sig om och laddade en höger allt vad han orkade mot gubben som stod bakom honom, men gubben flyttade sig åt sidan just som näven skulle träffa, och plötsligt kände

Tommy hur luften gick ur honom och en smärta från mellangärdet fick honom att vika sig ner på knä.

- Tråkigt att telefonen gick sönder när du snubbla.

Knujt la mobilen på marken framför Tommy.

Ett rop från Maschkman hördes.

- Du får inte gå dit! Stanna!

Knujt uppfattade steg som hastigt närmade sig och han vände sig om och fick se den där Irka komma rusande och vrålande.

- Rör du min kille ska ja döda dig snutjävel!

Knujt var inte beredd på detta, men på nåt vis hann han ändå reagera. Hon kastade sig med all kraft för att knuffa omkull honom, men i sista sekund flyttade han sig så hon fortsatte förbi. Att hans ena ben stod kvar gjorde att hon snubblade på det och for omkull med händerna före bredvid sin slagne pojkvän.

Det hela hade gått så fort att Knujt hade svårt att fatta vad som hänt.

Dä måste va nå fel i huvet på den där jäntan. Hon vet att ja ä polis, men ändå attackerar hon mig.

Ärligt talat så var Knujt lite chockad över hur respektlös ungdomar var i dagens läge. Sekunden senare hade fyra stycken gråklädda män greppat tag i både Irka och den svarthårige pojkvännen. Grabben kippade fortfarande efter luft, men Irka stirrade med hat i blicken mot Knujt.

- Tror du att du kan göra så här mot Kråkerna ostraffat så tror du fel! Ja ska skicka förbannelser över dig å du kommer att önska att du brann i helvetet!

Hennes röst var hög och hård och den dröp av hat och förakt. Knujt såg in i hennes ögon och det fick honom att reagera. Han blev inte rädd, men en smula obehag kröp sig på, men han tänkte inte visa att han tog sig vid hennes utlägg.

- Om ni och era mobiltelefoner höll er borta från mina utredningar så skulle allt vara bra! Seså! Få bort snorungarna avslutade han, och gjorde en gest åt de gråklädda att gå iväg med ungdomarna.

Till sin förhoppning lydde de honom.

- Det här ä inte slut än på långa vägar, sa Irka när hon forslades förbi honom.

Knujt svarade inte, han bara stirrade bitskt mot henne.

- Se till att de tas härifrån nu!
Det var Eidolf som beordrade sina grå när han kom emot Knujt.
Han stannade en meter ifrån honom.
- Jasså Knut! Du ser till att skaffa dig fiender.
- Fiender å fiender... nåra bortskämda snorungar som inte fått lära sig hur man beter sig bara.
Eidolf Maschkman var tyst en stund och log lite lätt.
- Säg inte det Knut... en fiende är ändock en fiende. Nå väl! Jag tycker att du behandlade dem som de förtjänade. Bra jobbat! Det är kul att se att det finns lite... stake i dig. Har du hittat nåt där inne?
- Dä va därför ja kom ut. Är Gudrun Almarfjord kvar?
- Gudrun? Nej, Sören tog med sig henne och Rolf ner till sjukhuset. Bägge två visade tecken på chock och Sören ville ha koll på dem.
- Bra!
Knujt blev tyst och funderade på hur han skulle utrycka sig.
- Vad är det du vill ha sagt? Säg det bara!
Eidolf verkade inte vara den som hade tid att stå och vänta.
- Jag tror vi behöver en husrannsakningsorder till Gudruns hus.
Eidolf såg undrande mot Knujt.

Kapitel 59.
Sören lugnar.

Efter att Gudrun Almarfjord talat med Sören Kålrot på sjukhuset ville hon åka hem, men Sören hade sagt,

- Du ska nog få stanna kvar, kvaaar ett tag så du hinner bli stabil. Ja vill att du ska tänka på siamesiska katter som, går, på, ett, staket! Gör dä, så kommer du känna rytmen av harmoniska fågelägg sväva djupt där inne utan att kläckas. Visst känns dä vackert!

Gudrun som bara hört talas om Sörens lite udda sätt att hjälpa människor höll med och tänkte att det är nog bäst att vänta kvar ett tag. Faktum var att hon mådde lite bättre med Sören som sällskap, men hon mådde långt ifrån bra. Det var förkrossande att tänka på att den så livfulla grannpojken var död. Han hade ju inte gjort något. Inte hennes Lars heller, men nu var de döda båda två. Det var väldigt mycket död på sista tiden och det fick henne att känna sig ledsen, men även arg. Det låg ett ursinne och bubblade där inne, en vrede som hon inte riktigt kunde förstå. Vad gjorde den där i henne? Varför kände hon så? Hennes tankar hade blivit mörkare den sista tiden. Hon borde lyssna på Sören istället. Att försöka lugna ner sig var bättre... inte släppa fram det mörka. Gudrun lyssnade till de tankarna och samtalade med Sören för att hålla det arga borta.

- Ja känner mig ledsen å lite vilse, sa hon.
- Då tycker ja att du ska blåsa allt du kan på tummarna... men, tänk, på, en, hammarhaj, som ska köpa hyacinter. Vilken affär ska han simma till? Han har ju ingen gps.

Kapitel 60.
Klartecken av Eidolf.

Han hade svaret på en del av frågorna som kretsade kring utredningarna, men det saknades fortfarande mycket för att få ihop allting. För att få ytterligare information som kunde leda till mer framgång i utredningen behövde han söka igenom både Mannerlunds och Almarfjords hus. Knujt förklarade för Eidolf att han trodde att det kunde vara Gudrun Almarfjord som mördat Viola Mannerlund. Eidolf tvekade inte att visa sin misstro, men Knujt lyckades övertala honom om att de indicier han hade att gå på bara kunde förstärkas om de fick mera bevis, vilket han hoppades kunna få i de två tvillinghusen. Indicierna var vaga och Eidolf funderade innan han svarade.

- Ja det där var inte mycket att gå på. Du förstår väl att om du har fel i det här så blir din karriär som polis här på ön väldigt kortvarig.
- Jo, dä förstår ja, men ja blev inte polis av en slump... ja hittade ju inte min polisbricka i ett paket mä Kalle Anka kex precis.

Dä va en färjegubbe som hitta den på färjan å gav den till min assistent, som i sin tur gav den till mig, tänkte han för sig själv.

- Jag är lite nyfiken på vad du går för måste jag erkänna. Jag ger dig det här tillfället att visa det... och jag hoppas för din skull att det ger resultat.
- Dä kommer dä å göra!

Knujts svar lät som om han var stensäker på sin sak, men i själva verket var det mest bara grova spekulationer och gissningar, och en magkänsla som han ville tro på.

- Vi måste skaffa fram en nyckel till Gudruns hus. Ska vi anhålla henne som misstänkt?

Knujt flinade lite och var glad att han tänkt med framförhållning. Han plockade fram en nyckel och skakade den framför Eidolf.

- Låt henne sitta hos Sören så länge. Nyckel ha ja redan!
- Hur kan du ha den?
- Ja gissa mig till att om familjerna ha umgåtts så nära att dom till å mä målar husen samtidigt, å i samma färg... då antog ja att dom ha nycklar till varandras hus också.

- Bra Knut! Fortsätt så! Du får godkänt att gå in i husen, jag fixar med dom lagliga papperen.
- Kan du skicka hit Katarina eller Markel som kan hjälpa mig?
- Hoppla, hoppla! Sakta i backarna... det kan du nog göra själv.

Med de orden gick Eidolf vidare mot Tudor och grågubbarna. Sten Sten mötte upp Knujt, som kom att tänka på att han fortfarande hade fjällen från skjulet i en bevispåse i fickan. Han gav de till Sten som tittade tomt på påsen, och sen på Knujt. Vad han tänkte gick inte att gissa sig till. De gick in till Viola Mannerlunds hus och Knjut ringde till Markel.

Kapitel 61.
Cyklar.

Sten Sten analyserade blodspåren och Knujt plockade med sig minneskortet från datorn. Han lade märke till att det var en missvisande titel på den lilla etiketten, "fiske 97". Han la kortet i en bevispåse och kollade vidare efter saker som kunde tänkas intressanta.
Markel anlände inom kort och Knujt mötte upp honom ute på altanen. Han ville veta om Markel och Katta funnit nåt av intresse bland anteckningarna från kassaskåpet. Det hade de, bland annat två stöldanmälningar på två cyklar. Den ena, en Röd Crescent sportcykel som kom från Viola Mannerlund, Stölden daterad den 26:e september. Det fanns ett bifogat foto som sonen Arne knäppt. Den andra stöldanmälan var daterad från den 1:a oktober. Det var Gudrun Almarfjord som gjort den, hennes sons gula sportcykel av samma märke var stulen. Även där fanns ett fotografi. Knujt granskade fotona noga, men hade svårt att koncentrera sig, Markel gungade ivrigt fram och tillbaka och betedde sig inte som han brukade.

- Va ä dä mä dig?
- Inget Chiefen! Nada!

Knujt fortsatte att granska cyklarna och lade märke till att de såg likadana ut, samma märke och model. Det som skiljde var färgen, sadeln och tramporna. Den röda cykeln hade även några flashiga dekaler.

- Dä ä samma sorts cykel, man skulle nästan kunna tro att...

Det var det här Markel väntat så ivrigt på. Han lät inte Knujt tala till punkt.

- Man skulle kunna tro att dä ä samma cykel! Ja vågar påstå att dä ä samma cykel. Titta här! Ja ha jämfört å photoshoppat lite, å klippt å klistrat liksom.

Han höll upp ett annat foto på en sadeln.

- Dä här ä sadeln som huggits in med röret i skallen på Lars Almarfjord! Den ä ju lite bränd å så, men den ser ut å ha samma form som sadeln som finns på Violas sons röda cykel. Dä finns även ett märke på röret efter att den skruvats åt. Märket sitter på samma ställe. Titta!

Markel plockade fram ännu ett utskrivet foto där de två sadlarna var placerade bredvid varandra.

- Ja ha även googlat på likadana cyklar å ingen av dom nya modellerna har sånna här tramper eller sadel.

Han pekade på tramporna och sadeln på fotot från Gudruns sons gula cykel.

- Ja ha förstorat bilden på cyklarna, å även fast dä kanske inte ä världens bästa upplösning så kan man märka små förändringar i lacken på den gula cykeln... precis där dekalerna fanns på den röda. Som om klistermärkena rivits bort, å sen ha cykeln målats om. Titta!

Knujt lutade sig fram och märkte att det stämde. Där det borde ha funnits klisterdekaler fanns bara små ojämnheter under den gula lacken och han kom att tänka på en sak.

- Dä va som fan! Den gissande tanten sa ju dä!

Markel såg frågande mot honom.

- Vilken tant?
- Ja men hon! Hon som "issa" hela tin... Lotta Brysk! Hon sa ju att den ena av kärringarna beskyllde den andra för å ha stulit hennes sons cykel, kort därefter blev den cykeln också snodd. Lotta tyckte dä va lagomt åt dom, kommer du inte ihåg dä?
- Jo just ja... dä sa hon ju!

Markel som inte sett den erotiska hemproducerade filmen visste egentligen inte varför Knujt ansåg Gudrun som misstänkt.

- Ja ska förklara alla mina misstankar, men ja tror vi går till Gudrun Almarfjords hus nu. Ja vill ha dig mä som vittne när ja hittar bevisen som ja tror ja kommer finna där.
- Okej Chiefen! Ja å Katta hitta lite mer grejer bland Oves papper.
- Bra! Vi får uppdatera varann under tin.

Kapitel 62.
Förhöret.

Hos Almarfjords gick de från rum till rum. De fotade och Markel talade in sina ljudanteckningar på sin mobil om de saker som de fann av intresse, och intressanta saker fanns det gott om. Det var bland annat nycklar tillhörande grannhuset, trädgårdsredskap, färg, ett kvitto, blod, eldrester i öppna spisen och en maggotburk på golvet med intorkade små maggots och några minneskort. Varje liten del byggde fram en bit av pusslet och även om det inte var komplett så kunde man ändå skymta helheten. Det var dags att samtala med Gudrun nere på polisstationen, eller den så kallade Vakten eller Vaktstugan.

Hon satt i ett rum som Knujt inte varit inne i tidigare. Det var förhörsrummet, som även hade en spegelvägg, som man kunde se igenom från ett angränsande rum.
Precis som på film, tänkte Knujt och tyckte det var häftigt.
Gudrun hade blivit tillsagd att de ville prata med henne angående det som hänt grannpojken. Hon hade ingen aning om att de visste vad som hänt Viola, kanske kunde hon gissa sig till det, men hon hade ingen anledning att tro att hon var misstänkt för något.
När knujt och Markel kom in i rummet satt hon och stirrade tomt rakt fram. Knujt tänkte inte speciellt på det, men Markel sa tyst till honom,
- Hon kås-blänger!
Därefter gick han fram och knäppte med fingrarna framför ögonen på henne och hon verkade återkomma till nuet.
- Vilken tid ni tagit på er. Ja har väntat... ja hur länge har ja väntat? Va ä klockan egentligen?
Hon verkade lite allmänt frånvarande och det fanns inga fönster i rummet så hon kunde inte gissa sig till vad klockan var genom att kolla på ljuset utifrån.
- Ja klockan ä en uppfinning, men somliga skulle kunna säga att dä även ä en tidsförtäljande armdemon... tid demon skulle man kunna säga, haha! Tidemon, haha!
Gudrun förstod inte Markels demoniska tidsprat och hon fick ett något förbryllat uttryck i ansiktet.

Knujt var inte säker på hur han skulle gå till väga. Det här var ju egentligen hans första förhör med en misstänkt. Han funderade på att ge skenet av att han visste mycket mer än vad han egentligen gjorde. Men det kunde ju vara dumt att göra det, om han sa sig veta något med säkerhet som hon med säkerhet visste inte stämde... då visste hon att han var ute och fiskade... men och andra sidan, det gjorde ju poliser jämt i sina förhör. Det visste väl alla... eller?
Han skulle göra som han tänkt, men välja de säkrare korten först, dra upp de detaljer som han trodde sig vara säker på.
Han satte sig till rätta mitt emot henne och Markel satte sig vid sidan om honom och plockade fram en liten diktafon som han gav till Knujt.
Jaha! Hur fan gör ja nu då. Ska ja presentera oss å tala om va klockan ä? Ska hon delges som misstänkt eller ska ja säga att dä bara ä rutinfråger? Kanske ja ska fråga om hon vill ha en advokat? Fan!... sånt här ska ju ja kunna om ja ä polis.
När allvaret om hans okunskap slog in kände han sig lite nervös, tidspressen gjorde inte saken bättre. Han måste ju börja prata, typ nyss. Han tog ett djupt andetag och startade sedan bandspelaren.

- Dä här ä ett rutinförhör som leds av mig, kommissarie Knut Waxler. Med mig ha ja min assistent Markel Högbrink och med oss ha vi Gudrun Almarfjord som ska svara på nåra frågor.

Han hoppades på att det lät som sig borde, Markel verkade inte tycka att han sagt nåt konstigt, men Gudrun hade en undrande min.

- Ska ni spela in också? Usch, det känns nästan som ett förhör?
- Du får ha en försvarare mä dig om du vill. Vill du dä Gudrun?

Knujts fråga överrumplade henne och hon blev genast lite obekväm i sin hållning.

- Försvarare? Menar ni en advokat? Behöver ja det? Ja har inte gjort nåt!
- Ha du inte gjort nå så ha du ju inge å dölja!

Markel lade sig i och Knujt tyckte inte att det gjorde nåt.

- Nej ja har då inget att dölja. Ja ä lika förkrossad som alla andra av att grannpojken blev påkörd av plogbilen.

Knujt lät sina tankar studsa runt som biljardbollar. Skulle han spela sin strategi, gå hårt åt henne med det han visste skulle hon troligen begära en försvarare... men han gissade att om han överbevisade henne så skulle hon se sig själv som körd. Att han och Markel visste för mycket. Han hoppades på att hon på så sätt skulle erkänna utan att vilja ha en advokat.

Nu kör vi å hoppas att ja ä som skapt till de här yrket, tänkte han med lite jävlar anamma.

- En tragisk händelse, vi förstår att dä ä svårt för dig. Vet du varför Arne Mannerlund rusade ut framför plogbilen?

Gudrun blev genast lite mera spänd.

- Nej det vet ja inte!

Hennes svar kom hastigt, nästan lite väl fort tyckte Knujt, vilket han kunnat gissa sig till.

- Ja tror du vet dä Gudrun!

Han tystnade och såg henne djupt i ögonen. Hon lyckades bara hålla kvar blicken i nån sekund innan hon vände den ner på golvet.

- Ja vet inte säger ja ju! Hur skulle ja kunna veta det?
- Arne Mannerlund kom utspringandes från sitt hem... han var på väg över till dig för att be om hjälp...

Han gjorde en konstpaus och hon höll fortfarande blicken fäst på golvet.

- Han hade precis hittat sin mor Viola död i soffan framför tv:n, mördad mä en pärhacka.

Gudrun stelnade till men sa inget. Skulle hon vara ovetandes borde hon genast reagera på att hennes vän blivit mördad.

- Pärhackan som användes för att mörda Viola återfanns i din dusch.

Nu började hon skruva lite på sig och färgen i hennes ansikte började blekna.

- Blodet vi fann mellan metallen å trähandtaget på hackan stämmer överens med Violas.

Där ljög knujt. Trädgårdsredskapet skulle visserligen tas till analys, men det skulle ta timmar, kanske dagar innan provsvaren blev klara. Men det hoppades han att Gudrun inte visste. Hon blev ännu blekare.

- Du säger inget Gudrun... men dä gör inget. Ja kan tala om hur dä ligger till om du ha svårt å finna dom rätta orden.

Nu hoppades han att hans slutledningsförmåga på vad han trodde hänt skulle stämma så mycket som möjligt, annars skulle allt kunna gå åt helvete.

- Ja kan ta dä hela från början.

Han gjorde ännu en konstpaus och betraktade henne. Hon såg ut att ha hamnat i ett sånt där stirr igen, men hon var ändå inte helt borta.

- Dä hela började mä att grannpojken Arne Mannerlunds cykel blev stulen den...

Knutj tittade i sina anteckningar, även fast han kom ihåg datumet. Händelser som var nedskrivna verkade på nåt underligt vis mer sanna än om han bara sagt dem.

- Den 26:e september. Ja vet att dä va du som stal den för att ge den till din son. Du ansåg att din son Lars hade bättre fallenhet för att bli cykelproffs, han hade ju fått silvermedalj. Arne Mannerlund var inte alls lika bra på att cykla. Han fick bara en pokal för att ha medverkat på cykeltävlingen... Så varför skulle han få en så fin och bra sportcykel när Lars va bättre lämpad för den?

Han mindes silverpokalen i sonens rum, och Markel hade berättat att det stått en cykelpokal i Arnes rum också. Men Arne hade bara medverkat i ett cykelevenemang, och han fick inget av de finare priserna. Knujt chansade att det kunde vara nån form av avundsjuka mellan mammorna.

Nu först sa hon något, men hon såg fortfarande inte på Knujt.

- Ja har inte stulit nån cykel. Lars var värd det bästa... ja köpte den...

Knujt avbröt henne och låtsades att han inte hört hennes inlägg.

- Du måla om den mä din Airbrush. Vi fann både den gula lackfärgen å en påse mä kvittot i din målarateljé. Enligt kvittot blev färgen inhandlad fredagen den 25:e September på Flügger Färg i Hudiksvall. Dagen innan Viola anmälde cykeln stulen.

Knujt nickade åt Markel, som kände sig väldigt delaktig. Förmodligen hade han aldrig varit så delaktig i ett förhör förut. Markel satt också med en bunt papper framför sig. Knujt tänkte att om dom var två stycken som lade fram bevis mot den misstänkta så kände hon det som att hon hade flera emot sig. Det var lite psykologisk-krigsföring för att hon skulle känna sig i underläge. Markel la nu fram fotografierna på cyklarna, både den röda och den gula. Han tog också fram ett foto på kvittot och färgen i hennes målarrum. Knujt fortsatte,

- Här ser man att små rester av klistermärkena finns kvar under den nya gula färgen.

Han pekade på fotografierna men Gudrun såg inte på dem, men blicken var heller inte helt fastlåst på golvet, den flackade svagt fram och tillbaka.

- Dä som skiljer cyklarna ä att på din sons cykel fanns en annan sadel, å andra trampor... De ser inte ens nya ut.

Här tystnade han en stund igen. Nu var han ute på på gissningar, men han gissade själv att han gissade rätt.

- Viola konfronterade dig, hon trodde dä va du som snott Arnes cykel... du känner ju henne... hon skulle inte ge sig i första taget innan hon hade hittat bevis...

Knujt var rädd att han skulle se en reaktion hos henne, som att han hade helt fel, men hon satt fortfarande likadant så han fortsatte.

- Nä, Viola skulle nog komma på att dä va du som stulit cykeln förr eller senare. Dä va då du beslutade dig för å sälja din sons stulna cykel i Iggesund. Ett vittne såg dig i din beiga Volvo Xc60 mä den gula cykeln bak på bilen. Dä va den 1:a Oktober... samma dag som du gjorde en anmälan på att din sons cykel blivit stulen.

Att vittnet var han själv kunde han inte säga, det gick ju inte, han borde ju ha varit i Ingesund i Värmland då.

Han hade fått gåshud när han tittat i Gudruns garage. Den beiga Volvon hade han inte tänkt på för stunden, men när han såg ett cykelställ som kunde monteras på dragkroken väcktes några onda aningar. Han undersökte cykelstället och fann små rester av den gula färgen. När han funderade kom han ihåg att det var en beige Volvo Xc60 med ett cykelställ och med en gul cykel på som prejat honom i Iggesund. Den som kört hade kört som en biltjuv. Han hade sett Gudrun köra sin bil utanför Skrikmåsen då Dyng-Gustav talat med henne. Hon hade kört iväg med en rivstart och sladdat iväg med bredställ. Att hon kunde köra fort och hantera bilen var helt klart.

Knujt hade tänkt att det var för bra för att vara sant. Hur stor var den chansen att den som prejat honom så han nästan kört på en pojke var samma person som nu var den huvudmisstänkte i utredningen? Fast samtidigt var det ju inte heller så stor chans att det skulle vara en annan lika Volvo, med en lika cykel. Om han gissat fel här så var det förståligt, men Gudrun gjorde ingen reaktion om att han sagt nåt fel, hon satt bara tyst och stirrande. *Fan dä här går ju äckligt bra... ja ä grönjävlig på dä här ja,* tänkte han nöjt.

Knujt log inombords och det kändes som han spelade poker och la fram ess efter ess hela tiden. Han fortsatte,

- Dä ä nu dä hela går över styr. Viola trodde fortfarande att du hade nåt å göra mä stölden. Hon beslutade sig för å gå in till erat hus när ni inte var hemma. Inget problem när ni har nycklar till varandra. Dä hon gör ä att hon finner cykelsadeln som tillhör hennes sons stulna cykel hemma hos dig. Hon hittade inte tramporna, men cykelsadeln räckte som bevis för henne. Vi däremot... hittade tramporna i en färglåda i din atelјé.

Markel plockade fram ett nytt kort på tramporna som de hittat och bredvid fanns en bild på tramporna på Lars Almarfjords cykel.

Nu skulle Knujt ut på svag is igen, eller mer passande var nog att han var ute och cyklade. Han gissade igen, en för honom ganska långsökt gissning, men han hade inget bättre att komma med.

- Viola kommer hem å ä arg å frustrerad av att du... hennes äldsta väninna ha stulit hennes sons cykel. Hon vill hämnas å tänker inte klart...

Han gör en paus. Ingen konstpaus denna gång, nej han försöker välja vilken väg han ska ta. Han gissar sig till att Viola ville konfrontera Gudrun när hon funnit sadeln, men han hade svårt att tro att hon ville gå så långt i sin hämnd att hon tänkte mörda Gudruns son Lars. Knujt hade egentligen inget bevis alls för att Viola skulle ha mördat Lars, men det verkade som om Gudrun trodde det, och det hade han lite bevis för. Eller åtminstone en teori.

Då Gudrun åt på Skrikmåsens restaurang tidigare under dagen hade hon talat med Dyng-Gustav utanför. Knujt trodde hon blev upprörd och förkrossad av att hon fick höra hur hennes son dött, det var i och för sig sant... men när hon fick höra om sadeln blev hon rasande, Knujt hade trott att hon blev förkrossad, men det var då hon förstod att det var Viola som låg bakom mordet. Varför skulle hon annars åka hem och slå ihjäl henne med en pärhacka direkt efter att Gustav talat om för henne om sadeln?

Det hade fattats något i teorin om att Viola dräpte Lars som hämnd för cykelstölden. Det som saknades var troligtvis det som fanns på minneskortet som satt i Violas dator, det med det missvisande namnet ”fiske 97”.

Kapitel 63.
Fiskekorten.

När Knujt sett stillbilden på datorn som var ansluten till Violas tv hade det varit en person, en man som stängt av kameran, sen var det slut på inspelningen. Han hade spelat upp innehållet från början. Först kom en massa klipp på Viola och hennes man Olle när de hade sex i alla möjliga ställningar och platser. Efter de klippen hade det varit några sekvenser med Olle och Björn som fiskade. Det var här det kluriga började med Knujts teorier.
Viola var arg och ville hämnas stölden med cykeln, men hade inte riktigt kommit på hur. Under tiden hittade hon av nån anledning det gamla minneskortet. Knujt förmodade att hon inte sett just det där minneskortet förut. Att hon visste att hon varit med på film gick inte att missta sig på. Hon hade varit den som höll i kameran vid flera tillfällen, men det var efter fiskeklippen som det kom andra pornografiska klipp. De var ungefär lika i utförandet, olika ställningar på olika platser och mannen på filmen var densamma, men inte kvinnan. Det var Gudrun som blev påsatt till höger och vänster av Violas man Olle. Många av filmerna var inspelad inne i Gudruns hus.
Knujt trodde att det var så det gått till, att Viola nån gång efter att hon funnit sadeln sett dessa filmer. Att hatet eskalerat av att hennes man blivit förförd hos grannfrun. Det var visserligen jävligt långsökt att hon som hämnd skulle mörda sonen till kvinnan som legat med hennes man. Det var sjukt, men ett sårat fruntimmer kan göra de mest ohyggliga saker sades det ju. Kanske han skulle få fram det rätta svaret under förhörets gång?
Knujt fortsatte att lägga upp sitt scenario för Gudrun.

- Viola vill som sagt hämnas men tänker på hur mycket ni gjort tillsammans å hon tänker på sin avlidne man. Hon blir nostalgisk å vill se sin man igen. Hon letar å finner ett gammalt minneskort mä namnet ”fiske 97”.

Där blev det en liten reaktion. Gudrun ryckte till och tittade hastigt mot Knujt. Blicken hade en gnutta panik i sig... panik, överraskning och chockartad nervositet, men så återgick hon till att stirra i golvet.

Knujt hade haft på känn att hon skulle reagera på "fiske 97". Just det namnet var väldigt likt ett annat namn som hon definitivt kände till.

- Namnet på minneskortet ä egentligen väldigt missvisande. Dä innehåller hemgjorda kärleksfilmer mä Viola å hennes man Olle... sen komme dä en snutt fiske också, men efter dä komme dä flera filmklipp... Då ä dä istället du som har sex med hennes man.

Nu kom reaktionen som Knujt väntat på. Gudrun såg upp och tittade rakt mot Knujt med uppspärrade ögon, och nu var de verkligen chockartade.

- Va för nåt? Du ljuger! Det ä ingen som har filmat det... för vi har aldrig legat med varann, avslutade hon för att förtydliga sig.
- Jo, ja ä rädd för att ni ha dä!
- Ja vet nog hur ni poliser försöker lura in en i en fälla. Det finns inga sånna filmer. Det borde väl ja veta! Du bara ljuger!

Knujt vände sig nonchalant till Markel och nickade. Markel plockade fram sin laptop i en överdramatiserad och överlägsen gest, han vek upp skärmen och rörde styrplattan med fingret och klickade på play.

Att Gudrun genomgick en inre kris kunde nu en blind gissa sig till. Hon blev så stel att man skulle kunna tro att hon fått ett spett uppkört i arslet. Hon förstod vad som skulle visas, men hon ville inte tro det.

På skärmen spelades det upp hemporr på hög nivå. Att Markel hade ljudet på högsta volym gjorde att alla smaskiga detaljer var svåra att undgå även om man ville titta bort. Det gjorde inte Gudrun. Hennes ansikte såg lamslaget och bedrövligt ut, men hon tittade inte bort från det hon såg. Hon verkade arg... och frågande.

- Hur kan? Vem har? Det ä omöjligt!

Knujt nickade åt Markel att stänga av, men Markel hade sina ögon fäst på den lilla dataskärmen. Knujt harklade sig, men Markel var som fastklistrad.

- Markel, sa han lite försynt.
- Ja va ä dä Chiefen? svarade han utan att slita blicken från Gudrun på skärmen som gnydde högt och ljudligt.
- Men stäng av dä där! ropade Gudrun hysteriskt.

- Du kan stänga av nu Markel, sa Knujt samtidigt som han sparkade till honom på smalbenet.

Det fick assistenten att göra som han blev tillsagd och komma ur sin tillfälliga trance.

Gudrun var av två anledningar inte bekväm med vad de nyss betraktat. Dels var det genant och pinsamt att se sig själv i dessa ytterst intima och privata klipp tillsammans med två utomstående, och dels för att hon inte kunde förstå hur dessa filmer spelats in. Hade Olle använt sig av en dold kamera? Hennes tankar försökte febrilt få fram ett svar, och sakta kom en sanning smygandes på henne. En inte allt för trevlig sanning. Det hon nyss sett var ju egentligen inte en så väldigt chockerande nyhet. Det kändes som hon slutade andas för en stund. Knujt iakttog hennes reaktion, och kanske han insåg vad det var hon kom fram till.

- Ja tror att Viola... efter att hon sett hur du å hennes man... öh... gjorde, ja dä vi nyss ha sett. Ja tror att hon då ville hämnas på dig, på ett sätt som skulle göra dig stor skada...

Där tystnade Knujt medvetet. Han hade hoppats på att hon skulle fylla i där han slutade. Gudrun var blek i ansiktet, men sa inget.

Fan också! Då får ja försöka lirka lite till, men nu får jag gå försiktigt fram så ja inte säger nå fel.

Han fortsatte efter en lång tystnad.

- Hon beslutar sig för att döda din son som hämnd för att du stulit cykeln å för att du förfört hennes man. Som poetisk rättvisa använder hon cykelsadeln som mordvapen. Dä ä dä du inser när Dyng-Gustav talar om dä för dig. Du åker hem för å se om sadeln ä kvar där du gömt den, men dä ä den inte.

Han gissade sig till ett troligt scenario igen. Det med minneskorten. Han hade klurat en stund på det.

När han lett in Gudrun till hennes hus i badrock hade han sett att datorn stått i viloläge med skärmsläckare. När han sen hittat Viola död i huset på andra sidan gatan hade hon också haft datorn i viloläge. Han hade granskat innehållet på minneskortet med namnet ”fiske 97” i hennes dator. När han sedan skulle söka i Gudruns hus kom han att tänka på hennes dator, och ville se vad hon tittat på, så han tryckte på play. Det han då fick se hade fått honom att bygga ihop denna teori.

- När du letar sadeln ramlar en maggotburk ner på golvet i garaget. Burken innehåller en massa minneskort, men ett av minneskorten heter ”fiske 98”.

Knujt hade funnit en burk med torkad maggot på golvet i garaget. Den hade förmodligen välts omkull och de torra små larverna låg utspridda på golvet, men det hade även legat flera minneskort där. Ingen av korten hade nån märkning.

Gudrun reagerar igen när hon hörde fiske 98. Först sprätte hon till och blev stel, sen verkade hennes försvar ta över och hon blev aggressiv.

- Ni har väl inte?.. Ni har ingen rätt att!.. Ni ska fan inte vara inne hos mig å snoka era jävlar! Det har ni ingen rätt till!

Gudrun fortsatte en stund med att svära över dem. Hon kände sig förnärmad och krängt.

Det som fanns på Gudruns minneskort ”fiske 98” var i stort sett en kopia av Violas filmer men huvudrollspersonerna var utbytta. Det började med Gudrun och hennes mans intima stunder tillsammans. Därefter kom, likt grannens minneskort några korta fiskfilmer och efter dem kom likadana otrohetsfilmer, det var Viola som blev smygfilmad av Gudruns man Björn.

- Du får för dig att titta på dä här minneskortet å ser efter en stund hur Viola knullar mä din man. Du hinner ungefär hit...

Knujt nickar åt Markel som petar lite på datorn och efter en stund körs en annan film igång när Björn och Viola ligger med varandra inne hos Mannerlunds. Markel stoppar filmen på ungefär samma ställe där den pausats på då Knujt kollat datorn vid husrannsakningen. Viola stönar och Björn säger i frustande utrop ”Du är bäst Viola! Du är bäst!”

Knujt är tyst och hoppas på en reaktion. Han ser hur inre demoner slåss i Gudrun. Hennes ansiktsfärg blir rödare och små blodådror reser sig och bultar i hennes tinningar, men hon håller sig.

Men nu får hon väl bryta ihop å erkänna snart! Ja får ta fram mina sista trumfkort.

- Efter att du sett å hört din man uttala de orden rusar du över till Viola mä pärhackan. Du slår ihjäl henne mä flera hugg mot huvud å överkropp. Därefter går du hem, du tar av dig dina blodiga kläder som du slänger i öppna spisen. Vi ha funnit rester där efter både skor å kläder. Blodiga skoavtryck fann vi hos Viola som passar din storlek å ledde till erat hus. I din dusch fann vi som sagt pärhackan mä Violas blod på. Efter du duschat hörde du att nåt hänt utanför. Du va rädd att nån redan upptäckt Violas kropp. När du mötte mig i dörren i badrocken... nyduschad såg du först skrämd ut. I efterhand förstår ja att du trodde att ja redan då visste att du mördat Viola.

Hon skruvade på sig och Knujt var glad att han inte fått nån mer invändning av henne, hon började bli överbevisad.

- Ni ä ganska lika du å Viola... Eller ni va lika, Viola ä ju dö. Hon klarade inte av tanken på att du förfört hennes man. Hon kände sig sviken å bedragen av sin bästa väninna, å även av sin avlidne man, därför ville hon skada dig på värsta tänkbara sätt. Det hon inte riktigt tänkte på, va att hon själv gjort precis likadant mot dig. Ni ha gjort exakt samma sak mot varann... ni ha förfört varandras män, varit otrogna, svikit eran närmsta vän å varit otroligt själviska...

Han gjorde åter igen en konstpaus innan han fortsatte.

- Men... dä ä ni ju inte ensamma om. Uttrycket ”kaka söker maka” passar bra på er tycker ja... å då menar ja inte bara dig och Viola. Ja menar båda era familjer... familjen Almarfjord å familjen Mannerlund.

Gudruns ögonbryn veckade sig en aning och hon tycktes se en aning undrande ut.

- Säg mig, när du kom in till Viola mä pärhackan i högsta hugg... visst va hennes tv i skärmsläckarläge då?

Frågan kom oväntat och Gudrun skruvade ännu mer på sig. Knujt fortsatte,

- Ja skulle tro att den va dä. Hann du se att hon satt å grät innan du högg ihjäl henne?

Gudrun såg hastigt upp med flackande blick, men svarade inte.

- Vet du... hade du kommit nåra minuter tidigare till henne så kanske du inte dödat Viola. Förmodligen hade du dä, men hade du kommit lite tidigare hade du fått veta varför hon satt där på soffan å grät.

Paus igen. Gudrun hade fått ett osäkert uttryck över sig nu, men även nyfiket och undrande.

- Viola kanske hade levt nu om du inte blivit så arg när du såg dä där.

Han pekade mot stillbilden på dataskärmen där Björn nyss sagt att Viola var bäst.

- Hade du fortsatt å tittat lite till så kanske du inte sprungit över å mördat henne...

Hon satt stilla och hade svårt att fästa blicken.

- Ja fattar egentligen inte riktigt dä där med minneskorten. Ni ä två familjer som ä bästa vänner. Ni gör mycket tillsammans, målar den ena huset mintgrönt så gör den andra dä också. Både du å Viola ställer villigt upp på att medverka i egna sexfilmer, men ni blir båda filmade i smyg när ni ä otrogna. Dä som förbryllar mig ä att hos Mannerlunds fanns allt dä filmade på ett minneskort de döpt till fiske 97. Hemma hos er hette minneskortet fiske 98. Ja tror att era män hade dom här minneskorten för eget bruk, utan er vetskap. De döpte korten till fiske 97 å 98, förmodligen för att du å Viola inte skulle få för er att kolla på nåra tråkiga fiskefilmer... dä ä dä ja undrar över... hur kan dä komma sig att både du och Viola får för er å kolla på fiskefilmer helt plötsligt?

Han kunde avläsa att Gudrun egentligen ville säga något, men hon knep fortfarande igen. Munnen rörde sig lite lätt, som om hon sa det hon ville, fast tyst. Han gissade att det var nära nu.

- Om både du och Viola sett alla fimklippen innan ni beslutat er för å begå våldshandlingar hade kanske både Lars, Viola och även Arne levt idag.

Nu stelnade Gudrun till och stirrade Knujt rakt i ögonen. Hon såg osäker, rädd och väldigt frågande ut.

- Viola hade precis sett klart allt på hennes minneskort när du stormade in. Hon hade gråtit... för dä hon sett hade inte varit lätt för henne å ta in. Hon hade insett att hon agerat på fel grunder... lika som du.

Gudrun började nu se ängslig och lite skrämd ut.

- När ja fann henne dö hitta ja ett av hennes bröllopsfotografier krossat på golvet, sen rörde ja på datamusen så skärmsläckaren försvann.

Han nickade åt Markel som letat fram det stället som Knujt anvisat honom om innan förhöret.

Kapitel 64.
Den hårda sanningen.

Innan Knujt gjorde tecken till Markel att trycka på play sa han till Gudrun.

- Som ja sa tidigare om ”kaka söker maka”... dä ä inte bara du å Viola som handlat egoistiskt i era familjer. Inspelningarna va slut där, men när ja spolat en bit så dök dä här upp... å det fanns även på ditt minneskort... om du bara hade kollat igenom allt å inte pausat när du blev förbannad och gick för att hämta pärhackan.

Markel körde igång den osedda inspelningen från början. Gudruns ögon var uppspärrade, som om hon fasade för det som skulle komma.

Det var samma inspelning i slutet på båda minneskorten. Det var Olle Mannerlund och Björn Almarfjord som tillsammans satt i Olles och Violas tv-soffa. De drack grogg och pratade till kameran som oftast satt fast i ett stativ, men den var även handhållen i bland. Gudrun granskade det hon såg misstänksamt. Till en början verkade det som om de bara söp och hade kul, men när Olle tog kameran och filmade tv:n där Björn satte på Viola var det som om ögonen skulle ramla ut ur Gudruns ögonhålor.

- Va fan! Visste dom... båda två?

Hon pratade tyst, mest till sig själv.
Snart stod det klart att både Olle och Björn iscensatt otrohetsfilmandet. De båda männen skrattade och gjorde high five, och det framkom att både Olle och Björn hade hållit i kameran vid några av filmerna när de hade sex med varandras fruar. Olle hade stått och filmat genom en glipa i garderobsdörren och Björn hade smugit sig på och filmat med zoom från ett annat rum.
När hela den hårda sanningen sjunkit in började Gudrun se ilsken ut.

- Det ä dom där jävla snuskgubbarna som har legat bakom allt det här hela tiden! Vilka jävlar!

Knujt kunde bara ana hur känslorna for omkring och gjorde djupa sår i själen på henne. Hon trodde att hon haft en hemlig affär med Violas man. Han gissade sig till att det medförde en massa

smusslande och ljugande, både för hennes egen man och även för sin väninna och son. Allt hemlighetsmakeri och dåligt samvete. Nu uppdagades att hennes man och hennes älskare iscensatt allt. De hade medvetet arrangerat massa tillfällen då de hade sex med varandras fruar och filmat det hela. De skålade och verkade väldigt nöjda över vad de lyckats med.
Björn sa vid ett tillfälle att "tur vi har varann så vi kan dela det goda som livet har att erbjuda!"
Precis då fick Knujt en ingivelse som han inte fått tidigare.
Herre jävlar! Dä va ju dä hon mena mä dä hon sa.
Det var Grisskinns-Eifvas ord han kom ihåg.
"Dom som vill va nära å lika tror dom tar dä den andre har... men dom som ä mer nära å mer lika ger mä sig av va dom har!"
Han upprepade orden tyst för sig själv.
Dom som vill va nära å lika tror dom tar dä den andre har... Med dä måste hon ha menat Viola och Gudrun som ville ta va den andre hade... de ville ta varandras män... Dom som ä mer nära å mer lika ger mä sig av va den har... Med det menade hon Björn och Olle som gav varandra sina fruar mä vilje.
Det kändes lite läskigt, det stämde ju så bra. Visst var det kryptiskt men inte om man tolkade det som han nyss gjort, då var det klockrent.
Gudruns förtvivlan av den uppdagade sanningen höll på att stiga till bristningsgränsen och tårar vällde upp i hennes ögon, men Knujt visste att det inte var slut än.
För att inte dra ut på eländet gav han tecken till Markel att hoppa framåt. Det nästa som spelades upp på skärmen fick Gudrun att resa sig så hastigt att stolen föll omkull bakom henne.
Det var Olle och Björn som låg nakna med varandra i soffan, och det var ingen lätt syn att ta in förstod Knujt. Att även höra deras stönanden och att de sa att de älskade varandra fick måttet att bli rågat för den traumatiserade Gudrun.
Hon såg ut som hon sett ett spöke... eller kanske en hel spökarmé.
Det var beklämmande att se avsky, vanmakt, förtvivlan och ilska överösa henne.
- SLUTA! STÄNG AV! skrek hon.

Markel gjorde det direkt den här gången, Knujt anade att det nog inte var lika intressant att titta på två karlar som joxa sig svettig med varann.
Gudruns ben vek sig och hon föll ihop i sittande ställning på golvet. Hon grät högljutt och började slå sig själv i huvudet med knuten näve.
- Nej, nej, nej!
Markel reste upp stolen och Knujt hjälpte henne upp. Hon lutade sig över bordet och fortsatte att gråta. Hennes näve var nu hårt knuten och hon dunkade den rytmiskt i bordet, inte med all kraft utan mest demonstrativt.
- Ja förstår att dä ä svårt för dig, men du kanske skulle vilja berätta mä egna ord hur du upplevt allt, sa Knujt i en mjuk ton.
Hon fortsatte sitt hamrande med näven och sitt gråtande en stund till... så plötsligt slutade hon. Hon stirrade med sina rödsprängda ögon först på Knujt och sen Markel. Det var något obehagligt över henne, gråten och förtvivlan var borta, nu såg hon mest galen ut. Blicken var stirrig, men hatiskt och intensiv. Hon hade ett obeskrivbart uttryck över munnen. Hon flinade, men det såg mer ut som hon ville blotta tänderna som ett rovdjur. Hon vände sig åter mot Knujt och böjde lätt på huvudet och hela hennes uppsyn fick Knujt att tänka på Linda Blair i Exorsisten.
- Allt det här ä Olles å Björns fel! Ja förstår det nu. Vi slängde ju filmerna... fiske 96. Dom jävlarna behöll väl kopior å gjorde nya. Jävla, snuskiga bög gubbar!
- Slängde filmerna? Fiske 96? Kan du förklara? undrade Knujt försiktigt.
- Viola berättade för mig att hon å Olle spelat in egna filmer, men att deras lille Arne var nära att titta på innehållet på minneskortet. En dag hade han velat se på fiske å hittat ett minneskort som hette fiske 96. De hade döpt det till fiske 96 just för att ingen skulle finna det intressant. Hon sa att efter det hade hon å Olle förstört kortet, å slutat att spela in snusk. Arne var så pass stor, å de ville försäkra sig om att han inte skulle kunna se deras intima snuskigheter.
Hon tog ett djupt andetag.
- Det var bara det att ja å Björn också hade inspelade filmer... de ni nyss visade upp. Vi hade dom på ett minneskort med samma

namn... fiske 96. Ja berättade det för Viola å vi tyckte att det var märkligt att våra gubbar döpt korten till likadana namn. Jag gick hem å krävde att vi också skulle slänga vårat kort så att inte Lars hittade det. Men nu ä det ju uppenbart att snuskgubbarna sparat allting å spelat in en massa mer. Att dom inte döpt minneskorten till nåt bättre än fiske 97 å 98 ä ju ganska korkat. Hade de gjort det så hade då inte jag reagerat på att minneskortet låg på golvet vid maggotburken.

- Låg maggotburken på golvet? Så dä va inte du som tappat burken?
- Nä det var det inte. Den låg redan där, men du hade rätt i att ja såg den då ja letade efter sadeln å cykeltramporna. När sadeln var borta visste ja att det bara kunde vara hon. Hon hade sagt att hon skulle finna bevis för att jag snott cykeln... Men att hon skulle köra sadelröret genom... skallen... på min... son kunde ja aldrig föreställa mig.

Knujt tänkte att det kanske var Viola som vält burken så minneskortet föll ur när hon varit där för att leta efter stulna cykelbevis. Gubbarna hade väl samlat ihop alla smaskiga filmer på varsitt kort som de behållit i smyg.

När Viola såg minneskortet kanske det fick henne att fundera om sitt gamla kort... fiske 96... att det var därför som hon letat och fann ett snarlikt när hon kom hem? Det var nu bara spekulationer, och han skulle aldrig få reda på svaret, men det verkade logiskt. En annan sak som han kommit att tänka på då han sett filmen i Violas hus. Den där Tanten, Lotta Brysk, hon som varit nämndeman på Tingshuset i Hudiksvall i yngre dar, hade haft rätt i sina gissningar. Hon hade ju sagt att hon trodde Olle och Björn var lagd åt det andra hållet och låg med varann. Han hade inte lagt nån tilltro till det då, men se så fel han hade.

- Det spelar ingen roll hur svartsjuk hon va. Viola hade ändå inte behövt dödat min Lars.

Aggressioner kom på nytt över henne och hon drämde näven i bordet.

Hon kunde inte hålla emot och det brast för Gudrun.

- Den jävla fittan fick va hon förtjäna! Ja ja tog pärhackan å gick över till na å högg ihjäl na! Va fan trodde hon skulle ske om hon låg med min man och mördade min son?

Knujt försökte hålla triumfens segerlycka i schakt och inte visa hur glad han blev av att hon erkände. Han var rädd att Markel inte kunde hålla sig lika bra, men efter en snabb glimt på sin kollega konstaterade han att även Markel höll masken. De hade väl retat gallfeber på henne om de suttit där och flinat belåtet.

Gudruns inre kunde inte hålla emot det arga ursinnet längre. Det mörka som funnits inom henne de sista åren ville ut, och det kändes skönt.

- Hade inte gubbjävlarna redan drunknat hade ja börjat med att mörda dom. Det ä deras fel att det ä som det ä... deras och Violas. Det ä deras fel att Lars ä död, att ja måsta döda Viola... att Arne blev påkörd av plogbilen. Ja har ingen skuld i det hela, ja gjorde bara det som ja behövde göra. Fan också! Ja önskar att vi aldrig hittat det där jävla guldet... Vi blev inge lyckligare för det!

Hon tittade rakt fram på ingenting, som om hon kåsblängde igen, men så började hon att sakta gunga fram och tillbaka.

Knujt funderade vad det var för guld hon pratde om, han hade tänkt på att både Mannerlunds och Almarfjords hade stora hus som nyligen byggts ut och renoverats. De hade nya bilar och feta tv-apparater med surround ljud, och han gissade sig till att både Gudrun och Viola gjort skönhetsoperationer. Har man råd med allt sådant... varför stjäl man då grannpojkens cykel? Knujt tänkte fråga om det, och vad var det för guld hon talade om, men hon fortsatte sin monolog.

- Ingenting ä mitt fel! Ja gjorde bara det som ja va tvungen att göra! DET Ä DERAS FEL... INTE MITT!

Det sista skrek hon innan hon helt plötsligt slog huvudet i bordsskivan så att två av bordsbenen vek sig, och både bordet och Gudrun föll omkull.

Knujt och Markel blev chockade och hann inte med att göra nåt, mer än att stirra oförstående på Gudrun som blev liggandes på golvet. Ett stort jack sprack upp i hennes panna efter den fruktansvärda smällen, några sekunder senare forsade blodet ut ur såret. Först då blev de fart på Knujt och hans assistent.

Kapitel 65.
Storkbarn.

Knujt unnade sig en plankstek och en stor stark. Markel och Katta gjorde likadant. Trots att de två assistenterna inte drog jämt så ofta var de nu glada och nöjda där de satt bredvid varandra. Knujt hade sagt att de inte suttit här med deras seger om inte alla hjälpts åt. De var alla delaktiga i att lösa mordet på den saknade pojken Lars Almarfjord. Ett enda mord som senare utökades med ett hämndmord, och sedan tillkom två dödsfall i form av olyckor, om man räknade med Olle som dött av kometen och Arne Mannerlund som blev påkörd av plogbilen. Att det verkligen var Viola som dödat Lars med sadelröret skulle bli svårt att bevisa. Det hela verkade lite väl drastiskt utfört, men allting tydde på det. Gudrun var i alla fall helt klart skyldig. Hennes erkännande fanns inspelat. Frågan var bara om hon skulle vakna upp från sin skallspräckarmanöver? Knujt och Markel hade raskt stoppat blödningen men de fick inte liv i henne. Gudrun var avsvimmad då sjukhuspersonal kom för att hämta henne.
Lite senare ringde Eidolf till Markel och berättade att Gudrun inte vaknat. Hon låg i koma och där skulle hon nog ligga kvar ett tag trodde han. Eidolf sa åt Markel att de kunde ta ledigt resten av kvällen. Han tyckte de gjort ett bra jobb. Knujt hade funderat på varför Eidolf ringt till Markel och inte till honom.
Ingen av de tre som satt nöjda och åt ville nämna nåt om fallen som var kvar att lösa. Fallen där ett fiskdjur sprungit omkring och ätit ihjäl flera personer. De visste att de måste ta itu med det, men det kunde vänta tills i morgon. De behövde lite glädje och segerrus, om än bara för en kort stund. Markel verkade må bra, men han satt och stirrade lite frånvarande, vilket påminde Knujt om en grej.
- Sitter du och "kåsblänger" Markel? undrade Knujt.

Markel tittade upp och log.
- Nä dä ä bara ett sånt dä malligt stirr... mallstirr, haha!
- Okej. Ja tänkte bara på att både Viola å Gudrun satt å kåsblängde nåra gånger. Varför gjorde dom dä?
- Ja, dä ä inge ovanligt... dä ä många som kåsblänger här på ön.

- Jaha, sa Knujt och hade hoppats på en mer utförlig förklaring. Han kom inte riktigt på hur han skulle fråga så han beslutade sig för att ge dem lite beröm istället.
- Ja måste säga att ja tycke ni ä dom bästa assistenter ja nånsin jobbat mä!

Det Knujt sa var sant, även om assistenterna kanske trodde att han bara sa så för att ställa sig in. Om de trodde honom eller inte visste han inte, men att de blev glada av att höra det stod klart.

- Tre dagar ha vi arbetat ihop å på den korta tiden ha vi åstadkommit massor. Ja ser fram emot ett långt samarbete mä er två. Brottslingarna kommer inte å ha en chans.

Han höjde ölglaset och skrattade. Markel och Katarina gjorde likadant och de skålade alla tre.

- Skål för de tre musketörerna! sa Markel, och stämningen förstördes på ett ögonblick.
- Musketörer? Tycker du ja ser ut som en musketör eller? Musketörer ä en manlig arketyp å ja ä då fan inte en man! Tänk du ska då alltid reta upp mig.

Katta hade tagit anstöt direkt.

- Ja trodde dä måsta finnas kvinnliga musketörer å ja! Ursäkta då! Ja få väl säga ”De två musketörerna och musketöran” då.
- Äh! Du ä ju dum i huvve! Dä finns inget som heter musketöran... å om det hade gjort dä, varför kom ja då sist?
- Vadå menar du?
- Varför sa du inte musketöran å de två musketörerna?

Markel suckade men tänkte till innan han svarade.

- Därför att, om ja gjort dä så hade du tyckt att dä varit sexistiskt å orättvist. Att dä syftade på att kvinnorna skulle vara först även om dä skulle bli strid eller djupsnö eller nå annat långsökt.
- Men gud så fördomsfull du ä!

Knujt var tvungen att lägga sig i för att försöka återfå vinnarstämningen.

- Ja tycker vi ä ett sju-jävla team vi tre... å Leila!

När han sagt hennes namn tystnade de och vände sig mot honom.

- Leila ä väl egentligen inte mä i vårt team? Ja menar, hon jobbar ju bara i vakten, sa Markel.
- Hon är väl visst mä! Hade hon klarat å va utanför vakten så hade hon också suttit här nu!

Knujt ville få mer detaljer om vad Katta menade.
- Om hon klarat av å va utanför vakten? Va mena du mä dä?
- Leila ha en tendens å jaga upp sig om hon ä ute på okänt territorium. Dä tar inte lång stund innan hon tycker sig vara förföljd. Hon får en liten paranoia om hon ä där hon inte känner sig trygg, förklarade Katta.
- Å dä ä typ överallt. Ja brukar säga att hon ha skuggskräck. Skräck för skuggor som rör sig... eller om de står still å, fyllde Markel i.

Katta ignorerade Markel.
- Det ä ju därför som hon håller sig i vaktstugan när hon jobbar, där känner hon sig trygg.

Dä kan inte va dä enda felet på Leila, hon ä ju betydligt konstigare än så, tänkte Knujt men nickade förstående.
- Ha hon den dä... skuggskräcken av nån speciell anledning?
- Nej hon ha alltid varit så där. The skuggskräck has always been with her... eller bredvid her... eller bakom her like a skugg haha!
- Jaha! Hur länge ha hon jobba i vakten då?
- Sen hon va fjorton tror ja, sa Katta.
- Femton! tillrättavisade Markel.
- Dä va som fan! Varför börja hon så tidigt... å jobba så länge?

Markel och Katta vände sig mot varandra som om de hade något att säga men ville ha den andres medgivande först.
- Vadå? Va ä dä? undrade Knujt nyfiket.

Katta satte sig lite till rätta och tog sig för hakan i en lite betänklig gest. Hon lutade sig en aning framåt mot Knujt, han sköt in sin stol så han också kom närmare henne.
- Det va Ove som tog mä henne hit. Hon skulle ha praktik nån vecka sa han. Hon kom allt oftare å efter att hon fyllt 17 blev hon kvar här.
- Öh! Jaha! Va dä allt? Blev hon bara kvar... i femton år? Hon måste väl va runt trettio nu?
- Nä! Trettiofem till å mä! Å i vakten ha hon vare varje dag sen dess.
- Du menar väl inte dä ordagrant va Markel? sa Knujt med ett flin.

Markel och Katta var allvarliga och Katta sa,
- Sånt skojar man inte om. Ja tror inte att hon nånsin vare utanför ön. Hon skulle dö om hon inte fick sitta i vakten varje dag, å dä höll hon på å göra å. En gång hade hon lunginflammation. Dom

ville ha henne på sjukhuset, men hon blev bara sämre där. Det sägs att ägaren, Ruben Af Jaarstierna sa åt dom att flytta ner henne till vaktstugan så hon fick som hon ville, å då blev hon bättre mä en gång.

- Öh! Okej!... Men hon måste väl ha vare utanför ön?

Både Markel och Katta skakade uppgivet på sina huvuden.

- Va säger föräldrarna då om att hon ä i vakten varje dag?

Assistenterna vände sig mot varandra igen som de gjort nyss.

- Va ä dä? undrade Knujt.
- Föräldrarna ä döda! När vi kolla igenom papperen du gav oss från Oves kassaskåp...
- Ja?
- Då hitta vi ett papper från Stork Åsa. Hon hade tvinga Ove å gö ett faderskapstest, å dä visade sig att Ove va pappan.
- Vi visste inget om dä förrän idag, tillade Katta.
- Oj då!... men mamman då, Stork Åsa?
- Nä, hon råka suga på en brandslang när hon va ute på rastgården. Dä olyckliga va att nån vred på fullt tryck. Hon hade så mycke vatten i sig att både lungor, å magsäck spräckts... men hon ä nog den första som ha drunkna på torra land.

Knujt flämtade till av Markels makabra historia och tänkte,
Dä va som fan! Drunkna ute på rastgården... då måste väl hon också ha vare en patient på sinnessjukhuset... varför blir ja inte förvånad...

- Öh! Varför kallades hon för Stork Åsa? Överraskade hon andra män också, mä fler barn... som en stork eller?
- Nä, hon blev påflugen av en stork en gång när hon va ute å cykla. Näbben punkterade ena lungan på na. Enligt nåra vittnen så hade hon klive upp och blitt förbannad. Hon drog ut näbben å skrek åt storken... "Jävla kukstork!" Sen bet hon storken i halsen så huvet lossna.

Knujt blev mållös.
Att säga att folk inte ä riktigt klok på den här ön ä ju en underdrift, tänkte han. Men istället sa han,

- Ojdå! Dä va mä en beslutsam dam! Dä ä väl inte bara å bita av ett fågelhuve?

Han hörde själv hur konstlat det lät men det fick det väl göra.
De blev avbrutna av att ett billarm hördes från utsidan och de kunde se ett blinkande sken från Skrikmåsens parkering. Knujt

brydde sig inte, det var ofta larmen gick på bilar nu för tiden och oftast slutade larmen lika tvärt, men inte nu. Det blinkade och tutade ihärdigt. Sur Stålblom kom in i salongen och vrålade,

- Hörrö du Snut Olle! Ä rä din bil som ä en grönan Nissan? Isåfall få du gå ut å stäng åv larme inna ja går ut å slör sönt hele bilen din!

Knujt svarade inte, men fick bråttom från matbordet och ut mot parkeringen.

Kapitel 66.
Tappa behärskningen.

Först såg han bara blinkersarna som blinkade i takt med tutandet, men när han kom närmare märkte han att det var nåt på vindrutan. Det var svårt att se eftersom det börjat mörkna, men när han kom nära nog stannade han.

Va i helvete ä dä där?

Tvärs över vindrutan låg en stor kråka med utsträckta vingar. Den verkade död och stilla. Knujt funderade först hur i hela friden en kråka kunde flyga ihjäl sig mot en parkerad bil, men vid närmare granskning hade inte fågeln flugit in i vindrutan... den var fastnaglad med en skruvmejsel genom vardera vinge.

- Jävlar i min själ! Du läre ha reta åpp dom där branog du!

Knujt sprätte till av Markels röst. Han hade inte hört att både Markel och Katta kommit fram till bilen.

- Va? Va mena du?
- Han menar att du måste ha retat upp "Kråk-jänterna", rejält. Dom brukar visa vilka dom anser ä deras fiender mä döa kråker!
- Jäntjävlarna! Ja ha väl inte retat...

Han kom av sig då han mindes Irka Fjords ord då Eidolfs grågubbar förde bort henne.

"Tror du att du kan göra så här mot Kråkerna ostraffat så tror du fel! Ja ska skicka förbannelser över dig å du kommer att önska att du brann i helvetet!"

Han inspekterade skruvmejslarna och den stackars kråkan.

Ja inte lär ja väl brinna i helvete av två små hål i vindrutan å en dö fågel precis. Ja hoppas att dä finns nån polisförsäkring som täcker dä där. Självrisken för å byta vindruta läre väl ligga på en femtonhundra spänn eller nåt.

- Ja märker att även om ön ä lite avsides från resten av världen så ha respektlösheten hos ungdomar spritt sig hit å! Dä verkar som ingen uppfostrar småglin nu för tin. Vett å etikett, förstånd å sunt bondförnuft ä inget som lärs ut numer. Ingen ha respekt för lagen längre... nä, dä ä buset som dä ä synd om. Vart fan ä dä hä landet på väg egentligen?

Det var inte meningen att han skulle brusa upp, men på nåt sätt blev det bara så. Kanske var det efter allt skit som stod i tidningarna och som de sa på nyheterna? Folk misshandlades och mördades, våldtogs och stympades hit och dit som aldrig förr i detta avlånga land. Det som var så förbannat fel, var att de som gjorde dessa brott aldrig fick nåt direkt straff. De släpptes för brist på bevis eller för att de var minderåriga, eller nåt annat trams. Till och med så betraktades ibland de kriminella som offer. Försvaret var att det var synd om dem som haft en svår uppväxt i exempelvis ett krigshärjat land, eller att föräldrarna var alkoholister som inte brydde sig om dem, eller något annat ovidkommande. Det daltades hit och dit. Nu hade ungdomar huggit fast en kråka i hans vindruta... bara för att han gjort sitt jobb. De verkade inte förstå att det var de som börjat bete sig fel... att han bara handlat utefter vad de hade gjort. Han kände ilskan stegra inom sig och han orkade inte hejda den.

- Förbannade jävla ungjävlar! Stryk skulle dom ha dom små svinen!

Han nästan skrek samtidigt som han drog loss skruvmejslarna och kastade iväg dem, sen tog han den korsfästa kråkan och kastade upp den för att i nästa stund sparka en näst intill perfekt fotbollsspark. Kråkan flög iväg snurrandes runt i luften långt bortanför parkeringen. Hans något överreagerade handling avbröts av en långsam applåd. Han snodde runt och en man kom sakta gående mot honom och klappade händerna.

- Bra sparkat herr Polisgubbe, men man ska inte hota ungar mä stryk!... dä ä olagligt dä!

Knujt kände både igen den läspande rösten och mannen med den sneda underläppen. Det var Snekäfts Bosse, Irka Fjords pappa. Knujt som redan var uppretad blev inte på bättre humör av att den dryga snubben dök upp.

- Ja anser att dä här delvis ä ditt fel! Din dotter ligger bakom dä här, å dä gör hon på grund av att du ha misslyckats mä å uppfostra na! Som du ser vet hon inte hur man ska bete sig i ett civiliserat samhälle.

Ett knappt märkbart ”Oj,oj,oj!” kom från Markel. Bosse stannade nån meter från Knujt och han slutade att applådera. Han log ett hånfullt leende och satte armarna med knytnävarna mot sidorna i en smått överlägsen pose.

- Om ja inte missminner mig ska man inte beskylla nån för något om man inte har bevis... vart har du dina bevis mot min dotter?... Snutjävel!

Det sista dröp av förakt och avsky.

Knujt kände hur hans redan övermäktiga ilska blev ännu värre, men Bosse-Snekäft slutade inte där.

- Enligt va ja har hört så ha du misshandlat min jänta å karln hennes! Dä ä väl våld mot minderårig?... å så hade du föschtört telefonen hanses. Ä rä inte egenmäktigt förfarande rä, eller skadegörelse? Sånt ä ju olagligt! Dä borde du ju veta som ä polis!... men du kanske inte kan lagen riktigt?

Den där läspande jäveln ska ja fan i mig slå ihjäl, tänkte Knujt ursinnigt.

- Va fan säger du din inavlade fårskalle! röt Knujt!

Bosse hånlog ännu mera. Det brann kortslutning i skallen på Knujt och han skickade på den flinande fan en rak höger. Men just som han skulle träffa flyttade Bosse sig och la krokben på Knujt som for framåt. Han tappade balansen och föll hårt på marken. Skammen av att han blivit fintad så han låg på backen brände i honom och ilskan stegrade sig ännu mer. Han vrålade av ursinne och skulle just ta sig upp då han kände en hård smärta i sidan. Hans hjärna förstod vad som hänt fast han inte sett vad det var.

Den jäveln sparkar på mig när ja ligger!

Luften for ur honom och smärtan var massiv. Han kurade ihop sig och förväntade sig att det skulle komma flera sparkar... men det kom inga. Däremot hördes köttiga dunsar som av hårda slag och kvävda kvidanden och ett ynkligt aj!

- Va ha ja sagt åt dä om att du ska bete dä som fölk om du ska va hänne hos mäg... å dä gälle så väl på parkeringa som inne på hotelle, restaurangen eller affärn! Dina jävla fegisfasoner ha du inte kömme långt mä föör, å dä gör du inte nu heller ä! Man slör inte eller spaschker på en som redan ligger ä!... Ha du föschtått?
- Ja, ja! Rune! Ja har förstått!

Knujt tittade upp och fick se hur Sur Stålblom höll Snekäfts Bosse i ett polisgrepp och raskt ledde honom därifrån. Han hann skymta att det strömmade blod från ansiktet på Bosse innan de försvann bakom några bilar samtidigt som Stålblom skrek,

- Ge rä iväg härifrån å köm inte tebaks föränns du kan bete rä som fölk, annasch ska ja gö hela skallen din ram-sne!

Knujt försökte resa sig och fick då se den där trädgårdstomten, den stod inte långt ifrån hans bil. Eller var det en annan tomte? Den här stod med armarna mot sidorna och flinade brett. Till en början tyckte nästan Knujt att tomten rörde på sig, men han förstod att han misstagit sig. Vad Knujt kom ihåg så hade ju inte gårdstomten som han sett förut stått så där och flinat. Det här måste vara ännu en tomte tänkte Knujt.

Både Markel och Katta kom honom till undsättning och hjälpte honom att resa sig.

- Hur gick det? Vi hann inte hjälpa till! Allt gick så fort, å vipps så va Rune här.

Knujt kunde nästan ana att Katta hade lite dåligt samvete av att varken hon eller Markel hjälpt honom, men hon hade rätt. Det hela hade gått väldigt fort.

- Dä gör inge, dä va ja som lät mig provoceras.

Den insikten var honom bekant. Att han retat upp sig så pass mycket och fort att han tappat behärskningen. Det hade hänt massor med gånger under hans liv. En av gångerna som hans impulsiva humör gjort kostsamma spår, var då han skrev sitt slutprov på polishögskolan. Han var förälskad i en av sina klasskamrater som hette Maja Savelbolt, och det var även Tage Fander, en annan klasskamrat. Eller kamrat var synd att säga, klassfiende var mer korrekt. Tage iscensatte ett scenario där Knujt inte bara blev portad och utesluten från polishögskolan, utan han förlorade även sin kärlek också.

Det hela hade varit ett smart drag från Tage, han hade spelat, och räknat med att Knujt skulle tappa humöret. Knujt hade gått rakt i fällan och uppfyllt Tages planer.

Knujt var förälskad i Maja och de hade fått i hop det. De två hade det bra ihop och Knujt trodde att det skulle förbli så resten av livet. Tage hade aldrig kommit överens med Knujt och de tävlade ofta om vem som hade bästa potentialen av att bli Krimmare. Så helt plötsligt hade Tage visat ett enormt intresse för Maja och Knujt trodde att det bara var för att reta honom. Maja verkade falla för Tages frierier och Knujt retade upp sig på Tage.

Under samma period försvann det underkläder från Majas rum på elevhemmet som de bodde på. Ingen blev misstänkt men det hela var obehagligt tyckte de inneboende. Under slutprovet så hade lärarna fått ett anonymt tips om att Knujt tagit med fusklappar i fickorna. Knujt som satt i bänken bredvid Maja blev helt oförstående då två av lärarna kom fram och bad honom tömma sina fickor. Han hade ingen aning om vad som var på gång så han tömde innehållet på bänken. Alla elever runt Knujt stirrade nyfiket, inklusive Maja. När Knujt plockade fram både fusklappar och trosor ljöd ett sus genom hela salen av häpna elever. Maja reste sig upp och skrek,
- Mina trosor! Är det du som snott mina underkläder?
Därefter sprang hon ut med händerna för ansiktet och grät. Knujt fattade ingenting till en början. Han försökte stammande förklara att det var ett missförstånd, men allt verkade som dåliga bortförklaringar. De två lärarna ledde honom ut från provsalen. Väl utanför talade de om hur allvarligt det var att de kommit på honom med att fuska och att han kunde bli avstängd. De hade påpekat att det skulle bli en utredning angående det med underkläderna också. Knujt som ännu inte riktigt kunde fatta vad som hänt fick se nåt som fick det hela att klarna. En bit längre bort stod Maja och grät och en man höll tröstande armarna om henne. Det var Tage Fander.
Knujt förstod att det måste vara han som låg bakom det hela. Han rusade dit och ropade till Maja att han inte hade nåt med underkläderna att göra. Hon släppte Tage och skrek åt Knujt att hon aldrig mer ville se honom, sen rusade hon därifrån. Tage stod kvar och hånlog, han gjorde inget, han bara sträckte fram hakan och hånlog ännu mer. Det brann för Knujt som tog tag i kragen på Tage och slog honom rakt i ansiktet. Inte bara en gång, utan fyra, fem gånger. De två lärarna särade på dem och försökte lugna Knujt. Tage vände sig mot honom med blodet rinnande från ögonbryn, näsa och mun och sa med en sprucken men självgod röst,
- Nu vann jag! Nu är du inte med i spelet längre. Hej då Knujt!
När han sagt det förstod Knujt att Tage räknat med att han skulle få några käftsmällar om han stod där och hånlog med hakan utsträckt. Han förstod också att Tage hade rätt. Nu hade han vunnit, Knujt skulle bli portad från skolan då han både fuskat och

misshandlat en elev. Att han verkade vara en pervers sate som stal underkläder var inte heller nåt som skulle glömmas. Knujts drömmar om att bli polis hade gått i kras där och då för att han låtit sig tappa behärskningen. Inte gjorde det saken bättre att han gjorde om det en gång till.
Knujt slet sig loss från lärarna och högg tag i Tage som hastigt tappade sitt hånflin då han såg in i Knujts mordiska ögon. Knujt gav honom först en danskskalle så näsan krossades, sen kastade han sin framtidsförstörare rakt in i en stor glasmonter där olika pokaler fanns från gamla tävlingar som polishögskolan vunnit genom tiderna.
Kastet med den hånfulle, rivaliserande poliseleven blev det som slutligen uteslöt Knujt från att någonsin bli polis. Tage skar bland annat sönder halspulsådern i den krossade glasmontern och höll på att stryka med, men klarade sig pågrund av att de flesta på skolområdet hade goda första hjälpen kunskaper. Nåt år senare fick Knujt höra att Tage och Maja gift sig. De blev poliser, medan Knujt fick jobb som utrymningsvägsvårdare på Iggesunds Bruk. Han hade inte träffat en enda av sina klasskamrater från polishögskolan efter den incidenten, vilket kändes ganska skönt.

- Tänk att du tänkte ge rä på Snekäfts Bosse! Dä hade ja rå inte kunna tro ä.

Sur Stålblom hade kommit fram till Knujt och hans assistenter.

- Ja skulle inte ha låtit mig provoceras, svarade Knujt kort.
- Jo dä gjorde ru rätt i tyche ja! Sånna som än där ska man bare ge på, på en gång. Slö föscht ä mitt motto. Den dä ä en drygan jävel dä. Han ha inte gjoscht anne än å reta öpp vanligt fölk hela livet sitt, å när folk blir sinnig så bruk'en ful-slö dom å ge dom stryk. Sen skylle han på att dä va dom som börja. Precis som han gjorde mä däg.
- Ja dryg ä han då så dä räcke till, svarade Knujt.
- Fan va kul å se att dä va nån som villa ge på'n direkt... synn bare att du missa. Men ja hade inte så höga förväntningar heller ä... du ä ju från Värmland.

Knujt svarade inte, men han kunde se att den annars så nervärderande blicken som Sur Stålblom brukade se på honom med var borta. Han hade ett litet ljus... eller en glimt av ett litet ljus i blicken, ungefär som om han inte längre såg Knujt som en så fruktansvärt lågt stående människa. Bara lågt stående. Hur det än var så var Knujt tacksam för att den sura hotellägaren kommit som en räddande... ängel. Ängel var kanske fel ord, men som en räddande lanthandlare med ena jävla rallarsvingar. Det passade bättre.

En spontan fråga till Stålblom kom från Knujt,

- Man skulle inte kunna tro att du är en sån som tomtar så här långt före jul Rune. Hur många tomtar ha du här runt Skrikmåsen egentligen?

Rune Stålblom saktade in en aning och såg förvånad och undrande ut.

- Tomtar! Va fan prater du öm då. Spaschka han dä i skallen å eller? Ja ha inga tomtar ä, dä hanté ja haft på flere år. Va fan ska man ha små skäggige göbbar i varenda vrå för? Dä ä bare nå kommersiellt jippo rä som gör att amerikanerna blir rik.

Knujt hängde inte med riktigt.

- Ja men jag ha ju sett flera tomtar, å va mena du mä att amerikanerna blir rik?

Stålblom stannade och blängde surt på Knujt.

- Ja hanté en tomtejävel ja säger ja ju! Ja trodde då alle visste att Tomten ä ett Amerikanskt påfund. Dä ser man ju på hur fet han ä. Dom dä jävla jänkarna vill ju att man ska handla ihjäl. Dä ser man ju på "Bläck Frajdäj" å allt kås dom hitter på. Sen ä dom pedofiler å, alla jävla amerikaner. Då passer dä ju ypperligt om man ä fet. Då kan man köpa sä ett lösskägg å sen lura ungar å hoppa upp å sätta sä i knä där dom kan talla å ta på småttingarne. Nä usch, fy fan för Tomten å alla Amerikaner.

Knujt pekade mot tomten vid bilen och skulle just fråga Rune, då han märkte att det inte stod nån tomte där.

Va fan... dä stod ju en tomte å flinade där nyss.

Knujt slutade att peka och såg sig omkring runt parkeringen, men nån tomte såg han inte till. En svart katt strök förbi hans bil och den pissade några stänk mot förardörren, det var det enda han såg. *Kan man se i syner av en spark i magen?* tänkte Knujt något förvirrat.

Kapitel 67.
Kvällsfunderingar.

Tidigare under dagen hade han tänkt att han skulle bege sig till sin ny-ärvda stuga framåt kvällen, men efter allt som hänt orkade han inte. Mörkret hade fallit och skulle han besöka sitt lilla torp för första gången skulle det vara trevligare i dagsljus. Han låg på sitt rum på Vaktstugans övervåning och funderade över allting, det var så mycket som hänt. Hela hans liv var förändrat och han hade klarat sin första polisutredning. Det var egentligen rätt otroligt. Han var polis nu. Även fast Knujt visste att han egentligen inte var det, så kände han sig som en polis. Det var ju det här han alltid drömt om. Han log lite och skrattade till för sig själv men hejdade sig tvärt. Han hade fått en spark i sidan av Snekäfts Bosse och det gjorde ont att skratta.
Den drygpicken ska nog få så han tiger. Vänta du bara.
Han kände försiktigt på sina revben och undrade om något gått av. I sitt inre spelade han upp det som hänt.
Varför kom Bosse till parkeringen egentligen? Kunde det vara han som huggit fast kråkan? Nä, han trodde inte det. Det verkade som han visste att flickorna... eller både flickorna och pojkarna varit där och gjort nåt med hans bil. Han hade vetat om att Knujt konfronterat Ballen och Irka. Även om han trodde att det rörde sig om misshandel, alltså måste han ha pratat med dem.
Snekäften läre ha vare vid Skrikmåsen för å konfrontera mig. Dä va nog som Sur Stålblom sa, Bosse retade medvetet upp mig för å få anledning å få omkull mä, så han kunde tjyvslå , eller sparka på mig, å sen få dä å se ut som att han handla i självförsvar.
Knujt blev besviken på sig själv som åter igen tillåtit sig att ledas så lätt.
Vad var det egentligen för fel på dessa ungdomar som kallade sig för Kråkorna? De hade av nån anledning varit först på fiskaren Bertils mordplats. De hade knäppt bisarra kort som de lagt ut på Instagram. Vid plogbilsolyckan var de också bland de första på platsen, och de försökte ta bilder där också. Irka verkade helt galen då Eidolfs gråklädda gubbar gick iväg med henne, och hade hon kunnat mörda med blicken så hade han varit död nu. Det var nåt hon sagt som han tyckte var lite märkligt... ”Jag ska skicka

förbannelser över dig!” När hon sagt det så hade hon varit fullt allvarlig, som om hon trodde att hon kunde kasta besvärjelser på folk. Knujt hade fått en liten olustkänsla i kroppen då. Kråkan på vindrutan var inte heller en direkt vanlig ungdomsgrej gissade han, det kändes lite ”voodoo-aktigt”. Det hade bara fattats att det funnits blodiga magiska-tecken runt bilen också, som ett pentagram med svarta ljus i stjärnspetsarna.
Nä, dom ha nog jävlats färdigt dom dä kråkerna nu, å kråkpappan läre nog inte heller besvära mig nå mer efter va Rune Stålblom gjorde.
Han försökte intala sig det, men var ändå inte så säker på att det var över. Det var fler saker som inte heller var över. Fallet med fiskvarelsen som åt folk. I morgon skulle han bli tvungen att ta itu med det. Han försökte att inte grubbla på det nu, han måste sova för att orka med sin plikt i morgon. Trots att han visste att det kanske inte var så bra, så stängde han av båda sina mobiltelefoner. Hade han tur kanske han skulle få sova ut.
Tankarna letade sig mot mordet på Lars Almarfjord och mordet på Viola Mannerlund. Han hade löst det, men det fanns fortfarande frågetecken som störde honom. Tillexempel var det väldigt långsökt och sjukt av Viola Mannerlund att döda den femtonåriga grannpojken Lars. Det kändes lite skevt som hämnd för att Gudrun legat med hennes man. Det gnagde som om det var en pusselbit som fattades. Det var nåt med den där utredningen som han missat, en sten han inte kollat under. Men han kunde inte komma på vad.
Den händelserika dagen krävde ut sin rätt och Knujt somnade inom kort, fast han försökte hitta den saknade pusselbiten.

Kapitel 68.

Söndag 18:e Oktober.

Strandpiren.

Daniel Fågelskog var som vanligt först på plats. Han såg det som sin plikt, även om de andra i färjepersonalen gott och väl skulle kunna komma före honom. Nä, var man kapten så kom man först till sin skuta och man gick av sist. Han hade följt i sin fars fotspår, så som hans far följt sin far. Daniel såg sitt hedersamma arbete som ett yrkesarv. Själv hade han inga barn och det var med sorg i hjärtat han fasade för den dagen då nån utanför hans blodsätt skulle ta över efter honom. När han kom fram till Färjeterminal.1 på kajen så stannade han upp och blickade ut mot färjan och vattnet. Färjeterminal.1 var hans fars påhitt. Förut hade det bara kallats kajen. Det var väl egentligen bara en kaj det var. En större brygga där färjan förtöjdes, med en liten stuga intill där passagerarna kunde vänta. Men Färjeterminal.1 lät så mycket pampigare.

Det var fortfarande mörkt, men solens första strålar hade precis brutit sig över horisontlinjen och Daniel Fågelskog betraktade de svaga vågorna som slog mot den steniga strandpiren intill. En korp satt och pickade på nåt som guppade intill en sten. Vad var det för något tänkte Daniel och gick närmare. I sin portfölj som han alltid bar med sig hade han sin frus hemgjorda smörgåsar med leverpastej, skinka och ost, men även en stor ficklampa som han ärvt av sin far. Det var en lång och tung ficklampa med 4 stora batterier i skaftet och den kunde även användas som batong. Han plockade fram den och lyste på det som guppade. När ljusstrålen träffade flög korpen iväg och gav ifrån sig ett missnöjt kraxande. Daniel flämtade till och höll på att tappa ficklampan då han såg det som korpen nyss hackat näbben i.

Kapitel 69.
Rostat bröd.

Eidolf Maschkman läste fredagens dagstidning trots att det var söndag. Det hade varit ovanligt mycket de sista dagarna så han hade inte hunnit läsa den tidigare. Han var vrålhungrig men väntade på att husan skulle komma med rostade mackor. Äggröran, gröten, juicen och kaffet fanns redan framför honom, perfekt uppställt. Han var en man som följde rutiner och morgonrutinen var en av de viktigaste. Han kunde inte börja äta förrän allt var framplockat. Egentligen började han alltid dagen med sin frukost, men denna söndagsmorgon hade han blivit väckt av rättsläkaren Sten Ljungson. Ljungson hade i sin tur också blivit väckt. Det hade varit ett fynd vid färjeterminalen och Sten ville att Eidolf skulle följa med. Den där Knut Waxler hade inte svarat när Sten ringt och det skulle Eidolf minsann förklara för den nya polisen att det inte var acceptabelt.
Han veckade ihop tidningen då husan kom på skyndsamma fötter. De rostade mackorna fick inte bli kalla, de var alldeles nyss smörade så han kunde se en del av smörklickarnas gulhet. Det var bra. Hade smöret hunnit smält in helt i brödet kunde mackorna kanske vara för kalla när han fick dem. Nu var de perfekta. Han skyndade att ta några rejäla tuggor så han kunde känna värmen i det spröda brödet. Sältan av smöret på den gyllenbruna rostade mackan smakade som den alltid gjorde... fantastiskt.

- Eidolf, det var en av de intagna som avled igår!

Det var hans fru som talade. Eidolf gillade inte att bli störd när han åt... helst inte under frukosten. Han visste att hon också visste det, men hon brydde sig inte så noga. Vilket fick honom att dra ett djupt andetag med återhållen irritation.

- Jaha... ja det har ju hänt förr... att patienter dör. De är ju sjuka och det är därför de är på ett sjukhus. Jag har varit vaken sedan långt före frukost, jag måste få äta nu.

Han tog en tugga till och märkte att nu var det betydligt mindre värme kvar i brödet. Frun ignorerade det han sagt och fortsatte.

- Den här patienten har varit hos oss väldigt länge. Helt utan släktingar, men så dök det upp en bekant som skulle ärva hennes torp. Jag hade anordnat ett dokument där vi skulle få egendomen om patienten gick bort, men det papperet var spårlöst borta. Nu är det nån Knut Maxner... eller han hette faktiskt "Knujt" Maxner från Iggesund som kommer ärva Hulda Rojts lilla torp på Bjärudden.

Eidolf stannade upp med sitt tuggande, knastret från det rostade brödet fick honom att ifrågasätta om han hört rätt.

- Vad sa du Marianne? Sa du Knut Waxler från Ingesund?

Hon såg mot honom, aningen förvånad av hans plötsliga intresse.

- Nej, jag sa Knujt Maxner från Iggesund.

Eidolf sträckte på sig, svalde och torkade sig om munnen.

- Det kan inte vara möjligt! utbrast han med vilt stirrande ögon.

Kapitel 70.
Pentagrammet och lappen.

Efter att ätit 2 kokta ägg, en tallrik mannagrynsgröt med sylt och 3 mackor med blandat pålägg, så drack Knujt nu sitt kaffet på Skrikmåsen. Han uppmärksammade en familj som av nån outgrundlig anledning valt att semestra på denna ö. De hade övernattat på hotellet och ätit frukost, nu skulle de betala. De var tyskar till på köpet, så att de hade nån anhörig som var inlagd på sjukhuset var inte så troligt.
Hur kan man åka ända från Tyskland till Sverige för å semestra här? Dä måste väl finnas tusen bättre alternativ å ta mä sina barn till, än till en ö mä dårar.
Han skakade lite uppgivet på huvudet för sig själv, kanske de letat sig till dessa avkrokar för att besöka Trolska Skogen, men den attraktionen var ju strax innan Mellanfjärden och låg på fastlandet. Det kanske var stängt där så här års och de hoppades på att få se nåt annat ovanligt... som några dreglande idioter på ett mentalsjukhus. Han kom av sig då han såg att det var Sur Stålblom som jobbade och kom fram till kassan. Knujt lutade sig en aning framåt och spände öronen. Det här kunde bli roligt.
- Guten morgen! Wir müssen auschecken... wir wollen bezahlen.
Rune Stålblom stirrade på mannen, som förmodligen var pappan och var den som skulle få betala kalaset.
- Va säge du fla? Ha du gluten i magan å mäter akustiken mä bollen i salen?
Tysken förmodade att inte hotellgubben förstod.
- Pay!... Betalen!
- Betala! Ja säg dä rå, å ge fan i å prata nå anne skitspråk. Ni tyskjävlar borde lära er att inte en vettig jävel vill prata erat surspråk. Ni borde lära er Svenska inna ni kömme hittens å själ våre älgskyltar å springer runt i skogen å skiter ner... å fylle fickerne era mä älgskit!
Turisterna flinade och nickade. Knujt småskrattade och tänkte på att för nån dag sen var det han som blev utskälld och idiotförklarad av Stålblom, nu satt han och hade roligt åt när andra blev det. Det hade satt sina spår att Rune hjälpt honom när han blev överfallen. Inte för att Rune på nåt sätt verkade trevligare eller snällare, men

nu visste han att gubben iallafall hade nån form av heder och moral, och det fick honom att inte framstå som en fullfjädrad skitstövel rakt igenom.

- Va rä inte Hitler som ville gö er till den enda rektiga rasen ä, va fan har ni hänne å gö rå? Nä höll er hemma ni, öm ni ä så jävla böverlägsen å ät ere bratwurstar å brysselkål!

Så fort han sagt namnet på den gamle Fürern försvann leendet på tyskarnas läppar.

- Was sagst du?
- Sax! Ja begrip inte va du säge fla! Va fan ska ru mä ena sax tell? Dä ä väl ingen jävla frisörsalong du ä på ä.

Sur Stålblom lät irriterad och Knujt undrade hur en sån människa kunde driva ett hotell, ett närlivs och en resturang. Han borde ju ha ett rykte om att vara den otrevligaste hotellägaren i Sverige... eller i hela Europa. Ett sånt ryktet borde ju nått fram till Tyskland med lätthet, tänkte Knujt.

En liten spröd tant kom uppsmygandes bakom Rune och lade handen på hans axel. Knujt kände igen tanten från den första natten då han checkat in. Det var hon som stått i bara nattlinnet i foajén, nu var hon iklädd en klänning.

- Ja, ja hoppes hä ha vare bra hänne iallefall, sa Rune i en betydligt trevligare ton.

Knujt la märke till att Rune flinade och han såg för en gångs skull glad ut. Han kom åter att tänka på när han checkade in. Då hade Rune också blivit trevlig i tonen samtidigt som tanten dykt upp.

Dä där måste va frun. Va dä inte Birgit, Markel sagt att hon hette?

Han funderade på det och konstaterade att så måste det vara. Det var ju inte första gången som en råbarkad flåbuse till karl blir tillyxad av frun så att han uppför sig ordentligt bland folk.

Tyskarna betalade och Rune log fortfarande. Knujt drack upp sitt kaffe och tänkte bege sig därifrån. Han skulle åka och ta sig en titt på det lilla torpet som han ärvt. Det borde han hinna innan nån undrade vart han var. Han hade sagt till Leila att han skulle äta frukost och sen undersöka en del saker som hade med utredningen att göra. Han borde väl hitta till torpet, det skulle ligga på... vad var det det hette?... Bjärudden. Kanske han skulle fråga Sur Stålblom om vägen?

När han närmade sig kassadisken kom prästen inlommandes från entrédörrarna, han som talat med Storkroks Benjamin dagen innan.

- Goddag, eller god morgon kanske man sak säga! Må herren vare med dig!

Knujt blev lite stöss av att prästen vänt sig till honom.

- Jo men tackar, å gomorron själv!

Prästen riktade sedan in sig på Rune bakom disken.

- God morgon käre Rune. Det råkar inte vara så att du vet om den där nye polisen har dykt upp här på ön? Halleluja!
- Män dra en säl i hängtissarne! Nu hade du en jävla tur å!
- Jasså! Varför då om jag får fråga? svarade prästen undrande.
- För han står bakaför dä!

Prästen snodde runt och granskade Knujt från topp till tå och sa,

- Dä va mä en långsmalan en! Sen sa han,
- Men hejsan! Så det är du som är han? Så trevligt att träffas. Välkommen hit till ön!

Det första han sagt hade låtit som om han pratade till sig själv, med en annan röst. Märklig människa tänkte Knujt, men log och tänkte skaka hand.

- Att skaka hand har blivit djävulens påfund i dessa tider... Corona du vet!

Knujt kom på sig och tog ner handen.

- Äh! Jävla joll! Inte finns dä nå kåråna ä! Dä ä bare nå skit som bankerna å rik pamparna ha hitta på för dom ska kunna ha koll på världsekonomin!

Knujt och prästen tittade frågande på Rune.

- Hur mena du nu? sa Knujt.
- Män si rä ömkring. Dom stänger ju ner hela världa. Alle mindre företag komme å gå unner, å då kan storfräsarne gå å göra ”all-in” sen, å ta över allshtihop. Å sen styr dom världsekonomin!

Knujt kom inte på nåt bra svar på det, och det gjorde inte prästen heller.

- Jo, jag kanske borde presentera mig. Jag heter Vendel Kallgård och jag är präst här på ön. Halleluja! Tack herren frälsaren! Välsignad äro jag!
- Okej! Kul å träffas. Ja heter Knujt... eller ja mena Knut Waxler, å ja ä den nye polischefen. Va kan ja hjälpa dig mä då?

- Jo det är så att det är några gravstenar som blivit omkull välta och så har det ristats in ett pentagram på kyrkporten... har du hört något så bedrövligt. Den här satt fast under pentagrammet.

Vendel plockade fram en skrynklig papperslapp som var nersmetad med röd färg. Det var ett handskrivet meddelande på lappen som löd, "Witchcraft Rules!".

- Jag tror det är skrivet i blod! Sa prästen chockat.
- Ojdå!
- Vilka hedniska varelser kan tänkas göra något sådant på Guds hus?

Ja ha nog mina aningar. Ett gäng med ouppfostrade snorungar, tänkte Knujt men istället sa han,

- I dagens läge finns dä folk till allt. Ja ska försöka å ta mig en titt lite senare. Eller vill du lämna in en anmälan så kan du gå till vakten å tala mä Leila.
- Vet ni vafför inte ja råkat ut för nå vandalisering nån gång?

Stålblom lade sig i konversationen, men ingen hann med att svara förrän han fortsatte,

- Däffor att fölk vet att slö dom sönt nå för mäg så blir dä dyscht för dom. Ja ge tebaks tusenfalt direkt mä stryk å övervåld. Dä ä dä enda som får fölk å begripa. En gång va rä en som va full å åkte moped å höll på å köra på mä. Han va iåförsäg en meter ifrån, men av principskäl kasta ja en konservburk i skallan på'n utaför simskolan. Han körde omkull i basängen å höll på å drunkna. Nästa gång han va ute å körde å feck syn på mä så stanna han å geck mä mopeden förbi mä. Dä ä respekt dä!

Knujt kunde hålla med om det men det kunde han ju inte säga högt i rollen som polischef. Prästen hann svara först.

- Amen på dä! Så tycke ja att vi skulle göra å!
- Men Herre Gud vad är det jag säger? Förlåt mig! Man skall behandla andra så som man själv vill bli behandlad.

Återigen talade prästen lite knepigt. Det där första han sagt lät hesare och hade inte den där fromma klangen som det sista han sa.

- Dom som ha karva sta mä kniven på din kyschk dööр... Dom vill bli behandlad lika själv å rå mena du? Att man ska karva dom mä kniv å hugga fast dom på e dööр? frågade Stålblom
- Ja... eller nej, eller jag menar att...

De blev avbrutna av att Den gode, den onde och den fules melodi ljöd från Knujts ficka. Han suckade och ångrade att han knäppt på mobilen under frukosten. Han såg på displayen och identitet okänd lyste på skärmen.

Kapitel 71.
Den nakna sanningen.

Det var varken där Sören Kålderot hade sitt kontor eller där Marianne, föreståndarinnan som han fått nyckeln till torpet av, hade sitt kontor. Eidolf Maschkmans kontor låg i en annan del av mentalsjukhuset. Det hade tagit Knujt en stund att hitta dit, men efter många korridorer och hissfärder stod han utanför en liknande säkerhetsdörr som hos Kålrots-Sören. Ett elektriskt brummade kom från låset och Tudor stod innanför dörren som öppnats automatiskt. Eftersom Knujt visste att Tudor inte var så pratglad lät han bli att säga nåt, han följde bara tyst efter den råbarkade Ryssen.
Kontoret var mycket större än både Sörens och Mariannes. Eidolf satt bakom ett massivt skrivbord och fyllde i några papper utan att lyfta blicken mot Knujt.
- Ja nu ä ja här! Va va dä du ville prata mä mig om?
sa Knujt undrade, men Eidolf gjorde ingen antydan av att svara sin gäst. Han fortsatte att bläddrade i sina papper länge och väl, och Knujt gillade inte att han blev ignorerad. Varför var han här egentligen? Eidolf hade ringt och sagt att det framkommit en del nya fakta som han personligen ville tala med honom om. Knujt gissade att det var nåt om fallet med Mannerlunds och Almarfjord, eller så hade det dykt upp något angående fiskdjuret som mumsade på folk. Nu var han inte så säker längre. Hela stämningen i rummet var spänd. Det var nåt som inte var bra... inte bra alls. Eidolf lät honom stå där och vänta... som för att han skulle få svettas lite, som han skulle grillas innan Eidolf kom med det han skulle prata om. Vad kunde det vara? Han hade väl inte gjort nåt speciellt. Han hade väl skött sig exemplariskt efter regelboken tyckte han... eller kanske inte. Han kom inte ihåg speciellt mycket från regelboken, men han hade handlat efter hur han tyckte man skulle göra, och det måste väl vara ungefär lika bra?
Han hoppade till och vände sig om då dörren öppnades bakom honom. Genast for luften ur Knujt och han förstod varför han var inkallad till Eidolf. Det var Marianne som stegade in med ett stramt flin i sitt smala ansikte. Chocken hade inte hunnit lägga sig förrän Eidolf harklade sig så Knujt vände sig mot skrivbordet igen.

- Öhm! Ja då är alla samlade, då kan vi börja. Knut Waxler!... Eller ska jag kanske säga Knujt Maxner?

Knujt kände hur hans ansikte fick en rödare nyans. Hur fan kunde han vara så korkad att han inte fattat det. Eidolf var ju föreståndare och chef för mentalsjukhuset, varför fattade han inte att föreståndarinnan då kunde vara hans fru?

Ja ä ju alldeles för dum för å spela polis. Hur fan kunde ja missa dä där?

- Du har ju redan träffat min fru, föreståndarinnan Marianne Maschkman, så jag behöver inte presentera er.

Eidolf tystnade igen, men Knujt fattade inte om det var för att han förväntades prata, eller om Eidolf funderade på vad han skulle säga härnäst. Knujt nickade mot Marianne och mumlade ”Hej” så lågt att det nätt och jämt hördes.

Eidolf tog ett djupt andetag.

- Tidigt i morse... då du inte behagade svara i din telefon... så var jag och Rättsläkaren Sten Ljungson nere vid Färjeterminal 1. Kaptenen på färjan hade funnit ett lik vid strandpiren.

Knujt fick en oroskänsla som smög sig på från alla håll och kanter. Han försökte reagerade så förvånat som man nog borde göra när man får reda på att ett lik hittats.

- Jaha, vem då? sa han och var inte säker på att rösten lät så stabil som han hoppats.
- En död man i femtio årsåldern. Vi väntar på att Sten Ljungson ska bli klar med identifieringen av liket, samt fastställa dödsorsaken. Det vi tror oss vara säkra på är att den döde är Knut Waxler från Ingesund... Han som borde vara du!

Det blev tyst och alla stirrade på Knujt som svalde, vad som kändes som en kastanjeboll, stor som en båtmina.

Dom kan väl inte förvänta sig att ja ska svara. Va fan kan man svara på dä? Ja ä rökt! Ja måste försöka göra allt för å skademinimera, eller heter det skadesanera? Va i fridens tider kan ja säga?

Eftersom han inte fick ur sig nåt vettigt valde han att vara tyst.

- Jag förstår att du inte har något bra svar! Jag hade gärna hört ett uttalande från dig, men jag hade inga större förhoppningar på att du ens skulle försöka. Enligt min fru Marianne så heter du Knujt Maxner och kommer från Iggesund. Du har precis ärvt ett litet torp av en nu avliden patient, så man kan säga att du är nu en öbo... eller det är väl det du hoppas på att bli eftersom du snart är bostadslös. Jag har nämligen kollat upp dig Knujt... med J T på slutet. Du har bara din lägenhet i Iggesund kvar till den sista Oktober, knappt två veckor till. Sedan är du bostadslös. Att ärva ett litet torp kom ju väldigt lägligt precis nu... eller hur?

Knujt fick en skopa irritation att välla fram inom sig, vilket han kanske behövde. Att vara nervös, rädd och inte kunna prata var inte bra i detta läget. Att vara lite arg gjorde det lättare att försvara sig, bara han höll irritationen i schakt. Han svarade utan att försöka låta speciellt berörd,

- Ja du Eidolf! Nu när du säger dä så ä dä väldigt lägligt, men jag kan ju inte rå för att ja ärver ett torp!
- Nej det kanske du inte kan, men du rår för att du inte är den du säger dig vara. Jag skulle vilja ha en förklaring. Du har utgett dig för att vara polis och det gör dig skyldig till föregivande av allmän ställning. Bara det kan ge fängelse i upp till sex månader.
- Inte mer än så? utbrast Knujt helt spontant, men ångrade sig direkt.

De skulle tro att han inte insåg allvaret, men det gjorde han. Det var bara det att han trodde han gjort sig skyldig till ett straff på kanske 5-6 år. Ett halvår va ju fjolligt lite.

- Vi kan nog komma på flera åtalspunkter ska du se!

Det var Marianne som hoppade in i konversationen, och det lät inte som hon överdrev eller skämtade.

- Vållande till annans död, drop... eller varför inte mord till att börja med!
- Mord? Å vem fan skulle ja ha mördat om ja få fråga?

Nu hade Knujt svårt att hålla irritationen stången.

- Ja han ni utser er för att vara så klart. Att mörda en polis kan ge... var det inte några rånare som blev polismördare? Det var väl några poliser som blev ihjälskjutna när dom jagade rånarna. Jag läste någonstans nyligen att de fick 35år.

Nu log hon och visade två jämna och fina tandrader i en något gul nyans.

- 35år är lång tid det Knujt, fyllde Eidolf i.

Knujt kom att tänka på ett talesätt... ”Lika barn, leka bäst!”

Dä borde ja ju ha förstått, att dom dä två va gifta. Dom ha ju lika kalla ögon bägge två, dom hånflinar lika, å dom ser lika smala å uttänjda ut i skinnet. Dä skulle inte förvåna mig om dom ä syskon.

- Ja, ja ha inte mördat nån polis, så ja komme inte å få våra 35år i fängelse!

Han försökte låta så självsäker han kunde, men det var inte så lätt i den situation han befann sig i. Samtidigt var han väldigt nyfiken på liket de funnit. Var det verkligen den riktige Knut. Isåfall hade han haft rätt i sina föraningar om att den snubben drunknat. När han kom att tänka på det slog det honom...

- Mord sa ni, hur har den där... döde mannen dött om ja får fråga? Han hittades vid strandpiren sa du... hade han drunknat? Dä ä väl inte mord?
- Vad får dig att tro att han drunknat?
- Ja, hittas man i vattnet vid en strandpir så tar ja för givet att personen i fråga ha drunknat.
- Jag har inte sagt att han hittats i vattnet, jag sa bara att han påträffades vid strandpiren... om det var i vattnet eller på land sa jag inte.
- Nähä, dä kanske du inte sa, men skitsamma! Du fattar va ja menar.
- Som jag sa så väntar vi på rättsläkarens svar angående dödsorsaken, och rör det sig om mord så kan jag tala om för dig att du är den huvudmisstänkte.

Eidolf hade facit i hand, men han hade inte för avsikt att avslöja några detaljer om liket de hittat. Att mannen som troligtvis var den rätte Knut dödats under mystiska omständigheter ville han behålla för sig själv. Det var bara han och rättsläkare Sten Ljungson som granskat liket närgående. I ett första utlåtande trodde Sten att mannen dött av yttre våld på bröstkorgen. Eidolf själv hade trott att nån huggit mannen med ett tillhygge, men Sten hade sett liknande skador förr... då jägare attackerats av skadeskjutna älgar. Sten ansåg att skadorna på mannen tillkommit från ett älghorn. Eidolf hade svårt att tro det. Hur kunde en älg stånga ihjäl en man ombord på en färja. Det var ju omöjligt. Mannen måste i så fall ha klivit av och därefter blivit stångad... men ingen hade sett honom kliva av färjan. Så länge det bara var han och Sten som visste vad mannen utsatts för kunde han säga vad som helst för att få bort den här låtsaspolisen. Om nu Sten Ljungson hade rätt i sin bedömning så skulle det bli mycket svårt att få Knujt som den skyldige.

Knujt svalde och visste inte riktigt vad han skulle säga. Att ljuga ihop en historia som bevisade motsatsen av vad de antydde var omöjligt. Åtminstone under de närmsta sekunderna. Han beslutade sig för att förklara hur allt egentligen bara var ett missförstånd.

- Ja, ja heter Knujt Maxner, å är från Iggesund. Ja kom hit för att en sköterska... sköterskan som ja hade mä mig på ditt kontor...

Han vände sig mot Marianne.

- Lillian Dålmersson, hon ringde mig för några dagar sen å ville att ja skulle tala mä en av era patienter.

Han kom å tänka på det Lillian sagt, att han inte skulle antyda att de var släkt. Det skulle räcka med att han var bekant med Hulda Rojt.

- Dä va därför ja kom hit. När ja kom till vakten hörde Markel fel på mitt namn å misstog mig för å va den nya polischefen. Han drog iväg mig till kometkraschen, å sen ha dä liksom bara rullat på.

Eidolf skulle just säga nåt då Knujt snabbade sig att inlägga,

- En sak som bör beaktas i den här historien ä att ja egentligen skulle ha blive polis... men tråkigt nog blev ja avstängd från polishögskolan precis under själva slutprovet. Hade ja inte blivit dä så?... Ja, då kanske dä varit ja, Knujt Maxner som ni anlitat som efterträdare till Ove Gårdsvik, å inte Knut Waxler.

Han försökte se så duktig ut han bara kunde, som om han var en fantastisk människa som de borde vara glad att ha till hands... men när han stod där med ett tillgjort leende och knytnävarna mot sidorna kände han sig som en parodi på en superhjälte. Det fattades bara att en ”ta da-fanfar” skulle ljuda. För att inte känna sig alltför pinsam tog han ner händerna och slutade att flina ganska omgående.

Både Marianne och Eidolf stirrade på honom under tystnad. Det kändes som en evighet tyckte Knujt, men till slut la Eidolf huvudet på sned och betraktade honom med kisande, fundersamma ögon.

- Du menar på fullaste allvar att vi ska tro att en normalt funtad man tar på sig rollen som polischef, för att någon förväxlar honom med en riktig polis?
- Öh... Ja, dä tycke ja ni ska tro, svarade Knujt med en något lägre röst. Han hörde själv hur dumt det lät.
- Det var det dummaste jag har hört! Du är här för att lura åt dig Huldas torp. Varför du vill vara polis begriper jag inte, men det kommer nog fram förr eller senare.

Marianne lät bitsk och verkade inte vilja höra på några dåliga bortförklaringar. Hon tänkte fortsätta sitt utlägg, men Eidolf höjde en hand i en stoppande gest mot henne och hon tystnade.

- Inte för att jag tror det du säger är sant, men Daniel Fågelskog... Kaptenen på färjan sa att han hittat några kvarglömda väskor på färjan i torsdags. Han hade inte rotat i bagaget, men han hade sett polislegitimationen och lämnat väskorna till Markel i vakten sa han. Han kom även ihåg att han sett mannen kliva ombord på färjan, men... inte av. Han kom även ihåg att han sett dig.

Knujt såg ett halmstrå att greppa efter och tog chansen, även om han fick rucka lite på sanningen.

- Ja dä stämmer! Markel kom mä väskerna. Där i fanns polislegget, pistolen, å plånboken mä Knuts körkort. Jag va ju redan involverad, å ville gärna lösa fallet så ja fortsatte spela polis.

Knujt undrade hur mycket han skulle babbla, men lite till kunde han ju säga tyckte han.

- Mä facit i hand så måste du ju hålla mä om att ja skött mig ganska bra! Ja ha ju löst två mord på bara nåra dar.
- Det förändrar inget! Du är fortfarande en arbetslös civilist som låtsas vara polis. Du förstår väl att jag måste rapportera det här vidare? Hur gärna jag än skulle vilja hålla folk utifrån borta från det här. Men en riktig polis har hittats död, och innan vi ens funnit hans lik har du tagit den dödes plats. Du hör väl att det här inte är något man kan sticka under stolen med?

Knujt förstod ju det. Det lät inte alls bra och han blev fruktansvärt trött på sig själv. Vad hade han trott egentligen? Han hade ju förstått att det inte skulle funka och han visste ju att hans charad skulle gå i kras. Egentligen var det ett under att han lyckats leka snut så här länge. Vad skulle hända nu då? Han var arbetslös, snart bostadslös och även om han ärvde ett torp skulle inte det hjälpa om han hamnade i fängelse. Fanns det inget han kunde göra för att förmildra situationen?

- Ja tycke ja skött mitt jobb väldigt bra, trots att ja egentligen inte ä polis. Få ja fråga varför ni ville ha hit en polis ända från Värmland? Dä måste ju finnas kapabla snutar betydligt närmare. Ja skulle tro att saker å ting inte riktigt sköts som dä ska på den här ön, och att den där Knut va en korrumperad snut som inte följde regelboken till punkt å pricka. Dä va därför han passade in på era kriterier, ni ville ha en skrupelfri polis som va beredd å böja lite på lagen. Då kan ni göra lite som ni vill här på ön... som bland annat låta era gråklädda, maskerade män städa undan på brottsplatser. Vilka ä dom egentligen, å varför ä dom maskerade? Dä ä nog en hel del som folket på fastlandet skulle vilja höra talas om, som till exempel en fiskvarelse som äter folk.

Först hade Marianne bara ett förnärmat uttryck i sitt sura ansikte, men när Knujt nämnt fiskvarelsen reagerade hon förvånat och vände sig direkt mot Eidolf.

Jasså, dä ä inte bara för resten av världen dä mörkas för ser ja. Dä hålls hemligheter för frun också, tänkte Knujt något triumferande.

- Fiskvarelse? Vad talar han om?

Marianne pendlade med blicken mellan Eidolf och Knujt.

Ja hur ska du slingra dig ur dä här då sjukhusgubbe?

Eidolf brydde sig inte om sin fru, och släppte inte Knujt med sina isande ögon.

- Herr Maxner här vet nog inte själv vad han talar om. Jag skulle vilja att ni lämnade ifrån er allt som har tillhört den avlidne Knut Waxler, inklusive tjänstevapen, polislegitimation, körkort och plånbok. Är det något mer ni har på er som tillhört honom vill jag att ni lämnar det också.

Knujt som hoppats att han kanske kunde hota sig till förmildrande omständigheter, gillade inte utgången av sitt utlägg. Eidolf var fast besluten att Knujt skulle stå till svars för det han gjort och att hans tid som polis var över, men att lämna över allt som var Snut-Knuts tänkte han inte göra. Han trodde inte att Eidolf visste att allt det som Knujt nu hade på sig, inklusive kalsongerna, var den riktiga polis-Knuts. Skulle han helt plötsligt klä av sig naken skulle de väl tro att han inte var klok.

- Lägg ifrån er allt som har tillhört Knut Waxler sa jag!

Eidol reste sig samtidigt som han höjde rösten och pekade i en demonstrativ gest att han menade nu på en gång.
Först skvatt Knujt till, men sen kom de återhållna irritationerna fram med en väldig fart.

- Ja dä kan jag väl göra, svarade han minst lika bestämt som Eidolf.

Därefter gjorde han som han blev tillsagd, han lade ifrån sig allt som tillhört Knut Waxler. Efter mindre än en minut stod han naken framför Eidolf och överlämnade sina kalsonger, vilka egentligen var Knuts, på skrivbordet framför Eidolf. Alla närvarande stirrade stumt på Knujt. Marianne stirrade lite extra ingående, vilket Eidolf lade märke till.

- Vad fan håller ni på med karl? Klä på dig människa!
- Ja gör bara som ni säger! Den nakna sanningen ä att allt ja hade på mig tillhör... eller tillhörde den dä Knut. Ja personligen hade inte tänkt övernatta här på ön så ja hade inge ombyte mä mig!

När Knujt märkte hur besvärlig de andra tyckte den här nakna situationen var insåg han att han nog hade överreagerat igen. Han skulle just skyla den nedre regionen med sina händer då dörren öppnades och en högrest gestalt kom in.

Kapitel 72.
Hållhaken.

Vad hade egentligen hänt tänkte Knujt när han letade sig ut från Eidolfs kontor och bort från dårsjukhuset. Han hade sina... eller Snut-Knuts kläder på sig igen, men visste inte riktigt om det kändes bra eller dåligt.

När dörren öppnats på kontoret hade en äldre, högrest man stegat in. Att det inte var vilken pajas som helst hade Knujt förstått direkt när alla de närvarande stelnade till och sträckte på sig som i givakt. Det hade varit en enorm auktoritet över den långe mannen, vilken var klanderfritt klädd i blyertsgrå, nästan svart kostym med väst och slips. Han höll ena handen bakom ryggen och i den andra en käpp som han stödde sig på... mest för syns skull gissade Knujt. Trots att Knujt stått naken mitt på golvet verkade mannen inte ens notera att Knujt fanns där. Han hade vänt sig mot Eidolf och sagt med en knarrande och dov röst,

- Jag skulle vilja byta några ord med dig!
- Javisst Herr Jaarstierna! hade Eidolf svarat och genast gått ut från sitt kontor med den långe.

Marianne hade verkat aningen nervös och inte sett åt den nakna Knujt, vilket han uppskattat.
Herr Jaarstierna hade Eidolf sagt, och Knujt förstod att det måste vara den riktige hövdingen, ägaren till hela dårsjukhuset. Ruben Af Jaarstierna, han som Markel nämnt tidigare.
Efter nån minut kom Eidolf tillbaka. Det hade känts som en evighet för Knujt, vilket var förståeligt när han stod naken bland okända människor. Det var då det oväntade skett. Eidolf hade stegat in och pekat på klädhögen, inklusive kalsongerna på skrivbordet och sagt,

- Du kan klä på dig. Vi har kommit fram till att du nog är en sådan polis som vi söker. Du har visat att du med lätthet kan utföra diverse olagligheter och du skiljer dig i ditt sätt att agera.

Han gjorde en menande gest med handen mot Knujts nakna kropp.

- Vilket kan vara bra på en ö fylld med dårar. Du har visat ett starkt driv till att vilja lösa svåra fall, och du klarar av att tänka utanför vanligt folks något inskränkta rutmönster.

Han hade gjort en konstpaus innan han fortsatte med kylig röst och sin istappsblick.

- Vi är glada över att vi kan lita på att du inte springer till fastlandet och kallar på förstärkning. Likaså att du inte vill ha hit pressen. Det är bra att du inser att vi inte vill blanda in obehöriga, och att de utifrån gärna skulle vilja gotta sig i att en polis mördats här på ön...mördats, och att en civilist tagit den döde polisens identitet.
- Men ja ha inte mörda nå...

Eidolf avbröt honom.

- Du har tur som fick chansen att bli polis... med egen polisbricka och allt. Och tur att den där Knut inte hade några anhöriga, och tur att han blev kickad från sitt polisdistrikt för att ingen ville ha med honom att göra. Vilket innebär att ingen förmodligen kommer att leta efter honom. Men om nu någon skulle leta efter honom... ja då hittar de ju dig. Skulle så ske och att det råkar bli... uppståndelse kring det, ja... då kan ju kroppen på den riktige Knut råka dyka upp. Men det är väl inget som något av oss vill, eller hur?

Knujt förstod poängen. Han kunde få stanna kvar som polis på ön och lösa sina brott så länge han låg under Eidolf och dårsjukhusets piska. Han gissade sig till att kroppen de hittat samma morgon vid färjeterminalen inte skulle dyka upp mer. Om den skulle dyka upp igen skulle den göra det i samband med att Knujt blivit lite väl obekväm för sjukhuset. Han gissade sig till att i så fall skulle kroppen ha en massa bevis som pekade på att det var Knujt som mördat honom och då skulle den falska identiteten uppdagas, och Knujt skulle få ta hela smällen och dömas för polismord.

Det var med mörkt sinne han gick ut från sjukhuset på dårarnas ö. Han kände sig lurad och utnyttjad och han tänkte till varje pris kräva ut en hämnd... bara inte här och nu, nä han fick bida sin tid. Egentligen så var det ju inte så farligt. Nu hade han ju chansen att göra det han var född till. Om han gjorde det under sitt eget namn eller ett snarlikt namn spelade ju ingen roll. Han var poliskommissarie och Chef, och han hade undersåtar, till vilka han skulle till nu. Det fanns ju fler ouppklarade mord att lösa.

Kapitel 73.
Whiteboarden.

Leila satt vid vaktluckan medan Katta och Knujt satt i samlingsrummet. Först tänkte Knujt tala om hur det låg till med hans två identiteter, men efter att ha funderat en stund på hur han skulle förmedla det på ett bra sätt kom han fram till att han inte skulle säga nåt. Det fanns inget bra sätt att tala om att han liksom skojat om att vara deras chef.
Enligt Eidolf skulle han ju fortsätta att vara polis, så då fick han väl vara det då.
- Jo du Katta! Markel sa nåt igår om att ni hittat lite andra grejer bland Oves papper... men ja tror aldrig vi kom in nå mer på dä.
- Jaha, va mena han då då?
Hon funderade och fick en lite irriterad uppsyn. Knujt gissade att det var på grund av att Markel antytt nåt som hon nu måsta förklara, men så ljusnade hon.
- Jo, just ja! Du vet Paula å Börje Älvstigs dotter Jana försvann ju för cirka 3år sen.
- Ja!
- De va den 24:e Juli.
- Okej... va dä nå speciellt mä 24:e Juli eller?
- Ja, dä hände en del andra saker just den dan.
- Jaha, va då?
Hon drog ut på svaret och log lite retsamt.
- Björn Almarfjord å Olle Mannerlund drunkna just den dan.
Knujts iver fick honom att sätta sig lite rakare i stolen.
- Att dä skulle va en tillfällighet tror ja inte på. Fallen måste hänga ihop på nå sätt.
- Precis va vi också trodde.
- Va dä inte en fiskeolycka som Olle å Björn dog i?
Katta reste sig och gick bort till ett bord där det låg en massa papper. Knujt gissade att de flesta av papperen var de som han kommit ner med från Oves kassaskåp. Hon rotade snabbt i högarna och fann några ark som hon gick mot Knujt med, medan hon läste högt.
- Olle Mannerlund å Björn Almarfjord påträffades drunknade på kvällen den 25:e Juli. Gunilla å Viola hade anmält dom saknad

tidigare under dagen då dom inte kommit hem under natten. Dom två familjerna hade haft fest den 24:e, men det slutade med ett mindre gräl och männen for iväg för att fiska. Enligt rättsläkarens rapport hade de båda två dött av drunkning på kvällen den 24:e. De hade nästan 2 promille alkohol i blodet å drunkningsorsaken fastställdes som onykterhet på sjön, å allt klassades som en olycka.

Hon bläddrade vidare bland papperen.

- Paula Älvstig å hennes man gör en polisanmälan den 25:e Juli på sin försvunna dotter Jana. Hon hade sagt att hon skulle gå en promenad längs stranden, men hon kom aldrig tillbaka.

Knujt inflikade,

- Å Ove trodde att hon stuckit självmant å snart skulle va tillbaka. Jo den dä rapporten läste ja som hastigast. Jana hittades två veckor senare utanför sitt hus, död mä magen uppskuren. En våldshandling enligt Sten Sten.

Han reste sig upp och kliade sig i sin något sträva skäggstubb. Han hade ju haft en liten teori när han varit på Älvstigs gård, en sjuk teori som han inte ville dela med sig av om han inte hade mer information som kunde stärka hans spekulationer. Hade han det nu? Nä, det hade han inte. Vad hade han egentligen? Knujt tog tag i en röd penna och gjorde sig redo att börja skriva på den ganska tomma whiteboarden.

- Va ha vi för ledtrådar angående mördardjuret som tappar fiskfjäll å utsöndrar slem?

Hans röst var fylld med iver, men inga svar kom vare sig från han själv eller Katta. Efter en stund tvingade hon ur sig nåt bara för att Knujt skulle få något att skriva.

- Den 22:a September hittas den döde Börje Älvstig, å Paula blir inspärrad. Rättsläkaren Sten Ljungson fastslog tidpunkten för Börjes död till den 16:e September, nästan en vecka tidigare. Under dom sex dagarna har nån ätit stora delar av den döde Börje ute i skjulet.

Knujt skrev kortfattat ner det hon nyss sagt.

- Enligt Sten så dog väl Lars Almarfjord troligen den 6:e Oktober? sa Knujt undrade.
- Ja, jag tror det!

- Den 12:e, sex dagar senare dödas Tula Salmersson, å igår morse, tre dagar senare mördades Bertil Karlström. Dä går kortare tid mellan offren, ungefär som om den gillar dä den gör... eller att den har fått upp aptiten.

Knujt funderade ett slag och kom att tänka på nåt som Sur Stålblom sa för nån dag sen.

- Ja hörde av Rune Stålblom att dä försvunnit både katter å kaniner på sistone. Ha du hört nå om nåra anmälningar på försvunna djur?
- Ja, nu när du säger dä, så ä dä nåra som vare hit å satt upp lappar på anslagstavlan utanför.
- Ja slår vad om att dä flesta djuren försvann mellan den 22:a September å 6:e Oktober, sa Knujt och lät övertygad.
- Ja kan kolla!

Katta skenade iväg ut och det dröjde inte länge förrän hon kom in igen med ivrig entusiasm.

- Du ha rätt! Mellan 24:e å 30:e September försvann dä 2 katter å 3 kaniner. Mellan den 2:a å den 4:e Oktober ha dä försvunne 1 katt, 1 kanin å en liten hund.
- Den som ätit va instängd i Almarfjors skjul å fick äta på Börje. När Börje hittades å blev bortförd blev dä som Älvstigs haft instängt i skjulet utan mat. Paula sa att dä behövde mycket mat, det hon kallade Yngve... Ynglet Yngve. När maten... dä vill säga Börje Älvstig forslades bort å Paula blev inspärrad blev ynglet helt plötsligt ensam, utan mat å utan tillsyn av dom som tagit hand om honom.

Katta hängde med på resonemanget och la ord i munnen på Knujt.

- Yngve blev tvungen å ta sig ut på byn å leta mat... så som katter, kaniner... å en hund.
- Precis! Tills han hittar Lars Almarfjord som ä mördad å förmodligen nersänkt i skithuset. Där ha han mat i nåra dar. Kanske börjar köttet bli dåligt å Yngve vill ha färskare kött, å letar då tag i Tula.

Katta nickade medhållande, men de båda blev tysta en stund och lät det hela sjunka in.

- Va ä dä för ett djur egentligen som dom hade i det där skjulet? sa Katta väldigt allvarligt.

- Inget vegan-djur! Om alla var veganer... då hade ni fått leta nån som snott morötter eller pallat äpplen, å alla andra hade levt. Köttätare ä mördare. Köttätares bajs luktar värre än grönsaksbajsare!

Knujt och Katta vände sig om mot Leila som stod i dörröppningen till allrummet och sög på en godisklubba. Hon neg och slickade lite på klubban, sen gick hon tillbaka till sin stol vid vaktluckan. Katta log lite och ryckte på axlarna till Knujt, som för att poängtera att Leila var så där och det var inte så märkvärdig att hon betedde sig som hon gjorde. Knujt höjde ögonbrynen och log tillbaka, men vände sig åter till whiteboarden.

- Va ha vi nu då? Vi har ett yngel som kallas Yngve. Sen ha vi nån som heter Sven som kan ha nå mä dä här å göra.
- Vem ha sagt nåt om nån som heter Sven?
- Dä va en gubbe ja stötte på vid stigen när du va vid strandkanten. Du vet på Bertils mordplats.
- Ja fatta inte att du träffa på en gubbe där. Ja borde ha hört honom.
- Tydligen inte. Gubben sa nåt om att Sven borde va glad när ynglet va så stort. Ja visste inte va han mena mä dä då... dä gör ja ju i och för sig inte nu heller. Men att han just sa ynglet fick mig å tänka på när Paula sa ynglet om dä hon hade i skjulet. Ja tycke dä borde höra ihop på nå vis.

Katta nickade.

- Ynglet... dä säger man ju om fiskbarn, du vet fiskyngel å grodyngel.
- Ja, å fiskar ha fjäll...

Båda blev tysta och funderade över det som de kommit fram till. Kunde det verkligen vara nån form av fiskvarelse som de letade efter. Med tanke på att Knujt sett en älgkvinna, en rödögd liten siluett och en spökmamma så var det kanske inte så svårt att tro att det sprang omkring en storgädda här också.

- Finns dä inte nån som vi kan fråga om Sven? Nån som känner till en massa om allt här på ön? Å nån som vi kan fråga om den där Öskar eller Oskar... å Käschken.
- Va sa du?
- Öh... Käschken!
- Vad, eller vem ä dä, å vem ha du hört dä från?

Knujt ville inte säga att det var hans spökmamma som bett honom hälsa till nån som hette "Käschken" om han såg honom... eller henne.

- Dä va bara nå ja hörde av Paula på sjukhuset... men hon kanske bara prata strunt å, ljög han.

Katta sken upp och Knujt förstod att hon kommit på nåt.

- Vi kan ju gå till Lemke, sa hon.

Hon såg på sitt armbandsur och sa sedan snabbt.

- Han börjar inte än på nån timme, å han har koll på mycket om ön... ja hela öns historia!

Det tog några sekunder innan Knujt hann placera namnet, men så slog det honom att det var ju Skåningen som jobbade på Skrikmåsen, han som blivit uppväxt i en kaninbur. När de samtalat för nån dag sedan så hade han bett Knujt att hälsa till Katta.

Så som hon sken upp när hon kom å tänka på Skåningen så skulle dä inte förvåna mig om dom ha nåt ihop, tänkte han.

- Lemke... Va dä Knutsson han hette? svarade Knujt som för att bekräfta att han hade koll på vem hon pratade om.
- Ja precis!
- Ja om du tror att dä ä okej att vi kommer å hälsar på så.

Kapitel 74.
Hos Lemke.

Det var tre hyreshus i sten och betong som stod efter varandra. Den lilla skärgårdsidyllen med små stugor och röda hus med vita knutar förstördes lite av de klassiska betongklossarna. De såg ut att vara byggda nån gång på 60 eller 70-talet. Lemke bodde i det mittersta och han flinade stort när han fick se Katta, men leendet falnade så fort han såg Knujt.

- Har de hent nåt? frågade han på sin skånska och såg orolig ut och flackade med blicken mellan Knujt och Katta.
- Nä dä ä lugnt Lemke! Vi vill bara prata lite mä dig. Du forskar ju om dä mesta här på ön å du kanske kan hjälpa oss lite i våran utredning, sa Katta lugnt.
- Ja, ja steår gärna till tjenst!

Han släppte in dem och önskade Knujt välkommen. Katta verkade inte vara involverad i välkomnandet, hon såg redan ut att vara hemmastadd och stövlade bara in. Lemke gjorde iordning tevatten och ställde fram ett fat med havreflarn och ett knippe gräslök på det runda köksbordet.

- Ja vasså geoda! De ä bara att smaga.
- Tack!... dä där mä gräslöken, ä dä nå Skånskt tilltugg eller? undrade Knujt försiktigt.
- Va? Naj, de ä bara ja som har kommit peå de alldeles sjelv. Preova! Gröslök ä jette gott till havreflarn!

Knujt gjorde ett försök, men höll sig till ett strå gräslök.

- Ja då ha man prova dä å, men ja tror kakan räcker bra för mig, sa Knujt och tog ett havreflarn till.
- Ja tycker de ä en fantastisk kombination. Va va de ni ville fråga maj om?

Knujt började lite trevande, han visste inte riktigt hur mycket han kunde säga till en civilist, men han hann inte mer än ett par ord förrän Katta tog över. Hon förklarade i korta drag att de inte kunde gå in på detaljer på grund av utredningstekniska skäl, men att det var några namn som dykt upp och de undrade om han hade någon aning om vilka det var.

- Vet du nån på ön som heter Oskar... eller som kallas för Öskar? frågade Knujt.

Lemke skakade försiktigt på skallen.
- Naj, inte va ja vet. Ja ä lessen!
- Okej! Vet du nåt om familjen Älvstig? Va som kan ha hänt deras flicka Jana som va försvunnen i två vecker?
- Jana? De va ju flera eår sen hon försvann.
- Ja det har dykt upp lite nytt, som ett namn... Sven! Vet du nån Sven som kan ha anknytning till Älvstigs?
- Naj, ja kende ju inte Älvstigs seå neoga! Sven sa du? Ja kommer inte peå nåt neu.

Ja han visste ju jävligt mycke. Typiskt! Här får man ingenting gratis inte.

- Vet du nåt om Älvstigs jänta Jana hade nåt mä Mannerlunds eller Almarfjords å göra?
- Naj! Varför freågar du de?

Knujt suckade lite uppgivet.
- Därför att Björn Almarfjord å Olle Mannerlund drunknade samma kväll som Jana Älvstig försvann.

Nu stelnade Lemke till och såg uppriktigt förvånad... och intresserad ut.
- Venta neu! Seå dom tveå deog samtidigt som Jana försvann?
- Jo! Ja sa ju dä!
- De va intressant att höra... Sven sa du... Ja kanske har nåt som kan vara till hjelp.

Nu sträckte både Katta och Knujt på sig, hade de kommit till en vinstlott trots allt?
- Ja vet inte om Katta har talat om de för daj, men ja e veldigt intresserad av historier å sägner å sånt, helst från förr. Den här ön fascinerar maj för de finns så mycke som har hent här. Öns historia ä så intensiv å spektakulär.

Knujt var rädd att det skulle bli en lång harrang om ön och inte om det de ville veta, så han la sig i, i hopp om att komma till saken lite fortare.
- Å varför kom du å tänka på nån som hette Sven då?

Lemke verkade inte bry sig om att han blev avbruten.
- Ja precis! Venta här.

Lemke gick iväg och de kunde höra hur han rotade i rummet intill. Katta såg belåten ut, som om hon va lite mallig att det var på grund av henne som de nu satt här och väntade på att pusselbitarna skulle falla på plats.

Lugn i stormen lilla stumpan, här ska vi nog inte ta ut nån seger i förskott. Ja vet inte riktigt om ja ha så stora förhoppningar på en som trodde att han va kanin tills han fyllde 12.

Raska steg hördes och Lemke kom tillbaka till köket och flyttade sin stol och trängde in sig mellan Knujt och Katta. Han vek upp ett uppslag i en scrapbook han tagit med sig.

- Ja brukar kolla igenom tidningsarkivet i biblioteket å vissa grejer har ja spart peå. Här har vi en notis från 1954. "En tragisk dag på ön" står de som rubrik. En fiskare omkom i en drunkningsolycka, å samma deag försvann en 17årig flicka... ja sen står de lite kring de som hent... men här ä en annan artikel två veckor senare. Flickan hittas död men ingen misstänks för att ha dödat henne.

Lemke såg med ivriga ögon på de båda.

- Neu kommer de intressanta!

Han vände sig till klippboken igen och läste högt.

- När vi freågade folket peå ön om de hade nåra misstankar sa en gammal deam vid namn Anna att hon trodde de va Sven som hemnats.

Han blev tyst. Förmodligen för han anade att Knujt och Katta skulle fråga nåt, och det gjorde Knujt.

- Sven! Vilken Sven? Va sa tanten om den dä Sven då?
- Longna ner dig nu, log Lemke och fortsatte läsa.
- Enligt den gamla damen Anna seå fanns här en fiskare som hette Sven. Han blev dräpt av folket på ön för att ha lurat meid små töser ut i sin beåt. Töserna sa att han verkat seå snell å grann. Han lurade mei dom genom att seja att han gömt en geoldskatt ute till havs som han ville veisa dom, men ute till havs förgrep han sig peå dom istället. Anna hade hört att Sven gjort flera onga flickor gravida. Föreldrarna till de drabbade töserna tog lagen i egna hender å drenkte honom. Sven hade sagt att han skulle geå igen å fortsätta ta öbornas flickor även efter sin död. Anna hade hört av sin meor att när någon dronknar så kan dä henda att en ong tös freån ön försvinner. Det sas att Sven feår kraft när neågon dronknar. Det är då han kan återuppsteå och hemnas.

Det blev tyst.
- Jaha! Va dä allt?
- Ja!
- Står dä inge mer?
- Naj!
- Så en fiskare som hette Sven lura ut jänter till sjöss för kanske hundra år sen. Hur ska dä kunna hjälpa oss?
- Ingen aning, men de va du som frågade maj om ett samband. Ja har lärt maj att om man ska ha koll på vad som hender peå den här ön så får man inte ha skygglappar peå sig för då ser man ingenting.

När Skåningen sagt det mindes Knujt vad det var den där pip-gubben sagt.
"Öm du ska ha nån chans å begripa va som hänt läre ru ta boscht skygglapparne från syna. Sånt här ha hänt föör, men ja tror dä ä föschta gången som yngle ha bleve stoscht. Sven läre väl va gla han nö!"
Ja men då stämme dä ju. Sånt här ha hänt förr. Dä va ju dä den gamla tidningsartikeln handlade om... en fiskare dör å en flicka försvinner. Två veckor senare dyker hon upp död. Dä ä ju precis dä som hänt nu mä Börje, Olle å Jana... Ynglet ha bleve stort... Sven läre va glad han nu.
Tankarna kretsade runt i skallen på Knujt och han insåg att han nog hade tänkt rätt förut när de varit hos Älvstigs. Han hade fått en idé om ett troligt scenario, men då verkade det så overkligt. Det var fortfarande lika overkligt, men efter allt sjukt som hänt på ön var han villig att tro på sin gissning.
- Katta, ja tror vi ska bege oss till Sten Sten. Ja tror Jana Älvstig va gravid när hon hittades av sina föräldrar. Mamman Paula bruka jobba på sjukhuset. Ja kan slå vad om att hon jobbade på förlossningen... eller som barnmorska. Hon förlöste sin dotters barn mä kejsarsnitt, men dottern Jana dog.
- Ja men ingen ha sagt nåt om att Jana va gravid?
- Nä, dä ä möjligt, men dä va hon när hon kom tillbaka efter att hon varit försvunnen. Sten Sten hade skrivit i obduktionspapperet att Janas mage var uppskuren och hon hade dött av blodförlust. Snittet hade suttit lågt o kejsarsnitt görs lågt ner på magen.

Katta stirrade något oförstående mot honom och Lemke stirrade ännu mera oförstående. Knujt kom att tänka på att Lemke var en civil person och det var dumt om han fick höra för mycket, fast å andra sidan så trodde han inte att Lemke skulle skvallra. Dels så kände nog Katta Lemke mer än väl om Knujt skulle få gissa, och dels så verkade Skåningen vara öppen för lite hokus-pokus och gamla sägner. Knujt struntade i om Lemke var civilist, han litade på sin instinkt och fortsatte.

- Jana Älvstig va gravid, å barnet hon hade i sig va ynglet Yngve. Sten Ljungson hade ingen anledning å tro att flickan varit gravid, men han kanske uppmärksammade nåt ovanligt under obduktionen. Kanske han tog nåra prover om vi ha tur, eller kanske dä redan då fanns spår av samma okända fiskart?
- Öh, Okej? svarade Katta undrande.

Knujt reste sig hastigt och ville därifrån fortast möjligt.

- Tack för fika!... å du Lemke... inte ett ord om dä vi ha prata om... för nån!

Lemke skakade på huvudet och hade nog inte riktigt hängt med i allt Knujt babblat om.

- Öh, öh, öh Knut! Om ni neu ska till Sten peå sjukhuset så kan ni ju höra om ni kan få tillgång till deras historiska arkiv.
- Vadå mena du?
- Ja har hört talas om att de ska ha ett arkeiv där inne där de har en massa dokumentationer på sånt som hent.
- Jaha! Ha du inte kollat i dä arkivet då?
- Naj, ja har freågat, men dom säjer att dom inte har not sånt arkeiv.
- Då kanske dä inte finns nåt!
- Ja, men ja tänkte att du som ä polis kan ju freåga. De kanske inte vill veisa arkivet för allmänheten.
- Ja kanske dä, avslutade Knujt.

På väg ut mot hallen stannade Knujt. Han hade hastigt sett en tavla i ögonvrån, som i sig inte var så speciell. Det var bara det att han fick en känsla av att han sett bilden tidigare. Själva formen, mönstret och nyanserna väckte ett igenkännande minne. Han stannade för att se ordentligt på tavlan, han flämtade till. Det var ett ganska abstrakt motiv i mörka nyanser. Det som fångat hans största intresse var två röda prickar i en mörkare siluett. Han

kände att han fick ståpäls och insåg att han aldrig trott han skulle få gåshud så många gånger under så kort tid som han fått sen han kom till den här ön. Bilden på tavlan kunde ha hämtats direkt ur hans dröm. Allt stämde i nyanser och färger så som han mindes de röda ögonen på den lilla skepnaden i går morse. Det hela kändes lite väl läskigt tyckte han. Nog för att det var ganska yvigt kladdat med färgerna, men det var ändå precis som han mindes det. Hans hud knottrade sig ännu mera när han läste signaturen på tavlan. Gudrun Almarfjord.
- Ä dä Gudrun Almarfjord som gjort den här tavlan?
Lemke blev förvånad av Knujts plötsliga konstintresse.
- Ja, de ä hon som meålat den!
- När gjorde hon den? Hur länge har du haft den?
- Ja de ä neog ett par eår sen...
Knujt lutade sig närmare tavlan. Han kom på att konstnärer brukade skriva datum när de gjort sina alster, under hennes namn stod det 2017.
- Dä va som fan!
Hur kan hon ha målat en syn ur min dröm för tre år sen? tänkte han. Grisskinns Eifvas ord dök upp, vilket fick hans rysningar att bli ännu värre.
"Dä ä inte konstigt att ha konst... dä ä konsten att tyda konsten som ä dä konstiga"

Kapitel 75.
Kameran.

Markel satt hemma och spelade tv-spel. Han gick omkring som yrkesmördare i spelet Hitman och var förklädd till vakt. Han passerade genom ett kontrollrum med andra vakter som satt och kontrollerade tv-skärmar från övervakningskameror. När han såg flimret från de små skärmarna kom han att tänka på Viola Mannerlunds och Gudrun Almarfjords filmer som han sett dagen innan.

Tänk att båda gjort samma sak, båda va otrogna mä sin bästa väninnas gubbe. Fan va falskt å fult gjort. Dä ä nästan lagomt åt dom att dom fick reda på att allt va iscensatt av gubbarna deras. Dom trodde nog att dä va dom som förförde männen, men så blev dom hela tiden lurade å inspelade av karlarna... som sen va dubbelt otrogna genom å va bögar också. Tänk va dagens digitala samhälle spelar in bevis, tänkte han.

Han såg på tv-spelet, på de små skärmarna i övervakningsrummet.

Storebror ser så mycket nu för tin när dä ä kameror överallt. Alla ha ju kameror mä sig i sina telefoner, å filmkameror mä bra kvalitet finns å köpa överallt för en billig peng.

När han tänkte på filmkameror kom han att tänka på videokameran de hittat inne i skjulet hos Älvstigs. Det var han som tagit hand om den och den låg fortfarande i hans väska. Han pausade spelet och hämtade sin väska och plockade fram bevispåsen med kameran. Skulle han öppna påsen och kolla om det fanns nåt minneskort i kameran? Spelade den in på DV-band eller hårddisk skulle han låta kameran vara, men om där fanns ett minneskort kunde han försiktigt ta ut det och plugga in det i sin dator utan att förstöra eventuella fingeravtryck om det skulle bli aktuellt.

Ja, fan dä gör ja. Ingen kan väl klandra en för å arbeta gratis hemma på fritiden.

Han plockade fram ett par latexhandskar och en pincett, öppnade bevispåsen och plockade fram den digitala inspelningsapparaten. Han vred fram den lilla LCD-displayen och granskade kameran. Det fanns en liten skjutlucka att öppna, och där innanför fanns det plats för två minneskort. Ett var tomt, men i det andra satt det ett minneskort.

- Yes, Bingo!

Markel ploppade in minneskortet i sin dator och öppnade mediaspelaren och tryckte på play. När han fick se vem som dök upp på skärmen blev han förvånad.

- Va fan gör du där?

Kapitel 76.
Markel visar film.

Knujt och Katta vinkade åt Leila i vaktstugan att öppna grindarna och låta dem passera, men hon skakade på huvudet. Knujt skulle precis muttra nåt om, va håller hon på med för konstigheter nu då, men han hann inte. Markel kom utspringande från personalingången och vinkade ivrigt åt dem att följa med in.

- Va vill den dä drummeln nu då, ha han komme på ett nytt dåligt rim eller? mumlade Katta buttert.

Markel var så uppjagad och ivrig att till och med Katta förstod att det var nåt speciellt han ville visa dem.

- Va ä dä Markel? undrade Knujt när de kommit in.
- Den som väntar får se... men ni ska inte behöva vänta länge. Ni ska få se nu, eller snart... men ja skulle gärna ha visat dä för er nyss, eller så fort ja själv fick se dä... för ett tag sen.

Han vinkade åt dem att följa med in i förhörsrummet och Knujt blev väldigt nyfiken på vad det kunde vara som gjort Markel så till sig. Markel ställde två stolar bredvid varandra och hänvisade de andra att sätta sig. Själv stod han bakom dem tills de satt ner. Han vek upp skärmen på sin laptop som stod på bordet.

- Dä här ä minneskortet som fanns i filmkameran vi hittade i det lilla slaktskjulet hos Älvstigs.

Knujt förbannade sig själv för att han totalt glömt bort kameran. Nyfikenheten stegrade sig.

- Ni kan aldrig gissa va dä ä, sa Markel och lät dem inte ens försöka.

Han körde igång mediaspelaren och Viola Mannerlund dök upp på skärmen. Både Knujt och Katta såg stöss ut och tittade hastigt mot varann.

På skärmen såg de Viola placera kameran så den stod någorlunda rak samtidigt som hon arrangerade några kvistar med höstgula löv runt linsen. Hon backade nåt steg och tittade in i objektivet. Hon såg lömsk ut, med ett elakt flin i ansiktet. Sen började hon tala direkt mot kameran och sekunden senare fick de veta vem hon spelat in denna video till.

- Hej på dig min kära vän Gudrun Almarfjord! Hur länge har vi varit bästa vänner? Så länge vi kan minnas, sen vi var bebisar.

Hela våra 40åriga liv skulle man kunna säga. Vi har gjort så mycket tillsammans. Ja trodde aldrig vi skulle svika varandra... men dä har du gjort mot mig.
Hennes hånflin byttes ut mot ett mer hatiskt ansiktsuttryck.
- Din respekt för mig visade du när du låg med min man din otrogna slampa... inte bara en gång, utan flera. Ja trodde aldrig att du skulle göra så mot mig efter ett helt liv som bästa vänner.
- Hon har ju lite dålig självinsikt! Har hon glömt att hon själv gjort precis lika med Gudruns man? Usch... ja skäms för å va kvinna. Tänk va köttslig lusta kan förstöra, men så va det ju karlarna som låg bakom det hela och...
Markel avbröt Kattas prat för han gissade att det kunde hålla på en stund om ingen stoppade henne.
- Du kan ta dä sen! Du måste titta på dä här, dä här ä bara början.
Det fick Katta att tystna och fokusera på skärmen igen.
- Eftersom ja inte kan ge igen med samma mynt... eftersom din man är död, så får ja göra nåt annat som svider.
Sen plockade Viola fram en fjärrkontroll som hon riktade mot kameran. Det blinkade till i kontrollen och så blev det svart för ett ögonblick.
Nästa klipp var från samma plats men nu var inte Viola så nära kameran, nu såg man henne stå utanför sin bil med någon.
- Ä dä?... sa Knujt undrande.
- Jappeli japp! Lars Almarfjord i egen hög person, svarade Markel.
Knujt häpnade, då han kunde skymta ett utedass lite längre bort i bilden.
- Du mena väl inte att allt finns på film?
Knujt vände sig mot Markel och Katta gjorde likadant.
- Joppeli jopp! Dä mena ja... men dä ä inte allt! Vänta så ska ni få se.
Det uttalande fick deras nyfikenhet att åter rikta uppmärksamheten till skärmen.
Vad Viola höll på med var inte svårt att förstå. Hon måste ha startat inspelningen med fjärrkontrollen precis när hon trodde hon hade grabben där hon ville. Hon klängde på honom och kysste honom. Lars Almarfjord hade nog inte varit med om liknande. Hans ögon var vitt uppspärrade och han verkade inte riktigt veta vad han skulle göra. De kunde se hur Viola knäppte av sig bh:n. Hon var lite

längre än Lars och hon sträckte på sig och tryckte hans huvud mellan sina bröst.
- Men herre gud! Va gör hon mä pojkstackarn? flämtade Katta.
- Sch! Hyschade Markel.

Knujt var nyfiken på hur Viola fått med sig pojken till den här avlägsna platsen. Gråviken hette den visst. Vad hade hon sagt? Vad fick en 15årig grabb att följa med sin bästa kompis mamma hit ut. Lars verkade inte var med på noterna. Knujt tyckte pojken nästan såg skräckslagen ut. Unga grabbar brukar ju vara fulla med hormoner, och tänker inte på mycket annat än snusk. Men sin bästis morsa... det kanske var lite väl, och i en 15årings ögon så är ju en 40åring en gammal kärring.

Viola åmade sig mot pojkens kropp och hon smekte hans skrev utanpå jeansen, men när hon knäppte upp och förde in handen blev det en reaktion hon inte räknat med.
- Va fan gör du jävla äckel-kärring?

Lars buttade bort Viola och knäppte igen sina byxor.
- Men Lars, så säger man väl inte. Ja kände ju att du vill. Låt mig bara...
- Du kan väl inte på allvar tro att ja vill ligga mä dig? Du ä ju för fan as-gammal, du ä ju Arnes morsa för fan. Han har ju kommit ut ur dig, fan, dä ä ju äckligt. Dä är ju som ja skulle knulla med han nästan.

Viola stannade upp. Hennes ambitioner att fortsätta hade fått sig en törn.
- Arne kommer fan i mig rymma från dig när han får reda på dä här!

Viola spände sig och höjde rösten.
- Du säger inget om det här till min Arne! Hör du det?
- Dä skulle du tänkt på tidigare. Hur fan kan du vilja ligga med mig? Du har ju för fan varit som en extra mamma åt mig hela livet. Du ä ju fan pervers!

Viola va tyst och knäppte igen blusen. Det var tydligt att hon inte mådde riktigt bra. Hennes händer skakade och hon hade svårt att få igen knapparna.

Lars stirrade argt mot henne men hon verkade inte vilja se på honom. Hon plockade upp bh:n och öppnade dörren till baksätet och slängde in den där.

- Okej, förlåt Lars, det var dumt av mig. Men du... kan vi inte bara glömma det här? Sätt dig i bilen så skjutsar ja hem dig.
- Glöm din dröm! Aldrig att ja åker mä dig. Du ä ju fan pedofil å sjuk i huvet!
- Men Lars, det var inte meningen. Förlåt!

Hon sträckte fram en hand mot hans axel, men han slog bort den innan den nådde fram.

- Rör mig inte! Ja går hellre hem än åker med dig! Vänta du bara tills Arne får reda på dä här. Han kommer aldrig vilja se dig igen.

Viola höjde rösten.

- Du säger inget till Arne har ja sagt!
- Det kan du ge dig fan på att ja ska! Ja ska tala om för alla på hela skolan vilken jävla snusk-kärring du är.

Lars vände sig om och började gå.

- Wait for it, sa Markel.

Viola bockade sig in i baksätet på bilen och greppade något. Sen skrek hon hysteriskt,

- Du säger ingenting!

Så bevittnade de hur hon svingade nåt mot Lars huvud. Det var svårt att se vad det var på grund av avståndet och den lilla dataskärmen, men de visste alla vad det var... En cykelsadel med tillhörande järnrör. Ett köttigt smack-ljud hördes och det ljudet skulle bli näst intill omöjligt att glömma. Pojken dråsade ihop i en hög och Viola stod kvar och andades kraftigt.

Katarina flämtade till och Knujt gjorde en grimas av avsmak pågrund av det han bevittnat, men så hördes Markels ivriga stämma igen.

- Wait for it!

Både Knujt och Katta funderade för sig själv om det verkligen skulle kunna komma nåt mer som kunde överraska. Hade de inte sett tillräckligt redan?

Bilden rörde sig lite, som om något eller någon kommit åt stativet. Katta och Knujt sträckte sig omedvetet närmare datorn.

- Va fan? utbrast Knujt.

En skepnad kom insmygandes framför kameran. Det var en krum figur, men platsen kameran stod på var skuggig, vilket gjorde det svårt att urskilja detaljer. I bakgrunden höll Viola på att släpa iväg med Lars mot utedasset, hon hade all uppmärksamhet riktad mot

den döde pojken och märkte inte när skepnaden vid kameran rörde sig.
- Va i helvete? sa Knujt chockat.
Skepnaden reste sig och vände sig mot kameran och Knujts hår på armarna och i nacken ställde sig.

Kapitel 77.
Leksakskostym.

De träffade Eidolf och Sten i samma obduktionsrum som sist, den enda skillnaden var att inte Tudor var med. Markel hade försökt fått tag i Sten Sten, men han svarade inte, så han kontaktade Eidolf istället och berättade i korta drag vad de bevittnat på filmen. Eidolf sammankallade alla att träffas där de nu var och han hoppades att det verkligen var nåt speciellt han skulle få ta del av. Han nickade lite lätt åt Knujt med ett uttryckslöst leende när de kom in i rummet.

- Nå, vad var det ni såg på den där filmen förutom att Viola mördade Lars Almarfjord?

Knujt som inte gillat Eidolf så mycket, gillade honom inte alls nu, efter deras senaste möte för några timmar sedan. Knujt hade sagt till Markel att han gärna fick förklara.

- Jo, ja kollade på minneskortet på kameran som vi fann i skjulet hos...
- Älvstigs! Ja, du sa det. Kom med nåt du inte berättat.
- Öh! Okej sjukhuschiefen! Efter att Viola slog in sadelröret i skallen på grannpojken så här...

Markel gjorde en gest med hela sin kropp och framförallt högerarmen. Enligt Knujt var gesten mycket lik Violas dödliga slag.

- Så drog hon iväg mä pojkkroppen mot skithuset. Dä va då som vi såg en annan... en annan skepnad som dök upp framför kameran. Vi tror dä ä den skepnaden som ä den skyldige till alla som blivit ihjältuggade.

Han tystnade som för att invänta att Eidolf skulle säga nåt.
Han kan då dramatisera sina förklaringar den där, tänkte Knujt.

- Ja du nämnde även det när du ringde. Vad grundar ni den slutledningen på då om jag får fråga?

Eidolf lät dryg och överlägsen och trodde säkert att han skulle dränka entusiasmen i de närvarande oavsett vad de kom med. Kanske Markel väntat sig att Eidolf skulle reagera just så, för Knujt kunde se att han log när han plockade fram sin mobiltelefon. För att slippa släpa med hela datorn till Maschkman hade Markel knäppt kort och filmat en liten snutt av dataskärmen. Nu visade

han det för Eidolf, som inte längre såg så överlägsen ut. Hans ögon vidgades och han stirrade på telefonskärmen.
Knujt och Katta hade reagerat likadant nere i vaktstugan. Nog för att de redan lekt med tanken att det var en fiskvarelse som sprang omkring, men när de fick se den fisklika varelsen blev det ändå en chock för dem.
Skepnaden hade gått närmare kameran i en något ihopsjunken ställning och när den kom ut ur skuggan syntes den klart och tydligt. Den stannade och stirrade rakt in i kameran, ungefär som den inte riktigt kunde begripa vad det var för något. Trots att Knujt nyss sett filmen lutade han sig närmare för att få se en gång till. Markel hade en fin närbild på varelsen som tog upp hela mobilskärmen.
Den var gråaktig i färgen och påminde lite om monstret från den svarta lagunen. Det var som en blandning av fisk, ödla och människa, med en mörk taggig fena, som en tuppkam mitt uppe på det kala huvudet. Ett par enorma ögon satt brett isär och påminde om fiskögon. En bred och stor mun med en massa vassa tänder där mungiporna sluttade nedåt. Hela kroppen var täckt av små fjäll och det glänste lite av varelsen som om den var insmord i olja.
- Ja som du kan se så ha den både fjäll, fisktänder och den ser slemmig ut. Ha, ha! En slemmig torsk i en brödrost, haha!
- Vad för något? utbrast Eidolf. Han hade tydligen inte hört KSMBs gamla punklåt.
- Nej dä va inget... men du ser att den där... Ynglet Yngve ser precis ut som man skulle kunna tänka sig enligt bevisen vi har... eller hur?

Alla inväntade vad Eidolf skulle svara. Han skruvade på sig och valde nog sina ord med omsorg innan han svarade i en undrande ton.
- Ja, det skulle man ju kunna tro... men det jag ser är pixlade bilder tagna på en dataskärm. Det som ni knäppt kort på är uppenbart någon som springer omkring med en mask som är köpt på någon leksaksaffär.
- Dä se man ju att dä inte ä nån billig skitmask som går att köpa, svarade Knujt som inte kunde hålla sig, utan var tvungen att lägga sig i. Eidolf var fortfarande lugn när han svarade,

- Då kan det vara någon som gjort en egen. Det finns ju till och med en mask och makeup-skola för sånt här i krokarna... House of Helsinglight tror jag de heter, och om jag inte minns fel så håller de till i Vattlång. Det är inte långt härifrån. Nån som har lite talang kan ju ha gjort en sån där mask själv.
- Men dä ä ju en hel kroppskostym i så fall, inte bara en ansiktsmask, inlade Katta.

Eidolf vände sig mot alla tre och visade åter igen sin överlägsna min.

- Så ni tror hellre att en fiskmänniska, ett monster springer omkring här på ön än att någon har införskaffat sig en påkostad leksakskostym?

Knujt och hans assistenter kunde höra hur det lät, men Markel lät sig inte idiotförklaras.

- Japp sjukhuschiefen! Dä ä precis va vi menar, å dä vet ju du å.

Eidolf Maschkman bara log, men svarade inte utan vände sig mot Knujt.

- Vad var det som du ville tala med Sten om?

Knujt blev lite ställd av den plötsliga frågan, men riktade sig mot Sten.

- Jo angående Jana Älvstig... när du obducerade henne, la du märke till nå speciellt mä hennes skärsår på magen?
- Nej inte direkt! Är dä nåt specifikt du menar?
- Påminde såret om nåt liknande sår som utförs under... låt oss säga, nån form av operation?

Sten Sten hade fortfarande ett ansiktsuttryck som en sten, men att han funderade kunde man ändå gissa sig till.

- När du formulerar frågan på det sättet skulle man kunna påstå att Janas skador på magen påminde om ett kejsarsnitt.

Knujt kunde inte hålla sig, det var ju det overkliga som han hade gissat sig till förut.

- Ja visste dä! Jana va gravid å födde ynglet Yngve, han som du tror är köpt på leksaksaffärn!

Knujt pekade mot bilden på Markels mobiltelefon.

- Janas mamma förlöste barnet mä kejsarsnitt å Jana dog. För visst jobbade Paula som barnmorska, eller åtminstone vid förlossningen?

Sten nickade medhållande, men inte Eidolf, han stod stilla.

- Paula å Börje tog hand om den lille fiskpojken. Ja förmodar att dä va nåt de ville göra eftersom dä va dä sista deras dotter lämnade efter sig. Babyn fick bo ute i skjulet... tills han kom i puberteten å behövde mer mat. När han fick morfar Börje som mat lärde han sig å äta människokött. Sen dess ha han gått lös på folk här i byn.

Det var nu tyst i det svala formaldehyd-luktande rummet. Väldigt tyst, och alla stirrade på Knujt. Katta skruvade på sig som om hon tyckte att det var lite genant att vara på Knujts sida. När Knujt själv tänkte efter så lät han onekligen som en idiot, men va fan... alla hade ju nyss sett fisk-pojken på bild, varför skulle då det han sagt vara så himla otroligt.

Eidolf avbröt den pinsamma tystnaden.

- Ja men se där ja Knut, det var då en utsago jag inte trott jag skulle få höra av en polischef någon gång. Jag tror jag väljer att jag bara inbillade mig det där... jag hörde fel helt enkelt. För du sa väl inget som skulle kunna äventyra din poliskarriär?

Knujt svarade inte på Eidolfs retoriska fråga utan påpekade bara problemet som kvarstod.

- Enligt bevisen vi samlat in finns dä nån som lämnar fiskspår efter sig när han... eller hon... eller den, äter på bybor. Ja har en plikt till allmänheten å fånga eller oskadliggöra dä som hotar dom. Så dä så, avslutade han en aning barnsligt, som om han absolut ville ha sista ordet.
- Hela din historia är ju helt galen... men jag kan göra några hål på den, så kanske vi kan glömma dina fantasier. För det första så finns inga uppgifter om att Jana skulle ha varit gravid. För det andra, om hon varit gravid och fött ett barn, hur skulle den ungen då hunnit bli vuxen så fort. Kommit i puberteten säger du, det är bara tre år sedan Jana hittades död. Den som du antyder vara en fiskmänniska på filmen såg då vuxen ut i mina ögon. Hur har han hunnit bli så stor på bara tre år? Och för det tredje, vem skulle då vara fadern till detta fisklika barn? Är det någon stor fisk som råkat befrukta henne när hon badat under sommaren eller?

Knujt gillade inte hur dum Eidolf fick honom att låta, men han hade rätt. Det lät skitdumt. Knujt skulle bara låta ännu dummare

om han skulle dra upp det där om fiskaren Sven, och hur skulle han kunna förklara det på ett vettigt sätt?
"Ja träffa en piprökande gubbe som prata om en annan gubbe som hette Sven, å den dä Sven ä en fiskare som levde för kanske hundra år sen. Han blev dränkt av byfolket å nu vill han hämnas genom å göra andra småflickor gravid men han kan bara kidnappa jäntor när dä ä nån som drunknar. Dä ä nog han som ä pappan, och fiskfolk växer nog mycket fortare än oss vanliga människor. Så Ynglet-Yngve kan nog mycket väl bli vuxen på tre år."
Nä, det skulle inte låta bra. Eidolf skulle håna honom ännu mer och då skulle Knujt nog tappa behärskningen. Så trots att det tog emot valde han att vara tyst. Istället stirrade han med vrång blick Eidolf djupt in i ögonen, men Knujt hade nog vänt bort blicken om han inte retat upp sig.
I helvete att ja tänker titta bort, dä kan du glömma, hur isögd du än ä, din skitsjukhusgubbe.
Hur irriterad än Knujt var så tog det emot att inte vika sig för Eidolfs ögon. Att Eidolf inte var van vid att nån satte sig emot honom var inte svårt att förstå. Färgen i ansiktet på Herr Maschkman blev rödare och ett par blodådror bultade i vardera tinning. Sten Sten som var så neutral man kan bli och inte lät sig påverkas av någonting alls harklade sig och talade, troligen för att få ett avslut på ögonduellen som utspelade sig i rummet.
- Öhm, ja skulle kunna se efter om ja gjort några anteckningar som ja glömt i rapporten om Jana Älvstig.

Motvilligt vände de stirrögonen från varandra och såg mot Sten. Markel kom också med ett inlägg för att lätta upp stämningen,
- Vi andra kan ju försöka leta reda på den som äter folk oavsett om han ä på låtsas eller finns på riktigt. Vi kan ju säga att vi ska ut å fiska, haha! Fånga fisk... fånga en ful fisk, haha!
- Ja, vi får så lov å fånga fisk, även fast fisken kanske inte ä nån fisk. Men nån läre dä va, å han går då inte säker så länge vi ä poliser här... Eller hur då? sa Knujt lite triumferande.

Han gjorde high five åt både Markel och Katta som flinade och besvarade hans handslag. Eidolf ville förmedla att det var han som bestämde och stod över de andra. Knujt ville visa att han inte var ensam, att han hade ett team med sig på sin sida som stod bakom honom.

Knujt sa till Sten,
- När du kollar dina anteckningar, kom ihåg å kolla bevisen som vi hitta i skjulet... å jämför dom mä alla dom andra.
Sten Sten nickade och kom med en sista fråga,
- Jo, jag undrar, hur slutade filmen?
Alla tystnade.
- Ni sa att den där fisken stannade vid kameran... tog filmen slut där?
- Nä, Ynglet Yngve tog mä sig kameran därifrån. Dä sista på filmen va rätt skakigt å skramligt när han gick iväg mä den. När han väl sluta skramla mä kameran så va han inne i Älvstigs skjul. Där satte han sig ner å pillade å tryckte på den tills dä blev svart, sa Markel.
- Så... Viola hade planerat att filma när hon förförde grannsonen Lars vilket hon skulle visa för Gudrun som hämnd. Dä gick nu inte riktigt som hon tänkt utan hon filmar istället när hon mördar Lars. Kameran stjäls av den som ni kallar för Yngve och som även bevittnar dä hela. Hittade ni kameran i skjulet hos Älvstigs sa ni? sa Sten sammanfattningsvis.
- Ja, vi förmodar att Ynglet tog mä sig kameran dit, till sitt hem... Om man kan kalla det för hem, svarade Knujt.
- Oj, oj, oj, sa Eidolf och skakade på huvudet.

Kapitel 78.
Snuvad på konfekten.

Ett ruvande irritationsmoln svävade ovanför Knujt. Eidolfs diktator-fasoner hade satt sina spår. Det fick honom att tänka tillbaka till polishögskolan... på Tage Fander som manipulerat bort honom från skolan så han både mist polisyrket och sin ungdomskärlek Maja Savelbolt. Han visste att om han inte överreagerat så hade hela hans liv sett annorlunda ut idag. Han log lite inombords. Man ska aldrig säga aldrig, nu var han ju polis ändå, fast än han trott att det tåget gått för länge sen. Han lugnade sakta ner sig och intalade sig att han fick bida sin tid. Tiden för vedergällning mot Eidolf skulle komma förr eller senare. Markel körde, Knujt satt bredvid och Katta i baksätet. De mötte en bil på vägen mot vaktstugan. Det var en sån där SUV, en Merca. Den kantiga jeep-modellen som Maschkman och hans gråfolk brukade åka i. Knujt skymtade Tudor bakom ratten och han undrade i sitt nu, något lugnare sinne vart den fåordige Ryssen kunde ha varit. De stannade vid grindarna och väntade på att Leila skulle öppna åt dem då Katta sa från baksätet,

- Jaha, va gör vi nu då?
- Ja vi skulle behöva äta tycke ja, svarade Markel, och Knujt höll med.
- Va håller hon på mä... Varför öppnar hon inte grinden?

Markel blängde surt mot vaktstugan och la märke till att där inne stod Leila och vinkade åt dem. Grinden öppnades men hon vinkade fortfarande, som om hon ville att de skulle komma in till henne.

- Va kan hon villa? undrade Knujt.

Alla tre stegade in i vakten efter att de parkerat bilen.
Leila mötte upp dem i dörröppningen till vaktrummet. Hon stod tyst och blinkade frenetiskt med de övermålade ögonfransarna.

- Ja va ville du Leila? undrade Markel.

Hon himlade och snodde runt med ögonen som om hon letade flugor uppe i taket eller nåt.

- Du har inte varit här va? Du var väl också inne på sjukhuset Markel?

Hon verkade själv tycka att sin fråga lät lite dum och såg besvärad ut efter att hon sagt den. Markel höjde frågande ögonbrynen.
- Nä, ja ha inte vare här! Ja kom ju nu... vi ha alla tre varit inne på sjukhuse. Varför undra du dä?
- Tudor va hit å letade efter dig. Ja sa att du va på sjukhuset å skulle träffa Herr Maschkman, men han ville kolla säkert att du inte var kvar här... gömde dig eller nåt?
- Va?

Alla tre stirrade på Leila, då det uppdagades en dålig känsla i Knujts mage.
- Markel! Vart har du minneskortet mä filmen?

Markel förstod genast Knujts föraningar.
- Shit! Dä ä kvar i datorn!

Alla tre skyndade sig in till förhörsrummet där Markels laptop stod kvar på bordet... utan minneskort.
- Va fan! Han ha snott minneskortet! Varför dä? Dä va ju bevis på att Viola mörda Lars, vräkte Markel ur sig.
- Ja, men dä va även bevis på att dä går omkring en fiskvarelse här på ön... jag gissar att Eidolf Maschkman inte vill att en sån film ska hamna i fel händer.
- Ja men ja ha ju kvar korten på den dä fiskfan på mobilen.
- Ja, men dom korten duger nog inte. Dom skulle kunna vara från nån som klätt ut sig i en "leksakskostym" som Eidolf så fint uttryckte dä.
- Jävla gubb, gubbe! utbrast Katta, och Knujt kunde hålla med.

Markel blev förbannad och ringde till Eidolf. Knujt sa att det var lönlöst, men Markel ville absolut ringa ändå. Det tog inte lång stund förrän Markels uppretade stämma fogade sig, tills den lät underkuvad och låg.
- Ja Herr Maschkman... dä ä bara dä att dä ä konstigt att minneskortet försvann!... Ja men Tudor va ju här, sen va dä borta!... Jo dä menar j... eller ja skulle kunna gissa att dä gick till så... Nej ja ha inga bevis, men... ja Herr Maschkman. Ja förstår! Ursäkta att ja störde.

Markel såg uppgivet mot Katta och Knujt men sa inget.
- Låt mig gissa! Han hade ingen aning om hur minneskortet försvann, å han blev förnärmad när du antydde att Tudor skulle ha nåt mä saken å göra?

- Ja. Exaktemente, suckade Markel.
- Vi ha bleve snuvad på den konfekten, men då tycke ja att vi far till Skrikmåsen å äter, så komme vi på va vi ska göra härnäst, sa Knujt.
- Du Chiefen, kan vi inte äta nån annanstans?... Typ på Skrattmåsen?
- Va!?
- Skrattmåsen!
- Menar du allvar, finns dä en annan resturang här... som heter Skrattmåsen?
- Ja, dä ä Pizzerian. Den ä ganska nyöppnad, svarade Markel.

Knujt mindes att Markel haft en mössa med det namnet på för nån dag sen.

Va ä dä mä folket vid havet här i Nordanstig? Dom måste gilla måsar. En Resturang "Måsen" i Stocka, Resturang-hotellet Skrikmåsen här på ön, å så en Pizzeria Skrattmåsen. Kan folk inte komma på nåt annat än måsnamn på sina restauranger eller?

- Ja, vi provar väl en sen lunch där då, så få vi se hur den måsen är!

Kapitel 79.
Bland getter.

Det saltade köttet smakade bra på smörgåsen även fast det var upptinat från frysen. Han föredrog färskt, men på ålderns höst orkade han inte jaga så mycket som han gjort tidigare genom åren. En sak var då säker iallafall, kött som han själv spårat och fällt smakade bäst. Benjamin Tylt såg ut genom fönstret på sin trädgård och alla dess konstverk och skulpturer som han gjort genom åren. Han var nöjd över att han åstadkommit ganska mycket i sina dagar. Något fick honom att sluta tugga på sin macka. Var det nåt han hört, eller var det bara en känsla av att något var fel?
För att höra bättre så sänkte han radion som spelade i bakgrunden. Visst lät det väl från fejset där getterna var? Storkroks Benjamin reste sig hastigt och fick något mordiskt i de annars så snälla gamla gubbögonen.
- Ä, ä, ä rä den dä jävla rävjäveln som ä hänne nö igen då jävlar ska 'n få!

Han hade av praktiska skäl alltid en av sina bössor nära till hands. Han greppade tag i hagelbössan som hängde ovanför köksdörren laddad och klar, och skyndade ut.
Det bräkande ljuden som kom från fejset signalerade att det var oroligt inne bland getterna, Benjamin gick in till djuren med bössan höjd. Getterna stod utefter väggarna och några låg på golvet, stela efter att de vält omkull så som getter gör när de blir rädda. Benjamin höll blicken lågt i lagom räv-höjd vid golvet, och han blev totalt överrumplad då en mansgestalt kom mot honom. Han vände sig mot skepnaden och när han såg vad det var som kom emot honom, skrek han i panik och ryggade tillbaka. Han hann inte osäkra och skjuta mot den ankommande, men han använde bössan för att värja sig mot anfallaren.
Det var en fruktansvärt ful varelse med en stor mun med grova tänder. Munnen väste och luktade illa och de stora, nästan svarta fiskögonen såg arga ut, och det blänkte från den dova belysningen i de blanka fjällen på fiskmannen. Benjamin märke att han skrek för full hals av rädsla och chock. Varelsen slog med kloförsedda händer mot Benjamin som parerade med hagelbössan. De få getter som fortfarande stod upp bräkte frenetiskt och bidrog till att den

kaotiska stämningen ökade. Varelsen fick tag i geväret med händerna och de två brottades med bössan emellan sig. Benjamin fick ett bett på underarmen och skrek ännu mer. Under tumultet måste han ha spänt, åtminstone en av hanarna, för rätt som det var small det en öronbedövande smäll i det trånga utrymmet. Benjamin trodde att trumhinnorna spruckit för det tjöt något jävulskt i öronen och han ryggade bakåt. Fiskgubben blev lika skrämd av skottet som Benjamin blev av varelsen. Ett hest och gutturalt skri kom från fiskgestalten som hukade sig och kastade sig ut ur den lilla gluggen som djuren använde som in och utgång. De långsmala plastremsorna som hängde framför öppningen gungade fram och tillbaka. Benjamin hade inte träffat varelsen, haglet hade gått rakt in i väggen. Han var chockad och kände hur han skakade i hela kroppen, och hans hjärta skenade som en slagborrmaskin. Efter skottet hade alla getter fallit ihop som omkullvälta statyer med stela ben som stod rakt ut. Han visste inte om det rörde sig om sekunder eller minuter för honom att samla sig så pass att han tog sig ut. Han försökte få en skymt av inkräktaren för att få siktet inställt på den.

- Va fan ä ru noscht? mumlade han flämtande för sig själv, men varelsen var borta.

Det ringde fortfarande i öronen och han skulle nog vara lite lomhörd den närmsta tiden anade han.

Benjamin blev stående på sin gård med ett besynnerligt uttryck i ansiktet. Hade han inte haft bitmärkena på armen så skulle han kunnat tro att han inbillat sig alltihop.

- Nog för att en ha höscht talas om skrömt å töckeren, men, men, men att en fiskgöbbe skulle kömma hittens å stjäla getter åv mä, dä trodde ja rå inte ä.

Kapitel 80.
Pizzeria Skrattmåsen.

- Tjena mannerna å tjejen! Velkommen! Vad får det lov att vara? Ni er lite sena för att äta på lonchens erbjodande, men va fan, jag är kompis! Jag fixa billig schit åt er ändå!
- Ska du fixa billig skit åt oss? sa Katta. Knujt kunde inte avgöra om hon inte fattade att han sagt fel... han kunde väl inte språket så bra.
- Va, jag göra schit? Aldrik! Jag göra bara braa lonch!
- Bara bra lunch? inflikade Knujt försiktigt med ett litet leende på läpparna.
- Ja! Ja sa jo dä! Jag bara göra braa lonch! Vad ni äta?

Han gjorde en gest med handen ovanför kassadisken där menyerna fanns.

- Jag har nya lonchmeny no. Den jag gjort idag. Nya svenska meny med svenska pizza. Titta!

Han pekade på ett enskilt plakat med titeln ”Svenne Pizza”.

- Här rikti Svenne pizza nommer 58, ”Öbon” pizza med bruna bönor och flesk! Nommer 60, ”Norrlänning” En favorit... pizza med pölsa, stekta potater mä rörbretror, mmh jättegod! Nommer 64, ”Torsdag” också jättefin, pizza med tomat, ost, pannkaka med sylt med gredde. De mycket Svenska va? Mums eller hor?

Knujt häpnade åt de ovanliga pizzorna, men kunde inte låta bli att flina åt pizzabagarens uttryck.

Mums eller hor? Ja dä ä tur man inte tar in allt ordagrant.

Han blev förvånad då Markel gjorde första beställningen.

- Fränt, dä måste man prova. Då vill ja ha en nummer 70... en ”Strandkanten”.

Knujt läste på skylten vad den kunde innehålla. Tomat, ost, stekströmming, potatismos med skirat smör och en klick rårörda lingon.

Knujt skakade på huvudet och gjorde sin beställning.

- Jag tar en vanlig... en Capricciosa blir bra, sa han.
- Jefla fegis, våga do inte prova nytt va? skrattade pizzabagaren.
- Jadå, men idag ä ja sugen på en Capricciosa, svarade Knujt.
  Pizzabagaren var en korpulent herre i Knujts ålder, kanske lite närmare 60.

Han hade en klassisk gubbflint, några få hårstrån mitt uppe på den annars kala hjässan, men med ett tjockt gråsvart hår på sidorna och bak på skallen. Han bar en något för liten t-shirt med en skrattande mås i ett enkelt tryck, med tillhörande text "Pizzeria Skrattmås". Eftersom Knujt nyss blivit kallad jävla fegis kunde han inte motstå att säga något retsamt tillbaka och pekade mot pizzagubbens tröja.

- Pizzeria Skrattmås, originellt namn! Finns nog ingen som heter nå liknande.

Men Pizzasnubben fattade inte att Knujt var ironisk.

- Jo för fan... Skrikmås! Det finns Resturang Skrikmås också här på ön. Hur man döpa stelle till jefla skrikmås? Va fan, ingen gilla mås som skriker, men alla gilla skratta. Skratt er bettre än skrik, så Skrattmåsen kommer få alla konder. Bra va! Jag kan affära med buisness. Jag får jefla bra.

Mä den Svenska menyn tror ja inte du kommer å få speciellt mycke tillströmning av folk... men å andra sidan kryllar dä ju av idioter här så dä kanske blir en hit trots allt, tänkte Knujt.

Precis när de fick sin mat kom Lemke Knutsson in och beställde. Katta var fullt koncentrerad på sin kebabpizza och lade inte märke till vem som kom. Knujt sa åt henne,

- Kolla vem som kom nu då Katta!

Hon såg upp och ett litet leende spred sig i hennes ansikte, men snabbt såg hon på Knujt och leendet försvann. Kvar fanns bara en svag rodnad.

- Jaha... Lemke, varför skulle dä bry mig?

Knujt betraktade henne och var övertygad om att hon försökte spela så oberörd hon bara kunde.

Hon vill inte att dä ska komma fram att hon ha nå ihop mä Lemke. Varför då? Ha han en fru eller ha hon en karl kanske?

Knujt log och skakade lätt på huvudet samtidigt som han ryckte på axlarna.

- Ja vet inte, ja trodde ni kände varann bara.
- Ja men se, här sitter heila poliskeåren. Feår man sleå sig ner eller?

Lemkes Skånska stämma ljöd högt genom restaurangen. Utan att vänta på svar lunkade han fram till deras bord och satte sig ner.

- Jea har kollat opp leite mer angeoende de ni freågade maj om?
- Jaha... och va ha du hittat? undrade Knujt nyfiket.
- Ja, du nemde neågot om en Oskar... eller "Öskar" som man säger peå Hälsingemeål. De fanns en man som hette "Öskar Escha"... de vill säga Oskar Eriksson här peå ön som va vad man kallade en kleok gobbe.
- Klok gubbe?
- Ja! Sånna som konde stemma bleod å beota de flesta sjeukdommar mä helande örter eller handpeåleggning å sånt.
- När i tiden fanns han då?
- Ja har inget direkt födelsedatom, men han försvann den 19 juli 1944 onder mystiska omständigheiter. Vissa treor att han ramlat ner i "Hin-Heålet".
- Hin-Hålet? undrade Knujt.
- Ja, peå berget finns ett djupt jävla schakt, ett heål rakt neir i berget. Dä sägs ha använts som ättesteupa förr i världen. Även dödsdömda sägs ha kastats ner där. Dom har spärrat av områdert neu, för det är seå många som mist sitt leiv där i det heålet.
- Dä va som fan! Va ha den här ön för makaber historia egentligen? sa Knujt, mest som ett uttryck, men Markel svarade med allvar i rösten.
- Vet du inte dä? Nä just ja... du komme ju inte från ön du ä. Enligt sägner så ska ön alltid ha vare en annorlunda och speciell plats. Redan på vikingatiden ska ön ha varit en samlingsplats där dom utförde blot, å offra djur å folk till gudarna. Senare när kristendomen kom så sägs dä att dom mörda hedningarna här genom å bränna å hänga dom. Under en tid så användes den till dä... dom avrätta folk här. Dom kristna mörda folk som dom trodde höll på mä häxkonster eller annat sattyg. Sen när kyrkans män inte kunde mörda folk lika lättvindigt så blev dä bara som en straff ö.
- Öh... Straff ö? Va mena du mä dä?

Lemke fortsatte där Markel slutat.

- Jeo du försteår folk som va illa omtyckta började skickas heit. Det inefattade veåldsverkare, sånna som va sinnesslöa, dom som höll peå me skrock å häxkonster å dom som va allmänt gealna. Även mördare konde skickas heit ut peå ön som straff. Här ute

var dom avskilda freån världen å fick klara sig sjelva. Även andra förbrytare å eftersökta konde rymma heit. Ingen skolle leta efter dom här.
- Dä va som fan! Dä ha ja aldrig hört talas om.
- Då har du inte hört att vissa säger att dä ä den här ön som ä dä egentliga "Blåkulla"? insköt Katta.

Knujt skakade på huvudet.
- Straffön fortsatte tills mitten av 1800-talet, då Abel Af Jaarstierna grundade sjukhusbygget, fortsatte Katta.

Dä kanske inte ä så konstigt att dä finns ett dårsjukhus här, då alla bybor i grunden inte ä riktigt klok. Å då ä dä kanske inte så förvånande att man sett spöken å annat tok om man hamnat på självaste Blåkulla, tänkte Knujt.
- Dä ä ingen som riktigt vet, men dä sägs att Abel Af Jaarstierna, grundaren av sjukhuset själv va född och uppvuxen på ön, sa Markel.
- Jaha, hur kunde en sån bygga ett sjukhus då? undrade Knujt.
- Dä sägs att han hade stora mängder guld som han finansierade allting med.
- Hade han hittat dä på ön då, eller?
- Dä ä vad folk tror, å dä ha hänt att folk har hittat guld här.

Knujt kom att tänka på att Gudrun Almarfjord sagt nåt om att hon önska att dom aldrig hittat det där jävla guldet.
- Gudrun sa nåt om nå guld innan hon slog skallen i bordet.
- Ja dä sa hon, instämde Markel.

Det blev tyst en stund och Knujt funderade på en sak som han ville fråga om.
- Gallbjäre, va kommer dä namnet ifrån?
- Ja ha för mig att dä va "Galgen och Bjärornas Ö", svarade Markel.

Knujt rös när han tänkte på att det var precis det älgdamen sagt till honom då hon uppenbarade sig på sjukhuset.
- Galgen... dä kan ja förstå om dom bruka hänga folk här, men va betyde Bjärorna?

Markel såg mot Lemke som för att få ett godkännande om att han inte var ute och cyklade när han sa,
- Visst komme väl dä från "Bjära"... som ä dä samma som "Puken", eller "trollhare"?

- Ja! Även "trollkatt" konde de kallas... eller mjölkhare, la Lemke till.
- Puken å trollhare? Ja hänge inte riktigt mä nu, sa Knujt till de övriga runt bordet. Markel fortsatte,
- Förr i tin så sas dä att häxer kunde trolla fram en varelse som bringa välstånd till häxan. En så kallad mjölkhare... eller Puken, eller Bjära. Ett väsen som va magiskt å kunde se ut som allt mellan ett garnnystan till en hare, ibland även som e katta. Bjärorna användes mest för å stjäla mat från grannbönder, eller ta mjölken från grannkorna.
- Nåra sånna skrömt ha ja inte hört talas om, eller heter dä skromt?

Eller hade han det? Puken ringde lite bekant. Hade han inte hört just det ordet nyligen?
Dä va ju dä Grisskinns Eifva sagt... att "Puken följer släktens blodsband" Va fan mena hon mä dä?
- Dä kan kallas Skrömt eller skrymt eller skromt. Här på ön brukar vi kalla sånna där väsen för "Skrymtingar", svarade Markel.

När de nu var inne på det övernaturliga ledde det Knujt till hans nästa fråga.

- Finns dä nåt dokumenterat om att folk ha sett en älglik varelse mä kvinnoöverkropp... en älgkvinna utan underkäke?

Knujt visste inte om deras förbryllade uppsyn framkom av hans något udda fråga, eller om det var på grund av att de kände igen innehållet i frågan men inte förväntat sig att han skulle ställa den. Markel svarade ivrigt,

- Vem ha du träffa som ha sett "Älg Kärringa"?

Alla stirrade förväntansfullt på Knujt.
Jaha, va ska ja säga nu då? Ja kan ju inte säga att dä ä ja som sett na när ja prata mä spökmorsan precis.
Efter han hastigt funderat fick han ur sig,

- Dä va han, den där gubben som rökte pipa... han ja träffa vid skogsstigen du vet, ljög han och vände sig mot Katta.
- Dä ha du inte nämnt tidigare! Va sa han om Älg Kärringa då?
- Öh, ja kommer inte ihåg... du ropade efter mig samtidigt så ja hann inte fråga.

Han ville inte bli utfrågad mer om det så Knujt skyndade sig att själv ställa en fråga.

- Vad... eller vem ä den där... Älg Kärringa då?

Lemke tog sig eftertänksamt om hakan och svarade,

- Hon har dykt opp i öns historia många gånger. Hon nämnts ofta i gamla krönikor å skrifter seå fort det har hent neågot stort eller speciellt som har med ön att göra. Hon brukar visa sig för folk som har den så kallade ”geåvan”, eller är skuggögda som de också kallas.

Knujt tyckte det kändes lite olustigt och frågade lite lågt,

- Ja men vem, eller vad va hon... eller är hon?
- De ryktas att hon var en geod hexa som var meån om folk och i synnerheit naturen och djuren. Hon ska ha levt här peå ön, men seå kom de kristna och skulle bränna henne för hexkonster. När hon steod peå bålet, innan dom hade satt fyr peå det seå frammanade hon nårra magiska eord. En steor elg sas komma freån skeogen för att redda henne. Den stångade sig fram meot bålet. Men neågon av dom kristna teog en spade och sleog av henne onderkäken seå hon inte kunde säga fler trollformler. Dom hann tenda peå beålet lagomt till att elgen kom fram.

Lemke gjorde en dramatisk paus.

- Det sägs att elgen rusade in i flammorna till hexan och det bleiv en steor explosion i beålet. Sedan hade elden slocknat och det fanns inga speår efter vare sig kvinnan eller elgen. Därefter har hon synts till som ”Elg Kärringa”. Tilll helften elg, och till helften kvinna utan onderkäke.

Lemke tystnade en kort stund.

- Andra säger att hon ä densamma som ett skogsrå, eller skogsfrun. Ibland kan hon även visa sig som en trädlik gestalt sägs det, men de flesta tror allt bara e hittepeå.

Ja dä hade ju vare bra om man hade kunna tro dä, tänkte Knujt, men sa istället,

- Ojdå! Dä ä en historierik ö dä här hör ja.

De andra nickade medhållande och Knujt fortsatte,

- Ja men tack då Lemke för att du kollade upp lite åt oss. Nu vet ja ju inte om den där Öskar Escha ä den samme som nämndes i våran utredning, dä kan ju va en annan Öskar.
- Jo jävlar, ja höll peå att glömma! Ja teog en bild från tidningsurklippet... om de konde vara till neågon hjelp.

Lemke plockade fram mobilen och letade fram ett kort som han visade för polisen och de båda assistenterna. Knujt var glad att han inte hade någon mat i munnen, för i så fall hade han nog satt den i halsen. Hans ögon vidgades och han flämtade till. Där var ju pipgubben som han mött på stigen. På bilden höll till och med den gamla korpulente mannen en pipa i handen. Knujt var helt säker, det var samme man.

- Hur är dä Knut? undrade Katta.
- Va, inget! Öhm! Ja tror ja höll på å få en chimpans i halsen... ja menar champinjon i halsen, svamlade Knujt och harklade sig.

Va fan ä dä frågan om egentligen? Ä dä han som är Öskar? Då ha ja alltså prata mä två spöken sen ja kom hit. Dä här blir bara värre å värre.

Han funderade på det Grisskinns Eifva sagt, att hon trodde att Öskar hade förtroende för honom.

Varför skulle han ha förtroende för mig om han aldrig träffat mä?

Knujts tankar avbröts av att Markels telefon ringde. Det var Leila som ringde. Att det hänt något speciellt kunde Knujt se på Markels min.

Kapitel 81.
Uppdelning.

De stod på baksidan av fejset där Storkroks-Benjamin hade sina getter. Till en början när han skulle förklara vad han sett och vad han varit med om hade han haft svårt att uttrycka sig. Han hade inte berättat några detaljer alls om förövaren. Knujt förstod att Benjamin inte riktigt ville tala om vad han sett, att han kanske var rädd att ingen skulle tro honom.

- Såg killing-tjuven ut så här?

Markel hade nog tänkt samma sak, för när Knujt gjorde tecken åt honom att han ville ha nåt av honom, gav han Knujt mobilen med bilden på fiskmannen. Storkroks-Benjamin gapade och blev genast ivrig.

- Ja dä, dä, dä va den dä äckliga fan som va hänne! Hur fan ha ni lyckas knäppt kort på'n om ja få fråga?
- Ja dä ä en annan historia! Du skrämde iväg han, men du sköt han inte alltså? frågade Knujt.
- Dä stämme, men kömme han hittens nå fler gånger då ä ja beredd ska du veta. Egentligen så tänkte ja spöra han å jaga tag på den jäveln, men spöra ledde rakt ut i vattne. Å ja mener om han ser ut som han gjorde så läre han väl ha kunna summe hur långt som helst, å ja kan inte spöra ute te sjöss ä.

Knujt nickade och funderade varför han inte tänkt på det tidigare. I sitt sinne letade han efter en fiskvarelse som sprang omkring på land, men det var ju som sagt en fisk... det kanske var större risk att varelsen simmade omkring ute i vattnet. Benjamins gård låg nära vattnet. Tula Salmerssons hus hade legat avskilt, men inte heller så långt ifrån vattnet och Bertil Karlström blev mördad på strandkanten. Inte konstigt att det inte fanns några vittnen om han mesta tiden höll sig i vattnet... eller kanske under vattnet till och med. Knujt funderade på sitt nästa drag.

- Han ä hungrig! Dä sista vi vet att han åt va...

Knujt höll på att säga att fiskaren Bertil hade blivit uppäten, men det kanske vore bäst att hålla inne med de detaljerna.

- Dä sista vi vet att han åt va din lilla killing för två dar sen. Han kan ju ha ätit nå mer, men eftersom han va här nyss så tror ja han ä väldigt hungrig nu. Knujt funderade en stund till.

- Benjamin! Kan du hålla vakt här utifall han komme tillbaka... vågar du dä?
- Våger? Tro fan att ja våger! Han kanske skrämde mä en aning när ja blev överrumplad, men nu vet ja hur den fan sir ut så nu kan han då inte skrämma mä ä! Ja vakter gärna ja! Å hoppas ni inte vill ha'n levande, för sir ja'n en gång till skjuter ja skallen åvén.

Va bra, då springer du inte runt och babblar på byn, tänkte Knujt.

De tackade Storkroks-Benjamin och satte sig i bilen. Denna gång satte sig Knujt bakom ratten och Markel verkade lite snopen när han inte fick köra.

- Jag tror vi måste dela upp oss för å hinna mä å kolla runt. Vi borde besöka husen som ligger närmast vattnet, å vi borde börja mä dom hus som ä närmast Benjamins gård. Hur ha ni dä mä skjutvapen? Ha ni nå egna pistoler?

Knujts fråga fick både Katta och Markel att häpna, och med entusiastisk röst skyndade Markel att svara.

- Jo, men dom ha vi aldrig fått använda. Ove lät oss aldrig få dä... jävla tråk-Ove! Menar du att...
- Ja dä mena ja! Vi åker till vakten nu, där delar vi upp oss å tar varsin bil. Ni ta mä era vapen å börjar kolla gårdarna närmast Benjamin. Låt säga att du Markel tar husen på högra sidan om hans hus å du Katta dom på den vänstra. Sen jobbar ni er bortåt.
- Okej Chiefen! Va ska du göra då?
- Jag tänkte börja från andra hållet, från andra sidan ön, följa strandkanten hus för hus tills ja stöter på nån av er.

Markel och Katta såg inte så imponerade ut av Knujts plan, eller åtminstone inte slutet på den. Knujt förstod deras missnöje och försökte få dem att tänka positivt.

- Dä ska väl bli kul å få gå beväpnad?

Båda sken upp.

Knujt hade inte varit helt sanningsenlig i sin plan. Han tänkte göra så som han sagt, men först hade han ett lite mer personligt ärende att uträtta.

Kapitel 82.
Proverna stämde.

Dä var som fan! Han hade rätt den där nya polisen. Proverna från Älvstigsjäntans mage stämde mä dom senaste, å prover ja fick av Knujt från skjulet. Att ja glömt att ja tog prover på jäntan ä ju lite skamligt, men nu vet vi mä säkerhet att fiskvarelsen kommer från Jana Älvstig. Nu ä frågan, hur fan kunde hon vara gravid å ingen märkte nåt?
Han ögnade igenom sina gamla obduktionsanteckningar. Han hade faktiskt skrivit att magskinnet varit stort och slappt och gjort en liten notering inom parantes (Gravid?). Det var sedan överstruket och det stod ”ej gravid enligt vittnen” istället. Han funderade och mindes att han tänkt att hon borde ha varit i 8-9e månaden, med tanke på skinnet.
Då var ja inne på rätt spår, men avfärdade dä då alla kunde intyga att hon inte var gravid... men hur kunde hon bli 9 månader gravid på 2 veckor?
Han beslutade sig för att gå till Eidolf Maschkmans kontor.

Sten förklarade vad han kommit fram till för Eidolf som satt bakom sitt robusta skrivbord.
- Eftersom Knujt hade rätt i att Jana var gravid... kanske han ha rätt i det andra han antydde också?
- Du menar hans antydan om att ett yngel växte i henne så hon blev 9månader gravid under 2veckor, och att detta så kallade yngel växte från bebis till fullvuxen på 3 år?

Det blev en tystnad... och en normal person skulle nog ha skruvat på sig och tagit anstöt av Eidolfs tonfall och stirriga blick, men Sten Ljungson kallades inte för Sten Sten för intet. Tystnaden varade i ca 10 sekunder innan Sten svarade med tom och uttryckslös blick,
- Ja, dä ä dä ja menar! Ja tycker att den där Knut verkar ha en ganska bra slutledningsförmåga... betydligt bättre än Oves.
- Oves! Huh! Ja det är ju inte direkt en bedrift! Han ville ju inte göra någonting alls mer än att gå i pension dom sista åren.
- Ja men ändå. Ja tycker nog vi skulle tala om för Knut att han hade rätt. Kanske han har nån idé varifrån det här fiskynglet härstammar?

- Knujt ska inte få någon vetskap om att han har gissat rätt. Han behöver inte ha något beröm.
- Knut menar du?
- Va?
- Du sa Knujt, Eidolf!
- Ja men tänk att det vet jag att jag sa och jag menar vad jag säger!

Sten visste inte vad han skulle svara på det så han stod tyst.

- Däremot kan han mycket väl veta var fisken härstammar ifrån, men det vill han kanske inte dela med sig om. Tro mig, jag vet hur den där nya polisen från Iggesund fungerar.
- Ingesund... utanför Arvika i Värmalnd. Dä va där han kom ifrån, tillade Sten.
- Jag menar vad jag säger har jag sagt, sa Eidolf en gång till. Sten svarade inte denna gång heller.
- Vi ska ha den där polisen under uppsikt, och vi ska ifrågasätta allt han säger eller gör... är det förstått?
- Ja Eidolf!

Sten förstod inte riktigt vad Eidolf hade för agg gentemot Knut. Det var ju en skärpt snubbe ansåg Sten.

Kapitel 83.
Slakteriavfarten.

En gammal medfaren skylt där det stod Nåderlögds Slakteri fångade Knujts intresse när han slingrade sig fram med bilen på väg till andra sidan ön. Skylten lystes upp av strålkastarna och Knujt funderade om det kunde vara samma slakteri som Grisskinns Eifva spådde i sitt slaktavfall. Tanken hann nätt och jämt landa förrän en stor eldboll flammade upp ur ett gammalt oljefat intill vägkanten vid infarten till slakteriet. Knujt sänkte instinktivt farten och stirrade häpet mot tunnan.
Va fan ä dä som händer?
I eldskenet bredvid tunnan stod en gestalt och det tog inte lång stund att känna igen människan i de säckiga kläderna och den breda hatten med fjädern. Det var Grisskinns Eifva och hon såg ut att stirra rakt på Knujt, som på något sätt kände på sig att hon ville att han skulle stanna. Han svängde av vägen in på slakteriets infart och stannade intill Eifva och hissade ner sidofönstret.
- Varför tände du eld i tunnan? undrade Knujt med huvudet utsträckt ur bilrutan.
- För att du inte skulle missa mä å åka förbi, svarade Eifva.
- Visste du att ja skulle komma?

Hon suckade ungefär som om han frågat "skiter ekorrarna i träden?"
- Så klart ja visste. Du ä ju på väg till ditt lilla torp som du ärvt ute på Bjärudden!

Hon log mot Knujts något överraskade ansikte.
- Se inte så stöss ut! Ja vet vem du ä! Ja kände din mor å far och din mormor å morfar, å ja vet att den du kallar för mor egentligen va din mors syster.

Knujt kunde inte låta bli att se ännu mera stöss ut. Han stängde av bilen så han inte skulle missa nåt hon sa på grund av motorljudet. Han visste inte riktigt vad han skulle säga, men till slut fick han ur sig några ord.
- Ja tror du vet mycket mer än mig när dä gäller min anknytning till ön.
- Ja vet mycket mer än dom flesta om allt tycker ja, sa hon och skrattade till. Så blev hon åter allvarlig.

- Gusten Rojt, din morfar sa en gång för länge sen att mysche elände, å lite lycka skulle följa hans släkt... men att dä skulle vända när viltfröet kom tebaks. Det va älgkärringa som sagt dä till han.

Knujt flämtade till men Eifva fortsatte,

- Ja, ja vet att du också ha sett na, å dä ä inte många ho viser sä för.

Visst kändes det ovanligt att prata om sånt här hokus pokus, men det var ändå en befriande känsla att hon pratade så öppet om det och Knujt kunde göra likadant, utan att känna sig som en idiot.

- Din morfar Gusten berätta att när en dålig man byttes ut mot en bra, å ett oväder tog mä sig stenar från skyn, så skulle stora förändringar ske på ön. Ja vet inte om han riktigt visste att dä va du som va den bra mannen.
- Öh?...

Var det enda Knujt fick ur sig. Han hängde inte riktigt med och måste processa det han hört.

Dä där mä viltfröet, kunde dä va mig han mena då? Om ja nu ä den Eifva säger att ja ä, så ha ja ju komme tillbaka nu. Ja ha ju även bytts ut mot den dä riktige Knut... Ä ja den bra då alltså, å han den dåliga? Usch! Dä hä va inte lättspytt å ta in.

Som för att få hans uppmärksamhet till fullo höjde hon handen närmast tunnan och ett eldinferno flammade upp ur hålet.

Knujt ryggade tillbaka så han nästan höll på att hamna i passagerarsätet.

Kan hon styra hur elden ska flamma också den här trollpackan?

Grisskinns Eifva såg allvarligt på honom men sa inget på en stund. Han visste att hon skulle säga nåt, det var som hon ville dramatisera det hela genom att dra ut på tystnaden... och hon lyckades.

Knujt väntade med spänning på vad hon skulle kläcka ur sig, men samtidigt visste han att det nog inte skulle vara nåt muntert eller roligt. Så till sist...

- Tobias bad mig förvarna dig!...

Återigen tystnad.

Skinngrisen Tobias, va ä dä för kryptiskt skit han vill ha sagt nu då? Säg dä du vill ha sagt nån gång innan ja hinner få magsår, tänkte han.

- Många makter vill att du ska dö... många vill att du ska leva... Du ä nu ett med denna ö... i dödens rike skall du treva!
- Dä lät ju positivt, sa Knujt spontant.
- Tyst! Dä kommer mera! Du är icke som du var förr... snart öppnas helt din dörr!

Det blev tyst.

- Jaha, va mena han mä dä då?... nä just ja, de säger han ju inte!
- Nä, precis! Dä kommer du å förstå i sinom tid. Nu kan du fortsätta. Ja ha sagt dä ja skulle säga!
- Jaha... men?

Knujt kom inte längre... Eifva gjorde en gest med handen mot marken och eldskenet i tunnan slocknade.

- Adjö å lycka till Knujt Maxner... dä kan du behöva.
- Ja men...

Hon vände sig om och gick därifrån och Knujt förstod att det var lönlöst att försöka fortsätta konversationen. Han startade bilen och körde ut på landsvägen igen. Han grubblade frenetiskt på det hon sagt.

Hon sa att hon kände min släkt... då kan hon ju fått tillgång till information om mig... om hon på nåt vis skulle försöka lura mig. Dä där mä elden i tunnan kan ju varit nån gasanordning som hon kopplat till typ en fjärrkontroll...

Han insåg vad det var han försökte tänka, han ville försöka få alltihop till ett skämt. Han ville inte att allt det övernaturliga, och siandet om framtid och dåtid skulle ha någon verklighetsförankring. Han ville vara den han alltid trott sig varit, och att det inte var något overkligt utöver det vanliga som hände här på ön, men ju mer han försökte hitta orsaker som klargjorde det, ju mer kom han fram till raka motsatsen.

Dä ä ingen idé ja försöke förtränga allt skrockfullt som händer här, dä skulle va den mest påkostade blåsningen i världshistorien om allt dä hä va fejk, tänkte han.

Knujt visste att han hade rätt, men önskade att han inbillade sig allt. Det Grisskinns Eifvas lilla gris nyss förmedlat gjorde ju inte resan framåt så hoppingivande. Han hade tänkt åka till sitt torp för att skingra tankarna från konstiga fiskvarelser och mord. Han ville se sitt arv. Det var ju trots allt därför han kommit till ön. Med tungt sinne körde han vidare.

Kapitel 84.
Rojt Torpet.

Än fanns det en aning ljus kvar, men det skulle inte dröja länge innan höstmörkrets framfart skulle ta herraväldet. Han närmade sig torpet, enligt gps:en var han snart framme. Den sista biten hade han inte sett en enda avtagsväg eller infart till några andra stugor eller hus. Hans nyärvda torp låg ensligt, vilket han skulle tyckt var bra i vanliga fall... men nu när mörkret var på intågande och han börjat se spöken och små rödögda skepnader.... och en människoätande fiskvarelse var lös, så kändes det inte lika bra. Skogen och träden på båda sidorna om vägen avtog ju närmare tomtgränsen han kom. Där träden slutade, slingrade sig vägen fram på en ganska kal och stenig mark. Det var nästintill tomt på växtligheten, bara en och annan enbuske spretade sig upp ur den steniga marken. Han såg ut över havet och det såg kallt och mörkt ut. En bra bit från strandkanten skymtade han silhuetten av ett litet hus. Det var dit vägen slingrade sig och Knujt kunde inte förstå varför de som gjort vägen inte gjort den rak, då hade den bara blivit hälften så lång, men de kanske varit fulla? Vad visste han?
Det var med blandade känslor han klev ur bilen på en liten tilltänkt parkeringsplats intill torpet. Han lät strålkastarna vara riktade mot den nya egendomen. En stolt känsla smög sig fram... han hade blivit torpägare. Det var ju skitfränt. Det hade han aldrig kunnat tro... med sjöutsikt och allt. Samtidigt kunde han inte undgå den något kusliga känslan som gnagde i honom, torpet påminde mer om ett litet spökhus tyckte han. Hade det varit en film skulle titeln ”Spök Torpet vid dåröns slut” eller ”Huset där ägaren förmodligen dör redan första natten” varit passande. Han svalde och fipplade i fickorna efter nyckeln.
Ja vet ju ingenting om dä hä stället. Finns dä ens elektricitet å rinnande vatten?
Knujt gick sakta mot dörren, han plockade fram den gamla nyckeln och satte den i låset. Det klickade till efter att den kärvat i några sekunder, sen öppnade han dörren och ett gnekande hördes från gångjärnen.

Det var mörkt där inne och en unken nästan sur doft slog emot honom. Av gammal vana när man kliver in i ett mörkt rum trevade han efter en lysknapp och till sin förtjusning hittade han en. Han väntade en sekund innan han tryckte på strömbrytaren och hoppades innerligt att det fanns ström... det gjorde det. Ett gulaktigt sken från den äldre modellen glödlampor lyste upp den lilla farstu han stod i. En sliten träsoffa stod längs med väggen och ett skohorn hängde på ett av armstöden. En tamburmajor stod intill dörröppningen som ledde vidare in i torpet. Det hängde några klädesplagg på den och en hatt. En känsla med ett stänk av sorg for igenom Knujt. Här stod han nu i ett torp som tillhört hans släkt... hans riktiga mamma och morföräldrar... men han hade aldrig träffat dem, bortsett från sin spökande mor då, men det räknades inte. Han visste inget om huset eller vems kläderna framför honom tillhört. Han hade ingen historia alls förknippad med torpet, inga minnen från barndomen eller uppväxten. Varför hade han fått sin uppväxt i Iggesund hos sin moster och varför hade hans mor hemlighållits. Hans mor Hulda hade berättat för sköterskan Lillian att morfar Gusten gjort egna efterforskningar om vem som våldtagit henne, och att folk inom sjukhuset försvårat hans utredning. Vad hade han kommit fram till och varför ville sjukhuset försvåra för honom?

Nästa rum var köket, han tände lampan i taket ovanför köksbordet, även den spred ett gulaktigt sken. Köket var omodernt och gammalmodigt, som om tiden stått still sen 50-60 talet... eller egentligen i hela huset. Han gick genom rummen och allt var i samma retrostil. Det fanns ett sovrum med en dubbelsäng och en enkel säng. Ett tv-rum med en nedsutten soffa i brunt nött plyschtyg där tv:n var en tjock-tv, men ändock i widescreen modell. *Wow, vilken nymodernitet. Kanske bara 15-20 år på nacken,* tänkte Knujt aningen imponerad.

Han tänkte kolla igenom huset lite ytligt, senare kunde han göra en grundligare undersökning av egendomen, men en snabb titt kunde han kosta på sig redan nu. Knujt uppmärksammade att det fanns en vedspis i köket och en kakelugn i tv-rummet. Om han gjorde upp eld nu skulle torpet få lite värme till senare mot kvällen, då kunde han gå igenom det grundligare och kanske sova över till och med. Han måste bara hitta ved.

Kapitel 85.
Förskärare mot bärplockare.

Katta stannade till hos Lotta Brysk. Hon hade aldrig varit där tidigare, men hon visste att det var där den gamla änkan bodde. Hon knackade på och alldeles innanför dörren hördes ett snabbt svar.

- Ge rä iväg, ja ä inte hemma ja ä!
- Jo men det hör jag ju att du ä! Det ä Katarina Tinderlund som jobbar i vakten. Ja ä här i ett polisärende.
- Ja hade ja vare hemma hade ja släppt in dä!... Men ja ä inte hemma säger ja ju!

Katta suckade men hade ett svagt leende på läpparna.

- Ja pratar ju mä dig, å du behöver inte släppa in mig. Ja vill bara ställa nåra fråger.

Det klickade till i låset och Lotta öppnade dörren på glänt. Till Kattas förvåning höll hon en förskärare i handen.

- Ojojoj! Lugna ner dig! Va ska du mä den dä till?
- Man vet aldri nu för tin ä... Du skulle ju kunna va nån sån dära Polsk bärplockare, å dom ha ju sluta nu å plocka bär... Nu åke dom bare omkring å skite ner i naturn å bränne bilar, å slå ner gammelfölk i gårdarne!
- Ja, men ja ä Katta från vakten, å du ha sett mig massor mä gånger.

Lotta betraktade Katta och nickade sakta och sänkte kniven.

- Vart ha du hört dä där om bärplockarna? Dä låter lite överdrivet tycke ja.
- Nä dä ä rä rå inte alls! Dä ä kriminella liger som kömme hittens te oss, för hänne kan dom göra hu fan dom vill. Här plockes dä då inge bär ä! Här kan dom råna å skövla å mörda å våldta hur mysche som helst, utan att hä ä nån som gör nå. Vi släpp ju in kåsigar från hela världa, terrorister, islamister, sadister, turister, nudister å alla andra sorters ligister. Hänne kan dom halshugga jänter å våldta gammelfölk på kyrkogårdar hele nätterna utan att vi sätte stopp fört. Fy fan säge ja va fjolligt dä ha bleve. Dä ä rå tur att inte Ernst leve, faan va sinni han skulle bleve om han fick si hu dä ha blett. Snascht så står dä väl terrorister i sånna dä moses-torn å skriker i varenda liten by isse ja. Dä ä inte undra på

att man läre gå beväpnad inna för dörrarne sina ä! Kömmer du ihög att dä förschvann ett par bärplockare på ön i somras? Dom va väl ute å stal isse ja å geck väl till fel gård. Dä va väl nån som fått nog av allt elände å gav tebaks isse ja. Höppas dom blev mördad!

Katta fick rygga tillbaka lite när Lotta hetsade upp sig och demonstrativt började vifta med kniven. Hon funderade hur diskussionen hamnat där den nu var och försökte återgå till varför hon kommit.

- Lägg ifrån dig kniven Lotta! Ja ha inte komme för å diskutera bärplockning eller invandrarpolitik mä dig. Ja ha komme för å fråga om du sett nån smyga omkring här. Nån som kommit från Storkroks Benjamins håll? Dä ä troligt att personen kan ha hållit sig vid vattenbrynet.

Det verkade som Lotta Brysk kom på nåt för hon sänkte kniven och hennes ton lät inte lika irriterad längre.

- Ja, just ja! Dä va ju därför ja geck omkring mä kniven. För e skuss sen va rä nån kåsigan jävel som va ute å sam. Å ja tänkte att dä ä väl nån säl då eller nå. Ja, så ja tog öpp kikarn, den ha ja allti breve fönstre... eller ja ha en kikare i varje fönster. Dä ä bäst dä så man inte misse nå. För dä gör man lätt om man läre ränna runt å leta kikarn när man behövvern. Men inte va dä nån säl ä! Dä va nån gråan grodmännska som va ute å sam!

Katta flämtade till och kände hur ivrig hon blev.

- En grodmänniska? Menar du en varelse som var mer som en fisk än människa?

Lotta såg på Katta som om hon inte var riktigt klok.

- Nä ja mener att dä va en sån däringa grodgöbbe, du vet...en sån dä grodman. Man bruker väl säga så åt gubbar som simmer? En sånnan där mä cyklop å simfötter... men ja såg då ingen snorkel ä... å inge cyklop heller! Dä ä väl Ryssarna isse ja som ha nån ubåt som gått på grunn här... elle så ä dom hänne å spionerer å ska mörda oss allihop, å göra om ön till nån Ryss-bas isse ja!
- Åt vilket håll simma grodmannen, å va dä länge sen?
- Ja han sam dittens åt, å dä läre väl va nån timma sen.

Lotta pekade åt det håll Katta var på väg. Lotta fortsatte,

- Hur haré gott för er då? Ja hörde att dä va Viola som mörda Almarfjords pöjken. Tänk, dä föschtog då ja, att dom där skulle ha ihjäl varann! Dom gick väl varann på nervene när dom skulle gö lika hele tin! Dä begripe man väl, att inte två kärringer kan hålla sä sams så länge utan å bli avensjuk ä. Men att dä skulle gå så där illa dä hade man då svåscht å tro. Dom där som haddett så bra! Dom hade ju hitta guld å, va rä nån som sa!

- Öh, jaha... guld säger du, var det enda Katta hann säga.
- Men dä ä ju inte dom enda som hitta guld hänne på ön ä, å som dä gott åt helvete för ä! Dä ha ju hänt fööр dä, att öbor hitta guld å bleve rik... sen ha rä inte dröjt länge förrän dom ha bleve kåsig. Endera ha dom bleve mördad elle så ha döm haft ihäl nån annen en, sen blir döm sittanes dänne inne på dårsjukhuse mä sån dä stirrigan blick å kåsblänger. Dänne inne har dom inte nytta åv nå guld ä. Där blir dom sittanes tills dom dör.

Lotta tog ett andetag innan hon fortsatte,

- Å gubbarna å rå... dom drunkna ju dom! Dom va väl full hörde ja. Å kärringerne börja träta på dom så dom blev sinnig å for ut te sjöss. Dom ångra väl sä sen då isse ja, att dom träta så hemskt. Hade dom inte gnällt så hade inte gubbarna fare iväg å drunkna ä!... Harmligt dä å, men lagomt åt gnäll kärringerne!

Katta skulle säga nåt, men hann inte för nu hade Lotta fått fart på munlädret.

- Vet du va ja tror då?
- Nä!
- Ja tror dä va på grund av att gubbarna drunkna som Paula Älvstigs jänta försvann å ja, fortsatte Lotta.
- Hur mena du nu?

Katta gillade den här vändningen, den kanske skulle kunna gynna deras utredning.

- Ja tror dä va ”Fiskar Sven” som tog na ja!... han tar ju en jänta som han gör mä bar så foscht dä ä nån som drunkner. Visste du inte dä ä?

Katta visste inte mer om Fiskar Sven än det lilla Lemke berättat och det var inte mycket.

- Nja, dä va ett tag sen ja hörde om den där Sven... kan inte du berätta?
- Jo dä va mamma me som berätta för mäg nä ja va liten om den dä Fiskar Sven. Ja tror mamma kände nån som hade råka ut för än.

- Hur då råkat ut för?
- Ja!... han va ju en sån där snuskigan kåtbock den dä Sven. Han hade sån där sängkammarblick, å villa då bare hölla på mä snusk å sånt där elände. Han höll ju på å lura mä sä jänter ut till sjöss där han låg mä dom. Åsså bruka han säga att han hade en massa guld som han villa visa dom... men dä va väl bare nå han hitta på rä isse ja. Dä va en stiligan karl, å han skulle då ha sett hemskt bra ut. Men när jänterna börja på å bli mä bar te höger å vänster, å föräldrarna feck reda på att dä va än där Sven... Då tog dä hus i helvete. Dä va en jävla hög mä familjer från ön som samlas å tog mä sä Sven ut te sjöss. Där band dom fast han i båten hanses å fyllde båten mä sten tills han sjönk, men innan Sven hann drunkna så svor än att än skulle kömma tillbaka som en hämnare ur havsdjupe å foschtätta å göra öbornas jänter mä bar.
- Ja, ja ha hört nå liknande, svarade Katta.
- Mamma min ha berätta om e andra jänta å... som hon kände när hon va liten, som förschvann samma dag som en göbbe drunkna. Å nåre vecker senare kom ho tebaks å va mä bar. Hon hade bare prata tok, å mumla nå om en fiskare som hette Sven som föscht såg bra ut, men sen såg ut som en fisk. Hon dog när ho skulle föda ongan, å dom på sjukhuset sa att fostret hade vare missbilda å döfött.

Katta frågade,

- Va dä bara dom på sjukhuset som fick se fostret?
- Ja. Dä va väl ingan dom ville visa öpp fö fölk ä... men han såg väl inge häv ut isse ja. Dä finns dom som säge att dom ha sitt Sven när han ha hässla mä sä jänterna i båten sin, då ha han vare ful som stryk. Blågrå i skinne mä bölder å han ha sitt ut som en blandning av en människa å fisk. Men jänterne ha följt mä än ändå... mä trånande kåtblick sägs dä.

Så plötsligt stannade Lotta upp med sin utsago. Hon tittade mot vattnet och sen mot Katta innan hon frågade,

- Va dä Fiskar Sven som sam förbi hänne nyss tror du? Du prata ju om en varelse som va mer fisk än människa!

Katta förbannade sig för sitt ordval tidigare.

- Nej! Ingen varelse alls. Det va bara ja som missförstod dig mä grodmänniska.

- Nu föschöke du skylla ifrån dä! Dä ä nog Sven ni leter isse ja. Ska han lura mä sä nå jänta han nu rå igen? Mäg ska han då inte få lura mä sä ut på nå sjöknull ä! Dä ä bäst å va beväpna säge ja jö.

Hon viftade åter med förskäraren och Katta tackade för sig och gick därifrån. Hon ringde Markel och berättade att varelsen inte var på väg åt hans håll och att han kunde sammanstråla med henne så kunde de leta i samlad trupp.

Kapitel 86.
Ledd ut i mörkret.

- Va fan ska vi här å göra? Jag fryser flinten av mig!
Sebastian Galtström gnuggade sina händer demonstrativt över sitt rakade huvud.
- Skyll dig själv Galten när du inte låter håret växa ut, svarade Tommy Baldgren med ett leende på läpparna.
Hans leende blev allvarligt och han riktade blicken mot Irka Fjord.
- Varför ä vi här egentligen? Vi har stirrat på absolut ingenting... förutom några buskar som rör sig.
- Den som väntar får se har ja ju sagt, svarade Irka aningen irriterat.
Faktum var att hon inte visste. Det hade varit som i fredags, då hon fått en stark föraning om att hon skulle bege sig till en plats. Riktigt vart visste hon inte. Även denna gång kände hon att det varslades om ondska och död. Hon och Sussi sammanstrålade med Galten och Ballen, och Irka förklarade att de skulle till ett speciellt ställe. Grabbarna hade blivit lite irriterade när de inte fick en bättre förklaring än så, men Sussi hade stått på Irkas sida och sagt att det var svartmagi på gång och då frågade man inte så mycket... då lät man de mörka makterna styra. Det hade fått tyst på grabbarna, men efter att de åkt en bra bit ut i skogen och lämnat bilen för att sno en båt som de sedan fick ro, i vad som kändes som en evighet, så hade grabbarna åter börjat ifrågasätta vad de höll på med. Nu hade de smugit upp på land bland stenarna.
- Ja tror inte dom själva vet varför dom ha dragit hit oss, muttrade Galten.
Irka började bli förbannad. Dels för att Galten hade rätt, men mest för att inte Sussi hade bättre pli på sin kille. Tanken hann knappt landa förrän Sussi sparkade till Galten så han ramlade omkull där han satt på huk på en av stenarna. Irka log och Sussi väste ur sig,
- Dä spelar ingen roll va vi vet eller inte... Du ska bara hålla käften å göra som vi säger!
Det blixtrade till av ilska i ögonen på Sebastian för en sekund, men han lugnade ner sig och skrattade för att försöka behålla lite självkänsla.

- Haha! Oj va du tar i! Nog för att ja visste att du gillar hårda tag men lugna ner dig lite grann. Haha!

Han försökte få lite medhåll från Tommy, men det va ett futtigt leende han fick.

- Nu ä det dags! Snart får ni veta varför ni ä här, sa Irka allvarligt.

Alla vände sig mot henne och sedan mot det hon tittade mot. Det var ett par strålkastare som letade sig fram genom skogen.

- Vem ä det där som kommer? viskade Sussi.
- Den som väntar får se, svarade Irka igen.

Ja vet ju inte vem det ä... ja vet inte varför vi ska vara här, ja bara vet att vi ä det, å att det är så det ska va. Ja vill själv veta svaren, tänkte hon irriterat.

Bilen slingrade sig ut ur skogen och kom fram på öppnare mark. Det hade börjat skymma och ungdomarna tappade mörkerseendet de haft då de såg in i strålkastarna.

Bilen stannade intill det lilla torpet och billyktorna sken åt deras håll så de blev tvungna att huka sig ner. En man klev ur bilen och gick mot huset. Så fort han doldes av torpets svarta silhuett viskade Irka.

- Kom vi måste flytta oss...

Alla fyra sprang på huk över de kala stenarna tills de kom förbi huset och bilen så pass att de inte blev bländade av strålkastarna. De fann några buskar de kunde gömma sig bakom och de spejade mot torpet. Det var bra att fordonet fortfarande hade motorn igång. Motorljudet hade dränkt ljudet av deras framfart. Mannen va inne i huset nu och de kunde se honom gå från rum till rum och tända lamporna i taket.

Det gnagde i Irkas skalle.

Vem fan ä du gubbjävel? Varför ha ja kallarts hit? Va ska vi göra här?

Irka fick inget svar på sina frustrerande frågor. Snart skulle väl de andra undra vad de skulle göra... va skulle hon svara då? Den som väntar får se, började bli uttjatat.

Hon följde mannen med blicken när han gick runt i huset, tills han försvann ur synhåll. Hon försökte få en bättre synvinkel, men så dök mannen upp igen. Han hade nu gått ut och stod mitt framför bilens strålkastare. Det var då det slog henne vem det var. Det var inte bara mannen hon kände igen, det var även bilen. Det var den där nya jävla snuten.

Kapitel 87.
Hugga ved.

Knujt kisade genom ljuset från billyktorna mot ett mindre uthus. Det borde finnas ved där inne nånstans, om inte... kanske det fanns travat längs efter en vägg. Han gick fram och kände på en dörr... den va låst. Dörren bredvid var däremot öppen och till sin förvåning så såg han nu rakt in i en vedbod med tillräckligt mycket ved för att han skulle bli mer än nöjd. Han log och mumlade för sig själv,

- Ja, men ibland ska man ha tur.

En flätad vedkorg stod på en liten pall och en yxa satt fasthuggen i en stor vedkubbe. Det med turen började tryta. Veden som fanns staplad i prydliga rader var väldigt grovhuggen. Om han skulle tända inte bara en, utan två brasor skulle han behöva ganska mycket finhuggen ved. Visst låg det spill på golvet men det var mest ynkliga små stickor. Han skulle bli tvungen att hugga ved, men inte gärna i detta mörker. Han såg efter om det fanns en lampa i taket... det gjorde det. Han knäppte på strömbrytaren och fick ett blixtrande sken och ett knäppande ljud som svar. Sen blev det svart. Lampan hade gått sönder.

- Jaha, va skulle ja säga att ja hade tur för då? mumlade han irriterat.

Han plockade fram sin mobiltelefon och startade ficklampan. Han lade upp den på en hylla utmed en vägg och riktade ljuset mot huggkubben. Det var länge sen han huggit ved. Alldeles för länge sen, men han greppade den något rostiga yxan och la märke till att det var ett sigill... eller märke tryckt på skaftet. ”Gränsfors Bruk Sweden” stod det.

Ojojoj! Bra skit, tänkte han imponerat.

Smedjan i Gränsfors låg även den i Nordanstig och han visste att de handsmidda yxorna var vida eftertraktade i hela världen. Han spottade i händerna och började hugga sin tändved.

Efter ett tag blev han svettig och Knujt hängde av sig sin jacka på en gammal sparkstötting som stod i ett hörn. När han väl kom in i huggandet var det ganska kul och han

tänkte att det nog inte skadade om han högg så pass att han slapp hugga tändved på ett tag.

Efter en stund och kanske en eller två begynnande blåsor senare i hans ovana händer, hade han fyllt vedkorgen ända upp till handtaget. Han greppade tag om korgen med båda händer och höll de översta små vedträna på plats med hakan. Han skulle gå in med veden först, därefter fick han hämta jackan och mobilen. När han kom ut ur vedboden skyndade han mot huset för det var rätt tungt att bära men när han gick genom lyktskenet från bilen kände han en konstig känsla. Det kändes som han inte var ensam. Han visste inte riktigt om han skymtat en skugga eller om det var nåt som lät. Han stannade upp för att lyssna. Motorljudet från bilen hördes dovt brummande, men det var nåt annat som fick Knujt att stelna till. Ett tassande ljud som av snabba tysta fötter mot barmark som hastigt närmade sig. De kom bakifrån och Knujt kände hur nackhåren reste sig och hans hjärta som redan var ansträngt efter vedhuggningen ökade takten. Samtidigt som han vände sig om skymtade han att nån kom rusande emot honom.

Kapitel 88.
Klick mot stengolv.

Eidolf satt och fyllde i de sista papperen för dagen. Han var trött och ville komma hem. Den här söndagen hade han varit uppe och ute på jobb före frukosten till och med, och det var då inget han tänkte göra en vana av. Egentligen skulle han kanske kunna unna sig lite sovmorgon i morgon, som kompensation. Han blickade ut genom de stora blyinfattade fönstren. Mörkret höll på att ta över där ute. Ljuset hade inte mycket kvar att ge den här dagen. Det var rofyllt att se ut över ön och havet runt om. Långt där borta syntes några små ljus längs jungfrukusten borta på fastlandet. En fiskebåt puttrade sakta ute på vattnet. Det rofyllda som utsikten gav, försvann så fort Eidolf hörde det välbekanta klickandet i stengolvet. Eidolf blev genast spänd och plockade ihop papperen på skrivbordet så allt såg propert ut. De klickande ljuden kom närmare och Eidolf anade att de inte förde nåt gott med sig. Så slutade ljuden alldeles utanför dörren till hans kontor och Eidolf blundade och inväntade knackningarna på sin dörr. Efter en sekund ljöd dom som hårda domedagsklockor ända in i själen på Eidolf. Han andades ut och sa.

- Kom in!

Ruben af Jaarstierna stegade in och det klickande ljudet fortsatte då hans käpp stötte mot marmorgolvet.

Eidolf reste sig upp och gjorde en gest åt Ruben att sätta sig, men Ruben stod kvar, vilket gjorde att Eidolf också lät bli att sätta sig.

- Är det något som hänt Herr Jaarstierna?
- ”Han” har talat till mig, svarade Ruben med sin mörka stämma och höll käppen stadigt framför sig med båda händer.

Eidolf kände att hans hjärta hoppade över ett slag.

- Har ”han” talat till dig personligen?
- Ja det skulle man kunna säga. Men det kom plötsligt och utan förvarning.

Eidolf var tyst och valde sina ord med omsorg.

- Vad ville ”han” denna gång då?
- Han sa att en ”Skrymting” kommer att bli exponerad.
- Jaha!... när och var om jag får fråga?
- Jag tror det redan är på gång... vi måste åka nu.

Eidolf reagerade på att Ruben Af Jaarstierna hade sagt ”vi”. Det var inte ofta han involverade sig själv när det hände nåt, vilket fick det hela att verka mera allvarligt.

- Självfallet Herr Jaarstierna. Jag ska meddela Tudor att han kör fram bilen.
- Det behövs nog en handfull grå också... fullt utrustade, svarade Ruben allvarligt.

Kapitel 89.

Redo med tillhyggen.

Nu visste hon varför hon letts hit. Det måste vara för att de skulle hämnas på den där snutjäveln.
Efter incidenten vid plogbilsolyckan hade hon svurit på att ge igen. De hade eskorterats därifrån av gråklädda snubbar med huvor, och avslängd hemma utanför hennes dörr. Irkas pappa hade sett när de blev avsläppta och hade frågade ut dem om vad som hänt. I vanliga fall hade hon nog fått en örfil för att hon hamnat i trubbel, men hennes far verkade också ha ett ont öga till den nya polisen. Senare hade de åkt förbi Skrikmåsen då Sussi kände igen polisens bil, och de beslutat sig för att ge honom en varning. Irka hade ett luftgevär med sig i sin Epa och det dröjde inte länge förrän de fick syn på en kråka som de sköt och satt fast i snutens vindruta. De tänkte att det fick räcka för stunden, att snuten skulle bli lite skrämd så länge... men nu hade de letts till snuten. Det måste betyda att de skulle ge igen.
Efter att Irka känt igen polisen dröjde det inte länge förrän de andra också gjorde det.
- Det ä ju han! Snuten! Va ä meningen att vi ska göra Irka?
Det var Sussi som frågade med en viskning, och Ballen och Galten väntade ivrigt på svar.
Ja va ska ja säga? Ja måste komma på nåt fort. Ä det meningen att vi ska slå ner honom... eller ska vi döda honom?
Den tanken fick henne att bli nervös. Det hela kändes så allvarligt helt plötsligt. Det var inte längre nån föraning om att de skulle hitta ett lik. De var guidade hit för att de kanske skulle mörda en person... som dessutom var polis. Kunde det verkligen vara så? Vad skulle de annars här att göra? Kunde det vara så att polisen skulle göra nåt som de skulle bevittna?
Hon såg när han försvann in i en vedbod, och inte långt därefter ekade ljudet av ved som klövs bort över udden.
Om vi smyger oss till sidan av vebon kan vi övermanna honom när han kommer ut med veden, tänkte hon.
- Kom! Vi ska ta honom när han kommer ut därifrån.
Hon började smyga iväg på huk och Sussi kom ikapp henne.

- Va menar du med att vi ska ta honom? Menar du att vi ska slå ihjäl han?

Sussi frågade tyst, vilket var bra. Grabbarna var längre bak och hörde troligtvis inte vad de sa. Varför skulle Sussi vara så frågvis? Kunde hon inte bara följa med utan att undra så mycket. Irka kunde låtsas att hon inte hörde frågan, men det kunde tolkas som om hon inte visste.

Fan också! Nyfikna jävla skit Sussi, tänkte Irka irriterat.

- Ja vet inte riktigt än. Ja vet bara att vi ska ta honom.

Hon fick ingen följdfråga så det svaret fick väl duga.

De smög sig fram men höll sig dold. När polisen skulle komma ut från vedboden skulle han ha ryggen mot dem, då skulle de gå till attack. Irka var fortfarande inte helt säker på om det verkligen var meningen att de skulle slå ihjäl honom, men hon plockade upp en trädgren som låg på marken uti fall att. Hur kunde hon vara säker på att de verkligen skulle göra det här? När hon höjde sin pinne märkte hon att de andra också plockade upp stenar och pinnar som tillhyggen. Nu verkade hela lynchmobben redo. Det fanns nog ingen återvändo. Ved klyvandet upphörde och Irka kände att pulsen ökade. Hon greppade ett hårdare tag om pinnen. De hörde några svaga pustanden och sen kom polisen ut med en överfull vedkorg i famnen. Det var bra, för han skulle ha svårare att göra motstånd med armarna upptagna. Nu gällde det... de skulle rusa fram till honom och slå ner honom bakifrån. Irka tog första steget, men Sussi hejdade henne, även polisen stannade.

Va fan gör hon, varför stoppade hon mig? Nu kommer han säkert se oss.

Irka blev riktigt förbannad på Sussi, men hejdade sin vrede då hon skymtade nåt i ögonvrån.

Kapitel 90.
Attacken bakifrån.

Knujt blev chockad och trodde inte det var sant, han blev nästan skräckslagen rent ut sagt. Trots att han sett varelsen som de kallade Ynglet Yngve på film, var det helt annat att se honom live. Ynglet kom rusande mot honom med utbredda armar, Knujt tyckte sig hinna se klor och simhud mellan de långa och grova fingrarna. Ett hest morrande läte kom från den breda fiskmunnen där vassa gulnade tänder satt brett isär och två stora svarta ögon stirrade ilsket mot honom. Det var bra att Knujt höll i den överfulla vedkorgen, för varelsen gick till attack och korgen blev som en sköld mellan dem. Knujt ryggade bakåt samtidigt som han försökte kasta vedkorgen mot angriparen, men varelsen slog tillbaka med sina klor mot den flätade korgen så den gick i spillror. De smala vedpinnarna yrde åt alla håll samtidigt som Knujt tappade balansen av sammandrabbningen. Så fort han landade på arslet hasade han sig bakåt så fort han kunde. Fiskvarelsen skrek ett hest skrik och stirrade med sina svarta fiskögon på Knujt. Skinnet på Ynglet var knöligt och fjälligt och det hängde ganska slappt på kroppen. Det glänste om den fjälliga huden, som om den var insmord i nån slags olja, men Knujt hann inte inspektera sin motståndare mer för den gick åter till attack. Den hoppade mot Knujt med utsträckta armar och Knujt visste inte om han skrek, men rädd var han. På nåt sätt tog han emot varelsen med fötterna och sparkade ifrån. Han kände ett sting av smärta på ena smalbenet men fiskynglet kastades bakåt och Knujt försökte resa sig för att fly.
Varelsen väste ur sig ännu ett gutturalt ljud och kom åter springande mot Knujt som nätt och jämt kommit på benen. När han febrilt försökte komma iväg från sin motståndare kom Knujt att tänka på en väldigt viktig aspekt.
Va fan! Ja ä ju beväpnad!
I sitt obalanserade och stressade tillstånd där han fortfarande inte riktigt hunnit resa sig, försökte han famlande nå pistolen i sitt axelhölster. Även fast han var näst intill panisk, kom han att tänka på när han skulle gå in i Tula Salmerssons hus. Han hade då reflexmässigt greppat efter en pistol som han inte hade. Nu när

han blev attackerad på riktigt hann han både ramla omkull, börja sparka och sen fly, innan han ens kom att tänka på att han var beväpnad. Typiskt! Det var ju inte det lättaste att försöka få tag på ett vapen då han inte var van vid att ta fram det. Nu gungade axelhölstret hit och dit och det fanns en liten rem med en knapp som höll fast pistolen. När han väl fick tag i handtaget fick han en hård stöt i rygg och han tappade åter balansen och föll framåt. Det var fiskynglet som hoppat på honom och som nu satt gränsle över hans rygg. Han kände hur det rispade till över ryggen och Knujt tänkte att nu var det nog dags att bli fiskmat, men till sin förvåning och glädje kände han att han höll pistolen i handen. Han måste ha slitit loss den då varelsen knuffat omkull honom. Det fanns ingen möjlighet att han kunde skjuta mot ynglet, att ligga på mage och skjuta nån som satt på ens rygg var ingen bra idé... men...
Pang! Pang! Pang! Det small tre höga smällar och Knujt fick lock i öronen, men hans plan hade lyckats. Tanken var att varelsen skulle bli rädd, eller tillfälligt överrumplad av de höga ljuden så att Knujt kunde få övertaget. Fisksnubben skrek och Knujt kände hur tyngden på hans rygg lättade. Knujt snodde runt och sparkade ifrån med benen, samtidig som han försökte rikta pistolen mot angriparen. Fisken ryggade tillbaka, men den hade bara ställt sig upp. När Knujt gjorde sin manöver och pistolmynningen var på väg i fiskens skottlinje gjorde varelsen ytterligare ett utfall. Knujt sköt och fiskynglet skrek, men den hann greppa tag i Knujts pistolarm med sin högra hand och Knujt kände hur klorna borrade sig in i underarmen. Han märkte hur det lilla övertag han haft drastiskt dog ut, paniken ökade och han fick en släng av dödsångest. Han hörde hur han skrek. Riktigt vad han skrek visste han inte, han bara rabblade hysteriskt.

- Men ge fan i mä jävla fiskfitta!... Hjälp mä nån då för i helvete!... Jävla sillskalle! Ja ska mörda dig din jävla braxjävel!... Men dö då, snuskgädda!... Hjälp mä då nån!

Under tumultet gick ytterligare några skott av. Varelsen gillade inte pistolen, varken ljudet eller vad den åstadkom. Knujt trodde att han träffat fulingen i vänstra axeln, men inte så allvarligt. Fisken gapade kraftigt och dök ner med käften mot Knujt som fasade för vad som skulle ske. Han skrek rakt ut då Ynglet bet honom i handleden där han höll pistolen. Vapnet föll till marken och knujt

trodde han skulle dö vilken sekund som helst. Det blixtrade för ögonen och han fruktade att han skulle svimma. Fisken släppte bettet om handleden, men gjorde ett nytt bett mot halsen på Knujt.
- Aldrig din fiskjävel! skrek han och ilskan kom rusande i honom. Med adrenalinet kom nya krafter som hjälpte till att mota bort varelsen och han kunde höra hur tänderna smackade ihop i luften. Knujt kände sig stark och fick tillbaka lite vinnarglöd, men det varade inte länge. En enorm smärta i skrevet sköt upp i honom och insikten av att ha blivit knäad kom som ett brev på posten. Han tappade den lilla kraft han hade kvar och kurade ihop sig. Fisken gapade och bet igen och Knujt kunde känna hur tänderna sjönk in vid hans vänstra sida vid nyckelbenet och halsen. Då han trodde att slutet var kommet hände nåt mycket märkligt.

Kapitel 91.
Ett overkligt slagsmål.

Irka häpnade då en varelse som var lika mycket fisk som människa rusade fram ur skuggorna och attackerade polisen. Först blev hon rädd, hennes hjärta accelererade och hon flämtade till. Inte så konstigt egentligen... det var ju ett monster bara några meter ifrån dem. Det glänste i den fjälliga huden och en taggig ryggfena spretade rakt ut från huvudet och ner till svanskotan. Hennes rädsla avtog en aning då hon kom på en sak som måste ha betydelse. Fiskmannen framför henne måste ju vara samma varelse som låg bakom mordet på den gamle fiskaren Bertil Karlström... Då hade Irka och Sussi anlänt när fiskaren redan varit död ett bra tag, nu kom de för att få se när varelsen dödade polisen. Hon var här för att se mordet... eller för att se mördaren mörda. Så måste det vara gissade hon och det kändes lättare inom henne. Var det så det låg till behövde de ju inte mörda polisen och då gjorde de ju sig inte skyldig till nåt brott. Att bevittna ett mord kan ju inte vara olagligt... eller?
Hon var fortfarande skakad av att en omänsklig figur höll på att dräpa polisen, men hon var inte rädd längre. Det måste ju vara meningen att det skulle vara så här. Hon funderade lite på vad det hela skulle vara bra för... att se en mördad människa, och kolla på en pojke som blivit påkörd av en plogbil, och nu se en människa bli mördad av ett monster. Vad var vitsen med det egentligen? Var det hela meningen eller var det meningen att hon skulle göra något annat, nåt speciellt? Hon var inte längre så säker på varför hon letts hit.
Varför ä ja här?... Va ä det tänkt att ja ska göra?
Tre skott ekade och fick henne att sluta fundera. Hon ryggade bakåt av de höga knallarna, rakt in i Sussi som stått tätt bakom henne och Irka tappade pinnen hon hållit i. Först var hon rädd att hon eller nån av hennes vänner blivit träffad, men polisen hade skjutit blint ut mot havet. Galten och Ballen sprang iväg bort från platsen kunde hon höra. Hur långt visste hon inte, men om de tog båten och for därifrån utan henne och Sussi så skulle hon mörda dem, den saken var då helt klar. Sussi stod kvar, henne kunde hon lita på i vått och torrt. De båda hukade sig fortfarande, men kikade fram

så mycket de kunde utan att exponera sig nämnvärt. Slagsmålet framför dem hade eskalerat med fler skott och när varelsen bet polisen i halsen trodde Irka att det hela var över, men då kom det nåt från tomma intet, flygandes som skjuten ur en kanon rakt på fiskvarelsen. Hon häpnade och hörde hur Sussi gjorde likadant. Fiskmänniskan skrek till när han kastades av från polisen och han snodde runt och gjorde sig beredd till försvar. En liten varelse, kanske 80-90 centimeter hög, hade nu ställt sig framför snuten och morrade. Irka hade svårt att se vad det var, för varelsen var inte riktigt fast i konturerna. Det var som den lilla skepnaden vore gjord av dimma, eller nästan som ett genomskinligt töcken. Substansen i kroppen pulserade mellan fast och ojämn. Två korta bastanta ben med stora fötter stod stabilt på marken, och ett par seniga långa armar med grova kloliknande händer bredde ut sig från den kompakta kroppen. Irka lade märke till att den diffusa skepnadens kroppsdelar verkade vara sammanfogade med rep och grova trådar. Hon kunde även skymta spikar och skruvar. Det var som om varelsen var ihopbyggd på ett primitivt sätt.
Ett morrande ljud kom från en mun med två stora gula, vassa framtänder, två långa öron stod upp och spretade åt olika håll och ett par illröda ögon lyste från det kanin-lika ansiktet.
- Va i helvete, hördes Sussi häpet viska bakom Irka.
Fiskvarelsen kastade sig mot den morbida haren och de drabbade samman intill den nu kraftigt blödande polisen. Overkliga läten kom från de två omänskliga skapelserna, de lät både av aggressioner och smärta och de tumlade runt på marken som fortfarande lystes upp av bilens strålkastare. Vid ett tillfälle stod de båda kombattanterna stilla och väste mot varandra. Irka uppfattade en rörelse från mannen på marken och därefter small det, både Irka och Sussi hukade sig ner ännu mer. Polisen hade avlossat ett till skott och det träffade fiskvarelsen i magen. Fiskmannen vrålade men gjorde samtidigt ett utfall med klorna mot kommissarien som skrek till av smärta. Den morbida haren med de röda ögonen hoppade mot fiskvarelsen igen, men det var nåt som inte riktigt stämde med hur den rörde sig. Det var som den i ena sekunden var vid polisen och i nästa så hade den förflyttats upp i luften där den slog ihop med fiskmannen i en våldsam kraft. Manövern verkade magisk på nåt sätt och

fiskmannen skrek högt och smärtfyllt när han slungades bakåt, med ryggen rakt in i husväggen så några av panelens brädor sprack. Irka tyckte det hela var som taget ur en skräckfilm. Hon kom att tänka på en ganska väsentlig sak. Vad skulle hända om nån av dessa monstervarelser fick syn på henne och Sussi? När den tanken höll på att gräva sig in i hennes medvetande förvärrades situationen. Ett blixtrande sken vid strandkanten fångade de två damernas uppmärksamhet.

Kapitel 92.
Skrönan från förr.

Smärtan från halsen och bröstet var olidligt. Knujt hade kämpat på bra med sina förtvinande krafter. Han lyckades plocka upp pistolen och skjuta ett skott till mot fiskynglet. Att han lyckats träffa var en enastående bedrift, men det hade inte hjälpt så mycket som han hoppats. Trots att varelsen blev träffad av skottet så slog han till Knujt över bröstet med klorna. Knujt tappade sin SIG Sauer och förstod att slutet var nära, han kände hur varmt blod strömmade från både halsen, bröstet och underarmen. Hans syn var suddig och han började bli yr i huvudet. Ljuden runtomkring lät burkigt och dovt, och han kunde höra hjärtslagen bulta inne i skallen. Riktigt vad som kommit och hjälpt honom förstod han inte. En liten oskarp varelse med lysande röda ögon hade plötsligt dykt upp. Det enda han förstod var att det måste vara samma varelse som han sett som en silhuett första natten i vaktstugan. Det var på grund av de röda ögonen som han kände igen skepnaden, även de långa öronen passade in. Men vad var denna varelse för nåt, och varför hjälpte den honom? Efter att fiskmannen kastats in i stugväggen trodde Knujt att kampen var över och att hans lille rödögda hjälpare vunnit, men ett blått sken fick honom att vrida sitt huvud mot strandkanten. Det blixtrade ett sprakande mönster av små blixtar vid vattenbrynet och i det blåa elektromagnetiska fältet tonade det fram en svart kontur av en skepnad. Det var en mansgestalt med lång rock som stod upp i en mindre båt. Skepnaden blev mer och mer solid i sina konturer. När gestalten hoppat ur båten och var på väg upp mot land kunde Knujt urskilja svaga detaljer. Han var fortfarande snurrig i skallen och blicken var svår att fokusera, men han var säker på att den som nu kom från båten inte heller var mänskligt. Det var en högrest man i gammeldags kläder som i stora drag såg ut som en fiskare. Det var bara det att ansiktet inte var mänskligt, det var blågrått till färgen med gula knöliga bölder, och saknade helt öron. Det ena ögat såg mänskligt ut medan det andra var svart och stort, och mera fisklikt. Munnen var svartblå med mungipor som gick nedåt och näsan bestod av valkig hud som gick samman med kinderna.

På huvudet satt en stickad mössa som det hängde sjögräs på och hela mannen var så blöt att det dröp av vatten från honom..
Ynglet som suttit mot torpväggen ramlade nu ihop och det blödde kraftigt ur buken, ett ynkligt jämrande kom från varelsen där han nu låg på marken. Som ett svar på jämrandet ropade gestalten från stranden,
- Nej! Du få inte dö!
Knujt reagerade på den sträva, mörka rösten samt att den hemska varelsen talade. Han hade inte varit beredd på det. Han var heller inte beredd på det som hände därnäst.
Den nykomne från båten ökade takten och Knujt tyckte att det var med arga steg han kom klampandes mot honom. Den lilla harlika skyddslingen ställde sig mellan Knujt och den ankommande.
- Rrrrrgh! Du inte röra... min Härskare!
Den mystiske beskyddarens röst började med ett knarrande och fortsatte sen med en mörk och dov ton. Det var som den kom från varelsen, men samtidigt från alla håll. Som om den kommit ur dolda högtalare runt dem. Knujt trodde att allt förmodligen var inbillning, att han höll på att tappa medvetandet? Skepnaden från vattnet svarade rappt och aggressivt,
- Ni ha nästan dräft me avkomma! Ja kan inte annat än å ha ihjäl er. Å ja läre ta mä mä pöjken min.
- Rrrgh! Dä blir inge åv mä dä... Fiskar Sven... ta ditt yngel... men lämna öss i fre!
Skyddslingen lät hård och orubblig i sitt svar, och efter det tyckte Knujt att den lilla krumma kaninlika figuren växte i storlek och det susade som en virvelvind kring honom tills han blev stor som en björn... eller kanske ännu större. Knujt kunde urskilja detaljer tydligare nu när den blev så stor. Han lade märke till att den rödögdes kropp var grovhugget ihopsatt, som om alla delar snickrats ihop eller byggts samman med remmar, rep, trådar och skruv.
Trots att hans beskyddare stod med ryggen mot Knujt anade han att varelsens ögon nu lyste ännu starkare än tidigare. Det var som ett rött, pulserande sken som strålade från huvudet på den magiska haren.
Varelsen från båten som visat sig vara Fiskar Sven, stannade upp. Knujts ögon suddade ihop allt till en grumlig gröt. Det var svårt för

honom att hänga med i allt det otroliga som skedde, men han fattade att den gamla skrönan om en fiskare som gjorde flickor med barn, som sedan svurit på att fortsätta med det även efter sin död var sann. Det faktum att snuskgubben stannat upp framför den magiska haren borde vara bevis på att beskyddaren verkligen hade vuxit. Knujt trodde först att han inbillat sig, men Sven attackerade inte, så haren måste vara stor på riktigt. Ett nytt flackande ljus kom spelande över området och Knujt trodde att det kanske var början på ljuset i tunneln... att han snart skulle dö och hamna i nån ljustunnel till dödsriket. Han kunde knappt uppfatta att hans beskyddare nu sa nåt till den forne fiskaren.
- Rrrgh! Ta yngle ditt nu! Snascht bli dä försent.
Knujt uppfattade inte riktigt om det kom nåt svar.

Kapitel 93.
Oväntat besök.

Irka och Sussi hade häpet sett på då skepnaden från sjön kom upp till den strålkastarbelysta lilla platsen framför torpet. Båda var chockade och tyckte att alltsammans både var skrämmande... men ändå helt fantastiskt. De hade alltid varit intresserade av det övernaturliga och de var säkra på att de ägde speciella förmågor. De hade börjat forska kring svart magi och ockulta grejer, de ville känna sig som häxor. Nu satt de på första parkett och såg på ett skådespel mellan liv och död med varelser från andra sidan. Det var skrämmande, men också för bra för att vara sant.
Irka struntade i varför hon var där. Hon förstod att de inte var där för att döda polisen, han var nog snart död ändå. Hon anade att de kanske bara skulle bevittna ett övernaturligt event, för att bli mera involverad i den svarta konsten.
De hade haft svårt att höra vad som sagts av varelserna, men det spelade ingen roll. Irka märkte att Sussi började fippla med nåt och hon tänkte precis säga åt henne att stå still så de inte blev upptäckta, då Sussi plockade fram sin mobil.
Hur fan dum ä vi? Här ha vi världens chans att filma värsta monsterobservationerna å ett snutmord, men vi glömmer att ta fram mobilerna.
Irka blev irriterad på sig själv, men hon lät bli att ta fram sin telefon. Risken för att de skulle bli upptäckta blev ju större om hon också skulle joxa fram sin. Sussi dolde skärmen så gott hon kunde, så den inte skulle lysa upp deras ansikten i mörkret. Hon filmade utan att se på skärmen och hoppades på det bästa. De båda häpnade ännu mer när den lilla rödögda varelsen växte till gigantiska proportioner, men strax därpå såg de nya ljusskeн som lyste upp omgivningen. Det var billysen som närmade sig platsen, och av ljusen att döma rörde det sig om fler än en bil.
Dä här bådar inte gott. Kommer det en massa folk hit så kan vi aldrig förbli obemärkta.
Både Irka och Sussi hade lagt sin uppmärksamhet på det ankommande ljuset och missat det som hände med varelserna och den döende polisen. Sussi petade till Irka och de båda såg när gestalten från båten började släpa iväg den nakna fiskvarelsen.

Den blödde kraftigt och såg död ut tyckte Irka när varelsen släpades livlös mot båten. Bildörrar slogs igen och till deras förvåning var varelsen med de röda ögonen nu försvunnen. Den hade ju varit lite diffus, men nu var den helt borta.
Automateld ekade över den steniga marken och Irka och Sussi kastade sig ner på marken och de tyckte inte det var så roligt längre. Vad fan var det som var på gång?
De hörde korta kommandon från en mansröst och mera automateld. Eftersom de inte hörde några kulor som slog ner intill där de låg trodde de att eldgivningen riktades åt ett annat håll. De vågade resa lite på sig så de såg vad som hände. Flera gråklädda män med masker för ansiktena kom springandes mot båtgubben. De sköt mot honom och han skrek. Det lät inte som om han skrek av smärta, utan av ursinne. Irka lade märke till att han inte längre släpade på den andra fiskvarelsen. Den låg stilla på marken med en massa nya kulhål i sig. De blåa blixtarna återkom vid vattenbrynet och gubbvarelsen i långrock kravlade sig upp i sin båt. Ett sista blått sprakande i ett inferno av blixtar, sen var både båten och fiskarvarelsen försvunna och bara de gråklädda sprang fram mot den nedskjutna varelsen.

Kapitel 94.
Två betraktare.

Knujt var inte säker på att han levde, men han var inte säker på att han var död heller. I dåligt skick var han iallafall oavsett om han var död eller levande. Han orkade inte ha ögonen öppna... eller så var de öppna, men registrerade inte vad de såg. Han hörde automateld, rop och fotsteg. Han uppfattade att något släpades därifrån, därefter tystnade det. De springande fötterna försvann och han hörde bildörrar som slogs igen. Så kom ett klickande ljud som närmade sig. Det var fotsteg mot sten... och det där klickandet. Ljuden upphörde alldeles intill honom och det blev tyst en stund. Sen kom en röst som Knujt mycket väl kände igen.

- Nå! Vi har säkrat Jana Älvstigs ”Skrymting”, men vad gör vi med han här då? Ska vi ta med kroppen, eller ska den försvinna?

Det var Eidolf Maschkmans välartikulerade stämma och när insikten av vad han sagt kom över Knujt så förstod han att han nog var död. En annan röst som han inte kunde placera svarade.

- Nej, kroppen ska ligga kvar!
- Ligga kvar! Det kan den inte göra! Det kommer inte dröja länge innan någon kommer att hitt...

Eidolf blev avbruten av den mörka rösten som Knujt nu kände igen, det var den där Ruben Af Jaarstierna.

- Vi ska låta kroppen ligga kvar säger jag!
- Har ”Han” sagt det? frågade Eidolf med en betoning på ”han”.

Ruben svarade inte på det utan upprepade det han sagt.

- Vi ska låta kroppen ligga kvar! Det är det enda du behöver veta.

Sedan svartnade det för Knujt.

Kapitel 95.
Pojk reunion.

De väntade tills de var säkra på att alla bilarna åkt. Sussi hade slutat att filma och de båda vågade nu resa sig upp. Polisen låg fortfarande kvar på marken i lyktskenet. Han var mycket blodig, och att han var död tvivlade de inte på.

- Shit! Va fan gör vi nu då? sa Sussi.
- Vi kan väl knäppa lite kort på den där döda snuten. Fy fan, fattar du va vi har varit med om? Fan va ballt! Hoppas du fick schysta bilder på det du filmade.

Irka plockade fram sin mobil och skulle starta sin kamera-app då Sussi hejdade henne.

- Va ä det?

Sussi svarade inte, men Irka kunde se att hon såg allvarlig ut. Irka betraktade Sussi och plötsligt lyste skräcken ur ögonen på henne, som om hon såg ett spöke. Irka rös till och fick kämpa för att våga vända sig mot det Sussi tittade på. Vid sidan av den döde polisen tonade nu en stor skepnad fram, den kom emot dem med bestämda kliv. Det var en högrest gestalt med enorma horn. Flickorna backade bakåt och ju närmare varelsen kom ju mer synlig blev den. Det var en älglik skepnad med det stora älgdjurets underkropp, men med en människokvinnas överkropp. Huvudet var ett mellanting av de båda, men saknade underkäke. En tunga rörde sig som en orm i den mörka munhålan. Blod rann ner för de nakna kvinnobrösten och dess mage. Älgkvinnan böjde fram hornen, sedan rusade hon mot de två flickorna och ett hest äckligt skri ljöd genom den mörka höstkvällen.

Irka och Sussi hade fått nog med spänning för en kväll. De sprang så fort de förmådde i kolmörker och båda kastade ur sig skrämda, jämrande läten. De båda föll och slog sig flera gånger på de kala stenarna medans de var på väg mot deras ynkryggar till pojkvänner. Även om de var förbannade för att grabbarna stuckit tidigare så var de glada att de inte tagit båten och lämnat dem där. Galten och Ballen mötte till och med upp sina brudar ett 80-tal meter från båten. Där tände de sina ficklampor så fort de hörde att flickorna kom. De hoppade alla i båten och rodde för brinnande livet. Ingen sa nåt förrän de kommit till bilarna. Irka krävde att

grabbarna fick berätta först. Det gjorde de, men deras berättelser skiljde sig en aning från Sussis och Irkas.
Både Ballen och Galten hade sett den nakna fiskvarelsen. När de första skotten ljöd hade de flytt, men inte långt. När inte flickorna kom hade de vänt tillbaka, men inte ända fram. Det som var märkligt var att de inte hade sett den lilla varelsen med de långa öronen och röda ögonen. De hade inte riktigt fattat vad som hände med fiskmänniskan. De berättade att det såg ut som den slogs med en osynlig motståndare. Irka och Plåt Sussi gav varandra en undrande blick, men sa inget utan lät de fortsätta sin redogörelse. De hade sett blåa blixtar vid vattenbrynet, men bara skymtat en skugga som kom upp till torpet. När bilarna anlänt och det började skjutas automateld flydde de från platsen. De försäkrade att de trodde att tjejerna gjort likadant. De nämnde inget om vare sig högsta hönset på sjukhuset, sjukhusföreståndaren eller nån älgkvinna utan underkäke, och flickorna sa inget om det till de redan skärrade grabbarna.

Kapitel 96.
Två väsen.

Det var konstigt att vara död. Skulle det vara så här? Knujt kände ingen skillnad. Han hade fortfarande ont överallt och var oförmögen att röra sig. Kunde det vara så att medvetandet bodde kvar i kroppen även fast man dött. Med fasa kom han att tänka på när man blev begravd. Låg man då där nere i jorden i trånga mörka kistor, som fångar i en orörlig kropp? Hade man kvar sitt medvetande då? Knujt fick lite panik och hoppades att han skulle bli kremerad... för inte kunde väl ett medvetande överleva i aska? Hans funderingar kom av sig då han hörde röster alldeles intill.

- Rrrgh! Ja har misslyckats mä å skydda min härskare!
- Nej! Han har tur som har dig Käschken. Utan din hjälp skulle han säkerligen vara död.

Knujt som trodde att hans hjärna var död kunde inte klandra den för att ha svårt att hänga med. Den första, knarrande rösten, tillhörde den lilla rödögda beskyddaren som nu blev kallad Käschken av den andra rösten. Knujt försökte få ihop sina tankar. Både namnet Käschken och den andra rösten kändes bekant, men Knujt kunde inte riktigt fokusera.

- Det är inte ofta jag lägger mig i de dödligas öden, men den här har lite mer att uträtta för att upprätthålla balansen på ön.

Knujt försökte öppna ögonen och till sin förvåning så dök det upp en grumlig bild. Det han skymtade var en älglik gestalt och en skepnad med stora öron... och röda ögon. Nu kopplade han ihop den andra rösten... den tillhörde ju älgkärringen. Sen blev allt svart igen.

Kapitel 97.
Död eller levande.

Det var Markels idé att svänga ut mot Bjärudden. Han hade vänt och åkt till Katta och parkerat sin bil vid en mötesplats så de kunde åka i Kattas bil. Först hade han opponerat sig och ville att de skulle ta hans bil, men Katta började dra nåt om mäns vårdslöshet i trafiken, och innan hon kom in på olycksstatistiken gav han med sig och hoppade in i hennes Suzuki Grand Vitara. De visste att ingen bodde på Bjärudden för tillfället och att hon som ägde torpet låg inlagd på sjukhuset, men det kunde ju vara så att fiskynglet ockuperat det obebodda torpet för att ha nånstans att hålla sig gömd. De blev förvånad då de såg att det lyste i stugan och att en bil stod parkerad med strålkastarna på. De sa inget till varandra utan stirrade bara nyfiket mot torpet. Markel som gillade bilar kunde strax se att det var en Nissan X-trail som stod där med lyset på.

- Du Katta! Ja tror dä ä Knuts... eller ja mena Chiefens bil... ä rä dä så ä dä Chifen som ä där!
- Öh... Ja, förmodligen! Är dä hans bil så är dä nog han som ä där.
- Öh! Ja! Precis! Ytterdörr'n står öppen... tror du att dä ha hänt nå?
- Hur fan ska ja kunna veta dä! Det enda ja vet ä att han inte svara i telefon när ja ringde han förut.

När de kom fram till Knujts bil och torpets framsida stannade Katta tvärt då de såg den nye chefen ligga blodig på marken. Avgaserna från bilen som stått på tomgång dansade som en dimridå i det skarpa strålkastarskenet.

- Herregud! Ä han dö? skrek Katta. Markel svarade henne lika som hon hade svarat honom.
- Hur fan ska ja kunna veta dä!

De hoppade snabbt ut ur Kattas bil och rusade fram till Knujt. Vid första anblicken var de säkra på att han var död. Hans kläder hade stora revor och de var indränkta i blod. Katta höll händerna för munnen och mumlade nåt om "Oh, Gode gud", Markel satte sig på huk och svarade,

- Inte fan ä dä väl nån gud här ä, så han läre då inte hjälpa till. Behöver Knujt hjälp så är dä bara du å ja som kan hjälpa'n!

Katta satte sig hon med och Markel skulle just kolla pulsen då Knujts ögon öppnades.

- Du lever! ropade han.
- Gör ja?... ä du riktigt säker? svarade Knujt och såg storögt omkring sig, och sen ner på sin blodiga kropp.

Han mindes bettet mot halsen och drog undan de blodiga och trasiga kläderna för att få sig en skymt. Det var svårt att se. Det var blod överallt, men det hade slutat blöda och några direkta sår lade han inte märke till... men det var en svår vinkel att se sin egen hals.

- Hur ser dä ut? Ä dä djupa bett?

Markel och Katta granskade honom noga.

- Nä, nåra små rispor bara.

Nåra små rispor! I helvete heller! Ja kände ju hur simpskallen högg in äckeltänderna hur djupt som helst.

Knujt försökte återigen att se efter, men utan något bättre resultat. Han kom att tänka på att fulfisken även bitit honom i högerarmen. Han kavlade raskt upp ärmen och stirrade på några små obetydliga märken.

Hur pjålig ä ja egentligen? Dä kändes ju som om han höll på å bita av hela armen på mä.

Med tanke på allt blod så var det orimligt att han blött så mycket av dessa små sår. Hans hjärna försökte gå från nyväckt till klarvaken på snabbast möjliga tid. Det tog några sekunder innan minnesglimtarna av vad som hänt föll på plats, men snart hade han hela händelseförloppet klart för sig... eller så klart han nu kom ihåg. På slutet hade mycket varit suddigt och diffust, men han mindes att älgkärringen talat om att Knujt hade mer att uträtta här på ön. Nu kom han på vart han hört namnet Kärschken. Det var ju hans riktiga mor... eller spökmamma, som sagt att han skulle hälsa Käschken när han såg honom.

Va fan va den där Käschken för nåt egentligen? Den såg ut som en grotesk hare... eller kanin. Varför ville den hjälpa mig?... Å hur visste min mor vem den där magiska haren var?

När han tänkt ordet ”magiska haren” klingade en klocka. Det var nåt som han hade hört... något som hade med det här att göra. Han funderade och ordet ”trollhare” dök upp, vilket ledde till att han måste fundera på vart han hört det ordet. Han var nära men kom inte på det.

- Vem fan ha pratat mä oss om en ”trollhare”? sa han barskt till sina assistenter.

- Dä va väl ja dä när vi prata mä Lemke på pizzerian, svarade Markel.
- Ja! Så va dä, ropade Knujt och de andra tittade undrande på honom.

Han mindes nu. Han hade undrat vad ordet Bjäre kom från, och Markel och Lemke hade förklarat att det troligen kom från ordet Bjära, som var ett namn på ett magiskt väsen. Ett Skrömt från förr i tiden, eller Skrymting som det kallas här på ön. En Bjära kunde även kallas Puken, eller trollhare, eller trollkatt och var en varelse som kunde ha olika utseenden, ibland liknade den ett garnnystan och ibland såg den ut som en katt eller ... en hare ... en "trollhare". Han mindes även att Grisskinns Eifva sagt nåt om att "Puken följer släktens blodsband". Om så var fallet, så kanske den där trollharen som hette Käschken följde hans släkt. Isåfall var det inte så konstigt om hans riktiga mor kände till Käschken, då verkade ju allt logiskt... eller så logiskt det nu gick, i allt det ologiska, overkliga och sjukt otroliga. Markel hade sagt att Knujt själv skulle "connecta" ihop det Grisskinns Eifva sagt, och det hade han gjort nu. Han tyckte det kändes lite läskigt med siar-profetior.

Han öppnade skjortan och betraktade några ynkliga revor över bröstkorgen.

Älgkärringen måste ha helat mig... å kanske Käschken hjälpte till, tänkte han förundrat.

Hans två undersåtar stirrade storögt mot honom. De ville ha svar på en massa frågor förstod Knujt. Som tillexempel varför han låg där alldeles nerblodad. Knujt tänkte efter och kom på att hans fjolliga sår nog inte kunde ha åstadkommit så mycket blod... De skulle vilja veta om han stött på fiskynglet, och de skulle vilja leta reda på den. Om Knujt fattat allt rätt från sin nära döden upplevelse så var Ynglet Yngve död, och Eidolf och hans anhang hade tagit till vara på kroppen. Det skulle inte bli lätt att förklara allt det som hänt och han tvivlade på att de skulle tro honom. Knujt harklade sig och sa,

- Öhm! Ynglet Yngve ä död. Han attackera mig å vi slogs, ja sköt han mä flera skott, han kravlade sig blödande ut till havs å försvann.

Katta o Markel stod stilla och lyssnade ivrigt, de verkade inte vilja att hans utsago skulle vara så där kort... Knujt fortsatte bara för dramatikens skull.
- Öhm! Ja tror faktiskt inte att vi hittar nån kropp om vi letar i vattnet här omkring.
- Nähä, varför inte då? undrade Markel.
- Därför att... nu vet ja inte säkert men ja fick en smäll i skallen av fisken, å när han kravla sig härifrån såg ja en man i en fiskebåt som kom från ingenstans i ett blått blixtsken. Den mannen hade också fisk-lika drag å han tog mä sig Ynglet till sin båt å sen försvann dom... som uppslukade av havet. Efter dä så svimma ja av tills ni hitta mä.

Markel och Katta stirrade fortfarande utan att säga något.
- Ja tror dä va Ynglets far som tog hand om sin döde son. Dä va den där Fiskar Sven som till slut fått en avkomma å han ville nog bara ta hand om sin son, avslutade Knujt.
- Wow! Va fan ringde du inte oss för Chiefen? Nu ha vi ju missat världens häftigaste shit.
- Hade ja hunnit så hade ja gjort dä... men blir man överfallen så hinne man inte göra så mycke mer än å försöka försvara sig.

De hjälpte honom upp på fötter och såg sig omkring.
- Va gjorde du här? Det här torpet ha väl stått tomt ganska länge, varför lyser dä å varför ä dä öppet? frågade Katta.

Markel klev på ett litet vedträ och tittade undrande på den trasiga vedkorgen och all tändved som låg utspridd. Knujt suckade,
- Dä ä mitt torp nu... Ja ha precis ärvt dä.

Kapitel 98.
Funderingar i torpet.

Knujt förklarade på ett enkelt och trovärdigt sätt hur han ärvt torpet av bekanta med familjen som han inte kände så väl. Därefter skickade han iväg Katta och Markel tillbaka till vakten. Han sa att de kunde samlas i morgon och gå igenom det hela med Eidolf, men ikväll ville han vara för sig själv.

Efter att han tvättat sig ren från både sitt eget och fiskynglets blod hittade han några gamla kläder som passade skapligt. Han gjorde upp eld i både spis och kakelugn, och när värmen sakta spred sig i det gamla torpet satt han i tv-rummets soffa och stirrade tomt på ingenting. Han hade mycket att smälta och ta in, mycket av det han upplevt och sett de senaste dagarna var helt overkligt. Han granskade sina sår som knappt ömmade och tänkte på att Eidolf och den där Ruben lämnat honom där att dö. Vad snopna de skulle bli när han kom på jobbet som vanligt i morgon. Han log och småskrattade lite för sig själv.
Den dä Eidolf Maschkman blir då inte av mä mig så lätt.
Han tittade åter igen på bitmärkena på sin handled.
Om ja till å mä återvänder från dödsskuggans dal... å ha bytt identitet mä en dö snut, å ha fått en egen polislegitimation... Om inte dä ä menat att ja ska va snut, då jävlar.
Han hade inte orkat hållit ögonen öppna när Maschkman och Ruben kommit till torpet, men han kom att tänka på en bild som föreställde hur det måste ha sett ut. När han kom till Gudrun Almarfjord första gången med dödsbudet på hennes son hade han sett en tavla på hennes vägg. Den illustrerade en man i en båt med ett blått skimmer i bakgrunden, samtidigt som två män bar iväg på en fisk. Knujt var övertygad om att mannen i båten var Fiskar Sven och att de två männen som bar på fisken symboliserade Eidolf och Ruben, och fisken föreställde ynglet Yngve.
Hennes konst ska man nog lägga på minnet, tänkte han och kom åter igen ihåg Grisskinns Eifvas ord...
”Dä ä inte konstigt å ha konst... dä ä konsten å tyda konsten som ä dä konstiga!”

Även hennes sista kryptiska meddelande upprepade sig i Knujts tankar...
”Många makter vill att du ska dö... många vill att du ska leva... Du ä nu ett med denna ö... i dödens rike skall du treva!”
Mycke längre in i dödsriket än jag va nyss kan man ju inte komma... dä måste vara dä hon mena. Men va sa hon mer?
Han funderade.
”Du är icke som du var förr... snart öppnas helt din dörr!”
Har min dörr öppnats nu... å har jag blivit annorlunda?

Knujts hela livssituation var minst sagt konstig...
Han hade bevittnat varelser som närmast kunde beskrivas som monstruösa. Han hade sett spöken, och pratat med sin döda mor. Hon som han kallat för mamma var helt plötsligt hans moster. Det var många konstiga frågor angående hela ön som han ville ha svar på. Sedan var det det där med släkten. Han visste nästan inget om sin nya släkt, men han hoppades att finna svar på det i hans nya, men ändå gamla torp.

SLUT!

Skrymtingar.

Tidigare utgivna böcker av Kent Klint Engman:

2018. Ångernjöte Skogen som gud glömde.
2019. Ångernjöte 2 Återvändarna.

Lightning Source UK Ltd.
Milton Keynes UK
UKHW020634270521
384471UK00010B/936